陈平原著作系列

（增订版）

"新文化" 的崛起与流播

陈平原　著

北京大学出版社
PEKING UNIVERSITY PRESS

图书在版编目（CIP）数据

"新文化"的崛起与流播 / 陈平原著. —2版（增订版）. —北京：
北京大学出版社，2023.8
（陈平原著作系列）
ISBN 978-7-301-34233-6

Ⅰ.①新… Ⅱ.①陈… Ⅲ.①中国文学 – 现代文学 – 文学研究
Ⅳ.① I206.6

中国国家版本馆 CIP 数据核字（2023）第 145168 号

书　　　名	"新文化"的崛起与流播（增订版）
	"XINWENHUA" DE JUEQI YU LIUBO（ZENGDING BAN）
著作责任者	陈平原 著
责 任 编 辑	张文礼
标 准 书 号	ISBN 978-7-301-34233-6
出 版 发 行	北京大学出版社
地　　　址	北京市海淀区成府路 205 号　100871
网　　　址	http://www.pup.cn　　新浪微博 @ 北京大学出版社
电 子 邮 箱	编辑部 wsz@pup.cn　　总编室 zpup@pup.cn
电　　　话	邮购部 010-62752015　　发行部 010-62750672
	编辑部 010-62767315
印 刷 者	涿州市星河印刷有限公司
经 销 者	新华书店
	650 毫米 ×980 毫米　16 开本　24 印张　316 千字
	2015 年 4 月第 1 版
	2023 年 8 月第 2 版　2023 年 8 月第 1 次印刷
定　　　价	118.00 元

目　次

增订版序

　　读者注意力有限，同一作者的图书，若集中出版，效果往往不好。2015 年那一年，我总共刊行了五本书：《神游四方：陈平原自选集》（北京：首都师范大学出版社，2015 年 1 月）、《"新文化"的崛起与流播》（北京大学出版社，2015 年 4 月）、《读书是件好玩的事》（北京：中华书局，2015 年 4 月）、《抗战烽火中的中国大学》（北京大学出版社，2015 年 7 月）、《刊前刊后》（北京：生活·读书·新知三联书店，2015 年 8 月）。闭着眼睛也能猜到，五书中最引人注目的，是《抗战烽火中的中国大学》。除了题目及质量，也与当年时势及公众兴趣有关。为纪念抗战胜利七十周年，我先后在中国海洋大学、清华大学、新疆大学、搜狐读书会、江南大学、中国科学院大学、兰州交通大学、甘肃的河西学院等，围绕此书做专题讲座。

　　那一年，我精力充沛，国内外四处奔波，谈论中国大学的历史与现状、图像叙事策略、都市研究方法、语文教学的可能性、多民族文学的教学等，还为京沪两地举办的纪念新文化运动百年学术研讨会撰写论文：《作为一种"思想操练"的"五四"》《"新文化"如何"运动"——关于"两代人的合力"》。如此四面出击，轮到新书《"新文化"的崛起与流播》的推介，就显得力不从心了。

　　2015 年 6 月 14 日在北京言儿又书店举行的凤凰网读书会上，我做了题为《报章与潮流》的专题演讲，略为介绍新书，主要讨论"传播文明三利器"到底该如何互动。为深化新书所涉及的诸多话题，我将此前在人民日报社"文化论坛"上关于"大学与传媒"的演讲整理成文，奉献给广大读者。这两篇讲稿，初刊《人民政协报》2015年8月3日和《同舟共进》2015年第7期，日后都进入我的《大学新语》（北京大学出版社，2016年）。至于收入《阅读·大学·中文系》（广州：花城出版社，2017年）的三则对话——《对公众发言，必须坚持专业立场——答"腾讯文化"记者胡子华问》《媒体、大学与政治——在凤凰网读书会上答听众问》以及《新文化运动是一个播种的时代——答〈凤凰周刊〉记者徐伟问》，也都从新著《"新文化"的崛起与流播》说开去，主要是回应当下的热门话题，并非严格意义上的书评。

媒体上关于这本新书的介绍，大都会引述我多年前所撰《文学史家的报刊研究》（《中华读书报》2002年1月9日）中的一段话："大众传媒在建构'国民意识'、制造'时尚'与'潮流'的同时，也在创造'现代文学'。一个简单的事实是，'现代文学'之不同于'古典文学'，除了众所周知的思想意识、审美趣味、语言工具等，还与其生产过程以及发表形式密切相关。换句话说，在文学创作中，报章等大众传媒不仅仅是工具，而是已深深嵌入写作者的思维与表达。在这个意义上，理解大众传媒，不仅仅是新闻史家或媒体工作者的责任，更吸引了无数思想史家、文化史家以及文学史家的目光。"可对于我新著中那篇《文学史视野中的"报刊研究"》，则不怎么关注。想想也不奇怪，后者谈的是利用报刊进行史学或文学研究的优势与陷阱，不做专业研究的，确实没必要关心。

在《互相包孕的"五四"与"新文化"》（《中华读书报》2019年7月31日）中，我谈及自家的学术立场："若谈论新文化运动，尽可能往上走，从晚清说起；若辨析五四运动、五四精神或五四时代，则最好往下延伸，仔细倾听那些遥远的回声。往前追溯，从晚清说起，主要是史学研究；往后延伸，牵涉整个二十世纪，更侧重思想操练。"这其实正是《"新文化"的崛起与流播》和《作为一种思想操练的五四》（北京大学出版社，2018 年；［增订版］，2023 年）二书着眼点的差异。后者强调"阐释与介入"，关键在立场与机遇；前者着重"考证与还原"，本来百无禁忌，可以有更大的挥洒空间，只是因我此前出版若干专著，收录于此的，更像是"拾遗补缺"。

初版序言提及此书"选择从'报刊'及'出版'的角度，谈论中国现代文学及文化"，实际效果则是凸显了报刊的功用，而相对压抑了书局的贡献。前者旗帜鲜明，更容易在政治史、文化史、文学史、教育史上留下深刻印记；后者敦实阔大，不以雄奇著称，必须放长视线，才能看得清其巨大影响力。这点尤以民国第一出版社商务印书馆的论述最为突出，很多研究者关注《绣像小说》《东方杂志》《教育世界》《小说月报》《妇女杂志》等，但不怎么讨论其东家。趁着北大二十世纪中国文化研究中心与商务印书馆合办"商务印书馆创立 120 年国际学术研讨会"，我准备撰写长文，好好讨论这个话题。没想到刚提笔便罹患重病，须马上住院治疗，只好草成一简单的发言稿（《商务的品格与出版的立场》，《北京青年报》2017 年 8 月 13 日）。时过境迁，等到有机会增订旧著，缺了商务印书馆这一章，依旧觉得很遗憾。

这回的增订版，只是增加了四篇文章，那是从已停刊的《假如没有"文学史"……》（北京：生活·读书·新知三联书店，2011 年）取来的。自 1998 年在《学人》第十四辑刊发《新教育与新文学——从京师大学堂到北京大学》起，我就不断讨论晚清以降"文学史的书写与教学"对于现代中国思想、政治及文学的深刻影响，出版有专著《作为学科的文学史》（北京大学出版社，2011 年；［增订版］，2016 年）等，这里收录的四文，只能称为"侧影"。曾计划将《讲台上的"学问"》（上海：华东师范大学出版社，2016 年）谈论晚清及五四的各文纳入，但考虑到那是演讲稿，风格不同，最后还是舍弃了。

意识到"新文化"这一话题的巨大潜力与无穷魅力，希望有朝一日大写特写；目前的"增订"，无论如何努力都难以尽如人意。既然如此，那就作为阶段性成果，就此打发上路。

2023 年 2 月 26 日于京西圆明园花园

序

　　这不是一部体系完整、首尾呼应的专著，而是作者二十年间某一专题的文章结集——选择从"报刊"及"出版"的角度，谈论中国现代文学及文化。至于谈论"新文化"，为何需要兼及晚清与五四，我在《触摸历史与进入五四》（北京大学出版社，2005年）的"导言"中已有详细论证，此处不赘。

　　十三年前，我与日本大学山口守教授合作，在北京大学召开"大众传媒与现代文学"研讨会。开幕式上，我曾提及："大众传媒在建构'国民意识'、制造'时尚'与'潮流'的同时，也在创造'现代文学'。一个简单的事实是，'现代文学'之不同于'古典文学'，除了众所周知的思想意识、审美趣味、语言工具等，还与其生产过程以及发表形式密切相关。换句话说，在文学创作中，报章等大众传媒不仅仅是工具，而且已深深嵌入写作者的思维与表达。在这个意义上，理解大众传媒，不仅仅是新闻史家或媒体工作者的责任，更吸引了无数思想史家、文化史家以及文学史家的目光。"（《文学史家的报刊研究》，《中华读书报》2002年1月9日）此文之所以需要副题"以北大诸君的学术思路为中心"，就因为涉及我1984年进入北京大学随王瑶先生攻读博士学位，很快意识到北大学者之谈论"中国现代文学"最具史的意味，"这与他们很早就走出自家书斋、浸泡于图书馆的旧报刊室大有关系"。考虑到"自报章兴，吾国之文体，为之一变"，在小说研究中比较容易得到落实，我最初的两部著作（《中国小说叙事模式的转变》，上海人民出版社，1988年；《二十世纪中国小说史［第一卷］》，北京大学出版社，1989年），也曾切实有效地讨论了报刊生产过程以及报刊连载形式对于作家写作心态、小说结构和叙事方式的影响。

虽然从未撰写过报刊史方面的专门著作，但我长期关注报刊对于中国现代文学及文化的深刻影响，这一学术趣味，在相关著作中不时有所表露。正是基于此私心，我选择在进京念书三十年这个特殊时刻，盘点零篇散简，凑成一册小书，交给北大出版社，约定明年春夏推出，以纪念现代史上最为重要的杂志《新青年》（1915—1926年）创刊一百周年。

在我已刊各书中，涉及不少晚清以降重要的报刊及书局（如初刊《中国现代文学研究丛刊》2002 期 3 期及 2003 年 1 期，收入《触摸历史与进入五四》一书，曾获第二届王瑶学术奖优秀论文一等奖［2006］的《思想史视野中的文学——〈新青年〉研究》），若系统梳理，容易与以前的著作重叠，念及此，采用"拾遗补阙"的办法——不动我在北大出版社刊行的学术著作，而从其他随笔集中截取四文，加上未入集的九篇，编成这册纪念性质的小书。

编辑此书，最初是基于"公谊"——纪念《新青年》创办百周年；可编着编着，越来越偏向于"私情"——爬梳每篇文章的写作过程，追忆问学路上师友们之援手，实在是感慨万千。

书中写作时间最早的，当属"1993 年 11 月 8 日于东京白金台"的《清末民初言情小说的类型特征》。1993 年 9 月至 1994 年 7 月，我得到日本学术振兴会的资助，在东京大学及京都大学从事专门研究，邀请者是东大文学部藤井省三教授。在日期间，台北"中研院"中国文哲研究所彭小妍研究员筹备国际会议，邀我参加。那时海峡两岸的学术交流尚未正式开启，我此前多次申请赴台，都被有关部门友好地拒绝了。藤井教授建议我试着从东京飞台北，结果居然办成了。这是我第一次赴台参加学术活动，遇见不少旧雨新知，还顺便参访了父亲早年工作过的中华日报社，故印象特别深刻。

《气球·学堂·报章——关于〈教会新报〉》一文，虽署"1997年11月25日于［北京］西三旗寓所"，其实得益于此前半年的美国之行。1997年3—7月，我与妻子夏晓虹得到美中学术交流基金的资助，在哥伦比亚大学访学，邀请者是王德威教授。不用上课，除了偶尔外出演讲及游览，主要时间是泡图书馆。出于好奇，我逾越自家专业范围，仔细阅读了哥大东亚图书馆收藏的影印本《教会新报》，做了不少笔记。回到国内，整理成这篇此前很难入集的文章。

《以"图像"解说"晚清"》是我和夏晓虹合编的《图像晚清》（天津：百花文艺出版社，2001年）序言，写作时间标注颇有玄机——"2000年10—11月于海德堡/东京"。因撰写此文时，夏晓虹在东京大学客座，我则应瓦格纳教授（Rudolf Wagner）的邀请，在德国海德堡大学讲学（2000年10—12月）。得益于刚刚熟悉的互联网，我们每天交流读书心得及写作进度。此书序言我写，注释归她，因即时对话，实际上早就"互相渗透"了。

《晚清：报刊研究的视野及策略》是录音整理稿，不同于专业论文，读来别有一番风味。2002年9月至2003年1月，我在台湾大学中文系客座，邀请者是梅家玲教授。为本科生及研究生讲授的专题课"晚清文学与文化"，因台大学生录音整理，于是有了《晚清文学教室——从北大到台大》（台北：麦田出版公司，2005年）这么一册奇书。这里选录2002年9月25日在台大文学院演讲厅的第二讲，以纪念那次奇妙的讲学经历。

《现代中国文学的生产机制及传播方式》原本提交给台湾中正大学主办的"文学传媒与文化视界"学术研讨会（2003年11月），文章刊出时，我刚好应何碧玉（Isabelle Rabut）教授邀请，在巴黎的法国东方语言文化学院讲学（2004年2—6月）。约定讲授两门课，基础课是中文写作，专业课一半讲余华小说（对方指定），一半自由发挥。这自由发挥的半门课，我讲了这篇文章以及其他几篇相关论文。何碧玉教授很开心，于是请丈夫安必诺教授（Angel Pino）合作，编译成《中国现代小说与文化七讲》（Sept leçons sur le roman et la culture modernes en Chine, Leiden & Boston：Brill Academic Publishers, 2015）。

《作为"文化工程"与"启蒙生意"的百科全书》是为我和米列娜合编的《近代中国的百科辞书》（北京大学出版社，2007年）撰写的"代序"。组织一个国际团队，研究近代中国的百科辞书，发起人是加拿大多伦多大学荣誉退休教授、著名的捷克汉学家米列娜（Milena Doleželová-Velingerová, 1932—2012），而最终顺利完成，则得益于瓦格纳教授的鼎力相助。故今年春天出版的英文书 Chinese Encyclopaedias of New Global Knowledge (1870-1930): Changing Ways of Thought（Springer-verlag, Berlin, Heidelberg, 2014），署米列娜、瓦格纳合编。为此英文著作，我只贡献了中文本《晚清辞书及教科书视野中的"文学"——以黄人的编纂活动为中心》；可在长达十年的合作过程中，我深刻体会到欧洲学者治学的认真与严谨。两次工作坊（海德堡大学，2006年3月；台北："中研院"，2007年10月），加上无数的电邮，不断的打磨，方才成就今日这本英文书。相比之下，匆促问世的北大版，只能说是"初稿"。

《在"文学史著"与"出版工程"之间》乃不久前贵州教育出版社推出的《〈中国新文学大系〉导言集》的"导读"。文末称：

"为重编本《中国新文学大系导言集》撰写'导读',对我是一个'艰难的选择'。因写作时间拖得太长,学界不断有新成果面世,等到自己出手时,只好删繁就简,以回避'眼前有景道不得,崔颢题诗在上头'的困境。"2006 年底交出重编本目录,而后便开始撰写这篇"导读";之所以写写停停,除了学术兴趣不断转移,更重要的是,2009 年秋季学期,我在香港中文大学讲授"《中国新文学大系》研究"专题课,在与研究生深入交流的过程中,调整了写作策略。虽有此波折,我很怀念那师生间如切如磋的温馨场面。

此书有四文选自仍在市面流通的随笔集;日后旧书重印,将据此重新调整篇目。至于我谈及大众传媒的大小文章,散落在各评论集或随笔集中的,还有《假如没有"文学史"……》(北京:生活·读书·新知三联书店,2011 年)中的《文学史家的报刊研究》,《当代中国人文观察》(北京大学出版社,2010 年)中的《大众传媒与现代学术》《怀念"小说的世纪"》,以及《学者的人间情怀——跨世纪的文化选择》(北京:生活·读书·新知三联书店,2007 年)中的《从左图右史到图文互动》《学术文化视野中的"出版"》《数码时代的人文研究》等,敬请有兴趣的读者参阅。

2014 年 9 月 13 日于香港中文大学客舍

现代中国文学的生产机制及传播方式 [①]

——以 1890 年代至 1930 年代的报章为中心

假如你想在悠远漫长且波澜壮阔的中国文学史上，迅速抓住"现代文学"的基本特征，该从何入手？表现现代生活？独尊个人意志？借鉴域外文学？这些固然都是好主意；可我更愿意从文学的生产机制及传播方式说起 [②]。这里有 1980 年代中期起陆续引进的文学社会学、接受美学、媒介研究、公共空间等西方理论的影响，但更与北大学术群体的趣味有很大关系。在《文学史家的报刊研究——以北大诸君的学术思路为中心》[③]，我主要谈论师长们的工作；至于年轻一辈的研究成果 [④]，同样值得我们关注。

谈论文学的生产及传播，在我看来，起码必须包含报章、出

① 本文原是提交给"文学传媒与文化视界"学术研讨会（台湾，中正大学，2003 年 11 月 8—9 日）的专题论文，后又成为笔者在鲁迅文学院（北京，2003 年 11 月 28 日）及厦门大学（厦门，2004 年 1 月 4 日）的讲演稿。此次收录，以论文为主干，"附记"部分乃北京演讲时的借题发挥。

② 参见陈平原《中国小说叙事模式的转变》附录一《小说的书面化倾向与叙事模式的转变》，此书 1988 年上海人民出版社初版，1990 年由台北的久大文化公司推出繁体字版，1997 年河北人民出版社将其收入三卷本的《陈平原小说史论集》，2003 年北京大学出版社出版修订版。

③ 参见陈平原《文学史家的报刊研究——以北大诸君的学术思路为中心》，《中华读书报》2002 年 1 月 9 日。

④ 参见陈平原、山口守合编《大众传媒与现代文学》（北京：新世界出版社，2003 年），其中有不少北大刚毕业或仍在学之研究生的论文。

版、教科书编纂以及读者研究等四个相互关联而又各自独立的侧面。前两者边界明确，容易获得共识。后两者或牵涉教育体制，或定义相对模糊，有待进一步厘清。① 对于一时代文学趣味的形成以及具体作家作品的"经典化"，后两者关系重大。② 限于篇幅，本文将主要讨论报章在晚清以降的"文学革命"中所发挥的巨大作用。

一、报章之于"文学革命"

梁启超、谭嗣同等晚清文人所谈论的"报章"，包括报纸与杂

---

① 去年 11 月 8 日，在台湾大学和哥伦比亚大学合作召开的题为"文化场域与教育视界——晚清至 1940 年代"国际会议上，我曾区分不同类型的读者："在我心目中，有两种读者，一种是一般读者，其购买与阅读，乃纯粹的文学消费；另一种则是理想读者，不只阅读，还批评、传播、再创造。如果举例，前者为上海的店员，后者则是北京的大学生。讨论文学传播，除了考虑有多少读者，还必须考虑是哪些读者在阅读。大学的课堂讲授，集体住宿制度，还有社团活动等因素，使得同样一本书，卖给店员与卖给大学生，传播的广度与速度是不同的。因此，我才会特别强调《礼拜六》与《新青年》的读者构成不同，直接影响其传播效果。现在讨论大众文化的人，经常会举这么一个例子：当年张恨水的读者，比鲁迅的读者多得多。可说的是短时间内某部作品的印刷与销售，我想提醒一点，张与鲁的读者素质不一样，后者有批评、转载以及模仿写作的可能。"参见颜健富《现代性与中国启蒙运动》，《文讯》2003 年 1 期。

② 在《"通俗小说"在中国》一文中，我曾提及："'五四'时期的大学教授，除了社会地位与知识准备比较优越，其从事文学创作，还有一个有利的因素，那便是借助于讲堂讲授与教科书编撰，使其迅速传播。胡适、刘半农、周作人等人在北京大学所作关于小说的演讲，为新文学发展推波助澜；而《五十年来中国之文学》、《中国新文学的源流》等著述，更是借总结历史张扬其文学主张。1929 年，甚至朱自清开始在大学课堂上系统讲授'中国新文学研究'课程，虽因受到很大压力，4 年后关门大吉；可历史上难得有如此幸运的文学运动，尚在展开阶段，便已进入文学史著和大学讲堂。更能说明'五四'新文学格外幸运的，还属中小学教科书的编纂。1920 年 1 月，教育部下令各省'自本年秋季起，凡国民学校一二年级先改国文为语体文，以期收言文一致之效'。这对于白话文运动的成功，自是关键的一步。而迫在眉睫的编写新教科书，更使得新文学迅速'经典化'。……新文学家的作品可以轻易进入中学教科书，而'通俗小说'家名气再大（如张恨水），也没有这种缘分。"参见拙著《文学史的形成与建构》117—118 页，南宁：广西教育出版社，1999 年。

志。落实到文学生产，则是报纸副刊、文学杂志以及刊载文学作品的综合性刊物。一般说来，因篇幅及读者定位不同，专门杂志与报纸副刊的面貌应有很大差别[①]，可具体到刊发诗歌、散文（杂文、随笔）、小说（尤其是短篇小说）等文学作品，二者的功能大致相同。连中篇小说《阿Q正传》都是初刊于《晨报副刊》（1921年12月4日至1922年2月12日），张恨水的长篇小说《金粉世家》1927年起连续五年连载于《世界日报》，你就没有理由在此二者之间强分轩轾。

专门的文学杂志如《新小说》《绣像小说》《月月小说》《小说林》《礼拜六》《小说月报》《创造》《语丝》《新月》《现代》等，固然深刻影响了现代中国的文学进程，但综合性杂志如《新民丛报》《新青年》等，其功用同样不能忽视。至于报纸的副刊，名目繁多，涉及范围甚广，但仍以文艺副刊的影响最大。这一点，报学史专家戈公振有很好的说明："吾意副张之材料，必以文艺为基础，如批评、小说、诗歌、戏曲与新闻之类，凡足以引起研究之兴味者，均可兼收并蓄，而要在与日常生活有关，与读者之常识相去不远。"[②]

谈论报章与文学，为何从1890年代说起，而不是像新闻史专家那样，将其推到1810年代？我们都知道，1815年8月5日，马礼逊在马六甲出版了第一本中文的近代化期刊《察世俗每月统纪传》，而中国人自办的近代化报纸，则当推伍廷芳1858年于香港

---

① 戈公振撰于1927年的《中国报学史》第六章第九节"附刊与小报"称："日报与杂志，只供人以趣味，研究学问须用书籍，此通论也。然我国杂志不多，专门之杂志尤少，于是周刊又兼有一部分之杂志工作。关于宗教、哲学、科学、文学、美术等，乃几无所不包。然二者性质终属不同，盖专门杂志务求其深，周刊务求其广，且须力避教科书之色彩也。"《中国报学史》201页，北京：中国新闻出版社，1985年。

② 戈公振：《中国报学史》200页。

创办的《中外新报》。但真正将文学创作作为报章的重要栏目来认真经营，有待报纸文艺副刊与专门文学杂志的出现。中国最早的文学杂志《瀛寰琐记》创刊于 1872 年，其中除蠡勺居士翻译的英国小说《昕夕闲谈》外，余者都是传统诗文。1892 年韩子云独力创办《海上奇书》，主要发表自己的长、短篇小说，再配上一些前人的笔记、小说，方才对日后的文学革新产生影响。而 1897 年上海《字林沪报》设副刊《消闲报》，日出一张，随报分送；1900年《中国日报》辟副刊《鼓吹录》。此后，大部分报纸都腾出固定的版面刊载文艺作品，"副刊"之于"文学史"，方才构成重要的关系。

说到"文学革命"，一般指称五四新文化人的工作，具体年代是 1917—1922 年。经由胡适《五十年来中国之文学》及众多"中国现代文学史"的论述，这一观念已经深入人心。只是随着晚清研究的迅速崛起，梁启超等极力提倡的诗界革命、文界革命及小说界革命等，逐渐被纳入"文学革命"的范围来考察。在我看来，一场成功的思想、文化、文学上的"革命"，既不可能一蹴而就，也不会稍纵即逝，必然包括酝酿、突破、巩固、定型。因此，我愿意将 1890 年代至 1930 年代的文学事业，作为一个相对完整的过程来考察。这也是我所再三谈及的，无论关注文学运动，还是兼及思想学术，都必需意识到此乃晚清

《海上奇书》

与五四两代人的合力。①1935 年前后，借助《中国新文学大系》的编纂，五四一代完成其自我经典化；随后爆发的抗日战争，客观上也使得新一代作家占据主导地位并充分展示其才华。

鲁迅在《〈中国新文学大系〉小说二集序》里提到自家创作《狂人日记》等，"算是显示了'文学革命'的实绩"②，这话必须与胡适"提倡有心，创造无力"的感叹对看③，方才明白五四那代人的襟怀与抱负。不能只是"提倡有心"，必须创作出"伟大的作品"，所谓的"文学革命"，才算是真正获得成功。本已分道扬镳的五四新文化人，之所以尽弃前嫌，通力合作，编纂《中国新文学大系》，便是为了向挑战者证明：五四文学革命确有"实绩"，并非只有"首倡之功"。

1933 年，刘半农在编纂《初期白话诗稿》时，引了陈衡哲"我们都是三代以上的人了"的慨叹，然后加以发挥："这十五年中国内文艺界已经有了显著的变动和相当的进步，就把我们这班当初努力于文艺革新的人，一挤挤成了三代以上的古人，这是我们应当于惭愧之余感觉到十二分的喜悦与安慰的。"④这段话，被《中国新文学大系》的编纂者再三提及。"三代以上的古人"这样的感慨，既沉重，又敏感，牵涉五四"文学革命"与 1930 年代"革命文学"的冲突。尽管代与代、先驱与后继、当事人与观察

---

① 参见陈平原《中国小说叙事模式的转变》的"第一章 导言"及《中国现代学术之建立》（北京大学出版社，1998 年）的"导言 西学东渐与旧学新知"。

② 《〈中国新文学大系〉小说二集序》，《鲁迅全集》6 卷 238 页，北京：人民文学出版社，1981 年。

③ 自称对于新诗"提倡有心，创造无力"的胡适，显然是在与周氏兄弟的接触中，意识到自己的局限。1922 年 3 月 4 日的日记中，胡适记下鲁迅的期待以及自己的反省："豫才深感现在创作文学的人太少，劝我多作文学。我没有文学的野心，只有偶然的文学冲动。"

④ 刘半农：《初期白话诗稿》"序目"，北平：星云堂书店，1933 年。

者、追忆历史与关注当下，决定了对于"新文学"的历史建构，各方意见会有分歧；但经由《中国新文学大系》的编纂，《新青年》同人的文学事业得到了前所未有的肯定。①

　　关于五四一代如何借助"大系"的编纂，加强"文学革命"的历史记忆，并恰到好处地建立起有关"新文学"的权威叙事，学界近年多有研究②，这里不再细说。其实，还有另外一些人事变迁，同样影响后世对于五四新文化及新文学的记忆。《独秀文存》《守常文集》的出版，刘半农、鲁迅的逝世，《新青年》杂志的重刊等，都使得抗战前夕形成一个追忆《新青年》的小小热潮。此后，还有若干"《新青年》叙事"在继续（如胡适、周作人），但作为整体的五四新文化与新文学，已完成其使命，彻底退出历史舞台。

　　1930年代的中国文学，既有"左联"为代表的激进思潮，也有不少特立独行的优秀作家（如老舍、巴金、沈从文等）。后者大都延续五四新文化路线，可以看作晚清以降文学革命所结的"正果"；前者则力图告别／超越五四，另辟一番新天地——但其文艺大众化口号之得以真正实施，还有赖抗战军兴，整个文学生产及传播方式发生巨大变化。换句话说，纷纭复杂的1930年代文学，既是晚清以降文学革命进程的终结，也可看作另一场革命的开端。

----

① 参见陈平原《思想史视野中的文学——〈新青年〉研究》（上、下），《中国现代文学研究丛刊》2002年3期、2003年1期。

② 参见刘禾 "The Making of the *Compendium of Modern Chinese Literature*"（*Translingual Practice*, Stanford University Press, 1995）、温儒敏《论〈中国新文学大系〉的学科史价值》（《文学评论》2001年3期）、罗岗《解释历史的力量——现代"文学"的确立与〈中国新文学大系〉（1917—1927）的出版》（《开放时代》2001年5月号）以及杨志《"史家"意识与"选家"眼光的交融——〈中国新文学大系〉（1917—1927）研究》（北京大学硕士论文，2002年）。

二、以"报章"为中心的文学时代

十五年前，我曾这样论及杂志（尤其是小说杂志）在文学革命中所起的关键作用："首先，从《新小说》开始，每批作家、每个文学团体都是通过筹办自己的刊物来实践其艺术主张"；"第二，不是出版商办杂志，而是作家亲自创办或编辑文学杂志"；"第三，这两代作家的绝大部分作品都是在报刊上发表后才结集出版的"。因此，"可以毫不夸张地说，这是一个以刊物为中心的文学时代"。①现在看来，这一判断大致没错，但必须略加修正。名记者兼小说家萧乾晚年之为报纸副刊"鸣不平"，其意见值得关注："遍翻几部现代中国文学史，看不到哪位文学史家正视过文学副刊对'五四'以来的新文学起过的作用，做出的贡献。然而多少作家是在 20 年代、30 年代，在北平的《晨报》、《京报》，天津的《大公报》、《益世报》，上海的《申报》和《新闻报》开始写作的呀！"②兼及报纸的文艺副刊与杂志（尤其是文学杂志），这样来谈论文学生产与传播，无疑更为合适。

1946 年，沈从文为天津《益世报》编《文学周刊》，其《编者言》有曰："在中国报业史上，副刊原有它的光荣时代，即从五四到北伐。北京的'晨副'和'京副'，上海的'觉悟'和'学灯'，当时用一个综合性方式和读者对面，实支配了全国知识分子兴味和信仰。国际第一流学者罗素、杜威、太戈尔、爱因斯坦的学术讲演或思想介绍，国内第一流学者梁启超、陈独秀、胡适之、丁文江等等重要论著或争辩，是由副刊来刊载和读者对面

---

① 参见陈平原《中国小说叙事模式的转变》279—280 页，上海人民出版社，1988 年。

② 萧乾：《〈中国报纸的副刊〉序言》，见王文彬编《中国报纸的副刊》，北京：中国文史出版社，1988 年。

的。南北知名作家如鲁迅、冰心、徐志摩、叶绍钧、沈雁冰、闻一多、朱自清、俞平伯、玄庐、大白……等人的创作，因从副刊登载、转载，而引起读者普遍的注意，并刺激了后来者。新作家的出头露面，自由竞争，更必需由副刊找机会。"沈文的结论是：报纸副刊"直接奠定了新文学运动的磐石永固，间接还助成了北伐成功"。① 这句话的前半截很有道理，后半截则不无夸张。报纸副刊读者数量众，社会影响广，就像郑伯奇所说的，五四运动以后，"副刊成了发表新思想，开拓新文艺的自由园地"②。除了上文提及的 1920 年代"四大副刊"——《时事新报·学灯》《民国日报·觉悟》《晨报副刊》《京报副刊》，1930 年代的《大公报·文艺副刊》《益世报·文学周刊》《申报·自由谈》《世界日报·文艺周刊》等，也都曾在文坛上引领风骚。

为什么报纸的副刊（尤其是文艺副刊）如此重要，孙伏园的看法是："而在中国，杂志又如此之少，专门杂志更少了，日报的附张于是又须代替一部分杂志的工作。例如宗教、哲学、科学、文学、美术等，本来都应该有专门杂志的，而现在《民国日报》的《觉悟》，《时事新报》的《学灯》，北京《晨报》的副刊，和将来的本刊，大抵是兼收并蓄的。"③ 朱光潜则着眼于作家与读者的沟通："居今之世，一个文学作家不能轻视他的读者群众，因此也就不能轻视读者群众最多的报章，报章在今日是文学的正常的发育园地，我们应该使它成为文学的健康的发育园地。"④ 读者需要

---

① 从文：《编者言》，《益世报·文学周刊》11 期，1946 年 10 月 20 日；见《沈从文全集》16 卷 447—448 页，太原：北岳文艺出版社，2002 年。

② 参见郑伯奇《发刊的话》，《秦风日报·工商日报联合版副刊》第 1 期，1945 年 5 月 4 日。

③ 记者（孙伏园）：《理想中的日报附张》，《京报副刊》第 1 号，1924 年 12 月 5 日。

④ 朱光潜：《谈报章文学》，《民国日报·文艺周刊》1948 年 2 月 2 日。

副刊，作者需要副刊，其实，更需要副刊的，还是报纸自身。有些连载（如长篇小说）目标很明确，直接指向报纸销路；有的栏目则主打知名度，不必考虑读者多少。在某种意义上，成功的副刊成了报纸的品牌。这才能够理解，为什么那么多报纸愿意出钱聘请著名作家或学者主持各类副刊。名作家、名学者之主持哲学、经济、史地、语言、文学等专栏，不必介入报纸的日常经营，可凭个人兴趣及眼光约稿编稿，一般来说质量高、声誉好、影响大，虽不见得就能增加发行量，但那是报纸的门面，马虎不得。当然，报社方面一旦发现此举得不偿失，或财政上出现危机，第一可裁的，也是这"无伤大雅"的副刊。

也是在 1946 年，沈从文还写了一篇长文，谈怎样办一份好报纸，其中特别强调副刊的作用："从五四起始，近二十五年新闻纸上的副刊，即有个光荣的过去，可以回溯。初期社会重造思想与文学运动的建立，是用副刊作工具，而得到完全成功的。这二十年新作家的初期作品，更无不由副刊介绍于读者。鲁迅的短短杂文，即为适应副刊需要而写成。到民十四五以后，在北方，一个报纸的副刊编辑，且照例比任何版编辑重要。社长对于副刊编辑不当作职员，却有朋友帮忙意味。如孙伏园、徐志摩、刘半农诸人作副刊编辑，即为这种情形。许多报纸存在和发展，副刊好坏即大有关系。"[①] 作为作家的沈从文，早就名扬四海；随着《中国古代服饰研究》的流播，作为文物研究者的沈从文也日渐引起关注；至于《沈从文全集》的出版，则让我们了解作为文学批评家的沈从文，其眼光与胆识同样不可小瞧。除了对若干作家的精彩

---

① 沈从文：《怎样办一份好报纸》，《上海文化》8 期，1946 年 9 月；见《沈从文全集》14 卷 242 页。

点评，以及挑起"京派与海派"论争，其刻意渲染报纸副刊对于文学创作的影响，也很有见地。只是此前的研究者，不管是新闻史家还是文学史家，都极少倾听沈从文半个多世纪前的提醒。

对于那些不仅足以代表"一个时代"，而且可以称得上"创造了"一个时代的杂志，如《时务报》《新民丛报》《新青年》等①，学界已经给予了足够的重视。至于像《新小说》《礼拜六》《小说月报》《创造》《现代》《论语》等著名的文学杂志，近年更是成为硕士论文、博士论文考察的重点目标。相对来说，报纸副刊因面目不如同人杂志清晰，再加上资料搜集难度很大，不太容易成为专题研究的对象。假如承认"这是一个以'报章'为中心的文学时代"，那么报纸副刊与专门杂志的并驾齐驱，便是题中应有之义。

三、报章与文体之互相改造

关注报章，当然不只是因其提供了发表园地，更因其可能引发文学或思想潮流。这方面最为成功的例子，当属《新小说》《新青年》以及《努力周报·读书杂志》等。从《新小说》创设"因相与纵论小说，各述其所心得之微言大义"的《小说丛话》，提倡小说界革命；到《新青年》借"通信"与"随感录"等形式，批判孔教并主张文学革命；再到《努力周报·读书杂志》因刊出顾颉刚的《与钱玄同先生论古史书》，引发影响极为深远的古史大讨论②，这种不避讳尚未成熟、不惧怕引起争论的心态，大大活跃了

---

① 参见胡适《与一涵等四位的信》，《努力周报》75 期，1923 年 10 月。

② 胡适在《古史讨论的读后感》（《读书杂志》18 期，1924 年 2 月 22 日）中称："这一件事可算是中国学术界的一件极可喜的事，他在中国史学史上的重要一定不亚于丁在君先生们发起的科学与人生观的讨论在中国思想史上的重要。"

文学界及学术界的气氛，刺激了新的文学及学术潮流的形成。

从晚清开始，王韬、郑观应、黄遵宪、严复、章太炎、谭嗣同、梁启超等文人学者，都曾自觉分辨"文集之文"与"报馆之文"①。所谓"自报章兴，吾国之文体，为之一变"②，很快成为不争的事实。无论是谈"文学革命"的发生，还是着眼于叙事模式的转变，甚至落实到某位文人学者撰述之是否"平易畅达"，都可以从其拒斥或拥抱报章的角度入手。在我看来，单谈文章风格还不够，报章对于现代文学及学术的"赞助"，还包括作家／学者发言的姿态、引发潮流的过程，以及文学及学术生产与传播的途径等。如此"赞助"，效果明显，但不见得全是正面的，也有逐渐放弃自家立场，为名利所诱而随波逐流，或故作惊人语以欺世盗名，等而下之甚至浑水摸鱼，这样的例子不胜枚举。③

众所周知，媒介并不透明，同样有其主体性，在传递信息的同时，也在努力塑造并呈现自己的形象。既然以报章为中心，现代中国的文学，其发生与发展，就不能不带上报章刊载这一传播方式的特征。我曾论及报刊连载小说的特点，从一开始就逼着作家调整自己的笔墨。读者要求在每期杂志上都能读到相对完整的故事，这就迫使作家在寻求每回小说"自成起讫"的同时，忽略了小说的整体构思。长篇小说于是很容易变成短篇小说的集锦。这对于长篇小说来说，可能是一种难以避免的灾难；而对于短篇小说，却是千载难逢的好时机。报刊连载对于小说形式的决定性影响，主要还不在于这些有形的变异，而在于促使作家认真思考并

---

① 参见陈平原《中华文化通志·散文小说志》第七章"从白话到美文"（上海人民出版社，1998 年）以及《掬水集》（天津：百花文艺出版社，2001 年）67—73 页。

② 《中国各报存佚表》，《清议报》第 100 册，1901 年 12 月。

③ 参见陈平原《大众传媒与现代学术》，《社会科学论坛》2002 年 5 期。

重新建立作者与读者之间的关系。小说创作不再是藏之名山传之后世的事业，也很难再"披阅十载增删五次"了，而是"朝甫脱稿，夕即排印，十日之内，遍天下矣"。①这是一个很大的刺激。作家不再拟想自己是在说书场中对着听众讲故事，而是明白意识到坐在自己的书桌前，给每一个孤立的读者写小说。一旦意识到小说传播方式已从"说—听"转为"写—读"，那么说书人腔调就不再是必不可少的了。在逐步取消"且听下回分解"之类的说书套语和楔子、回目等传统章回小说的"规矩"的同时，许多原来属于禁区的文学尝试——包括叙事方式的多样化，也都自然解冻了。②

至于小品文与报纸副刊或文学杂志的联系，更是有目共睹。自鲁迅译厨川白村《出了象牙之塔》，其中有一节题为"Essay 与新闻杂志"，到梁遇春之坚称"小品文同定期出版物几乎可说是相依为命的"，再到穆木天强调"文艺副刊的盛行，散文小品自然要发达，这是中国所特有的现象"，③都是意识到二者关系十分密切。其实，更值得关注的，还是这二者如何互相依存、互相改造。换句话说，文艺副刊或文学杂志在选择小品文作为最佳伴侣的同时，如何对这一文体施加积极的或消极的影响。诸如此类的张力，同样存在于诗歌、小说、戏剧等各大文类与副刊／杂志之间，这才是文学史家所必须认真面对的。

---

① 解弢：《小说话》116 页，上海：中华书局，1919 年。

② 参见陈平原《中国小说叙事模式的转变》附录一"小说的书面化倾向与叙事模式的转变"以及《二十世纪中国小说史（第一卷）》（北京大学出版社，1989 年）第三章。

③ 参见梁遇春《〈小品文选〉序》，《小品文选》，上海：北新书局，1930 年；穆木天《〈平凡集〉自序》，《平凡集》，上海：新钟书局，1936 年。

四、从"圈子"到"流派"

清末民初迅速崛起的报刊，已经大致形成商业报刊、机关刊物、同人杂志三足鼎立的局面。不同的运作模式，既根基于相左的文化理念，也显示不同的编辑风格。注重商业利益的《申报》《东方杂志》等，一般来说眼观六路，耳听八方，立论力求"平正通达"；代表学会、团体或政党立场的《新民丛报》《民报》等，横空出世，旗帜鲜明，但容易陷于"党同伐异"；至于晚清数量极多的同人杂志，既追求趣味相投，又不愿结党营私，好处是目光远大，胸襟开阔，但有一致命弱点，那便是缺乏稳定的财政支持，且作者圈子太小，稍有变故，当即"人亡政息"。

陈独秀之创办《新青年》，虽然背靠群益书社，有一定的财政支持，但走的是同人杂志的路子，主要以文化理想而非丰厚稿酬来聚集作者。4卷3号的《新青年》上，赫然印着《本志编辑部启事》："本志自第四卷一号起，投稿章程，业已取消。所有撰译，悉由编辑部同人，公同担任，不另购稿。"① 这固然表明杂志对于自家能力的极端自信，更凸显同人做事谋义不谋利的情怀。

作为同人杂志，《新青年》之所以敢于公开声明"不另购稿"，因其背靠当时的最高学府"国立北京大学"。第3—7卷的《新青年》，绝大部分稿件出自北大师生之手。至于编务，也不再由陈独秀独力承担。第6卷的《新青年》，甚至成立了由北大教授陈独秀、钱玄同、高一涵、胡适、李大钊、沈尹默六人组成的编委会，实行轮流主编。

比起晚清执思想界牛耳的《新民丛报》《民报》等，《新青年》

---

① 《本志编辑部启事》，《新青年》4卷3号，1918年3月。

《新青年》

的特异之处，在于其以北京大学为依托，因而获得丰厚的学术资源。创刊号上刊载的《社告》称："本志之作，盖欲与青年诸君商榷将来所以修身治国之道"；"本志于各国事情学术思潮尽心灌输"；"本志执笔诸君，皆一时名彦"。以上三点承诺，在其与北大文科携手后，变得轻而易举。晚清的新学之士，提及开通民智，总是首推报馆与学校。二者同为"教育人才之道"、"传播文明"之"利器"①，却因体制及利益不同，无法珠联璧合。蔡元培之礼聘陈独秀与北大教授之参加《新青年》，乃现代史上具有里程碑性质的大事。正是这一校一刊的完美结合，使新文化运动得以迅速展开。

同是从事报刊事业，清末主要以学会、社团、政党等为中心，基本将其作为宣传工具来利用；民初情况有所改变，出版机构的民间化、新式学堂的蓬勃发展，再加上接纳新文化的"读者群"日渐壮大，使得像《新青年》这样运作成功的报刊，除了社会影响巨大，本身还可以赢利。因此，众多洁身自好、独立于政治集团之外的自由知识者，借报刊为媒介，集合同道，共同发

① 参见郑观应《盛世危言·学校上》（《郑观应集》上册247页，上海人民出版社，1982年）及梁启超《自由书·传播文明三利器》（《饮冰室合集·专集》第2册41页，上海：中华书局，1936年）。

言，形成某种"以杂志为中心"的知识群体。到了这一步，"同人杂志"已超越一般意义上的大众传媒，而兼及社会团体的动员与组织功能。世人心目中的"《新青年》同人"，已经不仅仅是某一杂志的作者群，而是带有明显政治倾向的"文化团体"。[1]

与《新青年》唱对台戏的《学衡》，同样也不例外。不仅如此，几乎所有重要的文学社团及其主办的文学刊物或报纸副刊，都有明显的群体或集团意识。你可以应邀为不同倾向的杂志或副刊撰稿，但你的基本立场及文学趣味，还是有大致的归属——起码在时人或后世的文学史家看来是如此。即便不是同人杂志，所谓"园地公开"，"绝不排斥外稿"，也都很难真正落实。以我为主，广招贤人，自觉或不自觉地，每个著名的文学杂志或报纸副刊，都建立起自己的圈子，甚至形成文学上的流派。此乃"现代文学"之不同于"古典文学"的一大特色。

像创造社那样有明显的"品牌意识"，将所有自己经营的文学阵地，一律冠以"创造"二字——如创刊于 1922 年的《创造》季刊，创刊于 1923 年的《创造周报》和《创造日》，以及创刊于 1926 年的《创造月刊》，这样的例子不是很多。但文学史家很容易理清各家副刊及杂志之间的关系，比如，从属于文学研究会的，起码包括《小说月报》、《诗》月刊、《文学周报》、《晨报副刊》等。你可以标榜自己不偏不倚，没有任何党派意识，可大家都认定你有所归属。如徐志摩主编《晨报副刊》时，就曾再三辩白自己所编"决不是任何党派的宣传机关""决不以正反定取舍"[2]，可大家还是认定他的编辑风格，明显不同于前任孙伏园，带有明

---

[1] 参见陈平原《思想史视野中的文学——〈新青年〉研究》第一节"同人杂志'精神之团结'"，《中国现代文学研究丛刊》2002 年 3 期。

[2] 志摩：《记者的声明》，《晨报副刊》1925 年 10 月 22 日。

显的"新月"味。徐志摩主编的《晨报副刊》，不同于此后创刊的《新月杂志》，不是同人刊物，但以徐的名气，可以做到"只知对我自己负责任""我爱登什么就登什么"。[①]著名的文人学者办杂志、编副刊，不同于职业编辑，在于其有明确的立场与趣味，其选择去取，即便无心，也都大有深意。你态度越是认真，越是自认出于公心，越可能"排斥异己"。

五、关于"垄断"与"反垄断"

对于文学创作来说，"排斥异己"其实没什么不好。需要警惕的是，借助政治权力而垄断文坛或学界。如果不是这样，各方都充分发展自己，在自由竞争中达成文学创作的繁荣，岂非幸甚？问题在于，所谓的"公共空间"，并非出入自由，各方发言的机会并不平等。处于劣势的，一般都会以"反垄断"为主要诉求。

《新青年》与《学衡》的对抗，主要体现在对于传统中国及欧西文明的不同想象，同时也落实在知识者言说的方式上。眼看着新文化运动得到青年读者的热烈响应，正如火如荼地展开，《学衡》诸君奋起反抗，首先针对的便是这种诉诸群众运动的策略。其中尤以梅光迪的批评最为狠毒："故彼等以群众运动之法，提倡学术，垄断舆论，号召徒党，无所不用其极，而尤借重于团体机关，以推广其势力。"[②]《新青年》同人以思想启蒙为目标，必然面向广大民众，所谓"以群众运动之法"，没有什么不对。关键在于"提倡学术，垄断舆论"八个字。任何一个杂志，都有自己的宗旨；任何一

①　徐志摩：《我为什么来办，我想怎么办》，《晨报副刊》1925年10月1日。

②　梅光迪：《评今人提倡学术之方法》，《学衡》2期，1922年2月。

场运动，都有自己的主张，"提倡学术"，此乃天经地义，为何《学衡》诸君那么反感？看来问题出在"垄断舆论"上。

"铁肩担道义，妙手著文章"，新文化人的这一自我期待，使其言谈举止中，充溢着悲壮感。这一方面使其具有道德上的优势，论争中难得体会对方言论的合理性；另一方面注重勇气而不是智慧，认准了路，一直往前走，从不左顾右盼。经过一番艰苦卓绝的上下求索，五四新文化人大都有了坚定的信仰——不管是自由主义、无政府主义、马克思主义，还是兼及文学的托尔斯泰主义、尼采主义、易卜生主义。有信仰，有激情，加上知识渊博，五四那代人显得特别自信。更何况，作为各种"主义"基石的"现代性想象"，其时正如日中天，没像今天这样受到严峻挑战。这种状态下，新派人士确实有点先知先觉者的"傲慢与偏见"。

至于说到"平心静气"，不只《新青年》做不到，晚清以降众多提倡革新的报章，全都没有真正做到。一是国势危急，时不我待；二是大家都还没掌握好大众传媒的特点，说话容易过火。批评《新青年》好骂人的《学衡》诸君，其论辩文章又何尝"平心静气"。胡先骕挖苦胡适的文章，也够刻薄的，难怪人家很不高兴——旁征博引，洋洋洒洒三万余言，论证《尝试集》"无论以古今中外何种之眼光观之，其形式精神，皆无可取"，唯一的价值是告诉年轻人"此路不通"。[①]

《新青年》之迅速崛起，不可避免地对他人造成压迫。不管是否有意"排斥异己"，《新青年》的走红，打破了原有的平衡，其占据中心舞台，确有走向"垄断舆论"的趋势。因此，《学衡》的奋起抗争，有其合理性。而《学衡》诸君学有根基，其文化保

---

① 胡先骕：《评〈尝试集〉》，《学衡》1、2期，1922年1、2月。

《学衡》

守主义立场，也自有其价值，值得充分理解与同情。倘若能像创造社那样，在中国思想文化界"打出属于自己的一片新天地"，形成双峰对峙的局面，未尝不是一件大好事。可惜《学衡》诸君不只文化理念与时代潮流相左，其表达方式也有明显的缺陷——胡先骕等文之引证繁复，语言啰唆，加上卖弄学问，哪比得上《新青年》同人之思维清晰，表达简洁，切近当下生活，而且庄谐并用，新诗、小说、通信、随感一起上——因此，其"打破垄断"的愿望，没能真正实现。①

当初创造社崛起时，打的也是"对抗垄断"的旗帜。《时事新报》1921 年 9 月 29 日刊出的《纯文学季刊〈创造〉出版预告》，很能代表郭沫若、郁达夫等人的志气与意气："自文化运动发生后，我国新文艺为一二偶像垄断，以致艺术之新兴气运，渐灭将尽。创造社同人奋然兴起打破社会因袭，主张艺术独立，愿与天下之无名作家共兴起而造成中国未来之国民文学。"这里所说的"垄断文坛"，指的是此前成立的文学研究会。创造社之挑战文学研究会，有文学理想及创作方法的分歧，可意气之争也是重要因

---

① 参见陈平原《思想史视野中的文学——〈新青年〉研究》第五节"提倡学术与垄断舆论"，《中国现代文学研究丛刊》2003 年 1 期。

素。好在创造社很快凭借实力，打出属于自己的一片新天地。

在文学领域，你可以反抗政治迫害，也可以埋怨经济压力，但很难将自家的无所作为归咎于同行的"挤压"。对付所谓的"垄断"，唯一的办法便是凭借自己的实力，打出属于自己的一片新天地。在这个意义上，一部中国现代文学史，可以描述为若干著名的文学社团及其所主持的杂志／副刊竞相争奇斗艳的历史。

六、论战中的文学

文学领域里的"争奇斗艳"，既包括作品，也包括言论。文学作品的高低雅俗，往往不是立马可见，更不要说得到一致首肯；反而是言论的是非，容易引起公众的关注。因此，所谓的"文学论争"，往往成为关于"文学"的论争。此前的文坛，当然也有不同意见，文人借助诗酒唱和或书札往来，表达自家的文学观念，指点江山，抑扬文字。但文学批评史上那种"针尖对麦芒"的激战场面，大都是史家剪辑出来的，当初很可能只是在不同的时空里自说自话。不是不愿意当场论辩，而是没这个条件。现在可好，有报章这一反应迅速的手段，再加上"唯恐天下不乱"、追求轰动效应的传媒特征，作家们于是身陷各种论战之中。

从晚清的雅俗之争，到五四的文（言）白（话）之辩，再到1930年代有关"大众语""京派与海派""小品文"等论争，你会发现，文坛无时无刻不处在亢奋的状态中。这既是文学酝酿突破且充满生机的表征，也意味着大众传媒对于文学事业的潜在影响。不是所有的论争都关系重大，这里包含着媒体自我炒作的嫌疑；即便关系重大的论争，其刻意吸引公众目光，也更多地表露报纸杂志的技术与口味。

　　当初《新青年》制造"王敬轩事件"，因其寂寞至极，无人反对也无人喝彩，只好自己跳出来制造论敌。刻意制造话题，挑起论战，借此吸引公众的目光，此乃编辑杂志及副刊的不二法门。这样的例子不胜枚举，而且可以说是"屡试不爽"。1936 年，沈从文在《大公报》文艺副刊发表《作家间需要一种新运动》，编者专门加了个按语："本文发表在文坛上正飘扬着大小各式旗帜的今日，我们觉得它昧于时下阵列风气，爽直道来，颇有些孤单老实。唯其如此，于读者它也许更有些真切的意义。……我们期待着它掀起的反应。"[①] 果然不出所料，回应之声不绝于耳，竟然形成了一场"反差不多"的激烈论争。很长时间里，文学史家被各式各样的论争搞得焦头烂额；其实大可不必。同是论争，有的深刻影响文学进程，有的则无关紧要，意识到其中"制造"的成分，当能明白传媒之于文学，并非"无所作为"。

　　晚清及五四的思想文化界，绝少真正意义上的"辩论"，有的只是你死我活的"论战"。这与报刊文章的容易简化、趋于煽情不无关系。真正的"辩论"，需要冷静客观，需要条分缕析，而且对参与者与旁观者的学识智力有较高的要求。还有一点，这种真正意义上的"辩论"，很可能没有戏剧性，也缺乏观赏性。大众传媒需要吸引尽可能多的读者 / 受众，因而，夸张的语调，杂文的笔法，乃至"挑战权威"与"过激之词"等，都是必不可少的佐料。所谓"吾敢说《新青年》如果没有这几篇刻薄骂人的文章，鼓吹的效果，总要比今天大一倍"[②]，蓝志先显然不太了解大众心理以

---

　　① 《编者按》，《大公报·文艺》237 期，1936 年 10 月 25 日。
　　② 《蓝志先答胡适书》，《新青年》6 卷 4 号，1919 年 4 月。

及传媒特点。①不只《新青年》与《学衡》的论争，晚清以降绝大部分文学论争，都有这种倾向——难得细心体会对方的立场，更多的是以战胜论敌为目标，故以气势雄健而不是逻辑严密取胜。

文学趣味自有高低，但分辨起来很不容易，且一时难以服众；能吸引众多目光的，大都是政治及文化立场的表述。这样一来，热闹的文坛上，飞舞着的，便多为各式口号与旗帜。在谈论《新青年》的历史功绩时，我曾提及其"以'运动'的方式推进文学事业"。其实，不仅《新青年》群体如此，许多希望大有作为的文学团体与报纸杂志，都有这种倾向。而在我看来，追求独创性的文学，基本上是一种个人的事业，"人多"不一定就"力量大"。反过来，过于注重集团利益，很可能压抑个人才情。在现代中国，真正特立独行的作家少而又少，除了金钱的诱惑，还有大众趣味以及集团利益的压力。而在论战中，这一切更以尖锐对立的状态呈现出来，让你很难腾挪趋避。

胡适的说法很有意思，"提倡有心，创造无力"，这既是现代中国作家正视落后急起直追心态的最佳表述，也是传媒影响文学之真实写照。各种"发刊词"之被广泛征引②，以及各种文学主张被当作既成事实来展开论述，在一个以"运动"或"思潮"为主线的文学史图景中，理论家及文学活动家占据重要位子，至于像老舍、沈从文、张爱玲这样很难归类的作家，则容易受到冷落。近年，情况发生了巨大变化，研究者纷纷关注那些才气横溢而又寂寞耕耘的诗人或小说家。这一转变十分值得庆贺；但与此同

---

① 参见陈平原《思想史视野中的文学——〈新青年〉研究》第五节"提倡学术与垄断舆论"，《中国现代文学研究丛刊》2003 年 1 期。

② 对于作家来说，"志向"远大于"能力"，此乃通例。将"发刊词"中的自我期待，误读为实际成果，实在不应该。可在研究著作中，这是很普遍的弊病。

时，我还是不愿轻易放过那些曾经显赫一时的"文学论战"——不是因其理论价值，而是因其曾深刻地影响了现代中国文学的性格与进程。

2003 年 11 月 5 日于京北西三旗

附　记

我与当代中国文坛接触不多，也不太了解目前的写作生态。可有几件事，让我大为感慨，也是我选择今天这个演讲题目的主要原因。上上个月，在《北京观察》编辑会上，听到这么一种声音：不少著名的老作家抱怨，现在写了文章，都不知道往哪个地方送。因为报纸副刊越来越不适合于"认真写作"者，文学副刊版面大为压缩，还要求配合新闻主题，讲求时效、时尚与另类。一开始我以为是每个时代都有的"落伍者的悲哀"，后来发现，有这种想法的还很普遍。

2003 年 11 月 5 日《中华读书报》上，刊登一读者来信，不，应该叫读者的"看法"。这则《订报记》，说的是作者（龙飞）因投稿缘故，特别看重报纸的副刊。订了北京某大报，发现副刊版面太小，退报；另订一份，还是不行，"作者都是年轻人，甚至是另类"，只好又退掉。折腾了一大圈，发现还是天津《今晚报》的副刊版面丰富。这位读者的感觉没错，北京若干大报的文学副刊实在不敢恭维，要不太花哨，要不太草率。

可这不是个别现象，报纸副刊的水平在下降，功用在消退，变得越来越无足轻重，这是个残酷的事实。由于电视以及网络的迅速崛起，还有各种专业杂志（包括介于报纸与杂志之间的周刊）的普及，报纸副刊的地位相对下降，这是正常的；但目前滑得这么快，且有"溃不成军"

之势，让我这局外人都看得"惊心动魄"。

这词用得稍微有点"重"，那是因为前几天，在北京开了个"两岸出版圆桌论坛"，会上好多人发言，谈到这问题。台湾《联合报》11月20日发了记者陈宛茜的"北京报导"，题目叫《新闻渗透，副刊已死?》。虽然用了问号，还是有点耸人听闻。这则报道里，引了我好几段话：第一，"两岸副刊曾拥有辉煌的黄金时期，是培养作家的主要摇篮"，"台湾的报纸副刊在一九八〇年代创造议题、引领社会潮流，其重要性可比民初五四时代的报纸"；第二，"陈平原则从独立性、话题性、组织性，讨论大陆副刊的问题。他指出，五四时代的副刊多聘请知名学者担任编辑，'只负责稿子，不负责盈亏'，因此能独立于新闻之外，凭理想为时代发声；现在的副刊必须兼顾市场，无法维持独立性"；第三，"然而陈平原认为，也因为具有新闻的时效性，副刊还是比杂志更能担当社会'思想草稿'的角色，产生振聋发聩的影响力。他指出，大陆的副刊'气度不够'，不像香港报纸一遇重要话题，可以马上腾出几大版面讨论，充分发挥影响力；而像台湾副刊拥有办文学营、文学奖、座谈会的'组织力'，大陆副刊也应引进学习"。这位记者很敬业，所记大致不误，我这里只是略为发挥。

第一，关于独立性。其实刚才已经说了，晚清及五四以降，报纸副刊之所以能发挥很大作用，其中一个重要原因是聘请著名作家、学者来担当"主持人"。人家有眼光，有魄力，人脉广，师友多，还有就是不介入经营，不考虑盈亏，只是将其作为发表好作品的园地来认真经营。这是报纸的"门面"，不靠它赚钱，靠它吸引目光，当然也就间接获益。你要是像编要闻、经济、娱乐版那样来编副刊，肯定办不好。评价"副刊"的工作，应该有相对超然的目光以及长时段的尺度。

第二，关于话题性。副刊需要发表好作品，也需要培养年轻作家，但这还不是最重要的。说实话，好诗好小说完全可以在专门的文学期刊上发表，那样效果更好些。报纸副刊的长处在哪儿？在传播广，反应快，敏感度高，如能发掘大家感兴趣而且有深度的话题，则完全可以大显神威。报纸副刊需要的不是毋庸置疑的"定论"，而是大有发展空间的"思想的草稿"。回顾20世纪中国文学，许多史家无法绕开的重大话题，都是首先在报纸副刊上提出来并展开激烈论争的。对于副刊编辑来说，不只要善于发现好作品，更要留心有可能影响全局的好话题。

第三，关于组织性。这点我很有感慨，因为我参加过台湾的《"中央日报"》《"中国时报"》《联合报》等报纸的副刊部所组织的学术会议、文学营、文学评奖等，深知其活动能量之大。其实，编报纸的人，结交天下豪杰，本就是其所长。给他们合适的舞台，这些长袖善舞的小姐们先生们，完全可以充分展现其组织才能。而这，对于提升副刊乃至报纸的影响力，绝对有效。兼及"文学"与"新闻"，这是报纸文学副刊的特性，如何扬长避短，将"活动"带进来，是一大诀窍。

第四，关于灵活性。现在的报纸副刊，颇有向香港报纸看齐的趋势，固定栏目，固定作者，小打小闹，无可无不可。在我看来，副刊文章应该不拘一格，不是所有文章都该"短些，再短些"。胡乔木有篇名文，题目就叫《短些，再短些!》，原载1946年9月27日延安《解放日报》，1951年3月23日《人民日报》重刊时做了修正。胡文反对党八股，主张开短会，说短话，这我很赞同；可要求《解放日报》的副刊"每天万把字的版面挤满各种作者读者的跟各种内容形式的几十篇稿件、信件"，我以为不具备普遍意义。这方面，我更相信曾主编《晨报副镌》《京报副刊》的孙伏园的话。在前面引述的《理想中的日报附张》中，孙说到副刊所登文学或学术文章，"自然不能全是短篇"。"只要每天自为起讫，而内容不与日常生活相离甚远，虽长也是不甚觉得的；因为有许多思想学术或人情世态，决不是短篇所能尽，而在人们的心理，看厌了短篇以后，一定有对于包罗得更丰富，描写得更详尽的长篇底要求的。"说实话，眼光、

24

气度以及话题的重要性等，有时需要一定的篇幅保证。都是豆腐块，活泼有余，大气不足，此乃目前报纸文学副刊的通病。

（本文初刊《书城》2004 年 2 期，题为《现代文学的生产机制及传播方式——以 1890 年代至 1930 年代的报章为中心》；收入新世界出版社 2004 年版《文学的周边》时，添加了 "附记"；法文译本见 *Sept leçons sur le roman et la culture modernes en Chine*，Edited by Angel Pino and Isabelle Rabut，Leiden & Boston: Brill Academic Publishers，2015）

晚清：报刊研究的视野及策略 [①]

　　考虑到在座的有本科生，也有研究生，为了给大家最基本的知识，我准备用一节课的时间，简要讲述晚清的历史。先让大家掌握几条基本线索，以后再进入具体问题的讨论，以免诸位茫无头绪。

一、怎样一个晚清

　　今天要讲的第一个问题是：怎样一个晚清。诸位上这门课前，估计都学过近代史。我给诸位开的参考书目里边，有郭廷以先生的《近代中国史纲》（香港：中文大学出版社，1979年）和《近代中国史事日志》（北京：中华书局，1987年）。郭先生原来是"中研院"近代史研究所的所长，他谈"近代"，是从1830年到1950年，这一论述框架，与大陆方面很接近。大陆之研究中国近代史，是从1840年到1949年。区别在哪儿？在于郭先生强调中外交涉，而大陆学者则突出帝国主义的入侵。所以，一个是以1840年的鸦片战

　　① 2002年9月至2003年1月，作为客座教授，我在台湾大学中文系讲授两门课，一为面向研究生的"中国文学研究百年"，一为兼及本科生与研究生的"晚清文学与文化"。后者由台大学生做了录音整理。现选择2002年9月25日在台大文学院演讲厅的第二讲（吴昌政录音整理），略为加工而成此文。

争为标志，一个则推到此前中英的贸易争端。都承认鸦片战争的划时代意义，只是相对而言，一注重政治与军事，一强调政治与经济。

另外一个用得比较多的概念，是"晚清"。作为历史范畴，"晚清"和"近代中国"不一样，前者只到 1911 年辛亥革命为止。至于"晚清"的起点，有各种说法，但学界大都认同 1840 年。从中国台湾到美国的唐德刚先生，写了《晚清七十年》（台北：远流出版公司，1998 年；长沙：岳麓书社，1999 年），在台湾和大陆几乎同时推出。对晚清史事有兴趣的非专业读者，这书值得推荐。这里所说的"晚清"，接近大陆所说的"近代文学"的"近代"；请大家注意，大陆史学界和文学界之谈论"近代"，有很大差别。单就时间跨度而言，前者类似郭廷以，后者接近唐德刚。

今天就说"晚清"。对于"晚清"的描述，有各种不同的说法，最直截了当的是"多事之秋"，特别适合于拍电视连续剧，事件特多，且大都惊心动魄。第二个说法是"内忧外患"，国家内部天灾人祸不断，外部入侵更是导致不断地签约、赔款。还有一个说法，那是张之洞提出来的，"三千年未有之大变局"。三种说法略有差异："多事之秋"带文学色彩，"三千年未有之大变局"强调思想与文化，"内忧外患"注重的是政治与军事。

为了让诸位对晚清有大致的了解，这里得略微啰唆几句：我们现在谈论的晚清，大体上是道光、咸丰、同治、光绪、宣统这五朝。诸位看电视剧，不管是大陆的还是台湾的，清宫戏永远是大家的最爱。为什么？离我们很近，比较容易理解；传奇色彩很浓，疑案特多，很适合作家驰骋想象。从民国初年的争辩"顺治出家""太后下嫁"，到今天诸位熟悉的纪晓岚智斗和珅。还有各种戏说雍正、乾隆的连续剧。打开电视，你尽管转台，都是辫子。去年春节，北京街头的小孩子，居然也戴起拖了条小辫子的帽子来，可见其影响。清宫清史之所以可以"戏说"，还有一点，没有意识形态的限制，你爱怎么说就怎么说，反正没人抓你的小辫子。因此，说远不远、说近不近的康熙、乾隆等，也就成了今天电视连续剧的最佳男主角。至于晚清乃"多事之秋"，重大历史事件很多，鸦片战争、太平天国、火烧圆明园、同治中兴、甲午海战、百日维新、庚子事变、辛亥革命等，看得你眼花缭乱，惊心动魄，更是适合于拍电影及电视连续剧。

离开电影院，我们进入大学课堂。要在大约一个小时的时间里，让诸位对晚清七十年史事有大致的了解，不是很容易。先说道光二十年，也就是1840年的故事。不论你在什么地方念书，中国的大陆、香港、台湾，或者美国、欧洲、日本，我想都会提到这至关重要的1840年。谈论这一年，必须同时关注林则徐的广州禁烟，以及英国以军舰作为后盾的贸易政策。英军入侵，是为了政治，为了商务，不完全指向烧鸦片烟这件事。"林则徐烧鸦片烟，导致中英战争"，这说法不对。在当时，英军没有真正成功地进入广州，而是转而到定海，最后在南京进入长江口。1842年兵临南京城，清朝被迫签订了近代中国史上第一个不平等条约——《南京条约》。诸位知道，《南京条约》有好几项内容，一是赔款，再就是"五口通商"，还有承认先前在广州签订的"穿鼻草约"，也就是割让香港。

中西交涉的这条线，暂且放下来，转而谈论"内忧"。接受了一点基督教文化同时又有很大创新的洪秀全，创立了"拜上帝会"，在广西桂平的金田村举事，创立了"太平天国"。这可是近代史上的大事，影响极为深远。学界为这事，也吵了半个多世纪。我们先说这件事的大概：1851年广西起义后，太平军纵横驰骋大半个中国，在 1853 年占领南京，并定都南京。此后，兵分两路，一北伐，一西征；北伐失败，西征同样覆灭。但是，就在太平军举事的同时，北有捻军，南有天地会，南北夹攻，清廷处境十分艰难。用"四面楚歌"来描述 1850 年代清廷的状态，一点不为过。太平军打出的旗号，带有浓厚的西方宗教色彩，这样一来，有一批笃信儒家伦理道德的士大夫，不是为了清廷，而是为了中华文化，起而抗争，这就是诸位都知道的曾国藩等人。不再是简单的"改朝换代"，而是事关中国伦理、儒家文化的存亡，读书人方才开始练兵。湘军与太平军打仗，彼此互有输赢，但 1856 年的事变，使得太平军从此走下坡路。不满东王杨秀清专横跋扈，韦昌辉、秦日纲联合起来，把他杀了，同时杀了东王手下的两万士兵，还想追杀前来讲理的石达开。天王洪秀全联合其他力量，反过来诛杀了韦昌辉和秦日纲。经过这么一番内讧，太平军主要将领有的被杀，有的出逃，情势于是发生大逆转。

"内忧"这条线，还有很多后话，暂时搁下，回过头来看看"外患"。传教的限制放松了，可教案不断出现，于是有了 1860 年英法联军打到北京城这件大事。看过电影《火烧圆明园》的，对这事的来龙去脉，多少应该有些了解。不过，这里有点蹊跷，以前大陆的研究者不太愿意说，可这不是什么天大的秘密。英法联军火烧圆明园，这在当年的西方也都招人非议，今天更是成了中国人控诉帝国主义暴行的绝好教材。

关于这件事，我想说三点：第一，英法联军残暴；第二，清廷昏聩无能；第三，最后彻底毁了圆明园的，不仅是英法联军，还包括中国人自己。圆明园遗址公园，今天是北京的一处重要景观，诸位有机会去游学，一定得去看看。可请大家注意，现在的模样，不是英法联军烧后的样子，是很多中国人趁火打劫的结果。诸位要是到东北看张作霖的墓，那里的石人石马是圆明园的；到河南袁世凯的墓上看，那墓道两边的很多石刻也是圆明园的；当然，北大校园里那对很漂亮的华表，也来自圆明园。也就是说，当年英法联军把园里的珍宝抢了，把园子烧了，随后的几十年，中国官吏把地上能拿的东西都搬回家。这种历史文化遗迹，看了让人感慨万端。现在的圆明园里，真正的古建筑很少。前些年勘察，发现一座小庙，还有三十几间房子，那是清代的东西，因长期作为工厂的仓库，堆放东西，所以保留下来了，目前正加紧修复。据说圆明园正准备申请世界文化遗产，可发现一个问题，只有遗址，地上的东西大都没了。有人建议，把失散在全国各地的圆明园的东西全要回来，可这么一来，得拆好多校园或陵墓，那可都是重点文物保护单位。看来只能这样，用如此破烂不堪的遗址，警醒世人英法联军的残暴与国人的愚昧。

好，前面说到，1860年英法联军打进北京城，对于此前自认为"天朝上国"的中国人来说，是特别大的打击。这部分先按下不表，我们回到太平军。

在曾国藩的湘军崛起之前，号称精锐的八旗军不堪一击。太平军内讧，湘军特能打仗，再加上当时上海的洋人组成了洋枪队帮助清廷，战争形势急转直下。曾国藩派遣部将安徽人李鸿章到上海去联合洋枪队，这件事对以后的政局影响很大。诸位知道，李鸿章是晚清政局的关键人物，他所率领的淮军，以及曾国藩的湘军，袁世凯的新军，取代八旗兵，成为清末民初最为重要的军事力量。太平军直接促成了湘军、淮军的崛起，同时使得李鸿章到上海跟外国人打交道、办洋务，这可都是晚清的重大转折。1864年，南京城破，洪秀全自杀。此后，太平军遗部继续作战，天地会、捻军等仍在活动，一直到1877年，大局方才稳定。这场内战，总共打了二十八年，有的是全国性的，有的是局部地区的，其中受损最严重的是中国最为富裕的江南一带，战事长的十年八年，短的也有三四年。这场动乱，使得中国的经济大倒退，人口减少，文化消沉，江南藏书多毁于战火，国势衰微，危若累卵。

关于太平军的功过，历史学界意见分歧很大。早先，晚清的革命派章太炎等人，为了反对清廷，对太平军大加表扬。后来，共产党掌握政权，"太平天国"更是作为中国历史上最伟大的一次农民起义，备受称颂。一直到 1980 年代末 1990 年代初，大陆学界方才开始反省太平军的负面作用。其中，哲学家冯友兰在《中国哲学史新编》第六册（北京：人民出版社，1989 年）里，称近代中国的主流是振兴工业，提倡科学和技术，走近代化之路，而洪秀全的宗教宣传和太平天国的神权政治逆历史潮流而行，把中国历史拉向后退，不值得颂扬。请大家注意，几十年来，中国人极力歌颂太平军，到了世纪末，方才对太平天国的意识形态、宗教政策，以及对整个经济环境的破坏，持严厉的批评态度。当然，这跟当下中国社会及思想的转变大有关系，以经济建设为中心，扩大国际交往，淡化意识形态，允许不同意见的争论等。最近十年，中国学界谈论太平军，不再一边倒，有人继续表彰，有人严厉批评。

按下太平天国不表，回到清朝的内部事务。1861 年，短命的咸丰皇帝死了，那拉氏和恭亲王联手，把大臣肃顺等人杀了，这个故事，我相信看电视连续剧的人耳熟能详。同治皇帝即位，开始了晚清比较光鲜的一段时期，史家称为"同治中兴"。所谓"同治中兴"，关键在于洋务运动，造船、制炮、开矿山、修铁路、架电线等。跟这些相配合的，我想也是诸位和我比较关心的，还有

1862年京师同文馆的建立。京师以及各地的同文馆，起先只是学外文的，后来才增加物理、化学等学科。在京师同文馆的发展过程中，美国传教士丁韪良（W.A.P. Martin）起了很大作用；他也是后来京师大学堂的西学总教习，对这所大学的创立起了很大作用。同文馆后来并入京师大学堂，而京师大学堂是北京大学的前身。

除了开矿、造船、办学校，翻译西书也是洋务运动最值得一提的功绩。本来，"同治中兴"给了很多中国人希望，以为中国的改革可以获得成功；可1894年的甲午海战，北洋水师全军覆没，使得清廷内部的自我改革遭到重大打击。1895年在日本签订的《马关条约》，割让台湾，赔款二万万两银子。割让台湾的这段历史，诸位肯定比我熟悉；至于赔款的二万万两，到底是多大的数字？略为估算，大致相当于清朝当时两年国民收入的总和，或者说等于日本当时三年的国民收入总和。一边赔了两年，一边赚了三年，此后，日本把这笔钱放在国家现代化的建设上，而清朝则因这笔赔款一蹶不振。在我看来，甲午海战的结局，既使得日本得以迅速现代化，也堵死了清朝在东亚崛起的可能性。因此，这不只是海军的失败，而是整个清朝命运的大逆转。我说晚清中国"内忧外患"，内有太平天国、捻军、天地会，外则是一次次的签约、赔款。而所有对中国的打击最沉重的，很可能是日本的这一次。

到了这一步，不能不改，于是有了1898年的"百日维新"。清廷的这场自我革新，只推行了百日便以失败告终。康有为、梁启超亡命天涯，谭嗣同等六君子英勇就义。这其中有路线的斗争，也有利益的扞格。为什么这么说？百日维新期间，颁布了一系列法令，大大损伤了既得利益者，即便没有袁世凯告密，照样会有政变。当时很多主张改革的地方大员，对康有为孤注一掷的做法很不以为然。此前康有为没做过官，没有实际从政的经验，只凭理念与激情，一天好几道命令，弄得朝野上下怨声载道。这是一个改革家，很有理想，也很果敢，希望在短时间内，借助皇帝的力量重整山河，按照自己的理想治理国家。可这一没有配套措施、触犯很多人实际利益的改革，导致了旧派（后党）重新聚结，在慈禧太后的帮助下，迅速将其镇压。

百日维新失败，再加上庚子事变爆发，真是雪上加霜。义和团的起因等，可以暂且不论；慈禧太后忿恚其冲击各国驻北京使馆，甚至向世界各国宣战，简直是疯了，说是"你们逼得我没路走，那就跟你们拼了吧！"可宣战之后，八旗兵根本不顶用，慈禧于是狼狈逃窜，跑到西安。在这过程中，封疆大吏李鸿章、刘坤一、张之洞等人，联合提出"东南自保"，也就是说，他们保证江苏、上海、湖北、广东一带外国人不被伤害，外国军队不必前来"保护"。中央政权对外作战，地方实力派自保门户，这种情形，清廷不亡才怪。

庚子事变的结局，除了赔款，慈禧太后也被迫采取了一系列改革策略，包括办学堂等，好多是戊戌变法时想推行而没有成功的。也就是说，经过庚子事变，清廷终于同意改革了，只不过这个代价太沉重了，不只贻误时机，还死了这么多人，把国家搞得破破烂烂的，这才又重新开始。这期间，有几件事值得一说。第一是袁世凯练兵以及新军的崛起，这跟辛亥革命以及日后的军阀混战有直接的联系；第二，张之洞办教育，影响日后的思想文化走向；第三，张謇等人的办实业，走出另外一条救国的道路。军事、教育、实业，这三者都很有成绩；而在各种改革中，走得最慢的是政治体制。同样考虑政治制度的革新，也有从何入手的问题。这方面有两个先觉者，严复与孙中山，思路也很不一样。在伦敦会晤时，严复告诉孙中山，就中国目前的教育水平，搞革命不可能成功，还是得从教育入手，逐渐提升中国人的知识水准与道德素养，而后才能建立起理想的政治制度。孙中山听了，说很有道理，可人寿几何？也就是说，远水解不了近渴，等不及了，还是得采用激烈的手段，争取毕其功于一役。英国式的改革走不通，只好取法法国式的革命。日后，孙中山的思想占了上风，以暴力革命建立新政权，成了国共两党的共同思路。

最近几年，反省中国这一百年走过的路，不少知识分子提出这样的问题：暴力革命是否一定必须？政治改良是否一定不行？晚清的洋务运动、戊戌变法，以及严复等人所思考的教育／文化建国之路，是否一定走不通？反省历史，很多人对此前太推崇革命很有意见，以为这导致了百年中国破坏多而建设少。我赞同反省激进主义思潮，但不看好清廷的自我改革。晚清的变革，是被形势一步步逼出来的，当政者并没这种襟怀与眼光。最后逼到了政治制度这一关，还是过不去。说是要走英国君主立宪的路，可一拖再拖，贻误时机，最后促成了孙中山领导的暴力革命。现在假设清廷幡然悔过，国人咸与维新，走英国式的路，用最小代价完成社会转型，实在是不了解当时的实际情境。

这节课的目的，是用最简短的篇幅，给大家梳理一下晚清这段历史。下面，我用几句话来概括，让大家明白，这七十年中有哪些东西值得特别注意。第一是中外交涉，包括侵略与反侵略，还有教案等；第二是内乱，内乱里头，请大家注意，除一般王朝都有的君民矛盾外，还有清代特有的满汉矛盾；第三是洋务，洋务包括军事（如水师）、工业（如江南制造局）以及日用民生（如电报、铁路）等；第四是传教与兴学，晚清的传教士不仅从事宗教及政治活动，同时也编报刊、办学堂，"兴学"固然与洋务有关，更牵涉晚清的文化传播与启蒙思潮。谈论晚清的政治、思想、文化层面的变革，必须考虑清政府的自强运动，维新派的改良思潮，以及激进知识分子的鼓吹革命，这三种力量都在推动社会往前发展。至于以前中国学界之拼命突出太平天国以及义和团的正面价值，现在看来，大有问题。因此，我更愿意强调自强运动、改良思潮和革命宣传这三者对晚清七十年的影响。

二、报刊研究的意义

上一堂课，我约略谈了晚清七十年风云，内忧外患、洋务运动、传教士、兴学堂等，这些概述，乃一般知识背景；从这节课开始，逐渐转入我自己的研究视角。

讨论晚清，从政治史、经济史、文明史、宗教史、交通史等各种不同角度切入，其采用的方法和努力的方向，会有很大的区别。我这门课主要关注晚清文学和文化，会有什么样的研究方法，会锁定什么样的特定对象，必须有所交代。先说学界已有的研究思路，大略说来，不外以下四种。

第一，谈文学与文化，晚清中国，最突出的潮流，当然是借鉴西方文化。这就是诸位很可能十分熟悉的论述思路，从谭嗣同等人撰写"新体诗"说起，关注黄遵宪、梁启超等如何在诗文中描摹、歌咏新事物，比如电报、轮船、议院、国会等。再进一步，将西洋器物与"欧西文思"结合，于是有了"新文学"。从"欧西文思"如何进入中国并影响中国文学的走向这一角度，解读晚清文化与文学，这一思路，在 1920 年代就已形成。

第二，从 1930 年代开始，由于马克思主义及其唯物史观的传播，很多文学史家开始关注小说、诗歌、戏剧中所体现出来的社会生活的变迁。从这个角度进入中国文学研究的，不妨以阿英的

《晚清小说史》为代表。此书1930年代以后不断修订重版，影响很大。借小说、歌谣、传说以及戏剧等，勾勒并诠释晚清七十年的风云激荡，这思路到现在还有生命力。

第三，从1950年代到1980年代，由于特定的意识形态需要，大陆特别强调文学作品"反帝""反封建"的意义，于是关注太平天国的文书、义和团的歌谣，或者捻军的故事等，姑且称之为被压迫民众的文学想象。这一研究思路，面临很大的危机，还不是"政治正确"与否的问题，而是太平军、义和团等就那几首歌谣，只能转而搜集乃至创作"民间故事"。

第四个研究的方向，我称之为"现代化想象"。所谓"现代化想象"，即认定晚清社会发展的主要动力是向西方学习，从早年的洋务运动，到后来的提倡思想启蒙，不管是器物还是精神，都是在中西文化的交流、碰撞中发展壮大的。这里包括真假的"现代化"与真假的"文明"，李伯元小说《文明小史》以及《官场现形记》等，对此有很生动的表现。这两本书，一般人喜欢后者，但就对晚清社会的表现以及"现代化想象"来说，《文明小史》更适合作为研究的样本。谈论"现代化想象"，当然必须特别关注西洋文学进入中国。1898年林纾译述的《巴黎茶花女遗事》出版，开启了一个新的文学时代。所谓"可怜一卷《茶花女》，断尽支那荡子肠"，不只

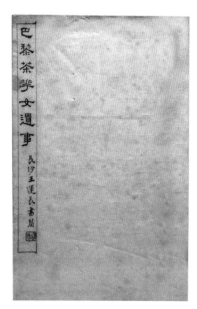

林纾《巴黎茶花女遗事》

是茶花女的悲苦命运，让中国人倾心的还有小说的表现手法。不过，有一点必须提醒诸位注意，早年介绍进来的西洋小说，大都是人家那边的通俗小说。通俗小说变了一个环境，成为士大夫的案头读物，乃至影响了中国文学进程，这时候，"俗"也就变成"雅"了。我在《二十世纪中国小说史（第一卷）》里，曾专门讨论这个问题。

这四种思路，都有其合理性，也都取得了很多研究成果；但是，假如希望找到一个兼及物质与精神、文化与文学、内容与形式的研究方向，我会特别推荐"报章研究"。在我看来，近代报刊的出现，是整个晚清文学与文化变革的重要基石。可以这么说，报章作为一种传播媒介，既是物质的，也是精神的。媒介并不透明，本身就带有信息，这点，读现代传播学的，大概都能理解。这一点，很像 1980 年代的谈论"有意味的形式"，即承认所谓的"文学形式"选择，本身便隐含着某种审美趣味，或者说"形式化的内容"。这一思路，当初被讥为空洞花哨的"形式主义"，现在已被广泛接受。稍微认真观察，我们便很容易注意到，从明清版刻到近代报章，这一转折，不仅仅是技术问题，还牵涉传播形式、写作技能、接受者的心态、写作者的趣味等，实在是关系重大。文人著述，不再是"藏之名山，传之后世"，也不再追求"十年磨一剑"，而是"朝甫脱稿，夕即排印，十日之内，遍天下矣"。这种文学生产及传播方式的巨大改变，让当时中国的读书人，既兴奋，也惶惑。我在《中国小说叙事模式的转变》以及《二十世纪中国小说史（第一卷）》等书里，再三谈论过这个问题，下面我还会提及。只是在正式讨论之前，我先引述三段话。

第一段，摘自 1901 年《清议报》第 100 期上《中国各报存佚表》，那是晚清很有预见性的名言，只可惜无法考证作者。这段话在我看来，很有象征意味："自报章兴，吾国之文体，为之一变。"近代的报纸、杂志出来以后，中国人的生活方式以及文章体式全都发生了根本性的变化。第二段，黄遵宪看了章太炎发表在《清议报》上的文章后，说了一句话："此文集之文，非报章之文。"（《致汪康年书》）报章自有其独特的文体，不同于此前的专门著述，这一点，今天看得很清楚，当初可是不太明白的。在黄遵宪看来，章太炎文章太古雅，一般人读不懂，那不是报馆文章的正格。第三段，梁启超读了严复译述的《原富》后，写文章推介，说这书译得很好，只是文章太务渊雅，刻意模仿先秦文体，一般读书人看不懂（《绍介新著·〈原富〉》）。严复回信说：我是为有文化、有教养的人写作的，不想迁就市井乡僻不学之徒，我们应该努力凸显"中国文之美"，而不是随波逐流，写鄙俗的报馆文字（《与〈新民丛报〉论所译〈原富〉书》）。

这三段文字，都说明一个问题：报纸杂志出来以后，当时中国的读书人，都明确意识到，我们的文章在变。至于是变好还是变坏，取决于各自不同的文学趣味。这里所说的"文体"，应该涵盖诗歌、文章、小说、戏剧等。传播方式不同，信息也随着变形；同样，文学发表途径变了，其风格也不能不有所转移。

整个20世纪，绝大部分的文学作品都是在报纸杂志上发表，然后才结集出版的。一个人从没有发表过诗，突然出了本诗集，这种情况有，但不多。这是第一。第二，所有的作家，多多少少总跟报纸杂志有关系，好多本人就介入了报刊的编辑业务。第三，报纸杂志往往成为推动学术潮流和文学潮流的重要力量，用今天的话说，就是报刊适合于"造势"。文学要革新，学术要进步，需要集合一些同道、提出一些口号，以推进文学及学术事业的发展，这时候，个人著述的影响力，远不及报纸杂志来得大。第四，报纸杂志成为集结队伍、组织社团以交流思想的主要阵地。假如诸位读唐诗、宋词，你就会发现，诗酒唱和是一种很重要的手段；晚清以降的文学，则主要以报刊为中心来展开。比如，新文化运动后，北京的读书人喜欢在中山公园里的来今雨轩聚会，报刊编辑也喜欢借此组稿。思想传播、人际交往、社团组织，还有各种文学情报的交换等，全联系在一起。所以，假如要谈晚清以降中国文学或文化的发展，一项重要的推动力量，就是报纸杂志。

这么一来，很容易推导出一个结论：研究古代中国文学，可以文集为中心；研究晚清以降的中国文学，则必须把报章的崛起考虑在内。你研究杜甫，可以主要依据仇兆鳌的《杜诗详注》等个人专集；可你研究鲁迅，死抱住一部《鲁迅全集》远远不够，除了细读本文，你必须考虑他每篇文章的生产与传播。在我看来，这是古代文学研究与现代文学研究的最大差异。

我曾经说过，最近十年，假如研究中国文学，最具挑战性，也最有发展潜力的领域，一是先秦，一是晚清。为什么？因为出土文献及各种考古新资料，使得我们对先秦的历史、思想、文学的看法，发生了很多变化。至于晚清，则是目前正逐渐成形的报刊研究热，使我们得以将文学作品置于新的生存空间，展示其不同于古代文集的性格。

记得史家陈寅恪在给陈垣的《敦煌劫余录》写序时，提及一个时代有一个时代的新问题，一个时代有一个时代的新材料，用这些"新材料"研究"新问题"，方才构成"时代学术之新潮流"。对新资料、新方法、新问题没有兴趣，或者说一点感觉都没有，只能说是"未入流"。这么说的话，最能体现"预流"的，应该是像陈寅恪表彰的王国维那样，将地下文物与地上资料相印证。可以说，考古学是这一百年来中国人文研究领域里成绩最大的，它彻底改变了我们对于整个中国上古史的想象。而且，你不知道地下还有多少随时准备出土的好东西！所以，考古学成果日新月异，做古代中国史的，无不眼睛睁得大大，生怕错过了重要的史料。

可话说回来，你如果研究的是宋元以降的文史，考古资料的重要性相对小得多。你肯定会问我，研究晚清，新资料在哪里？我很喜欢晚清文人孙宝瑄的一句话："以旧眼读新书，新书皆旧；以新眼读旧书，旧书皆新。"出土文献当然是"新资料"，但此前不被学界关注、由于眼光变化而进入视野的，同样是"新资料"。换句话说，你能读出新意，死东西也能变活。像旧报纸、旧杂志，早就存在于各国的图书馆、档案馆和博物馆，就看你会不会用。在我看来，晚清以降的文史研究，不能只读作家或学者的文集，必须同时关注报刊、档案等，这样才能扩大视野，以"新资料"研究"新问题"。

三、文学史家的报刊研究

接下来，我想讨论"文学史家的报刊研究"。一百年前，梁启超在《饮冰室自由书》中，曾将"报章"列为"传播文明三利器"之一。另外两个传播文明的最有效途径，一是学堂，一是演说。这个说法，今天看来，很有预见性。20世纪中国的社会生活、文化形态等，之所以不同于往昔，很大程度在于报章、广播、电视以及互联网等大众传媒的迅速崛起。从1872年《申报》创刊，发行量不到千份，到今天卫星电视覆盖全世界，大众传媒的影响越来越大。说"媒体帝国操纵人类生活"，有点像寓言；然而可以确定：现代人的生活方式、情感体验、思维及表达能力等，都跟大众传媒发生了很大的瓜葛。

大众传媒在建构国民意识、制造时尚、影响思想潮流的同时，也在建造我们的"现代文学"。可以这么说，现代文学之所以不同于古典文学，有思想意识、审美趣味、语言工具等方面的差异，但归根到底，现代文学与大众传媒的结盟，很可能是最重要的因素。对于作家来说，与大众传媒结盟，不仅是获得发表园地，更深入影响其思维与表达方式。如果是业余写作，说纯粹依照自己的趣味，不受外界的影响，那还有可能；而一旦成为职业作家，不可能只为自己写作，潜意识中会有读者的影子，还会考虑到发表园地。同一件事，你怎么写，是用书信、游记、长篇小说、新闻报道，还是抒情诗，这种文体选择，已经掺入了生产及传播的因素。在这个意义上，理解大众传播，不只是新闻学家的任务，思想史家、文学史家也都必须认真面对。当然，把"大众传媒"与"现代文学"连结起来，做综合性研究，目前还处于尝试阶段，在我看来，"报章和文学"，甚至"广播和诗歌""电视与小说"等，都涉及以下问题：纪实和虚构、图像和文字、思想和文学、运动和操作、潮流和个性、生产和接受等。这一系列问题，不管理论还是实践，都有待进一步探究。

假如同意上面的说法，那么，研究现代文学，必须将其生产机制与传播方式考虑在内。当然，具体操作起来，会有不少困难。比如，同样是大众传媒，文字的和图像的，平面媒体和电视媒体等，会有很大的差别。即便只说报章中的文学，登在报纸和登在杂志上，很可能不一样；文学杂志与综合杂志、文艺副刊和专题周刊，也都有不小的区别。诸位如果有兴趣，不妨关注《"中国时报"》的"人间副刊"，那上面刊登的小说，与《中外文学》上发表的，到底有没有区别。不只关注文学和大众传媒的关系，进而考察身边的报纸、文学杂志乃至漫画周刊，如何影响国人的日常生活。还有，看看报纸上的广告，什么占主导，是化妆品、保健品、征婚广告，还是艺文图书？比如说，十几年前我第一次到日本，看《朝日新闻》第一版的广告全都是人文、社科方面的专业图书，很感动。那时候在大陆，第一版登广告，那是不可想象的。现在有了，第一版广告不少，但不会是学术书籍。大报的广告，其实很能代表一时代民众的生活及文化趣味，这比第一版慷慨激昂的社论还精彩，还准确。

之所以谈这个问题，那是因为这些年来，我所在的北京大学，不少学者有志于此。其实不只是北大学者，好些受邀到北大讲学的外国学者，也喜欢谈这个问题。我去年邀请了三个外国学者，一个讲《申报》，一个讲《新青年》，一个讲《现代》，没有事先安排，是不约而同地都来谈报刊。还有，去年上半年在德国、下半年在北大，开了两个学术会，一谈"大众传媒如何赞助新文化"，一讲"大众传媒与现代文学"。作为文学史家，将大众传媒纳入考察的视野，对于北大人来说，并非始于今日。可以说，这跟北大建立"现代文学专业"的背景有关。最早在北大教现代文学课程的王瑶先生，他原先作中古文学研究，1950年代初转而治现代文学，并以《中国新文学史稿》（上海：新文艺出版社，1953年）一书奠定了这一学科的根基。大概是跟他从古典文学研究起家有关，王先生特别强调书籍版本以及原始资料的积累。他培养研究生，有一个基本要求，必须翻阅旧报刊。我们有一门必修课，叫"现代文学史料学"，主要是培养研究生对于旧报刊的感觉。你可以不做专门研究，但你必须对现代文学的这一生产环境有所了解。你大概会说，念文学的，下这个笨功夫，有必要吗？我说"有"。

不是因为北大旧报刊收藏多，就故意这么做，作为文学史家，你必须意识到：第一，很多作家在作品结集成书时，对原作加以删改，以后又随着意识形态的变化而不断修整自家的著述。

你只读文集，很容易上当。最典型的例子是郭沫若的诗集，以往的文学史家常常根据《女神》来论证郭沫若五四时期的文学及政治思想，殊不知郭先生与时俱进，不断修正自己的面貌。作家有权不断完善自己的著作，但对于文学史家来说，了解作品的初刊与修订，免得上当受骗，是很必要的。而对于所有作品来说，最初发表在报刊上的样子，是最值得关注的。

第二，为什么研究报刊，因为所有的作品都是在网络中生成的，所有的作家都不是从天而降，而是在与前代或同代的作家对话中创作。在朋友中、在圈子里、在报章上，作家酝酿思路并最终完成著述。作品在网络中生成，也只有回到特定的网络中，你才能真正理解他。一旦抽离特定的语境，作为单独的文本，不太好准确把握。举个例子，我到这儿来，读《"中国时报"》"人间副刊"上的文章，没头没尾，不知道他/她为什么这么说话。了解其前后左右，我才明白人家是"话中有话"，平淡的表达里，包含不少生机、玄机与杀机。单独读一篇文章，不觉得好玩儿；放到那个网络里，方才知道大有深意。对于文学史家来说，翻阅旧报刊，让你了解文学的"原生态"，知道人家为什么采取这种发言姿态，对话者是谁，有什么压在纸背的话。在触摸历史的同时，获得那个时代读者才有的共同感觉，这样来谈论作家与作品，比只读重印本、改编本、全集本，要直接、生动、丰富得多。

文学史家为什么要关注研究报刊，刚才说了，第一，有感于现代作家不断根据时势的变迁修改自己的作品；第二，读报刊能让我们对那个时代的文化氛围有更为直接的了解。现在说说第三点，读报刊时，经常可以发现新的资料，让我们对旧说提出疑问，对历史有新的解释。前两天有位同学告诉我，她读北大中文系教授的著作，发现我们对史料的使用特别讲究，不太欣赏借题发挥，而是强调新资料的掌握与诠释。我说，这跟我们的学术趣味有关，不满足于讨论具体的作家作品，更多着眼于文学现象、思潮、流派等，这就注定了其不能限于作家文集，必须有比较广泛的阅读与搜罗。

但 1990 年代以后，学者们关注报刊研究，其实还有别的文化因素。首先是德国思想家哈贝马斯的影响，他的"公共空间"（public sphere）理论，经由美国汉学家的发挥与转化，特别关注晚清的申报馆等出版机构对于中国现代思想文化史的意义。接下来是法国社会学家布迪厄提出的"文学场"（literary field），这一概念也被传入中国。前者的《公共领域的结构转型》（曹卫东等译，上海：学林出版社，1999 年），以及后者的《艺术的法则：文学场的生成和结构》（刘晖译，北京：中央编译出版社，2001 年），这两本书，加上 1980 年代就有广泛译介的文学社会学，使得近几年大陆的不少学者，对晚清以降大众传媒的出现，尤其是如何改变了传统中国的思想文化地图，很感兴趣。只是在理论预设上，大家对哈贝马斯的说法不无疑虑。

毕竟，18 世纪欧洲中产阶级的生活习惯，与晚清上海的平民百姓相去甚远，而"公共空间"催生的公民意识与民主诉求，在晚清上海也没有真正落实。相对来说，大陆的文学史家之借道报刊，更多关注文学及历史的原生态，对"公共空间"以及"文学场"理论的是非，较少牵涉。用我们系钱理群教授的话来说，每回埋头于旧报刊的灰尘里，就仿佛步入了当年的情境之中，常常为此而兴奋不已。旧报刊里灰尘多，当你两手黑黑，鼻孔也黑黑的，从图书馆走回家，也许两眼放光，也许一无所获。但不管怎么说，曾经认真拂拭过历史尘埃的人，他们讨论起历史来，那种凝重的感觉，那种亲切的神态，是只读文集的人所不能想象的。这或许就是刚才

44

所说的，北大学者谈论文学，比较有历史感的缘故吧。这种学术路数，不见得每个人都欣赏，我只是略为解说，供各位参考。

假如我们承认报刊研究对文学史家有意义，那么接下来的问题就是，怎么样从事这种研究。

四、报刊研究的策略

最近二十年，中国大陆的现当代文学研究，其重心不断移动；这移动的大趋势，很值得关注。1980年代初期，以作家论为主；1980年代中后期，由作家转向作品。为什么会有这个变化？因为在此之前，很多作家被"打倒"，"文化大革命"中，只剩下鲁迅走在"金光大道"上。《金光大道》是北京作家浩然写的一部长篇小说，符合江青等人的口味，"文革"中很红。除了鲁迅，其他现代作家都倒了大霉，几乎没一个好人。这种很不正常的状态，随着思想解放运动的展开，必然被迅速纠正。1980年代初，现代文学研究很红火，那是跟整个国家的政治形势联系在一起的。此前被抹黑、被抹杀的现代作家，"忽如一夜春风来，千树万树梨花开"，全冒出来了，而且得到越来越多的肯定。当然，这一为冤屈的作家"平反昭雪"的过程中，也有争议，但总的来说，进展很顺利。对于作家来说，成败的关键，还是作品，过了激动人心的平反期，该走向具体著作的文本分析。这个时候，"新批评"进来了，"形式主义批评"进来了，"叙事学"等西方文学理论陆续被介绍到中国来，整个研究由作家转向作品，尤其关注作品的美学价值、形式感等。包括敝人的《中国小说叙事模式的转变》，你一听书名，就知道其视角及重点所在。

1980年代中期起，还有一种思路，就是不满足于个案研究，追求综合把握，那时叫"宏观研究"，即用大历史的眼光来看待整个社会及文学的变迁。落实在现代文学研究中，就是注重社团、流派的研究，比如说文学研究会呀、创造社呀，或者现代主义、新感觉派等，都是重点关注对象。这一思路，一直延续到1990年代初期，好多博士论文题目，就叫"存在主义与中国现代文学""现代主义与中国现代文学""浪漫主义与中国现代文学"等。到了1990年代中后期，大家发现，讲那么多流派，实在有点很生硬。整天讨论这个作家属于这个派还是那个派，这个流派到底从哪年开始形成，到哪年结束，诸如此类的话题，很容易割裂了作家作品，忙于贴标签而忽略了作品的美学内涵。

于是，学界开始转向"文学现象"。从1980年代初开始，王瑶先生就极力推崇鲁迅的以文学现象为中心展开论述的思路；但一直到1990年代中后期，随着文化研究以及传媒研究的逐渐升温，这一思路方才得以普及。在这过程中，报刊研究逐渐得到文学史家的重视。

在某种意义上，文学现象研究与报刊研究，二者互为表里。为什么研究报刊？为什么注重文学现象？这跟以下几个假设有关：首先，关于研究对象的"大"和"小"，作家太小，流派太大，而文学现象居于中间，而且是文学的原生状态，适合于把握。其次，以前只谈作品本文，或者纯粹的形式问题，后来转而讨论社会与作品的关系，相对地忽略了文学的审美特性，这样互相割裂的"内部研究"和"外部研究"，都有问题。用文学现象、报刊研究等，把这两者串起来，借此沟通文学的"内"和"外"。再次，传统的研究强调"功力"，注重原始材料的搜集与整理；新潮的研究注重"理论"，先有"后现代"或"女性主义"的预设，然后再来找研究对象。如果从文学对象或报刊研究入手，可以兼及二者之长。也就是说，面对学界"大与小""宏观与微观""内与外""文化与文学""传统与新潮""功力与理论"等纠缠不清的论争，文学现象与报刊研究作为一个比较恰当的园地，让大家进来，自由发挥。你会发现，从事文学现象或报刊研究的，有特别时髦的，也有特别古板的，各尽所能，各取所需，而且相安无事。

比起单纯的作家作品研究，从事文学现象或报刊研究的，需要较强的理论眼光和综合把握能力。以前你做作品研究，比如研究《红楼梦》，我把小说读得滚瓜烂熟，再把曹雪芹的家世带进来，挥舞我掌握的理论武器，很容易就可以冲锋陷阵了。现在可好，面对庞大而且漫无边际的对象，或者说"文学场"，你该如何入手？以报刊研究为例，学生说，读的时候很开心，研究起来很头疼。你会不断发现一些很有价值的线索，比如几则好玩的消息，或者有趣的广告，还有此前大家都没注意的作品，你会很高兴。可除了史料钩沉，更重要的是，如何将你的"发现"纳入整个论述框架。你找了很多东西，可这么多东西又能说明什么？大学者或许能点铁成金，至于刚入门的研究生，则很可能一头雾水，陷进一大堆有趣的史料而无法自拔。这个时候你会发现，对于学生来说，眼光、学力与理论修养的协调，不是很容易。这是我们碰到的最大问题。

至于具体操作，将报刊研究与文学研究相结合，有两种不同的办法，一是以报刊为研究对象，一是以报刊为资料库。以文学报刊或包含文学专栏的综合性报刊为研究对象，比如研究梁启超创办于 1902 年的《新小说》、五四前后大放光芒的陈独秀主持的《新青年》，或者 1930 年代施蛰存主编的大型文学期刊《现代》，看似很平常（因范围确定，作品量不大），其实不太好把握。除非你只谈创办人或主要作家作品，否则，涉及的人物很多，而所有的人物又都不仅仅出现在这个报刊，你凭什么谈这个不谈那个。这需要定见，需要理论设计，更需要整体把握能力。后者相对容易，以报刊为资料库，你可以做文体研究、文人集团研究、都市文化研究、文学潮流研究等。当然，报刊作为作家文集之外最为重要的资料库，进入其中，必须有明确的理论预设与自我选择能力，否则，很容易捡了芝麻丢了西瓜，或者面对宝山无所适从。你想找什么，你找到了什么，你如何有效地使用你找到的新资料，其实受制于、也反过来影响你对作家文集的理解。换句话说，对于研究者来说，保持报刊与文集之间的持续对话，是发现问题并解决问题的关键所在。

这种研究，做得好，可以给人耳目一新的感觉。我不敢说这是最好的研究思路，我只是强调，研究晚清以降的文学，一定要发展出不同于古代文学研究的方法与思路。假如还照研究杜甫、白居易那样，不考虑现代报刊及出版等新的文化因素，抹杀"报馆之文"与"文集之文"的巨大差别，那很难有大的突破。报刊研究不只给你提供了回到历史现场、理解一个时代文化氛围的绝好机会，同时也让你驰骋想象，重构那个时代的"文学场"。这是古代文学研究所不具备的，故应该珍惜。

做六朝研究的，或者做唐宋研究的，经常会说，研究者必须"竭泽而渔"。也就是说，研究一个问题，必须把所有相关资料全都看完，就好像把水弄干，将所有的鱼一条不落地抓起来。这句话，作为志向表述可以，作为硬指标则很难。因为，研究宋以前的历史或文学，大致可以做到这一点；研究明以降的，几乎做不到。如果你研究的是晚清文化与文学，希望将所有资料看完再发言，很可能一辈子都开不了口。因为读不完，直接资料、相关资料、背景资料，真的是汗牛充栋。研究者必须有较强的驾驭资料的能力，还得有明确的问题意识，用我刚才的话，就是"你想找什么？"如果没有明确的问题意识，你会迷失在茫茫大海里。可以这么说，报刊给我们提供了巨大的资料库，同时也提出了很大的挑战。做这个活，需要敏感、意志、体力、问题意识以及宏观把握的能力。否则，你进不去。

谭嗣同 1897 年在《时务报》上发表《报章文体说》，称"报章总宇宙之文"，也就是说，天下文章三类十体，而唯有报章无所不包。这说法很形象，也很精到，值得我们深思。报章之文与文集之文不一样，不只是单篇，更包括总体结构。读古人文集或合集，你会发现"五古""七律""碑记""书札"等，是分开排列的，而你读报章，各种文体纷至沓来，毫无规律可言。同一张报纸或同一本杂志，甚至同一个版面上，很可能并置七八种文体，这对阅读造成很大的冲击。各种各样的文体，同时并存于报章，各有其面貌，也各有其诉求，互相之间造成一种对峙乃至对话的状态。第一版和最后一版在对话，上栏和下栏在对话，广告和新闻在对话，小说和散文、诗歌在对话……讨论 20 世纪中国文学的文类及文体变迁，有作家的积极尝试，还必须考虑发表园地——也就是报章本身的特点。也就是说，讨论报章之于文学，不只强调文学是怎样被生产出来的，更应该关注在这一生产过程中，报章刊载这一行为本身，如何影响作家的审美趣味以及文体感。换句话说，报章上不同文体的对话，构成了 20 世纪中国文学形式演进的一大动力。因此，研究者的工作，不只是关注报刊上登了些什么，更应该关注怎么登，还有这种版面分割与栏目设置如何影响作家的写作，乃至催生出新的文体或文类。只有在这个层面，作家、作品、文化氛围、文学潮流等，才能融为一体。所谓的报刊研究与文学研究的结盟，才算真正落到实处。

但是，很抱歉，只能实话实说，不是每个学者都能轻易找到研究所需的旧报刊的。以前上海图书馆复制了不少缩微胶卷，只是看起来很吃力；近年北大图书馆扫描了不少民初的报刊，制作成光盘，可惜太贵了。据说是制作成本高，盗版也很容易，只能出高价，卖给图书馆。因报刊收藏很分散，我很想联合各大学及研究单位，拟订一个计划，大家合力，将清末民初的重要报刊全部复制，让研究者像使用作家文集一样，随意阅读所需的旧报刊。现在大陆与台湾、香港已经复制了一些，包括纸本与电子版，但远远不够。

最后，谈报刊研究，我想提醒诸位两句。第一，从报纸杂志入手，从事文学史研究，必然会倾向于欣赏细节；但文学研究不止于细节，必须带进文化史的眼光、文学场的思路等，这样才能见其大。否则，你会被各种诸如标题、广告、图像等边边角角的东西所迷惑，沉湎其中，把玩不已，而忘记了自己的工作目标。这样也能做，很有趣味性，玩得也很开心，可意义不大。所以，我再三说，要有问题意识。要懂得欣赏细节，但同时明白，学术研究不只限于细节。只有细节，不管怎样精彩，也都构建不起社会史、思想史、文学史。这是第一句话。

第二，理解晚清的众声喧哗，但必须力争成一家之言。"众声喧哗"这词，最早是王德威译成的，现在很流行。尤其谈晚清，特别爱用这个词，因它能跟多元文化论述对上号，又大致符合晚清文化特性。研究对象的众声喧哗，不应该成为放弃研究者主体性的借口。之所以说这些，是有感于以前的人写文章太坚硬，而现在的文章又太松软，什么都有，什么都能接受，作者自身的立场以及文章的逻辑性，因而大大减弱。所谓成一家之言，即反对将文章变成史料拼贴；巧妙地剪辑史料，不应该模糊自家的立场。受过良好学术训练的学生，往往勤于搜集资料，也能照应各家学说，但文学史不是资料长编。资料长编可以只是并置各家学说，文学史论则必须采择、批评、辨正，力图成一家之言。做学问写论文，有几个境界：第一，成为定论，全世界都认你，无可置疑；第二，成一家之言，持不同意见者，也都承认你说的在理；第三，能自圆其说，论述上没有大的漏洞，不自相矛盾，逻辑上是自洽的。第一境界很难达到，第三境界必须力保。现在看到的情况是，由于论者大都受过良好的学术训练，蛮不讲理的少了，面目模糊的多了。说是众声喧哗，弄不好就成了一头雾水，什么都往里面扔，最后变成一锅大杂烩。谈作家文集，好歹还有个边界；要说报刊研究，可是漫无涯际，没有自家立场不行。

今天时间不够，就讲这些。以后每回上课，我会留下五到十分钟，让大家发问。有能力的同学，可以尽情表演，让老师同学欣赏你的风采；有困惑的同学，不妨提出疑问，让我进一步发挥。当然，特别难的问题，一时回答不出，我会回去查书，再向诸位汇报。谢谢大家。下课。

（初刊陈平原主讲，梅家玲编《晚清文学教室》13—42页，台北：麦田出版公司，2005年）

文学史视野中的"报刊研究"①

——近二十年北大中文系有关"大众传媒"的博士及硕士学位论文

一、为何是"报刊研究"

几年前，我在北大主持召开"大众传媒与现代文学"研讨会，曾做"自报家门"性质的发言——《文学史家的报刊研究——以北大诸君的思路为例》②；第二年，应邀到台湾大学中文系讲学，又在"晚清文学与文化"专题课上，增设一讲，专门谈论"报刊研究的视野与策略"③。这回"故伎重演"，在香港中文大学组织学术会议，以"文学史视野中的'大众传媒'"为题，且自告奋勇，谈论"近二十年北大中文系有关'大众传媒'的博士及硕士学位论文"。作为文学史研究者，一而再再而三地谈论"报刊研究"，并非想推销什么"成功秘诀"，而是在具体实践中，碰到了很多困难，希望借此机会，向各位专家学者请教。

---

① 此乃根据作者在"文学史视野中的'大众传媒'"学术研讨会（香港中文大学，2008年6月13日）上的专题发言整理而成。

② 参见陈平原《文学史家的报刊研究——以北大诸君的思路为例》，《中华读书报》2002年1月9日。

③ 参见陈平原主讲，梅家玲编《晚清文学教室——从北大到台大》28页，台北：麦田出版公司，2005年。

从二十年前撰写博士论文《中国小说叙事模式的转变》，关注清末民初的西学大潮如何开启了"以刊物为中心的文学时代"，到香港三联书店刊行的《左图右史与西学东渐——晚清画报研究》，特别强调报刊阅读及阐释的多样性。^①在这期间，我做过不少个案研究（如撰文讨论《教会新报》《点石斋画报》《新小说》《新青年》等），也尝试过若干综合论述（如《现代中国文学的生产机制及传播方式——以1890年代至1930年代的报章为中心》《报刊研究的视野与策略》《大众传媒与现代学术》等），还指导（或参与指导）过十几篇有关"大众传媒"的硕士及博士论文，可以说，对于文学史视野中的"报刊研究"，虽成绩不大，却深知其中甘苦。

表面上，报刊研究很好做，只要肯吃苦，像傅斯年说的那样，"上穷碧落下黄泉，动手动脚找东西"，这就行了。再说，晚清以降一百多年间出现的有影响的报刊数量惊人，至今还有很多研究的"空白点"，作为学位论文的选题，似乎"旱涝保收"。可真的登堂入室，你会发现，处处是陷阱，做好其实很不容易。除了"资料功夫"，更重要的，很可能是研究者的眼光、趣味及学养。

做报刊研究，找资料很辛苦，这是不争的事实。记得1997年春，我在哈佛大学东亚系演讲，提到北大中文系为现代文学专业的研究生开设"现代文学史料学"专题课，为了培养"学术感

---

① 对于《点石斋画报》等晚清画报的解读，可以侧重雅俗共赏的画报体式，可以看好"不爽毫厘"的石印技术，可以描述新闻与美术的合作，可以探究图像与文字的互动，可以突出东方情调，可以强调西学东渐，可以呈现平民趣味，也可以渲染妖怪鬼魅……所有这些，均有所见也有所蔽，有所得也有所失。因学识浅陋而造成的失误，相对容易辨析；至于因解读方式不同导致的众说纷纭，则很难一言以蔽之。因为，实际上，所有研究者都是带着自己的问题意识来面对这四千余幅图像的，不存在一个可供对照评判的"标准答案"。参见陈平原《左图右史与西学东渐——晚清画报研究》（香港三联书店，2008年）一书的"前言"。

觉"，要求他／她们摸索三两种旧报刊，做初步的研究。主持演讲的李欧梵教授戏称，那是你们北大"得天独厚"，图书馆旧报刊收藏丰富，才敢这么做。想想也是，资料是否凑手，直接制约着研究者的思路及趣味。常听到外地工作的学生抱怨，找不到研究所需的图书及报刊。

可最近十几年，情况有了很大变化。第一，大量的晚清及民国年间的重要报刊影印出版，海内外大学图书馆多有入藏。尤其是最近几年，随着电脑技术的发达带来的图书文献复制的便利，晚清与民国报刊的重印也出现了热潮。网上检索的结果令人惊讶，如今的影印本已不再如此前的单种或小规模出版，而多以"汇编""集成"的名目出现。涉及领域之多也让人瞠目，诸如《民国文物考古期刊汇编》24 册、《民国体育期刊文献汇编》70 册、《民国佛教期刊文献集成》208 册加《补编》86 册、《中国少数民族旧期刊集成》100 册、《中国近现代女性期刊汇编》148 册等，而《中国共产党早期刊物汇编》8 册，已经算是其中最单薄的出品了。除此之外，以时段区隔，则有《抗日战争期刊汇编》40 册；而在一套《民国珍稀期刊》之外，又分地域推出了《民国珍稀短刊断刊》，已出版者有山东卷、广东卷、广西卷等，和《民国珍稀期刊》一样，显露出聚沙成塔的浩瀚气势。上述诸种汇编本，均为 2005 年以后的出版物，且以 2006 年以来为最集中。在此一出版潮流的裹挟下，1991 年率先辑印《中国近代期刊汇刊》6 种的中华书局也闻风而动，急起直追，从 2006 年 9 月开始，此项搁置已久的项目重新启动，除陆续新出的《民报》《湘报》《新民丛报》外，十五年前首印的《清议报》也获得了重版的机会。

第二，各大图书馆数字化建设发展很快，尤其是国家图书馆"馆藏珍品"里的"民国期刊"，以及浙江大学图书馆的"高等学校中英文图书数字化国际合作计划"里的"民国期刊",有很多好东西;不少以前"踏破铁鞋无觅处"的晚清及民国年间刊行的旧杂志,现在可从网上直接阅读甚至下载,几乎变得唾手可得。想当初背着书包,带着干粮,千里迢迢,四处寻访珍贵的旧书刊,真有恍如隔世的感觉。目前能在网上检索、阅读的旧杂志,数量虽然有限,但这毕竟标示着一种发展趋势。

第三,不少大学图书馆提供"文献传递"服务。读者提交申请,注明所需文献类别(书籍、期刊论文、学位论文等)及出处,图书馆则依托全国甚至全世界图书馆网络,确定文献所在地,然后代为申请及传递。当然,这需要提交一定的费用。为鼓励读者使用此项服务,不少高校图书馆制定了优惠政策,如北大给教师提供一定量的免费服务,对研究生则减免50%的费用。

如此便利,预示着"旧报刊"作为研究对象的条件正逐渐成熟,这就难怪,攻读中国现代文学专业的博士生,多有以此为题的。据秦弓(张中良)统计,已知811篇中国现代文学研究的博士论文中,作家研究186篇,其中鲁迅61篇,沈从文12篇,老舍、周作人并列第三,各11篇。值得注意的是,"报刊出版研究相当活跃",总共有40余篇,其中《新青年》《现代》最多,各5篇;《小说月报》次之,4篇;《晨报·副刊》第三,3篇。[①]这还不包括数量更多的中国现代文学专业的硕士论文(更不要说本科毕业论文),或其他专业(如中国近代文学、中国当代文学、比较文学、文化研究,还有历史系及新闻学院的相关专业等)的博士论文。这就难怪,在圈内人看来,谈"文学"而旁及或选择"报刊",已是大潮汹涌。

---

① 参见秦弓《1984—2007中国现代文学博士论文选题分析》,《人民政协报》2008年4月21日。

正因主力军是学位论文，需要抢时间赶速度，无暇精雕细刻，近年国内完成或出版的诸多报刊研究著作，在我看来，大多不及日本学者的著述精细①，多有虎头蛇尾之嫌。但由于著述数量可观，虽论述比较粗疏，风气已然形成。如华东师范大学中文系2007 年提交答辩的博士学位论文中，就有 3 篇讨论申报馆及报载小说的②；这与指导教师的个人趣味及着意组织有一定的关系，属于特例。而各大学的博士论文或博士后出站报告中，多有选择类似题目的。就以已出版（发表）并引起学界关注者为例，北京大学中文系雷世文的博士论文《文艺副刊与文学生产——以〈晨报副刊〉、30 年代〈申报·自由谈〉、〈大公报〉文艺副刊为中心的研究》（北京：中国文史出版社，2004 年）、复旦大学中文系柳珊的博士论文《在历史缝隙间挣扎——1910—1920 年间的〈小说月报〉研究》（南昌：百花洲文艺出版社，2004 年）、北京师范大学历史系王林的博士论文《西学与变法——〈万国公报〉研究》（济南：齐鲁书社，2004 年）、中国人民大学新闻学院吴果中的博士论文《〈良友〉画报与上海都市文化》（长沙：湖南师范大学出版社，2007 年），以及潘建国的两个博士后出站报告《清代后期上海地区的书局与晚清小说》（复旦大学，2002年）和《近代书局与白话小说——以上海（1874—1911）为考察中心》（北京大学，2006 年），都值得推荐。

相对于各大图书馆收藏较多的杂志（尤其是著名期刊）来说，查阅并研究报纸的难度要大得多。其中，1840—1949 年间产生于上海、北京、天津等大中城市的以休闲娱乐为主的"小报"，是如何

---

① 如松浦章、内田庆节、沈国威合作的跨学科考察报告『遐迩贯珍の研究』（关西大学出版部，2004 年）；该书中译本 2005 年由上海辞书出版社刊行。

② 即凌硕为的《新闻传播与小说情调——以早期申报馆文人圈为中心》、文迎霞的《晚清报载小说研究》以及文娟的《申报馆与中国近代小说发展之关系研究》。

影响国人的都市想象与文学生产的，有两本书做得不错，一是李楠提交给河南大学（与中国现代文学馆合作）的博士论文《晚清、民国时期上海小报研究》（北京：人民文学出版社，2005年），一是孟兆臣利用在上海师范大学念博士期间积累的资料所撰写的《中国近代小报史》（北京：社会科学文献出版社，2005年）。前者思路完整，有不少精彩的论述；后者谈论南北小报和报人小说的"上篇"固然不错，更值得期待的是占全书一半以上篇幅的"下篇"——《中国近代小报小说目录初编》。这么说，是因为我认定，这种资料汇集与整理，虽说只是研究的"初级阶段"，但对于学界日后的发展，至关重要。

二、北大学生的状态

根据我的初步统计，最近二十年，北大中文系有关"大众传媒"的博士及硕士学位论文共有73篇（参见附录），其中讨论报纸、杂志、书局的47篇（博士论文15篇，硕士论文32篇），研究电影的13篇（博士论文2篇，硕士论文11篇），探究电视、网络、广告的13篇（博士论文4篇，硕士论文9篇）。换句话说，历来以作家作品为主要研究对象的中文系（尤其是文学专业）学生，开始与新闻学院、电影学院、历史系或文化研究系学生争锋，大谈特谈"报刊""影视"乃至"网络"。如此学术风尚，如何评价其功过与得失？

首先得声明，这里开列的论文，是题目中已显"大众传媒"色彩的；至于题目中不显山露水，而在论述时大加借鉴的，尚不在此列。举两部我参加过答辩的博士论文为例，李今的《海派小说与现代都市文化》（严家炎指导，1999年提交答辩），关注穆时英1935年8月11日至9月10日连载于上海《晨报》上长达四万字的理论文章《电影艺术防御战》等，讨论其电影兴趣与修养如何影响了新的小说范式的形成；田炳锡的《徐卓呆与中国现代大众文化》（严家炎指导，2000年提交答辩），第五章专门讨论滑稽小说家徐卓呆投入电影界后如何转变小说叙事方式，以及他擅长的滑稽片在激烈的商业竞争中怎样生存及发展。

这73篇谈论"大众传媒"的硕士及博士论文，共涉及以下学科：近代文学、现代文学、当代文学、比较文学、文艺学、民间文学、语言学、语音学、应用语言学。在北大中文系的学科布局中，除了古典文献和古代文学，其他专业的学生，全都有人涉足了。当然，主体部分是近代文学、现代文学、当代文学和比较文学的研究生。

在我所开列的北大有关"大众传媒"研究的三大块里，数量最多且水平较高的，是关于报纸、杂志、书局的研究。这么说，不含褒贬，更不是否认后两者的发展前景。相反，我认为，不同时代有不同的"主流媒体"；这些主流媒体既影响社会、时尚、思想、学术，也制约着文学艺术的生产与传播。从晚清到1930年代，报刊及书局占绝对优势；1930年代至1980年代，广播、唱片及电影发挥越来越大的作用；至于电视及网络的决定性影响，是最近二十年才浮现的。随着时代的变迁与世人眼光的推移，影视及网络将越来越得到文学史家的关注。只是限于目前的研究格局以及本人的学术趣味，我将目光锁定在第一类，即北大中文系有关报纸、杂志、书局的学位论文。

以下依论述对象先后为序，选择八篇我比较熟悉（也自认为比较成功）的北大研究生所撰"报刊研究"论文，略加点评。

（1）李彦东的《早期申报馆：新闻传播与小说生产之关系》（博士论文，2004年）：本文最大的突破在于考论新闻传播对小说生产的内在影响与制约。论文从报刊的小说刊载性质、小说传统的演化与小说再生产中阐释功能的追加，以及小说中图文关系的变化，细密地论证了近代报刊出现后，新闻表达与传播的特性如何渗透到小说的创作、编辑、图像配置、出版、印刷、阅读以至销售，总而言之，即论文中谓之"小说生产"的各个环节。由于论文所采取的追踪新闻背景与新闻要素介入小说生产这一独特视角，使近代小说复杂多元的面貌得到了更清晰的呈现，小说的近代特征也因此得到更准确的揭示与解说。

（2）何宏玲的《晚清上海小报与小说之关系》（博士论文，2006年）：本文最大的特色是回到晚清小说与报刊发生关联的现场，在小报的语境中，仔细辨析文本之间的互文与互动现象，由此令人信服地揭示出近代小说题材与文体特征如何在动态过程中演变与形成。如以往对《官场现形记》的论说数量虽多，但大抵均在其暴露晚清官场黑暗的内容上做文章。本文则将此作品还原到小报发表的语境中，联系庚子事变后创刊的《世界繁华报》首开小报品评时事之风，以及该报"讽林""时事嬉谈"等栏目中常见的讽刺官场主题，钩稽出这部谴责小说现成的题材与灵感来源。《海上繁华梦》则因受到胡适与鲁迅的批评，被认作"嫖界指南"，一向评价很低。本文却发现其上海娱乐指南书式的写法，恰与小报的定位相近；而这与作者自许的"社会小说"内涵，也有相当程度的契合。

（3）杜新艳的《〈敝帚千金〉研究》（硕士论文，2004年）：论文以《大公报》的白话附刊《敝帚千金》为题，探讨近代白话文写作的生态。具体做法是从启蒙立场与模拟口语写作两个方面展开，讨论了启蒙思潮、演说风气、白话报刊之间的相互关系，重点考察与分析了近代报刊白话文在模拟官话写作方面的特征，以及其作为书面口头语的特质和五四白话文的联系与区别。

（4）郭道平《清末〈大公报〉诗歌研究》（硕士论文，2007 年）：论文选择 1902—1911 年间的《大公报》作为考察对象；在对该报所刊五百多首诗歌的研读中，特别突出了其作为"诗界革命"在国内的重要阵地这层涵义。而其众声喧哗则与梁启超所办诸刊诗歌创作的音调相对统一形成了对照，凸显了报纸的公共性。在对《大公报》刊载的及时针砭时事、推动风俗改良、提倡女权思想的诗篇所作的考论中，令人信服地揭示出报纸的新闻语境对于报章诗歌的独特意义。

（5）杨早的《清末民初北京的舆论环境与新文化的登场》（博士论文，2005 年）：本文入口处是民初北京报刊，着眼点则是知识分子的启蒙与"自启蒙"，其中包括文化氛围的营造、集团意识的形成、政治抗争的手段，以及舆论空间的拓展等。表面上是"小题目"，深入进去，也能做出"大文章"。尤其值得肯定的是，作者对五四新文化渊源的追溯，以及对民初北京舆论环境的勾勒，颇多新意；而其将报刊史与思想史相勾连的思路，也大有发展前景。

（6）颜浩的《1920 年代中后期北京的文人集团和舆论氛围——以〈语丝〉和〈现代评论〉为中心》（博士论文，2002 年）：本文以现代中国文化史上两个性格鲜明而又互相对立的同人刊物《语丝》和《现代评论》为中心，从报刊史、文学史、教育史和思想史等不同角度，考察 1920 年代中后期北京的文人集团和舆论环境，题目虽不大，可开掘得相当深。尤其是关于"北大的两个教授集团"、关于《现代评论》诸君徘徊"在教育和政治之间"，以及《语丝》和《现代评论》论争中从"驱杨"到"反章"的转变，辨析精细，新意迭见，平实中蕴涵着力量。

（7）彭春凌的《"另一个中国"的敞开——抗战前夕大众媒体的西行记（1935—1937）》（硕士论文，2006 年）：1930 年代中期，大众媒体持续关注长征 / "剿匪",大大提升了公众对于此前十分陌生的西部世界的兴趣。在这一过程中,范长江用"东部中国"的目光及趣味,来描述及打量"西部中国";斯诺则以世界视野,为国内外读者展示了与"白色中国"相对立的"红色中国"。而借助"西行记"这一独特文体,"西部中国"的叙述与"红色中国"的想象,二者得以逐渐合流;到了这一步,"另一个中国"方才得以真正向公众敞开。

(8)倪咏娟的《被消费的战争图像——以抗战时期的〈良友〉画报为中心》(硕士论文,2007年):以抗战时期的《良友》杂志为研究对象,试图论述这些图像是怎样表现战争现场以及相关资讯的,或直接或间接地呈现了战时的日常生活及市民心态。论文关注《良友》画报上对于正面战场的图像报道,尤其集中讨论了在三个关键时刻("九一八事变""七七事变""八一三事变"),《良友》画报所采用的不同策略,说明人们对战争的认知是如何变化的。另外,聚焦于《良友》画报中最具表征意义的封面女郎,讨论其如何呈现战时社会的两个不同"面相"。这两点,在论文中都得到了比较充分的论述。

以我的观察,最初出现的报刊研究,带有很大的偶然性,只是拓展了范围,并没有方法论上的自觉。从2000年起,指导教师及学生们方才注重研究时的"问题意识",希望不仅描述一个重要的杂志或书局的整体风貌,而且对整个文学史论述有所贡献(或质疑,或补充,或颠覆,或重建)。当然,受制于论题本身的价值以及研究者的才情,不可能每篇论文都能尽如人愿,但大的格局已经出来。文学研究者该如何进入"报刊研究",深入阐释特定时代的特定媒体是如何既成全又限制了现代中国文学的发展,作为指导教授之一,我基本上心里有数。

所谓"心里有数"，不是说我掌握了撰写相关论著的"秘诀"，而是大致明白，假如学生选择了在"文学史视野中"谈论报刊等大众传媒，且不满足于新闻史巨细无遗的陈述，也不想做成社会史的资料库，而是左手"新闻"，右手"思想"，头顶"文化"，肩扛"学术"，还要将文学的生产与传播、想象与记忆等融为一体，他／她所可能面对的困难。

三、可能存在的陷阱

"现代文学"从一诞生，就不仅仅是作家个人才华的呈现，而是与一系列的政治、经济、文化因素纠合在一起，以至你若单从审美角度入手，很可能"剪不断，理还乱"。"作家"因某种机缘（政治的、经济的、地缘的、人际的）而组成了"社团"；"社团"为了实现自家文学理想而创办"报刊"（综合性或文学性）；办报办刊需要有宗旨，于是"发刊词"等应运而生；提出口号，发起运动，终于形成一时的思想或文学"潮流"；在此过程中，作家们撰写并发表了若干或精彩或平庸的"作品"；在一系列论战中形成的思想立场与美学风貌，对于确定文学标准，催生"经典"并淘汰"劣作"，起了决定性作用。在这一"文学生产与传播"的过程中，报刊并非仅仅"提供园地"，而是以其独特的立场与趣味深深地介入，以至影响了某些作家的写作心态，也制约着某一时期的文学风貌。在这个意义上，描述或阐释某一阶段的"现代文学"时，不可能完全忽略代表性报刊的存在。

晚清以降，出现过无数领一时风骚，并制约着现代中国文学发展的重要报刊，值得研究者深入探究。其中，报刊类型不一（有党派的，有商业的，有同人的；有精英的，有大众的，有界别的；有文学期刊，有综合杂志，还有报纸副刊等）^①，各有各的生存之道，也各有各的发展方向，研究者必须学会"因地制宜"，发展出恰如其分的论述策略。既理解各种"本色当行"的表演，更关注那些变幻莫测的"越位"与"反串"——思想刊物之提倡文学革命（如《新青年》）或文学杂志之组织政治运动（如《文艺报》）；不管是"常规"还是"变异"，研究者都需要认真面对。

我曾试图从"报章之于'文学革命'""以'报章'为中心的文学时代""报章与文体之互相改造""从'圈子'到'流派'""关于'垄断'与'反垄断'""论战中的文学"等方面，探讨"报刊"对于"现代中国文学的生产机制与传播方式"的决定性影响^②；日后发现，即使在我所限定的 1890—1930 年代，仍然有很多无法涵盖的"例外"。或许，面对如此纷纭复杂的文学现象，最好先别追求"一言以蔽之"，而是认真经营好无数精彩的个案研究，呈现尽可能丰富多彩的文学史图景。而这，正是目前学界努力的方向。换句话说，不同于 1980 年代之流行"走马观花"，今日中国学界，谈论"文学与传媒"时，大都倾向于"拿证据来"。这一趋势值得肯定；但只是提倡实证，由"泛泛而谈"转为"细致入微"，并没有解决所有的难题。

对于那些曾经或即将从事文学史视野中的"大众传媒"研究的学者来说，以下谈及的困难及陷阱，或许"心有戚戚焉"。

第一，关于理论视野与问题意识。翻看近年完成或出版的有关"文学与传媒"的著述，几乎全都充斥着译介进来的哈贝马

---

① 参见陈平原《思想史视野中的文学——〈新青年〉研究》（上、下），《中国现代文学研究丛刊》2002 年 3 期及 2003 年 1 期。

② 陈平原：《现代中国文学的生产机制及传播方式——以 1890 年代至 1930 年代的报章为中心》，《书城》2004 年 2 期。

斯的"公共空间"、布迪厄的"文学场"、麦克卢汉的"媒介即信息"、安德森的"想象的共同体"。①布迪厄等人的论述，当然值得借鉴，只是不该满足于"挪用"，而全然放弃反省、批判、校正的权利。若辛辛苦苦收集大量资料，只是为了证明安德森所言不虚，报刊或小说确实在建立现代民族国家方面起了很大作用，此类"主题明确"的论述，很难有大的发展前景。可不满意又怎么样，你我是否有另辟蹊径的意愿与能力？以我有限的阅读感受，谈论现代中国"文学与传媒"之关系，有不少精彩的论文，若李欧梵之讨论《申报·自由谈》、王晓明之研究《新青年》、贺麦晓（Michel Hockx）之探究 1920 年代中国的"文学场"、朱晓进之描述1930 年代的文学杂志、王富仁之关注传播学与中国现代文学研究等②，但这些都属于"中观"层面的论述，还缺乏高屋建瓴的理论建构。至于《大众传媒与现代文学》《大众媒介与中国现当代文学》《传媒时代的文学》等专门著述③，或成于众人之手，或缺乏

---

① 参见哈贝马斯著，曹卫东等译《公共领域的结构转型》（上海：学林出版社，1999年）、皮埃尔·布迪厄著，刘晖译《艺术的法则：文学场的生成和结构》（北京：中央编译出版社，2001 年）、马歇尔·麦克卢汉著，何道宽译《理解媒介：论人的延伸》（北京：商务印书馆，2000 年）、本尼迪克特·安德森著，吴叡人译《想象的共同体：民族主义的起源与散布》（上海人民出版社，2003 年）等。

② 参见李欧梵《"批评空间"的开创——从〈申报·自由谈〉谈起》，见汪晖、余国良编《上海：城市、社会与文化》（香港中文大学出版社，1998 年）；王晓明《一份杂志和一个"社团"》，《上海文学》1993 年 4 期；贺麦晓《二十年代中国的"文学场"》，《学人》第十三辑（南京：江苏文艺出版社，1998 年 3 月）；朱晓进《论三十年代文学杂志》，《南京师范大学学报》1999 年 3 期；王富仁《传播学与中国现代文学研究》，《读书》2004 年 5 期。

③ 参见陈平原、山口守编《大众传媒与现代文学》（北京：新世界出版社，2003 年）、程光炜主编《大众媒介与中国现当代文学》（北京：人民文学出版社，2005 年）和周海波《传媒时代的文学》（北京：人民文学出版社，2007 年）等。其中，《大众媒介与中国现当代文学》一书，除若干史料外，收录李欧梵、陈平原、王晓明、李怡、吴福辉、温儒敏、旷新年、姜涛、封世辉、钱理群、洪子诚、程光炜等现代文学专家所撰有关"现代文学与大众传媒"的专题论文 25 篇，大体代表目前中国学界的水平。

学术深度，虽有利于教学，但说不上整体性的突破。作为文学史研究者，既要抵抗各种现成理论对于生气淋漓的文学现象的肆意宰割，又要警惕沦为单纯的现象描述与史料介绍。大概是专业化压力日益加大，为保险起见，现已完成的学位论文，大都是个案研究，纵横驰骋不足，缺少综合论述的眼光和理论提升的魄力。随意挥舞各种时髦理论固然不可取，但沉湎于"原生态描述"，也非学术研究的理想境界。目前的状态是，论者多少都有创获，可就是格局不大，极少从深入的个案研究中抽象出带有规律性的理论主张。

第二，在"有趣"与"无趣"之间。做报刊研究的，既须找到研究的原动力，又得抵抗趣味性的诱惑。因为，研究者很容易陷入两种截然相反的陷阱：第一，太有趣了；第二，太无趣。翻阅几十年前（乃至百余年前）的旧报刊，入眼皆是有趣的史料，这也观赏，那也玩味，如此流连忘返，收获了一大堆的琐话与逸闻，适合于作为茶余酒后的"闲谈"，而很难转化成专业著述。撰写学术论文，没有细节不行，沉湎于无数有趣的细节之中，见木而不见林，同样是大忌。要做到能攻能守，能小能大，像传统中国书画讲究的那样，"密不透风，疏可跑马"，很不容易。至于为何感叹此类研究太枯燥，"无趣"得很，那是因为，现代报刊浩如烟海，若没有明确的目标、方法与途径，很容易变得茫然、惶惑与不安。花了很大的力气，几乎贡献了一只眼睛（那是看缩微胶卷的恶果），爬梳出来的，也不过尔尔。不是说毫无用处，而是鸡零狗碎，派不上大用场。再说，有定评的重要报刊（如《新民丛报》《新青年》《小说月报》《现代》等），早有人着先鞭，于是，日益庞大的学术队伍，开始将目光投向边缘地带。各种早先不太显眼的政治、文化或文学期刊，都被研究生们争先"抢注"。题目越做越小，评价越说越高，答辩时，除了研究者本人，连导师在内，全都一头雾水。如有人存心作假，弄出一些本不存在的"高论"，是否会被戳穿，真是个疑问。顺便说一句，评判此类研究成功与否，不该以"填补空白"（那太容易了），而应以挑战主流论述与撼动原有的研究格局为标准。

第三，警惕报刊研究的"自我封闭"。假如你做新闻史研究，或许可以"就报刊谈报刊"，但如果是"文学史视野中的报刊"，则非"里应外合"不可。就算只谈"文学生产"，内有作家的个人才情与创作动机，外有政治思潮、教育体制、文学风尚等，均非"报刊"所能左右。在这个意义上，讨论报刊——尤其是文学史视野中的报刊，必须兼及报刊背后的文人集团、社会思潮、文艺政策等，这才有可能将文章做大、做深、做透。对于选择此类题目的研究者来说，一般都会翻阅半个世纪前阿英的开拓性著述《晚清文艺报刊述略》（上海：古典文学出版社，1958年）、上海图书馆编《中国近代期刊篇目汇录》（上海人民出版社，1965—1984年）、唐沅等编《中国现代文学期刊目录汇编》（天津人民出版社，1988年）等工具书，还有近年出版的若干"史论"①；但单有这些远远不够，关键是兼及报章内外——与已发展得比较充分的文本解读、作家评述、思潮与流派研究等结合，方能有所创获。"单打一"地谈论某一报刊，不仅所见者小，且容易过度阐释。面对遍地珍珠，缺一根线，就是串不起来；而这"线"往往来自你对这段文学史的整体理解，而不是直接得之于具体的报刊阅读。我自己的教训是，做《教会新报》时，几乎是"为杂志而杂志"，故处处捉襟见肘；与讨论《新

---

① 参见王燕：《晚清小说期刊史论》，长春：吉林人民出版社，2002年；蒋晓丽：《中国近代大众传媒与中国近代文学》，成都：巴蜀书社，2005年；刘增人等纂著：《中国现代文学期刊史论》，北京：新华出版社，2005年。

青年》时之左右逢源，感觉完全不一样。①因此，研究生们最好先
有文史方面的专门训练，而后才进入报刊研究；否则，很容易陷
入资料的海洋，而丧失批判的眼光与思辨的兴趣。

第四，念文史的，讲究"尚友古人"②，长期与屈原、杜甫
或鲁迅等对话，能提升自家的精神境界及文化品位。以精英文学
为研究对象，可以锻炼思想，培养情趣，追求卓越。而集中精力
研究报刊，对自家解读文本的能力以及鉴定作品的品味，不见得
有多大的帮助。我注意到，不少专注报刊的研究生毕业论文做得
不错，但日后的研究格局不大。因此，我有点担心，是否研究生
阶段的这一选择，限制了其"可持续发展"。对于报刊研究者来
说，如何兼及思想史的视野、文化史的敏感、社会史的功力以及
文学史的趣味，是个必须直面的难题。至于研究生阶段的学习，
到底以"掌握技能"还是"推出成果"为主，也是个两难的选择。
过多强调"填补空白"，导致学位论文的选题越来越偏，不敢与伟
大作家或经典作品对话，不是一个好现象。

第五，谈论文学史视野中的"大众传媒"，可专注于某一影响
深远的报刊，但也不妨纵横驰骋，辨析思想史或文学史上的"杂
志群"现象。同时期的好说，比如"左联"的诸多文学杂志，本
就同根生；同一主编的也好办，像梁启超前后主编那么多报刊，
完全可以做一综合考察；同一社团的也不难做到，若各种以"创
造"为名的报刊，确实血脉相连；值得注意的，还有出版时间不

---

① 参见陈平原《气球·学堂·报章——关于〈教会新报〉》，《文学史的形成与建构》
246—266 页，南宁：广西教育出版社，1999 年；《思想史视野中的文学——〈新青年〉研究》
（上、下），《中国现代文学研究丛刊》2002 年 3 期及 2003 年 1 期。

② 参见陈平原《人文学的困境、魅力及出路》第五节"尚友古人的好处"，《现代中国》
第九辑，北京大学出版社，2007 年 7 月。

同、编者迥异，但又遥相呼应的——探究这些报刊的"前世"与"今生"，对于理解现代中国"文学生产"之错综复杂，无疑很有意义。像谢泳谈论胡适的《现代评论》《独立评论》与储安平的《观察》、殷海光的《自由中国》之间的历史联系，借此串起一条自由主义知识分子奋斗之路[①]；或者像梅家玲探究从《文学杂志》到《现代文学》再到《中外文学》这一台湾"学院派"文学杂志的发展线索时，关注夏济安的《文学杂志》是如何赓续了先前朱光潜《文学杂志》的传统[②]；或者像我自己曾谈及在当代中国文化界影响巨大的《读书》思想上追摹的是《新青年》，文体上学习的是《语丝》，而邹韬奋《生活》周刊的"以少胜多"与"一挥而就"，也是其直接的渊源[③]。此类跨越历史时空的勾勒与辨析，更需开阔的视野、丰厚的学养，以及某种想象力。

　　第六，谈论现代中国的"大众传媒"，而将目光集中在"报刊"，其实有不得已的苦衷。某一时代突出某一类型的媒体，这很自然；但所谓"主导性的媒体"，并不一定代表那个时代的思想或文学高度。"核心媒体"与"边缘媒体"的区分[④]，更多关注的是接受者的数量而不是质量；对于创作者来说，追求大规模传播，

[①]　参见谢泳的《逝去的年代：中国自由知识分子的命运》（北京：文化艺术出版社，1999 年）和《储安平与〈观察〉》（北京：中国社会出版社，2005 年）。

[②]　参见梅家玲《夏济安、〈文学杂志〉与台湾大学——兼论台湾"学院派"文学杂志及其与"文化场域"和"教育空间"的互涉》，《台湾文学研究集刊》创刊号，2006 年。

[③]　参见陈平原《杂谈"学术文化随笔"》，《文汇报》1996 年 9 月 21 日；《〈读书〉的文体》，《南方周末》2006 年 2 月 16 日。

[④]　"电视出现之前，广播网和杂志在全国范围内服务于几乎毫无差别的大量受众。一旦电视开始被广泛接受，其他类型的媒体被迫使它们的活动面向专门化受众。"这么一来，曾经主导舆论、引领风骚的图书、杂志、广播、录像等，在文化研究专家眼中，就成了与"核心媒体"相对应的"边缘媒体"。参见戴安娜·克兰著，赵国新译《文化生产：媒体与都市艺术》45、7 页，南京：译林出版社，2001 年。

很可能导致其先锋性的丧失。因此，社会影响与文学成就不一定成正比。对于文学史家来说，明知电视的影响力很大，可还是更为关注文学期刊，此举包含其学术判断。至于谈论晚清或1930年代的文学生产，关注报刊多而研究书局少，则是另外一个问题。以文学图书的出版而言，北新书局、未名社、创造社出版部、新月书店、泰东书局、现代书局、光华书局、良友图书公司、文化生活出版社等，都有可圈可点之处。我曾谈及："做出版史研究的，大都关注家大业大的商务、中华等；可实际上，小书局因其同人性质，更具理想性，也更有创新精神。假如你想理解中国现代文学何以'今夜星空灿烂'，离不开这些遍地开花、转瞬即逝的小书局。"① 遗憾的是，这些曾经显赫一时的书局，因缺乏连续性，极少有档案保留下来；而只靠书目及当事人的回忆录，很难进行深入的研究。正因此，关于商务印书馆，中外学界有不少出色的研究成果②；至于泰东书局或现代书局，可就没那么幸运了。比这更难的，是捕捉那些早已随风飘逝的"声音"——如学堂乐歌、新闻广播、曲艺唱片等③。谈论中国人的文化生活，如何在"文字的中国""图像的中国"之外，呈现"声音的中国"，是个极大的挑战。

　　第七，关注"传媒事业"中的"文学因素"。像新闻史家那

---

　　① 参见陈平原《作为物质文化的"中国现代文学"》，《文汇报》2007年1月15日。

　　② 如汪家熔《商务印书馆史及其他》（北京：中国书籍出版社，1998年）、戴仁著，李桐实译《上海商务印书馆：1897—1949》（北京：商务印书馆，2000年）、杨扬《商务印书馆：民间出版业的兴衰》（上海教育出版社，2000年）、李家驹《商务印书馆与近代知识文化的传播》（北京：商务印书馆，2005年）、樽本照雄『商务印书馆论集』（日本滋贺县大津市：清末小说研究会，2006年）等。

　　③ 参见钱仁康《学堂乐歌考源》，上海音乐出版社，2001年；夏晓虹《晚清女报中的乐歌》，《中山大学学报》2008年2期；容世诚《粤韵留声：唱片工业与广东曲艺（1903—1953）》，香港：天地图书有限公司，2006年。

样，单谈报刊或广播，那是另一回事；倘若是文学史论述，最难处理的是"传媒与文学"之间在体式方面的勾连与互动。具体到某一作家作品，在什么报刊上露面，其实是有偶然性的。而且，作家们大都遍地开花，极少专属某一报刊。一定要在作家作品与某一报刊之间画等号，不合适。谈论"报刊"之于"文学"的影响，关键在文学"体式"的形成、变异、转型与突破。1897 年 6 月，在《报章文体说》一文中，谭嗣同首次从正面角度，阐发报章"总宇宙之文"的意义。在谭氏看来，天下文章三类十体，唯有报章博硕无涯，百无禁忌；至于俗士指责"报章繁芜阘茸，见乖往例"，乃井蛙之见①。谭氏的远见卓识，在清末民初诸多报人的积极实践中，得到充分的证实。无论是梁启超之发起"文界革命""小说界革命"，还是陈独秀的提倡白话文与新文化，都大大得益于迅速崛起的近代报业。十年前，我曾谈及《新青年》之将时事报道、思想评论、专著译介、诗歌小说、随感札记等不同文体并置，而且兼及东方与西方、历史与现实、教育与政治，这使得其具备多种发展的可能性。②晚清以降，所谓"纯文学"与"杂文学"之间的纠葛，报刊的介入是个重要因素。在我看来，文学家与传媒人的合作与对抗，"文集之文"与"报馆之文"之间的张力与缝隙，不同文学样式的对话、渗透与变异，是中国现代文学发展的重要动力。

第八，既然选择大众传媒作为研究课题，一般不会固守法兰克福学派的立场，对大众文化持过分严厉的批判态度；需要警惕的是，因长期浸淫其中而过于同情，乃至失去必要的判断标准。

---

① 参见谭嗣同《报章文体说》，《时务报》29、30 册，1897 年 6 月。

② 参见陈平原《学问家与舆论家》，《读书》1997 年 11 期。

必须记得,"大众传媒"既成全也限制了现代中国文学的发展,不能只拣好听的说。任何报刊的风貌,都是经由编者、作者、读者的共同塑造,方才得以成形的。发刊词、宣言、口号、广告等,对于理解办报办刊人的思路很有帮助;但若过分依赖这些资料,容易判断失误,过高估计其文学或思想价值。并非当事人有意作伪,而是想得到的,不一定就能做得到。更何况,对于文学期刊来说,发表好作品是第一位的。是否"显示了'文学革命'的实绩"(借用鲁迅《〈中国新文学大系〉小说二集序》的说法),并不以当初的"发刊词"或主事者的"回忆录"为准。了解出版者、编者、作者、读者之间错综复杂的关系,承认其中的合作与分离确实催生出许多有趣的故事,但始终不失自家的文学眼光与批评标准。对于研究者来说,"同情之理解"固然重要,但史家的独立思考与批判立场,同样必须坚守。

2008 年 6 月 12 日草于香港中文大学客舍,6 月 30 日修订

附录　北大中文系近二十年有关"大众传媒"的博士及硕士学位论文 ①

报纸、杂志、书局：共 47 篇（博士论文 15 篇，硕士论文 32 篇）

论文题目	作　者	指导教授	提交答辩时间 ②	专业方向
小品文的危机与生机——以《论语》《人间世》《宇宙风》为中心	杜玲玲	陈平原	M1995	现代文学
新文学传播中的开明书店	叶　彤	钱理群	M1996	现代文学
《收获》四十年	马　力	曹文轩	M1998	当代文学
作为一种文化现象的晚清小说期刊——以《新小说》等四种小说期刊为例	程　瑛	陈跃红	M1999	比较文学
《新青年》杂志研究	李宪瑜	温儒敏	D2000	现代文学
《知新报》研究	余　杰	夏晓虹	M2000	近代文学
山雨欲来风满楼——在当代三大批判运动中的《文艺报》	王冬玲	曹文轩	M2000	当代文学
文艺副刊与文学生产——以《晨报副刊》、30 年代《申报·自由谈》、《大公报》文艺副刊为中心的研究	雷世文	孙玉石	D2001	现代文学
五四时期的北大学生刊物	杨　早	陈平原	M2001	现代文学
《北京女报》传递的西方女性形象	赵继红	孟　华	ZM2001	比较文学
亦西亦中的圣君贤相——《时务报》传递的异国执政者形象	李　玲	孟　华	ZM2001	比较文学
1920 年代中后期北京的文人集团和舆论氛围——以《语丝》和《现代评论》为中心	颜　浩	陈平原	D2002	现代文学

---

① 此表格的制作，得益于林分份、王鸿莉二君的鼎力支持，特此致谢。

② 字母后数字为年份，D 为博士论文，M 为硕士论文，ZM 为在职硕士论文。

（续表）

论文题目	作者	指导教授	提交答辩时间	专业方向
文学性与新闻性的消长——早期《申报》文人研究	方迎九	夏晓虹	D2002	近代文学
书写英雄：1899—1910年间在日本出版的中文报刊传记研究	秦晶	张辉	M2002	比较文学
"史家"意识与"选家"眼光的交融——《中国新文学大系》（1917—1927）研究	杨志	陈平原	M2002	现代文学
建国初期文学报刊体制的建立与文学生产的关系——以《文艺报》为中心	孙晓忠	钱理群	D2003	现代文学
1930年代上海文学期刊与现代派诗潮	李庚夏	孙玉石	D2003	现代文学
《中国丛报》研究	尹文涓	孟华	D2003	比较文学
孙伏园的副刊编辑活动对于新文学的贡献	刘卓	孙玉石	M2003	现代文学
早期申报馆：新闻传播与小说生产之关系	李彦东	夏晓虹	D2004	近代文学
《嫩帚千金》研究	杜新艳	夏晓虹	M2004	近代文学
"新闻纸"与"报章体"——1872—1892年《申报》赛马报导研究	马晖	陈平原	M2004	现代文学
新文学建设中的《文学周报》——对于译介的考察	赵丽华	商金林	M2004	现代文学
通俗读物编刊社与顾颉刚的入世情怀	李禾	陈泳超	M2004	民间文学
篇章语义信息框架与汉语篇章的连贯性——以汉语体育赛事报导类篇章为例	崔玉珍	袁毓林	M2004	语言学

论文题目	作 者	指导教授	提交答辩时间	专业方向
汉语体育比赛报道类文本中动词的框架语义学研究	陈 静	沈 阳	M2004	语言学
清末民初北京的舆论环境与新文化的登场	杨 早	陈平原	D2005	现代文学
《女铎报》上的"官话写作"	申 宇	夏晓虹	M2005	近代文学
抗日统一战线话语下的文学空间——重庆《新蜀报》副刊《蜀道》研究	孙 倩	方锡德	M2005	现代文学
新与旧的杂糅——《大公报》三十年代两种文艺性副刊研究	朱 伟	张 辉	M2005	比较文学
《女声》杂志研究——上海沦陷时期妇女杂志个案考察	涂晓华	严绍璗	D2005	比较文学
沦陷时期的文章与思想——《古今》《艺文杂志》与周作人	李雅娟	王 枫	M2005	现代文学
1963 年至 1966 年的《故事会》研究	游自荧	陈泳超	M2005	民间文学
晚清上海小报与小说之关系	何宏玲	夏晓虹	D2006	近代文学
白璧德"人文主义"思想译介研究——以《学衡》译文为中心	张 源	孟 华	D2006	比较文学
"另一个中国"的敞开——抗战前夕大众媒体的西行记（1935—1937）	彭春凌	陈平原	M2006	现代文学
"选报"时期《东方杂志》研究（1904—1908）	丁 文	商金林	D2007	现代文学
清末《大公报》诗歌研究	郭道平	夏晓虹	M2007	近代文学
被消费的战争图像——以抗战时期的《良友》画报为中心	倪咏娟	陈平原 王 枫	M2007	现代文学

（续表）

论文题目	作　者	指导教授	提交答辩时间	专业方向
1930 年代中期《大公报》周边的青年作家研究	李开君	温儒敏 姜　涛	M2007	现代文学
1930 年代《中学生》杂志与中学写作教育	李　斌	商金林	M2007	现代文学
新文学视域中的"世界文学"建构——以 1935—1936 年《世界文库》的编译出版为中心	姜璐璐	张　辉	M2007	比较文学
《中央日报》副刊研究（1928—1949）	赵丽华	商金林	D2008	现代文学
《点石斋画报》中的西方想象	王　娟	孟　华	D2008	比较文学
"新文化运动"发生考论	袁一丹	陈平原 王　枫	M2008	现代文学
"文学革命"的另一面——民初言论视野中的"政治"与"文学"	卫　纯	王　枫	M2008	现代文学
北新书局：新文学出版的理想和实践	郑伟汉	温儒敏 姜　涛	M2008	现代文学

电影：共 13 篇（博士论文 2 篇，硕士论文 11 篇）

论文题目	作　者	指导教授	提交答辩时间	专业方向
历史的语境——对中国电影和文学的意识形态考察与比较	葛　菲	佘树森	M1990	当代文学
对话的文本——张艺谋电影的文化研究	安托阿奈塔	赵祖谟	M1997	当代文学
审美的转换——80 年代以来，从文学到电影	刘明银	曹文轩	D1999	当代文学

（续表）

论文题目	作 者	指导教授	提交答辩时间	专业方向
从一种注视到一种学科：二十年来英语世界中国电影研究综考	王 昶	戴锦华	M2000	比较文学
从小说《二月》到电影《早春二月》	胡轶群	韩毓海	M2001	当代文学
电影符号学研究	张宏强	陈德礼	M2003	文艺学
海上花的开落——侯孝贤电影中的台湾"空间"与"历史"	丁 超	蒋朗朗	M2003	当代文学
20世纪40年代日据东北时期的日本对华政策的考察——以"满映"时期李香兰出演的作品为中心	古市雅子	严绍璗	M2003	比较文学
故事与讲述故事的年代——论三部电影的"文革"叙事	张洪玲	李 杨	M2004	当代文学
当代中国电影的"第六代"现象研究	李 阳	戴锦华	M2005	比较文学
1977年以来中国喜剧电影研究	张 冲	张颐武	D2006	当代文学
文化对话中的"个人"——以90年代中国电影为中心	金正求	戴锦华	M2006	比较文学
文学与电影的对话——张爱玲1947年文学与电影剧本创作	孙维璐	高远东	M2008	现代文学

电视、网络、广告：共13篇（博士论文4篇，硕士论文9篇）

论文题目	作 者	指导教授	提交答辩时间	专业方向
电子传媒影响下的艺术生产	鲁文忠	李思孝	D2002	文艺学
"韩流"在中国——以电视剧为中心	金镇烈	戴锦华	M2003	比较文学
网络中的文学现状研究	邱 峰	陈德礼	M2003	文艺学

（续表）

论文题目	作 者	指导教授	提交答辩时间	专业方向
中国当代广告中的民俗意象	陆 乐	陈连山	M2003	民间文学
传媒有声语言语段的构造和调节	陈玉东	沈 炯	D2004	应用语言学
文化研究的实践：北京房地产广告的分析与批判	程亚婷	戴锦华	M2004	比较文学
今何在网络小说创作研究	孔令涛	张颐武	M2005	当代文学
纪实与虚构——"底层"题材电视剧的叙事方式	朱滨丹	李 杨	M2005	当代文学
从出场到谢幕——影视作品中顽主形象的特征与变迁	张 寒	张颐武	M2005	当代文学
流行的群体暴力："杀人"游戏研究	李 莉	陈连山	M2005	民间文学
新闻播音节律特征研究	李晓华	沈 炯	D2007	语音学
北大未名 BBS 兰若寺版研究	袁 博	陈泳超	M2007	民间文学
中央电视台春节联欢晚会研究——当代大众文化与文化领导权	师力斌	张颐武	D2008	当代文学

（初刊《现代中国》第十一辑，北京大学出版社，2008 年 9 月）

气球·学堂·报章

——关于《教会新报》

　　谈论中国的近代化进程，1861 年是个重要的年头。在圆明园废墟以及众多不平等条约的重压下，恰逢新帝继位的清廷，力图"重振雄风"，出台了一系列革新措施，其中包括设置总理各国事务衙门及通商大臣，为镇压太平军而购置洋船洋炮，以及奏请建立同文馆等。外交之强调妥协与平衡，内政之引进西方的科学技术，"自强运动"标志着中国的近代化事业真正起步。

　　与此同时，《中法天津条约》(1860 年签订) 第十三款之保障天主教士在清帝国各处自由布道和从事宗教活动，也使得传教士在中国政治、文化生活中的影响与日俱增。如何评价传教士在近代中国的作用，是个十分棘手的话题。一方面，传教士的专横、傲慢以及政治野心，曾经，而且现在仍令人极为反感；另一方面，传教士之挑战传统的社会制度与价值观念，又有助于近代化事业的启动。换一个角度，从传教士的立场考虑，传播福音成效不大，反而是其作为辅助手段的西学知识，受到世人的热烈欢迎，实在有违其本来宗旨。可也正是众多传教士的"不务正业"，成了后世史家考察晚清社会—文化转型的一个重要角度，因而备受学界关注。

　　几乎是踏着"同治中兴"的脚步，美国传教士林乐知（Young John Allen, 1836—1907）1868 年创办的《教会新报》，在一个具体而微的范围内，体现了如下假设：少数学有所长的传教士，其工作有意无意中配合了"自强运动"的展开——尤其是在其相对擅长的科技、教育以及文化传播诸方面。

选择《教会新报》，除了其自身的价值，也不无纠偏补缺的意味。对学界影响极大的《中国近代期刊篇目汇录》[1]，所收杂志，以出版顺序排列，第一《六合丛谈》(1857—1858)，第二《中西闻见录》(1872—1875)，第三《瀛寰琐记》(1872—1875)，第四《万国公报》(1874—1907)。创刊于同治七年(1868)的《教会新报》，因"以宣传宗教为主"，只是作为《万国公报》的前身，在注解中略为提及。晚清杂志借阅不易，未能进入"篇目汇录"，意味着不为大多数学人所关注。

《教会新报》

学界之所以忽略《教会新报》，原因是，"顾名思义"[2]，此刊"主要读者为教会人士，改称《万国公报》后，成为以时事为主的综合性刊物，教外

---

① 上海图书馆编辑的《中国近代期刊篇目汇录》，共六卷，上海人民出版社，1979—1984年。其中第一卷1965年初版，1980年重印时略有增补。

② 方汉奇《中国近代报刊史》(太原：山西人民出版社，1981年)20页称："《教会新报》顾名思义自然要多登一些宗教方面的东西，但发行不久也由专言宗教，改为兼言政教，最后发展成为一份以刊载时事性政治材料为主的刊物。"作者断《教会新报》的生存期限为1868—1907年，自是将《万国公报》包含在内。具体论述中，所谓"兼言政教"的，也只限于后者。

林乐知

人士订阅者逐渐增多，内容除传教外，还介绍一些西方普通科学知识"①。如此描述，过分强调《教会新报》与《万国公报》的差异，突出前者的宗教色彩，使得从事文化史、思想史、教育史的学者望而却步，略过了本不该遗漏的《教会新报》及其编者林乐知。

《万国公报》由于直接影响了戊戌年间的维新变法，很早就得到史家的特别关注。即便受意识形态影响，评价天差地别，但研究课题的价值，一直没有受到质疑。《教会新报》则不一样，首先是"浮出海面"，引起研究者的关注，而后才是如何"准确定位"。其实，单是创设早（目前大受学界青睐的《申报》，四年后方才开张）、存活时间长（六年的刊龄，已属长寿，更何况还有《万国公报》作为后续）、内容不限于"教事"，便可能因涉及社会生活的各个侧面，成为晚清研究不可多得的"资料库"。

一、气球

晚清在华的众多传教士中，林乐知不能说是最有学问的——致力于儒家典籍英译的理雅各（James Legge）、主持同文馆教学的丁

---

① 顾长声：《传教士与近代中国（增补本）》160—161页，上海人民出版社，1991年第2版。

毑良（W.A.P. Martin）、创办登州文会馆的狄考文（Calvin W. Mateer）、译
介大量西方科技著作的傅兰雅（John Fryer）、以《自西徂东》著称于
世的花之安（Ernst Faber）、长期主持广学会工作的李提摩太（Timothy
Richard）等，都有林乐知不可企及处；但作为学者的"林进士"，
却更得中国读书人的普遍欢心。因"重视知识"而改名"乐知"，
这与中国读书人时常挂在嘴边的"一物不知，儒者之耻"极为相
似；至于署名"美国进士"，更是刻意营造中国人能够接受的"学
者形象"[①]。任职上海广方言馆与江南制造局、创办中西书院和中
西女塾，固然功不可没；但林氏真正的名山事业，还是《教会新
报》及其后续《万国公报》。

　　《教会新报》的封面，赫然印着"万事知为先"五个大字，
由此不难猜测刊物的宗旨与编者的抱负。作为"美国进士"，林乐
知当然知道，其时中国人所亟需的"知"，并非教会极力推销的基
督福音。在晚清，传教士能够提供、中国人乐于接受的"新知"，
首推"格致之学"。几乎从创刊之日起，林乐知便将"格致"作为
《教会新报》的重要栏目来经营。随便举几个例子：在第一册4—
43期的《教会新报》上，连载刚由同文馆印行的丁毑良译述《格
物入门》中"化学"一卷；第四册的《教会新报》上，刊载朱逢
甲"仿《四库全书提要》，每览一书，笔识数语，阅者可知崖略"
的《新译西书提要》[②]，分别介绍江南制造局傅兰雅等五人译书，
如《开煤要法》《制火药法》《运规约指》《化学分原》《勾股六术》
《弧角拾遗》等；而《第四年期满结末一卷告白》，更是极力表白

---

　　① 参阅梁元生《林乐知在华事业与〈万国公报〉》23页，香港中文大学出版社，
1978年。

　　② 朱逢甲：《新译西书提要·小引》，"清末民初报刊丛书"之三《教会新报》第四册，
1766页，台北：华文书局，1968年。

其对于格致之学的兴趣：

> 天道人道，有美必搜；世情物情，无微不格。察五行须明其元质，观七政定探其源流。举凡机器兵器农器，是究是图；一切数学化学重学，爰咨爰度。事无论钜细，有关风俗人心者，赠我必登；理无论精粗，可能挽回世道者，示我必录。形形色色，怪怪奇奇，总须归诸实，毋稍涉于虚也。[1]

在中国人对西学兴趣尚不浓厚的 1870 年代，《教会新报》之热衷于介绍近代科技的"形形式式""怪怪奇奇"，如纺织机、抽水机、开矿图、炼铁图、火车、轮船、电报、摄影等，与其说是为了讨好读者，扩大销量，不如说出于推广西方文化的强烈愿望。

对于一般读者来说，造船工艺与制炮技术固然重要，但太复杂了，门外汉根本无从鉴赏；很早就进入日常生活与小说创作的望远镜等（参见清初李渔的《夏宜楼》)，又属道地的"奇技淫巧"，只适合于把玩，与国计民生关系不大。唯有凌空而起的气球，既含学理，又有趣味，更牵涉地理观念、飞行想象与战争叙事，在晚清的出版物中大出风头，值得认真考辨。

在《从科普读物到科学小说——以"飞车"为中心的考察》中[2]，我曾提及传教士所办报刊的传播格致之学，以及引进关于"飞车"的现代想象，对于日后科学小说崛起的意义。囿于《教会新报》以传播宗教为主的成见，其时只检索了丁韪良所办的《中西闻见录》与傅兰雅紧接其后的《格致汇编》等。此次补课，方

---

[1] 《第四年期满结末一卷告白》，《教会新报》第四册，1962 页。

[2] 陈平原：《从科普读物到科学小说——以"飞车"为中心的考察》，《中国文化》第 13 期，1996 年 6 月。

才发现《教会新报》之介绍气球，早于《中西闻见录》，且着眼点有所不同。

1872 年创刊于北京的《中西闻见录》，第四册上刊载介绍气球的《飞车异闻》。这则被《教会新报》转载的报道①，采用"乘云而升，以窥天表""凭虚御风，不啻羽化而登仙"等文学语言，附会中国古老的飞车想象（如《山海经》中便有"奇肱国飞车"），且与《犀熊伤人》《奇兽寓言》并列，隶属"各国近事"专栏。这种不谈物理，只述耳闻，将"飞车"传奇化的倾向，与《教会新报》始终将有关气球的知识和消息列入"格致近事"大异其趣。

《教会新报》之拒绝传说，更多着眼于传播新知，与日后傅兰雅同在上海编辑的《格致汇编》较为接近。除了主编的个人兴趣，更直接的原因可能是：千年帝都北京与通商口岸上海，两地文化氛围迥异，即便同样关注能够腾云驾雾的气球，前者突出奇妙的用途，后者则着眼于如何生产。正如同样办起了西式学堂，北京同文馆与上海广方言馆，译书的侧重点以及学生的出路，均有很大差异。相对而言，晚清上海的士绅，对待现代科技的热情，远在京官及清流之上。这一点，很容易影响到生活在这两个不同文化区域的传教士的著述及办刊倾向。

《教会新报》创刊不久，便刊出一则《轻气球图》。此文对气球的制作方法与工作原理的介绍，比此后四十年间诸多笼而统之或神乎其神的描述更为精彩：

> 轻气球做法，以绸绢为之，大如房屋，装饰用各色漆胶，以大绳结络，缠罩球外。球下悬一藤床，大者可容二三

---

① 《飞车异闻》，《教会新报》第五册，2383 页。

轻气球

人，小者容一人，床中载有风雨时辰寒暑等表、千里镜、罗盘、沙袋、饼菜、食物、器具等件。球上有窗，球下有门，均机活（括）巧妙，特用放气之故。临用之时，或取球到煤气局，即上海街上所用灯内之煤气，最好是用淡气，取其极轻，放入球中，必以球腹将满为度。试放球时，先将巨绳系住球脚，似（试）可，方可断绳，以任升之，渐升渐高，直矗浮云之上。下视山川城郭，穷不见人，御风随行，顷刻百里。（英美公司专为气球而设，希望有一如舵之物，使其不受风欺；争战时利用气球见敌虚实；须知高处极冷。）又有外国人云，二十年后，必可乘此气球，平稳至于各处，皆随便也，奇哉。中国人常云神仙腾云飞跑飞行之说，此真可飞行而腾云之上也哉！①

紧接着，下一期的《教会新报》推出关于气球的问答，虽非专门为此撰述，可也若合符节。"问淡气何如……问淡气于何法可得……问淡气何用……问气球何物……问二气上升之力何如……问气球何用"，一连串循序渐进的提问与解答，简明扼要地介绍了有关气球的基本知识。其中尤以以下两则最有意思：

---

① 《轻气球图》，《教会新报》第一册，第129页。括号中文字，乃据第三册1093页的《轻气球图说》校改。编者对其独具慧眼，率先向中国人介绍气球，颇为自得。刊于第六册2712页的《气球将成》，提及气球之为正用时称："本书院始办《新报》，第一年中曾经登于报内。"

问：气球何物？答：所谓飞车也。以绸绢制成，圆如大球，盛轻气令满，即可上升。下缀座位，形如小舟，人便乘之游行空际，俨若腾云。至其所以上升之故，因……

问：气球何用？答：初不过玩物耳，近时交兵，用以窥探敌人营垒……[①]

几十年后，聪明的新小说家，就凭借如此"简明扼要"的科普读物，驰骋想象，创造出许多勾魂摄魄的"飞车大战"[②]。

新小说家对气球（或曰"飞车"）的内部构造及工作原理不大关心，只欣赏"凭虚御风""顷刻千里"的意象，其趣味接近《中西闻见录》的"异闻"，而非《教会新报》的"新知"。讲述逸闻，可以发挥想象；传播新知，则必须实事求是。《教会新报》上有关气球的笔墨，因而相对谨严、节制，不敢一味潇洒。比如，描述英国人乘气球过海峡，即便大风吹送，也不过一时辰行三百里；而且，"凡乘气球之人，必须胆大心灵，精通算法，深明气性，方无错误"。如遇大风，还得赶快降落，方可确保平安。[③]更有趣的是，《教会新报》之介绍"西人未尝一日忘其制气球为正用也"，首先想到的是，由美国"过大西洋至英国，计一万余里，来往贸易"，必有大利可图；至于气球的制作成本，也已经计算出来了，"共银洋一万元"。[④]

---

① 《格物入门·化学》（十四、十五），《教会新报》第一册 139、148 页。

② 参见陈平原《从科普读物到科学小说》，《中国文化》第 13 期，1996 年 6 月。

③ 参见《轻气球图说》，《教会新报》第三册 1093 页；《气球未行》，《教会新报》第六册 2811 页。

④ 参见《气球将成》，《教会新报》第六册 2712 页；《气球赴英》，《教会新报》第六册 2753 页。

可惜，后世的新小说家，并不喜欢《教会新报》《格致汇编》的"斤斤计较"，而倾向于《中西闻见录》《点石斋画报》的"随心所欲"。其笔下的"飞车大战"，远离"合乎科学的虚构"（scientifiction），而更接近于传统的神魔小说——此乃晚清科学小说数量不少、质量不高的重要原因。

名曰《教会新报》，本该以传播基督福音为主业；欣赏气球之类的"奇技淫巧"，在传教士看来，自然是"买椟还珠"[1]。可正是此类似乎无关紧要的"药引"，使得晚清的读书人，对西学产生日益浓厚的兴趣。回首百余年来中国人步西方后尘、走上现代化之路的诸多坎坷，史家才会对林乐知主编《教会新报》时之"无意插柳柳成荫"，给予不同程度的首肯。[2]

二、学堂

传教士的在华事业，最为成功的，当推医疗与教育。依照杰西·格·卢茨的说法，在1850年至1950年这一百年中，传教士致力于发展中国的高等教育，"帮助中国人正确理解他们自己和西方的世界"，"使中国的变革成为必要和可能"。[3] 对于教会大学的溯源及其正面影响的论述，卢茨可能过于勇敢；但称传教士的不懈努力，带动了中国大学的成长，却是毋庸置疑的事实。不过，

---

[1] 如花之安的《德国学校论略·自序》称："每见华士徒艳泰西之器艺，而弃其圣道。不知器艺叶也，圣道根也；器艺流也，圣道源也。"

[2] 参见顾长声《从马礼逊到司徒雷登——来华新教传教士评传》266—270页，上海人民出版社，1985年；陈绛《林乐知与〈中国教会新报〉》，《历史研究》1986年4期；熊月之：《西学东渐与晚清社会》393—395页，上海人民出版社，1994年。

[3] 杰西·格·卢茨著，曾钜生译：《中国教会大学史》500页，杭州：浙江教育出版社，1987年。

这也并非传教士的初衷，正如卢茨所说的："是中国国情的要求而不是对传道方式的研究，首先促使传教士建立学校，翻译西书，编纂字典。"① 中国人对基督福音之冷漠，迫使渴望讲坛的传教士，借筹办各式学堂来获得固定听众。经过激烈的争论，1890年以后，教育作为中国差会的合法职责，方才被广泛接受。即便如此，面对从事福音传播的传教士的巨大压力，从事教育的传教士常常需要为自己辩护，并极力强调教育工作中的传教目标。

在表彰建立教会大学的先驱者时，卢茨提到了丁韪良、狄考文、傅兰雅、林乐知等——后者以其筹办中西书院而入选。其实，要说"林进士"对于中国现代教育的贡献，主要不是中西书院，而是《教会新报》以及紧随其后的《万国公报》。在这两份一脉相承的刊物中，林氏之提倡教育改革，可谓不遗余力。只是其"越俎代庖"，有时到了令人难以忍受的地步——比如，设想"请各教士兼管各等新学"，这已经有点离谱了；"敦请英美等国之学部大臣来华专掌其事"②，更是中国人无论如何不能接受的。传教士几乎挥之不去的"傲慢与偏见"，使得林乐知很容易便"口出狂言"。不过，《治安新策》撰于1896年，与二三十年前初创《教会新报》时的小心谨慎，不可同日而语。

当初，为了应上海广方言馆之聘，林乐知辞去上海《字林新报》编辑职务，曾在报刊上发表公启，顺便做了一番自我总结：

> 美国林乐知先生管理上海《字林新报》将近三年矣，所论时事，一秉至公，不袒护西人，亦不轻薄华友。虽有时

---

① 杰西·格·卢茨著，曾钜生译：《中国教会大学史》11页。
② 林乐知：《治安新策》，《中东战纪本末》初编卷八，广学会，1896年。

因中原风俗与海外不合者，稍加辩论，亦不过与华友赏奇析疑，互相教益而已，从无高着眼孔俯视一切之处，各处士商阅上海《新报》者当知之有素也。[①]

其中"高着眼孔俯视一切"一说，尤为生动。其时的林乐知，不见得真的"不袒护西人，亦不轻薄华友"，但起码对传教士的通病颇有警惕。实际上，《教会新报》上的文章，主要是宣传西方文化的优越，很少直截了当地干预中国政务。

历来被作为《教会新报》干预中国政治开端的《局外旁观论》和《新议论略》，也都不像后人想象的那么咄咄逼人。"北京总税务司英国人赫德"的《局外旁观论》，开篇尚属平稳：

矮人之于长人肩上，所见必远于长人。庐山真面目，惟在山水外者得见其全。旁观敢抒所见亦然，或效一得之愚。[②]

此则"凡有外国可教之善法，应学应办"的说帖，没有特别刺耳的言论。刚刚连载完赫德的高招，紧接着便是"前驻北京英国参赞大臣威妥玛"的《新议论略》。威妥玛批评中国官吏绅士，"论及变通二字"，只会往后看，而不愿往外看。原因是中国人自古尊荣，四邻向化，只是到了与泰西诸国通商往来，方才感到压力："其国若论智略，不亚中华；若论兵力，似觉稍胜。"[③]这两篇长文，都是五年前呈送总理各国事务衙门的说帖，或许是文体本身的规定性，使得论者的口气不能不和缓。

---

① 《本馆主人停为〈字林新报〉》，《教会新报》第三册 1204 页。
② 赫德：《局外旁观论》，《教会新报》第三册 1066 页。
③ 威妥玛：《新议论略》，《教会新报》第三册 1146—1147 页。

　　刊载赫德等人的说帖，或者发表曾国藩、李鸿章、左宗棠等大臣的奏折①，以及第三册起将政论排在首位，确实表明《教会新报》介入中国现实政治的野心。但与戊戌变法时期的《万国公报》相比，《教会新报》直接议政的文字依然很少，主要关注的还是社会风俗与文化生活。比如，提倡不缠足、兴义学、戒鸦片烟，以及设立公共图书馆等。②而教育，尤其是新式教育，更是得到编者的格外青睐，一会儿刊出上海龙门书院章程，一会儿推荐广东议设义学规条，接下来，又有《小学义塾规条》《京师同文馆庚午年岁考题》等③。至于最后一期上的《三次生童出洋至美肄业》，更是象征性地实现美国传教士林乐知的教育理想。

　　戈公振的《中国报学史》曾论及"外报对于中国文化之影响"，在"教育方面"，举的例子是"为迎合社会心理，常征刻时艺，谓以供士子揣摩"。④报纸之传播闱墨，或者撰写与科场程式相近的文章，多属招徕读者的生意经，其实不值得认真考究。不过，《教会新报》很早就注意到中国读书人的这一癖好，除登载科考题目，更因势利导，请教友作文传播福音。第一册上，便开始拣选圣书中之句为题，"依题或论或文，即如中国考试经书文章之作法，四股八股亦无妨"⑤。此类征文，即便获奖，也不为时人看

---

　　①　参见《教会新报》第三册1008、1277、1296等。

　　②　第一年11号刊出的《应效外国义书院法以益人》，希望"各省宦族富家"捐资筹办"义书院"，其实指的是公共图书馆："内备古今奇集，五典三坟，百家诸子，经史各种书籍"，"以便世家子弟，好学无力买书，以及寒酸之士，易于参悟观读，而长无穷学问"。

　　③　参见《教会新报》第三册905、921、936、1217页。

　　④　戈公振：《中国报学史》89—90页，北京：中国新闻出版社，1985年。

　　⑤　参见《请做文论》，《教会新报》第一册456页。第二册883页的《本书院拟题请教友作文》，略作修正："本书院主人以耶稣《圣经》出题，请各省教友作文。题系《惟尔言我为谁》，乃《圣经·马太福音书》第十六章十五节之经文。作文不拘体，只期说理明畅，不必如中国《四书》文专摹腔调，以致近于填词，毫无意理。"

重——一个明显的证据，便是应征者普遍使用虚拟的名号[1]。在我看来，认真译介西方的教育制度，方才是《教会新报》对于中国教育改革真正的贡献。

晚清的教育改革，最重要的莫过于京师大学堂的建立（1898）、癸卯学制的制订（1903）、科举制度的取消（1905）。对于这三大举措的必要性，当事人都有理论阐发。清帝之谕"立停科举以广学校"，依据的是张之洞等《筹议变通政治人才为先折》（1901）、张百熙等《奏请递减科举注重学堂折》（1903），以及袁世凯等大员"欲推广学校，必自先停科举始"的联名会奏（1905）。而这些奏折之比较各国学制、强调分科教学、突出师范教育等[2]，都绝非"三代之学"的复活，而是道地的舶来品。1902年，张百熙《进呈学堂章程折》，自称"上溯古制，参考列邦"[3]；第二年，张氏与荣庆、张之洞的《重订学堂章程折》，说得更清楚：

> 数月以来，臣等互相讨论，虚衷商榷，并博考外国各项学堂课程门目，参酌变通，择其宜者用之。[4]

这种"博考外国各项学堂章程门目"，乃晚清学制改革的共同思路。康有为曾如此陈述对近代高等教育影响极大的《大学堂章程》之制订：

---

[1] 《教会新报》第二册959—960页上刊有《文会名次》，入选者共二十名，前三名各有奖金7元、2元、1元。前五名分别是：莲峰居士、莲溪逸史、潜抱子、海上山人、醉经生。

[2] 参阅舒新城编《中国近代教育史资料》上册47—66页，北京：人民教育出版社，1961年。

[3] 张百熙：《进呈学堂章程折》，《中国近代教育史资料》上册194页。

[4] 张百熙等：《重订学堂章程折》，《中国近代教育史资料》上册195页。

　　　　自四月杪大学堂议起，枢垣托吾为草章程，吾时召见无
　　暇，命卓如草稿，酌英美日之制为之，甚周密，而以大权归
　　之教习。①

值得追究的是，不管是梁启超，还是张百熙、张之洞，其时都未
踏出国门，哪儿来的关于英美日学制的知识？答案自然是"参考
译著"。

　　可到底是哪些译著成为晚清教育改革的理论资源？这些译著
又是由谁完成的？1896 年，梁启超在《时务报》上发表《变法通
议·学校总论》，有这么一句话：

　　　　西人学校之等差、之名号、之章程、之功课，彼士所著
　　《德国学校》《七国新学备要》《文学兴国策》等书，类能言
　　之，无取吾言也。②

同年，由上海时务报馆印行的梁启超所编《西学书目表》，"学制"
部分包括七种著作，头三种正是传教士的译著：花之安的《西国
学校》(1873)、林乐知的《文学兴国策》(1896)、李提摩太的《七国
新学备要》(1898)。

　　庚子事变的耻辱，促使清政府加快新教育的尝试，欧美及日
本教育制度的译介因而数量大增。但在此之前，介绍西方教育制
度的工作，基本上由传教士来承担。花之安的《西国学校》《德

　　① 《康南海自编年谱》47 页，北京：中华书局，1992 年。
　　② 梁启超：《变法通议·学校总论》，《时务报》第 5—6 册，1896 年 9 月。

花之安《西国学校》

国学校》出版最早，评价也较高[①]。二书均在正式出版前后，连载于《教会新报》。后者之介绍德国学校中的农政、船政、武学、邮务、通商等院，强调的是专业训练；前者之谈论仕学院与实学院的区别，以及太学院之特征——"此院乃国中才识兼优、名闻于众者，方能职膺掌院。凡有志之士，欲博古穷经，皆躬就学院内"[②]，对晚清以降大学制度的建立颇有影响。此外，《西国学校·智学》一则，是我所见到的最早介绍西方美学课程的文字。据作者称，太学院"院内学问分列四种，一经学，二法学，三智学，四医学"[③]；"智学"部分共有八门功课，第七课讨论的是"如何入妙之法"，具体分目如下：

> 论美形，即释美之所在。一论山海之美，乃统飞潜动植而言；二论各国宫室之美，何法鼎建；三论雕琢之美；四论绘事之美；五论乐奏之美；六论词赋之美；七论曲文之美，此非俗院本也，乃指文韵和悠，令人心惬神怡之谓。[④]

---

① 梁启超的《西学书目表》（上海时务报馆，1896年），下有识语，上有圈识，"皆为学者购读而设"（《西学书目表序例》）。《七国新学备要》上下空白，《文学兴国策》上有一圈，《西国学校》上加两圈，下有"好"字。

② 《西国学校·太学院》，《教会新报》第六册3168页。

③ 《西国学校·太学院》，《教会新报》第六册3168页。

④ 《西国学校·智学》，《教会新报》第六册3183页。

尽管没有进一步详细的讨论，但如此超越文类、体式、媒介的限制，来"释美之所在"，与以往中国学者的思路大不相同。我曾经提到过，"文学史"的崛起及演变，与 20 世纪中国教育体制的建立息息相关^①。对于中国人来说，接受作为一种知识体系的"美学"，首先也是从"课程设置"起步的。

三、报章

《教会新报》之传播西学知识与关注中国的教育改革事业，很大程度是"报章"这一著述与传播方式决定的。在某种意义上说，是读者的选择，决定了《教会新报》的趋向；林乐知的明智，主要体现为不断调整办刊方针，以适应中国读者的需求。这一"磨合"的过程，更具戏剧性，因而值得仔细探究。

1927 年，第一部系统叙述中国报刊历史的《中国报学史》出版，其中强调《教会新报》"专言宗教"，改为《万国公报》后方才"兼言政教"^②，此说对后世史家影响极大。70 年代起，方才有不少著述，分析《教会新报》如何"移步变形"。最为详细的统计，是由美国学者贝奈特完成的。以行数为单位，宗教内容在《教会新报》所占比重，六年间有很大变化：第一年 48%，第二年 36%，第三年 18%，第四年至第六年只有 16%—20%。也就是说，从第三年起，有关世俗的消息占一半以上篇幅。^③此前此后，梁元生、陈绛、熊月之等也都做了一些分析，认定不待易名《万国公

---

① 参见陈平原《"文学史"作为一门学科的建立》，《中华读书报》1996 年 7 月 10 日。

② 戈公振：《中国报学史》59 页。

③ Adrian A. Bennett, *Missionary Journalist in China*, *Young J. Allen and His Magazines 1860-1883*, University of Georgia Press, 1983, p. 112.

报》,《教会新报》早已"兼言政教",成为一份兼顾宗教、政治、社会和科技的综合性期刊了。①

其实,也不待行数、篇数的统计,单从版面的设计、栏目的编排,以及文章的着眼点,此等内证也能说明杂志对于时事政治的关注。为了名实相符,从创刊号开始,《教会新报》"在内刻一《圣经》中画图,俾愚者易于见识"②。没想到,这一已"广而告之"的标志性栏目,不到一年便夭折了。第二册起,世俗事务逐渐占据杂志的主要篇幅,栏目编排时有变化。第五册上,则刊出《林华书馆告白》:

> 拟分五类,不紊有条,一曰政事,二曰教事,三曰中外,四曰杂事,五曰格致。每期广为搜罗,别其类而登诸报,俾阅者豁目爽心,较前稍觉轩朗。③

以"政事"而不是"教事"为刊首,这种剧烈的变化,实在太刺眼了。教会不满,自在情理之中;没想到中国士大夫也有意见,指责其干涉中国内政④。于是,不到半年,《教会新报》版面重组,分为教事近闻、中外政事近闻、杂事近闻、格致近闻四类。⑤将"教事"置于刊首,目的是堵住各方的批评,至于杂志的世俗

---

① 参见梁元生《林乐知在华事业与〈万国公报〉》76页、陈绛《林乐知与〈中国教会新报〉》、熊月之《西学东渐与晚清社会》393页。

② 参见创刊号上作为发刊词的《林乐知启》。

③ 《林华书馆告白》,《教会新报》第五册1988页。

④ 接士人谴责信后,《教会新报》(第五册2300页)发表《本书院覆信》:"本书院《新报》,专列教会中事居多,暨无伤世事之新闻,并格致等学,其中国之官政是非,不便预闻。"

⑤ 参见《教会新报》第五册2231页。

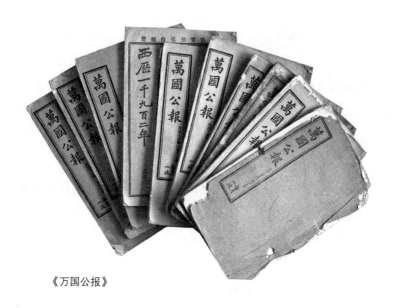

《万国公报》

化倾向，并无丝毫的改变。到了 1874 年 9 月，出满 300 期的《教会新报》，干脆改名《万国公报》，免得左右为难。

在继往开来的《本报现更名曰〈万国公报〉》中，林乐知除说明篇幅的变化：从每本只五张，到"报中新闻逐渐加多，合之告白已十一张"，再到改版后的十八张三万余字；更强调杂志关注现实的取向："中外多人谓我报可惜美而不足，常云：可否添增，若使中国事实尚当增益，格外美善。"正是为了顺应此类读者的要求，方才有了无所不包的《万国公报》：

> 所录《京报》"各国政事""辕门抄"者，欲有益于现任候补文武各官也；所录教会各件者，欲有益于世人罪恶得救魂灵也；所录各货行情者，欲有益于商贾贸易也；所录格致各学者，欲有益于学士文人也；至若英国通商甲于天下诸国，上海口岸甲于中国各省码头，故印此两处货物行情者，

　　使各路买卖流通也。①

如此重视读者的意见，与刊物的经济来源有关。《教会新报》不属于任何差会，完全由林乐知自筹经费，独立编辑，交给美华书馆印刷后自办发行。这一生存状态，使得编者不敢一意孤行，乱唱高调。

　　其实，在作为发刊词的《林乐知启》中，已经蕴含着两种不太协调的声音：一是服务于"中国十八省教会中人"，一是面对"士农工商，四等之人"。先看前者：

　　　　圣书云：光不能存于斗底，光须发亮。若发亮光，不从《新报》中发出，还有何物可以远近发亮乎？况外教人亦可看此《新报》，见其真据，必肯相信进教。②

倘若信守以上诺言，《教会新报》只能成为教会的传声筒。可编者还留有活口："除教会中事外，亦可论及各学"；"即生意买卖，诸色正经事情，皆可上得"。拟订如此进退两可的策略，事后证明是明智的。因为，各地教友并不像林乐知所设想的，"共相踊跃，成此美举"。③

　　依林氏自白，《教会新报》"每年约五十本，价只取其一元，但此价不过敷其刻印摆字纸张之本，并寄各处脚力，非系欲创《新报》者靠此营生，惟愿教会中体面光明"④。可惜，教会中人并不

---

① 《本报现更名曰〈万国公报〉》，《教会新报》第六册 3295 页。

② 《林乐知启》，《教会新报》第一册 8 页。

③ 参见《林乐知启》。

④ 参见《林乐知启》。

领情，始终购者寥寥。第一年结束时，因"教会中行销不多"，"开销不过刚刚将就敷衍"，编者不得不发表《本书院主人特启》：

> 中国教友齐心争买《教会》而顾教会，上可护主之恩，下有爱人之道，公私两就，信德同功也。[①]

到第五年结束时，每期发行数上升至二千数百，可读者依然多为中国士绅与东洋官僚，"教会中人买者甚少"[②]。

对于一个经济上"自负盈亏"的刊物来说，读者比主编更有"权力"决定办刊方向。不怀疑林乐知的宗教热情[③]，可这种热情无法长久支撑一个"没有读者"的刊物。从《教会新报》中不断谈论销路如何、开支怎样，不难想象林氏的压力，以及其寻找读者的努力。"以百姓之数而论"，中国的报刊发行数量，"应跨于美国之上"[④]，虽然眼下很不景气，但前景必定光明。坚信这一点的林乐知，不愿放弃报刊事业。再三权衡的结果，便是逐渐远离"教会中人"，而以"士农工商"为主要的拟想读者。

影响《教会新报》的日渐世俗化，一是经济的巨大压力，二是新闻杂志"博杂"的特征。在第三册的《教会新报》上，钱莲溪撰《劝人播传〈新报〉启》。立说者的尴尬，无意中凸显了此命题：

---

① 《本书院主人特启》，《教会新报》第一册 421—422 页。

② 参见第五卷 246 期《教会新报》上的《圣书题论并信·跋》。

③ 《教会新报》第三册 1204 页在刊出《本馆主人停为〈字林新报〉》同时，发表《本馆主人仍为〈教会新报〉》的启事，称白天到广方言馆工作，编《教会新报》"仍于晚间为之，诚以教会为重也"。

④ 《各国新报馆数》，《教会新报》第五册 2430—2431 页。

　　《新报》一袭，本参详天道为务，而其中或附中外新
闻，要皆关涉世道人心，为有益于修齐治平之略。至有时详
天文，则日月星辰记载悉凭实据；有时详地志，则山川河海
形势俱本舆图；有时详人物禽兽草木，亦各按其性理而有本
有文。即如论金石元质条分，稽舟车气机缕析，凡气球之高
举，电线之速传，亦莫不是究是图，以明其秘旨。休哉，无
奇不载，无义不搜，是书直可与张茂先之《博物志》并传。①

　　以《博物志》比拟传播福音的《教会新报》，在"教会中人"看来，
无论如何是不能接受的。可钱氏的说法并非毫无道理，"博"与
"杂"，确实是报章区别于以往著述的重要特征。

　　一般而言，著书立说者，总是希望读者越多越好。可报刊对
于读者的依赖，远比书籍要直接得多。所谓"藏诸名山，传之后
世"，对于新闻从业人员来说，是不可想象的。争取读者的方法，
虽然五花八门，但基本原则简单明了，那便是：尽可能照顾不同
职业、不同倾向、不同趣味的读者群。要做到"既可邀王公巨卿
之赏识，并可以入名门闺秀之清鉴，且可以助大商富贾之利益，
更可以佐各匠农工之取资"②，必然只能走"博"且"杂"之路。
内容过于"专精单一"，或者立场过于"坚定不移"，对于谋求经
济独立的报刊来说，都不是成功的策略。谭嗣同注意到报章文体
之驳杂，曾撰有《报章总宇宙之文说》③。其实，不只"文体"，
报章上的"话题"与"声音"，同样忌讳千篇一律。在这个意义

---

　　① 钱莲溪：《劝人播传〈新报〉启》，《教会新报》第三册 992 页。
　　② 《本报现更名曰〈万国公报〉》，《教会新报》第六册 3296 页。
　　③ 谭嗣同：《报章总宇宙之文说》，《谭嗣同全集》375—377 页，北京：中华书局，
1981 年。

上，报章的出现，天生倾向于打破"定于一尊"的思想局面。

以"气球""学堂""报章"，分别对应传教士的三种文化事业：科技、教育与文化传播，自然属于举例性质。但"报章之文"作为一种"有意味的形式"，制约着传教士的文化选择，却是一个可以进一步阐发的有趣命题。

1997 年 11 月 25 日于西三旗寓所

（初刊《中国雅俗文学》第一辑，

南京：江苏教育出版社，1998 年 12 月）

以"图像"解说"晚清"

——《图像晚清：点石斋画报》导论

一、读图之可能

对于晚清社会历史的叙述，最主要的手段，莫过于文字、图像与实物。这三者均非自然呈现，都有赖于整理者的鉴别、选择与诠释。这里暂时搁置真伪、虚实、雅俗之类的辨析，单就表现力立论：文字最具深度感，实物长于直观性，图像的优势，则在这两者之间。可一旦走出博物馆，实物只能以图像的形式面对读者。这时候，对晚清的描述，便只剩下文字与图像之争了。

长期以来，我们更为信赖文字的记言记事、传情达意功能，而对图像，则看重其直观性与愉悦性。历史叙述之所以偶尔也会借用图像，只是为了增加"可读性"。对于绝大部分"图文并茂"的图书来说，文字完成基本的"事实陈述"与"意义发掘"，图像只起辅助或点缀作用。

设想历史学家突出奇兵，主要靠图像说话，不是不可能，但绝非易事，因为这牵涉图像制作过程的追踪，画面构成方式的解读，图文互动关系的阐释。对于中国学界来说，"读图"显然还是一门比较生疏的"手艺"。所谓"左图右史"的光荣传统，对于今人之阅读图像，似乎帮助不太大。宋人已在慨叹"见书不见图"

之弊了，可见"古之学者为学有要，置图于左，置书于右；索象于图，索理于书"的理想状态①，实际上早就消失在历史深处。即便到了影视及多媒体相当普及、图像成为传递信息的主要载体的今日，对于绝大多数中国学者来说，其阅读、思考与表述，倚仗的基本上仍是"义蕴闳深"的文字。

因轻车熟路经验丰富而注重"读文"，这自然没错；尝试一下尚在摸索之中的"读图"，似乎也未尝不可。只是在正式起步之前，有必要对此举所可能面临的陷阱充分自觉，且预做腾挪趋避的准备。

以"图像"解说"晚清"，可以有两种不同的叙述策略：或杂采众长，或专攻一家。前者的好处是不受任何限制，只要是生产于晚清的图像（包括中外人士制作的照片、画报、绘画、雕刻、书籍装帧等），均可为我所用。因选材极为广泛，图文之间很容易做到"若合符节"。缺点则是仍以文字为主，图像只起辅助作用。而且，脱离了具体时空以及生产机制的图像，尽管灿烂辉煌，毕竟是一地散珠。后者的局限性一目了然，图像再多、再精彩，说到底，只是一家之言；可好处也很明显：整个生产过程以及作者与读者的关系比较完整，便于论者深入考辨与分析。当然，有个先决条件，作为立论根基的这"一家"，必须有足够的"分量"——包括数量与质量。

十五年间，刊行四千余幅带文字的图像，并因关注时事、传播新知而声名远扬，如此理想的个案，真是可遇而不可求。这里所说的，自然是创刊于 1884 年 5 月 8 日，终刊于 1898 年 8 月的《点石斋画报》。当初自称"天下容有不能读日报之人，天下无有

---

① 参见郑樵《通志略·图谱略》，《通志略》929—930 页，上海古籍出版社，1990 年。

不喜阅画报之人"①，固然只是舞台上的自我喝彩；可百年后的今日，《点石斋画报》确实成了我们了解晚清社会生活乃至"时事"与"新知"的重要史料。

对于《点石斋画报》的解读，可以侧重雅俗共赏的画报体式，可以看好"不爽毫厘"的石印技术，可以描述新闻与美术的合作，可以探究图像与文字的互动，可以突出东方情调，可以强调西学东渐，可以呈现平民趣味，也可以渲染妖怪鬼魅……所有这些，均有所见也有所蔽，有所得也有所失。因学识浅陋而造成的失误，相对容易辨析；至于因解读方式不同导致的众说纷纭，则很难一言以蔽之。因为实际上，所有研究者都是带着自己的问题意识来面对这四千余幅图像的，不存在一个可供对照评判的"标准答案"。

所谓学者的"问题意识"，除了显而易见的学科分野——比如美术史家、文学史家、科学史家、宗教史家、社会史家、风俗史家眼中的《点石斋画报》，必然千差万别——还包括时代氛围与拟想读者的限制。1950年代的强调"十九世纪末叶帝国主义的侵华史实和中国人民抵抗外侮的英勇斗争"②，与今日的突出"晚清

①　如此富有煽动力的表述，乃《点石斋画报》自己制作的"广告"。创刊两年后，《点石斋画报》声名远播，于是重开招商广告，其《画报招登告白启》（1886年7月《点石斋画报》第83号）中便有此等豪言壮语。有趣的是，如此句式，与日后康有为《日本书目志·识语》中的"仅识字之人，有不读经，无有不读小说者"十分接近。后者见陈平原、夏晓虹编《二十世纪中国小说理论资料（第一卷）》13页，北京大学出版社，1989年。

②　参见郑为《〈点石斋画报时事画选〉前言》，《点石斋画报时事画选》，北京：中国古典艺术出版社，1958年。郑为编注的《点石斋画报时事画选》，底本用的是上海集成图书公司1910年印行的《点石斋画报大全》，复制时将两页合成一幅，印成12开本，颇为精美。图画共139页，外加2页"前言"和14页介绍背景并略加评说的"叙录"。该书的编选，目的十分明确，工作态度也很认真，只是以艺术上的"现实主义道路"和政治上的"反帝反封建立场"作为硬指标，来衡量一百年前带浓厚市民趣味的"画报"，有时难免削足适履。即便如此，我还是认为，这是一本做得非常用心的好书。

人眼中的西学东渐"①，固然是受制
于各自所处的学术思潮；欧美学者
之兼及西方器物与东方情调②，以及
日本学者之注重奇思妙想③，也都有
自己的出版策略。至于同是德国学
者，1910 年代之突出西方人眼中的
东方④，与1970 年代的注重东方人眼
中的西方⑤，在文化差异外，又添上
时势迁移。所有这些，本身已构成
一部"接受的历史"。

　　面对九十年来若干中外人士编
纂的《点石斋画报》读本，能否百

《点石斋画报》

---

　　①　参见陈平原编《点石斋画报选》（贵阳：贵州教育出版社，2000 年）一书的导论《晚
清人眼中的西学东渐》。该书借助"战争风云""中外交涉""船坚炮利""声光电化""舟车
便利""飞行想象""仁医济世""新旧学堂""折狱断案""租界印象""华洋杂处""文化娱
乐""西洋奇闻""东瀛风情""海外游历"等十五个专题，每专题各选十二幅图像，展现晚
清人对于西方文明的接纳。

　　②　1987 年香港中文大学推出了 Don J. Cohn 主持选译的 *Vignettes from The Chinese,
Lithographs from Shanghai in the Late Nineteenth Century*（The Chinese University of Hong Kong，
1987），该书选择的五十幅图像，内容相当驳杂，似乎以"趣味"为主，编选者所撰《前言》
也比较肤浅。

　　③　1989 年日本福武书店出版了中野美代子和武田雅哉合作的『世纪末中国のかゎら
版——绘入新闻「点石斋画报」の世界』，所用底本，乃 1983 年广东人民出版社版影印线装
本。全书分五个专题，共选编了八十二幅画，并译注了图上文字。书前近万言的"导读"颇
见功力。但作者对幻想文学有特殊兴趣，故偏重于妖怪鬼魅，而不是社会历史。

　　④　参见 Max Von Brandt 的 *Der Chinese in der Offentlichkeit und der Familie, in 82
Zeichnungen nach chinesischen Originalen*（Berlin, 1911）。该书系最早的《点石斋画报》选译
本，共收八十二幅图像，绝大部分为中国人的故事，而且侧重日常生活与社会风情。

　　⑤　参见 Fritz Van. Briessen 的 *Shanghai-Bildzeitung 1884-1898，Eine Illustrierte aus dem
China des ausgehenden 19. Jahrhunderts*（Atlantis, 1977）。该书从《点石斋画报》中选译五十二
幅图像并详加注释和解说，其中西人形象及事物占一半以上。

尺竿头更进一步，对我们来说，是个很大的挑战。之所以敢于应战，基于以下四种自信：对于画报历史（尤其是清末民初出版的诸多画报）的熟悉；对于晚清社会及文化的了解；对于图文互动关系的重新认识；以及以史料印证图像、以图像解说晚清的论述策略之确立。

"以图像解说晚清"的论述策略，明显受鲁迅、阿英、郑振铎等学者的影响。这三位前辈对《点石斋画报》在晚清出现的意义，均给予充分的肯定，而且注重的都是其"时事画"。在《上海文艺之一瞥》中，鲁迅曾这样评论《点石斋画报》："这画报的势力，当时是很大的，流行各省，算是要知道'时务'——这名称在那时就如现在之所谓'新学'——的人们的耳目"[1]；阿英撰《中国画报发展之经过》时，则断言"因《点石斋画报》之起，上海画报日趋繁多，然清末数十年，绝无能与之抗衡的"，原因是后来者或"画笔实无可观"，或忽略了画报"强调时事纪载"的宗旨[2]。郑振铎的说法更精彩，干脆将结合"新闻"与"绘画"的艺术追求命名为"画史"。

郑振铎称吴友如为"新闻画家"，尤其赞赏其在《点石斋画报》里发表的许多生活画，"乃是中国近百年很好的'画史'"。这里加引号的"画史"，明显是从中国人引以为傲的"诗史"引申而来。"也就是说，中国近百年来半封建、半殖民地社会前期的历史，从他的新闻画里可以看得很清楚。"[3]在《中国古代绘画选集》的序言中，郑振铎再次提及晚清的绘画革新："但更多的表现那个

① 《上海文艺之一瞥》，《鲁迅全集》第四卷293页，北京：人民文学出版社，1981年。

② 阿英：《中国画报发展之经过》，《晚清文艺报刊述略》90—100页，上海：古典文学出版社，1958年。

③ 郑振铎：《近百年来中国绘画的发展》，《郑振铎艺术考古文集》193页，北京：文物出版社，1988年。

'时代'的社会生活，乃是一个新闻画家吴嘉猷，他的《吴友如画宝》（石印本）保存了许多的中国半封建、半殖民地社会的现实主义的记录。"①上述两文撰写于1958年，其大力表彰艺术史上的现实主义潮流，确有其特殊的思想文化背景。但作者早年的《插图之话》以及晚年的《中国古代版画史略》②，同样关注吴友如与《点石斋画报》，可见郑君之所以如此立说，并非只是趋时。

假如像郑振铎等人所设想的，从"画史"的角度来解读《点石斋画报》，首先碰到的问题是：这毕竟只是晚清"众声喧哗"中比较美妙的"一家之言"，其对于时事与新知的表述，有发掘，也有遗漏；有实录，也有歪曲；有真知，更有偏见。——加以考辨，既费口舌，也无必要。因为有些"误会"相当美丽，有些"夸饰"又无伤大雅，何必与之"斤斤计较"？附上几则相关资料，读者自会浮想联翩，即便无法马上去伪存真，起码也对画报所呈现的"社会"与"历史"，多了一份必要的警觉与追究的兴趣。或诗文，或笔记，或报道，或日记，或档案，或上谕，或竹枝词，或教科书……任何体现时人见解的文字，都可能进入我们的视野，并用作《点石斋画报》所呈现的"晚清图像"之佐证、旁证或反证。

《点石斋画报》的图文之间，本就构成一种对话关系，其间的缝隙，不完全是使用媒介不同造成的，更包括制作者视角及立场的差异。如今再"从天而降"各种相关史料，对具体图像的解读，很可能不是更清晰，而是更复杂，更丰富。正是这种对同一事件的不同描述，使我们对晚清社会的多元与共生，有直接的领悟。至于如何引申发挥，怎样发掘微言大义，则留给远比我们高

① 郑振铎：《〈中国古代绘画选集〉序言》，《郑振铎艺术考古文集》185页。

② 参见《郑振铎艺术考古文集》18、350页。

明的读者。

当然，作为编者，我们愿意简要介绍《点石斋画报》的工作宗旨及生产流程，以及其与母体《申报》的关系，顺带兼及画报"启蒙"之特色，最后转入本书怎样以"四大主题"来展开对于晚清的想象。

二、画报的宗旨与手段

谈作品的"接受"，阅读者的主体意识固然重要，出版者的初衷也不该完全漠视。在以下的分析中，我们将发现，《申报》以及《点石斋画报》的创办者美查（Ernest Major）的工作意图，还是得到后世不少读者的认同。在《点石斋画报缘启》中，除了中画西画的技法比较，再就是强调之所以"爰倩精于绘事者，择新奇可喜之事，摹而为图"[①]，目的是满足民众了解当前战事的需要。当然，也有风土人情、琐事逸闻、幻想故事等，但对于"时事"的强烈关注，始终是"画报"有别于一般"图册"的地方。与新闻结盟，使得画报的"时间意识"非常突出，文字中因而常见"本月""上月"字样。而以表现中法战争的《力攻北宁》开篇，也很能表明编者与作者的兴奋点所在。

1889年美查离沪归国，后继者基本上是萧规曹随，《点石斋画报》依旧保持关注时事的特点。前期的报道"中法战役"，固然令人拍案叫绝；后期的追踪"甲午中日战争"以及台湾地区民众之反抗日军，也有绝佳的表现。一直到倒数第二号之以《强夺公所》《法人残忍》描摹四明公所事件，都还能看出其对于社会热点

[①] 尊闻阁主人（即美查）：《点石斋画报缘启》，《点石斋画报》第 1 号，1884 年 5 月 8 日。

问题的强烈关注。

对于"时事"之强烈关注，乃《点石斋画报》创办的契机，这一点，尊闻阁主人的《点石斋画报缘启》说得很清楚。至于画报传播"新知"的功能，在见所见斋的《阅画报书后》中，有极为精彩的发挥。此文以创刊号的《点石斋画报》为例，具体讲解画报之如何有利于传播新知。其中有三点意思值得格外关注：一是将"新知"界定为"制度之新奇与器械之精利者"，而不局限于船坚炮利；二是将官府与民间分开，以民间为主要拟想读者，希望将"新知"推广至"穷乡僻壤"；三是将"扩天下人之识见"，明显放在"以劝戒为事"之上。①

对照《点石斋画报缘启》中对于欧西画报的描述，读者很容易发现，尊闻阁主人和见所见斋如出一辙的编辑／阅读思路，确实是渊源有自："画报盛行泰西，盖取各馆新闻事迹之颖异者，或新出一器，乍见一物，皆为绘图缀说，以征阅者之信。"② 可以这么说，借鉴泰西画报的编辑策略，必然着重采撷新闻与传播新知；至于"寓果报于书画，借书画为劝惩"③ 之类的说法，乃是道地的中国特色。

大致而言，"奇闻""果报""新知""时事"四者，共同构成了《点石斋画报》的主体。相对来说，早期较多关于"新知"的介绍，而后期则因果报应的色彩更浓些。尽管不同时期文化趣味与思想倾向略有变迁，但作为整体的《点石斋画报》，最值得重视的，还是其清晰地映现了晚清"西学东渐"的脚印。正是在此意义上，我们格外关注画报中的"时事"与"新知"，而不是同样占

---

① 见所见斋：《阅画报书后》，《申报》1884 年 6 月 19 日。

② 尊闻阁主人：《点石斋画报缘启》，《点石斋画报》第 1 号，1884 年 5 月 8 日。

③ 申报馆主：《第六号画报出售》，《申报》1884 年 6 月 26 日。

有很大篇幅的"果报"与"奇闻"。

《点石斋画报》的重要性，除了自身业绩外，还在于其开启了以新闻性为主、以图文并茂为辅的"画报体式"。对于《点石斋画报》是否"中国最早的画报"，曾经有过不少争论，但假如以是否具备新闻性以及采用何种工艺为判别标准，则《点石斋画报》的地位不可动摇。[①]更重要的是，清末民初画报的创办者，追摹的目标是《点石斋画报》，而并非既无时间性也不涉及中国人日常生活的《小孩月报》或《画图新报》。

光绪三十三年（1907）创办于北京的《益森画报》，开篇即是编辑者所撰的"述旨"，在表明创作宗旨的同时，也为"画报"的体式追根溯源。以"纂组鸿文，精治丹青"为体式，以"网罗异事"为着眼点，以"惩劝兼资"为目的，这确实是《点石斋画报》的创制，难怪学退山民编撰、刘炳堂绘图的《益森画报》溯源于此[②]。清末民初涌现的众多画报，像《益森画报》那样直截了当地自报家门者，其实不太多；但《点石斋画报》的关注时事、注重新知、采用石印，以及图文互相诠释时的许多具体表现手法，基本上都为后来者所接纳。

受《点石斋画报》成功范例的鼓舞，晚清出现一股画报热。据彭永祥统计，截止到1919年底，国人共刊行过118种画报，其中"绝大多数是图画石印或刻版"[③]。1920年代以后，摄影画报逐渐占据主流地位，虽偶有"忽发思古之幽情，也想仿效《点石斋画报》那样办一种"石印线装而"绝不用照相铜版图画"的，

---

① 具体论述参见陈平原编《点石斋画报选》一书的导论"晚清人眼中的西学东渐"。

② 《益森画报述旨》，《益森画报》创刊号，1907年11月。

③ 参见彭永祥《中国近代画报简介》，见《辛亥革命时期期刊介绍》第四集656—679页，北京：人民出版社，1986年。

恐怕都难逃失败的命运。这里用得着包天笑的自我总结："无他，时代不同，颇难勉强也。"①随着石印线装这一出版形式的迅速衰落，《点石斋画报》为代表的晚清画报，早就被后来者所超越；但其开启的以图文并茂方式报道时事、传播新知这一新兴事业，时至今日仍很有生命力。

至于当初《点石斋画报》如何一炮打响，又怎样获得读者的广泛认同，其实无法提供许多确凿无疑的可供实证的材料。这也是晚清报刊史研究的最大难处：其时主持报刊者都不太愿意认真负责地谈论报刊的销售量，偶有涉及，多为招徕读者，难免有夸张之嫌。②更何况，关于《点石斋画报》，连这种"虚实参半"的信息也难以寻觅——起码到目前为止，我们还没有找到任何关于这份画报销量的具体数字。

只好退而求其次，搜集有关的旁证材料。

1884年6月7日的《申报》上，申报馆主发表文章，推介第4号《点石斋画报》，结尾处有云："此次图后新增告白，请商号家如有愿登告白者，请即购阅四号画报，便知详细。"③从招徕读者转为吸引广告，可见经营者的商业眼光。十二天后，《申报》发表见所见斋《阅画报书后》，称《点石斋画报》已经十分畅销："尽旬日之期，而购阅者无虑数千万卷也。"④紧接着，又有"自开印以至今日，销售日盛一日"之类的报道⑤。可所有这些，都属于当事人出于商业目的的自我吹嘘，只可"姑妄言之，姑妄听之"。

---

① 参见包天笑《钏影楼回忆录》113、380页，香港：大华出版社，1971年。
② 参阅陈平原《中国小说叙事模式的转变》269—279页，上海人民出版社，1988年。
③ 申报馆主：《第四号画报出售》，《申报》1884年6月7日。
④ 见所见斋：《阅画报书后》，《申报》1884年6月19日。
⑤ 申报馆主：《第六号画报出售》，《申报》1884年6月26日。

实际上，画报事业虽大有发展，但广告招收并不成功，仅有的若干种多为申报馆系统内部的商号，难怪其不久便偃旗息鼓。直到创刊两年，《点石斋画报》声名远播，方才重新招商，其连续刊登的《画报招登告白启》称：

> 今又承各巨商切属踵行，谓"天下容有不能读日报之人，天下无有不喜阅画报之人。近今告白借图以传，日报已有行之者，画报专精艺事，行之必有大效"等语，本斋主人重违雅意，故于六月二十六日八十三号画报之末仍登告白。①

与广告招收一样，同样可以作为画报发行量标志的，是各地销售点的建立。这方面，《点石斋画报》与点石斋书局通力合作，其成绩也就变得"密不可分"了。

如第 195 号《点石斋画报》(1889 年 8 月) 所刊《点石斋各省分庄售书告白》，便开列了京都琉璃厂点石、金陵东牌楼点石、苏州元妙观点石、杭州青云街点石，以及点石斋石印书局在湖北、湖南、河南、福建、广东、重庆、成都、江西、山东、山西、贵州、陕西、云南、广西、甘肃等省市所设的分庄。值得注意的是，后面八省的点石斋分庄，均设在"贡院前"，可见书籍与科考的关系。这些分庄，既卖书籍，也售画报，故只能笼而统之地谈论《点石斋画报》的"风行海内"。

申报馆主为每号画报出版而撰写的文字，基本上属于广告，不足为凭。见所见斋的真实身份，目前虽无法确认，但其立说与尊闻阁主人过于接近，系美查的朋友无疑；而且所论只及于创刊

---

① 《画报招登告白启》，《点石斋画报》第 83 号，1886 年 7 月。

号，其提供的关于画报如何成功的证词，必须大打折扣。倒是另
外有两家言论，其可靠性毋庸置疑，可惜乃画报停刊几十年后的
追忆——包天笑的个人经验，让我们了解《点石斋画报》对于当
年苏州读者的巨大吸引力[①]；鲁迅断言该画报"流行各省"并成为
其时想知道"时务"的人们的耳目[②]，则近乎史家的判断。

谈论《点石斋画报》的巨大成功，没有十分可靠的同时代人
的证词，毕竟是很大的遗憾。以下两则材料，可以略为弥补这一
缺失。

首先，为公平起见，必须寻找与报社毫无瓜葛的合适证人。
恰好，香港大学冯平山图书馆收藏的初版本《点石斋画报》卷首，
有"光绪庚子新春人日松菊山园主人书于香江太平山麓之舍"的
长篇题记，时距《点石斋画报》停刊仅两年，很能体现一般民众
对这份画报的真实看法。

此题记从中国人熟悉的传说说起，"在昔穆王好游，遴选八
骏驰骋遍荒"，既而感叹今日情况迥异，有火车、轮船之助，万
里驰驱、游目骋怀成为可能。但即便如此，也有不少人因各种条
件限制，无法远游四方。怎么办？就在这关键时刻，"画报"应
运而生：

> 而幸有不烦车马舟楫之辛劳，无虞山岳崎岖之险峻，
> 无虑波涛汹涌之凶危，已恍若吾身亲历其境，遍悉其人其物
> 者，则画报是也。向见泰西画报，其于宇宙间山水城郭、楼
> 阁亭台、飞潜动植，与夫殊方异族、怪状奇形、风土俗尚，

---

① 参见包天笑《钏影楼回忆录》112—113 页。
② 《上海文艺之一瞥》，《鲁迅全集》第四卷 293 页。

概皆摹写及之，惟妙惟肖。其增人识见，怡人心目，良非浅鲜。第中国无此，心窃憾焉。迨甲申岁得上海点石斋创此奇观，闲窗昕夕，卧游其中，谓非一大快事哉！是则为今日之闲人，犹胜古昔之天子，幸之至也，惜乎云哉！

身处通商口岸的松菊山园主人，有泰西画报作比较，尚且对《点石斋画报》如此推崇备至；那些没有机会亲眼目睹西方文明的乡下、小城镇乃至内地城市的民众，又该做何感想？或者说，《点石斋画报》"增人识见，怡人心目"的努力，是否得到真正的落实？对此，小说家包天笑日后精彩的回忆可作补充：

> 我在十二三岁的时候，上海出有一种石印的《点石斋画报》，我最喜欢看了。……每逢出版，寄到苏州来时，我宁可省下了点心钱，必须去购买一册。这是每十天出一册，积十册便可以线装成一本。我当时就有装订成好几本。虽然那些画师也没有什么博识，可是在画上也可以得着一点常识。因为上海那个地方是开风气之先的，外国的什么新发明，新事物，都是先传到上海。譬如像轮船、火车，内地人当时都没有见过的，有它一编在手，可以领略了。风土、习俗，各处有什么不同的，也有了一个印象。①

不过，作为局外人，松菊山园主人只顾赞赏画报之功用，而未及其生死与存亡。当事人的感受，可能就大不一样了。《点石斋画报》为何停刊，目前尚不得而知；在画报停刊前三年，《申报》曾以社

---

① 包天笑：《钏影楼回忆录》112—113页。

论形式发表《论画报可以启蒙》，这点值得注意。表面上，此文只是泛论画报的意义，没有指名道姓；可落实到具体语境，则不难发现其并非无的放矢——当时吴友如创办的《飞影阁画报》早已停办；美国传教士范约翰主编的《小孩月报》还在继续，可又只是附加插图的文字刊物；近在眼前的，只有这《点石斋画报》一家了。因此，在我看来，此文的针对性很强，与创刊号上尊闻阁主人的《点石斋画报缘启》遥相呼应：前者开宗明义，后者盖棺论定。

也是从中西画法比较入手，批评中国画重笔墨神韵，不求形似，称"此种笔墨，非不夺天地造化之妙，然究为文士玩好之物，而非有裨于实用也"。但《论画报可以启蒙》更进一步，将"绘图之妙"作为整个西方文明的根基来论述：

> 泰西以图画为重，不特天文地舆之学，精益求精，不差累黍，即人物器具，无不巧绘成图，使物物皆存于图，俾人人皆知是物。世但知其格致之妙，制造之精，而不知皆绘图之妙也。又设蜡人馆、博物院、电照法，以补画工所不及。所以欧西之人，见闻日广，才识日增，而华人莫与比也。

从具体事物的剖析，迅速转化并上升为整个东西文化的比较，这一论述思路，乃晚清以来急于"从整体上解决问题"的读书人的共同爱好，不能只责怪此文作者。该文的重点，毕竟还是新闻性的画报，而非科学制图方法。作者于是笔锋一转：

> 上海自通商以后，取效西法，日刊日报出售，欲使天下之人咸知世界，法至善也。然中国识字者少，不识字者多，

安能人人尽阅报章，亦何能人人尽知报中之事？于是创设画报，月出数册。或取古人之事，绘之以为考据；或取报中近事，绘之以广见闻。况通商以后，天下一家，五洲之大，无奇不有。人之囿于乡曲，而得以稍知世事者，亦未始非画报之益。自来淫书之有干例禁者，因无论识字不识字之人，皆得败坏风俗，沉溺心态也；而今画报之可以畅销者，因无论识字不识字之人，皆得增其识见，扩其心胸也。

并断言画报"最宜于小儿"。接下来，作者花了很大篇幅，论述如何依据小儿喜画而不喜书，接受信息先入为主等特点，为正其心术，扩其眼界，以及培养其绘画兴趣和技巧，有必要从小多多阅读画报。文章最后，又将话题绕回到绘图能力的培养如何有关国家兴亡：

方今西法最重画图，每制一器，须先画图。图有未工，器必不精。此皆实事求是之功，非挥洒烟云之仅供玩好也。将来图画之工，人才奋起，不难驾西人而上，虽未必系乎此，亦未始不系乎此也。然则启蒙之道，不当以画报为急务哉！[①]

撰此文者，落笔时，必定是别有幽怀——起码是对《点石斋画报》已取得的成绩踌躇满志。可短短三年后，曾经风光八面的《点石斋画报》，也只好黯然收场。考虑到《申报》与《点石斋画报》的特殊关系，当初刊发如此表彰画报功用的文章，绝非自我解嘲，更像是面对困境时的自我激励。很可惜，由于某种不可抗拒的力

---

① 《论画报可以启蒙》，《申报》1895 年 8 月 29 日。

量，明知"启蒙之道"，"当以画报为急务"，《申报》馆最终还是关闭了延续十五年的《点石斋画报》。

三、画报与《申报》之关系

在《钏影楼回忆录》中，包天笑提及当年苏州的大人主要借《申报》和《新闻报》了解时事与新知。至于《点石斋画报》，则是老少咸宜——"本来儿童最喜欢看画，而这个画报，即是成人也喜欢看的"[①]。这里以《申报》与《点石斋画报》对举，称前者的阅读仅限大人，后者则兼及老少。不过，有一点包天笑没说清楚，这喜欢看画报的成人，到底是"读书人"，还是"贩夫走卒"；是男人，还是女士。也就是说，决定阅读倾向的，主要是年龄、性别，还是社会阶层与文化程度。

吴趼人小说《二十年目睹之怪现状》第二十二回，有一卖书、买书与读报的小故事，颇为耐人寻味，可与包说相发明。先是有救国志向的王伯述慨叹读书人不争气，"《经世文编》《富国策》以及一切舆图册籍之类，他非但不买，并且连书名也不晓得"，于是立意"要选些有用之书去卖"。接下来主人公"我"（即九死一生）对王伯述的说法大为欣赏，前往拜访而未遇，回到家里，见到家人刚买的书报。下面这段话，很有象征意味：

> 只见我姊姊拿着一本书看，我走近看时，却画的是画，翻过书面一看，始知是《点石斋画报》。便问那里来的？姊姊道："刚才一个小孩拿来卖的，还有两张报纸呢。"说罢，递

---

① 包天笑：《钏影楼回忆录》112—113 页。

　　了报纸给我。我便拿了报纸，到我自己的卧房里去看。

　　小说中没有具体评述《点石斋画报》，可将其留给虽也精明但毕竟属于"女流之辈"的姊姊，而让男主人公独独拿走并非"画的是画"的报纸。行文之中，作者显然将图像与文字——具体说来是画报与报纸，做了高低雅俗的区分。

　　吴趼人并未说明九死一生拿走并阅读的，到底是何家报纸，但不妨假定是当时在上海市民中影响最大的《申报》。将画报与日报的区别，暂时限定在《点石斋画报》与《申报》，只是为了使论题集中。其实，同样的话题，可以推衍开去。

　　1898年《申报》上发表的《论画报可以启蒙》，其关于画报意义的论述，在晚清很有代表性。概括起来，不外以下两点：一是图像可以深化书籍，一是画报便于读者接纳。"古人之为学也，必左图而右史。诚以学也者，不博览古今之书籍，不足以扩一己之才识；不详考古今之图画，不足以证书籍之精详。书与画，固相须而成，不能偏废者也。"[1] 这一点，宋人郑樵早已有言在先，近人鲁迅也有相当精彩的补充说明。[2] 晚清人较为成功的论述，还在于如何借画报的通俗易懂，来真正落实时人所向往的"启蒙之道"。"现今画报盛行，宜家置一编，塾置一册"——之所以如此自信，乃是因识字不多者，也能阅读画报。所谓"不特士夫宜阅，商贾亦何不可阅？不特乡愚宜阅，妇女亦何不可阅"[3]，强调的重点在"乡愚""妇女"与"商贾"，而不是有能力读书阅报的"士

----

①　《论画报可以启蒙》，《申报》1898 年 8 月 29 日。
②　参见郑樵的《通志略·图谱略》和收入《鲁迅全集》第六卷的《连环图画琐谈》。
③　《论画报可以启蒙》，《申报》1898 年 8 月 29 日。

夫"。这几乎成为晚清人的共识。写于 1909 年的《京华百二竹枝词》，所描述的情景堪称典型：

> 各家画报售纷纷，销路争夸最出群。
> 纵是花丛不识字，亦持一纸说新闻。①

难怪吴趼人毫不犹豫地将《点石斋画报》留给了九死一生的姊姊。

画报偏向于文化程度较低的群体，这一状态，与创办者的初衷倒是十分吻合。为何需要创办以图像为主的报刊，《点石斋画报缘启》上并没有详细的论述，只是一句"画报盛行泰西"，再加上中法战争时"好事者绘为战捷之图"大受欢迎的具体经验。大概嫌创刊号上的"缘启"未能尽兴，1884 年 6 月 26 日的《申报》上，美查又以申报馆主人的名义发表高论，借推介新作而纵论《点石斋画报》的整体构想：

> 本馆印行画报，非徒以笔墨供人玩好，盖寓果报于书画，借书画为劝惩；其事信而有征，其文浅而易晓。故士夫可读也，下而贩夫牧竖，亦可助科头跣足之倾谈；男子可观也，内而蛾首蛾眉，自必添妆罢针馀之雅谑。可以陶情淑性，可以触目惊心；事必新奇，意归忠厚。而且外洋新出一器，乍创一物，凡有利于国计民生者，立即绘图译说，以备官商采用。②

---

① 兰陵忧患生《京华百二竹枝词》其十七，路工编选《清代北京竹枝词》，北京古籍出版社，1982 年。

② 申报馆主：《第六号画报出售》，《申报》1884 年 6 月 26 日。

前有办刊宗旨，后有具体内容，中间部分的技术手段与拟想读者最为紧要。"其事信而有征，其文浅而易晓"，如此立说还稍嫌空泛，因当初《申报》创刊时也是以"使人足不出户庭而能知天下之事"，以及"叙述简而能详，文字通俗"招徕读者的。①比《申报》所声称的"不只为士大夫所赏，亦为工农商贾所通晓"更进一步，《点石斋画报》则"下而贩夫牧竖，亦可助科头跣足之倾谈"，"内而蝉首蛾眉，自必添妆罢针余之雅谑"。这不只是修辞手段的变化，画报在渗透下层社会以及进入深闺方面，确实占有明显的优势。也许可以这么说，比起著述之文来，报刊文章显得"浅显"；而有了以图像为中心的画报，日报又相对"高深"起来。

其实，从实用以及启蒙的角度来看待书籍之配图，正是古来中国人的阅读趣味。见所见斋称中国书籍之有画者，虽不若泰西多，可名物象数、小说戏曲以及因果报应之书，不乏采用图像者。"所以须图画者，圣贤诱人为善，无间智愚，文字所不达者，以象示之而已。然则书之有画，大旨不外乎此矣。"②因为"无间智愚"，方才必须兼及书画——言下之意，下愚与图像之间，存在着必然的联系。此后创办画报的人，也多喜欢在这里大做文章。如1902年创刊于北京的《启蒙画报》、1905年创办于广州的《时事画报》、1906年创刊于京师的《开通画报》，以及1909年创刊于上海的《图画日报》，都曾开宗明义地强调其"开愚"与"启蒙"的宗旨。

这一将"开愚"与"启蒙"并举的论述思路，既很能体现戊

---

① 《本馆告白》，《申报》1872年4月30日。

② 见所见斋：《阅画报书后》，《申报》1884年6月19日。

戊变法失败后有识之士的理想与情怀——将自上而下的“宫廷政治”转化为自下而上的“开通民智”；又使得其论及画报的功能时，大都注重的是手段的有效性，而不是思想的反叛或立场的前卫。

这也难怪，同为传播文明之利器，在晚清的启蒙事业中，画报所扮演的角色，确实与日报略有区别。具体说来，在编辑方针以及文化立场上，《点石斋画报》与其母体《申报》并非总是步调一致。这里所呈现的矛盾与缝隙，值得认真辨析。

考虑到《点石斋画报》从属于《申报》馆，同为美查所创办，二者关系极为密切，自在情理之中。即便在1889年10月美查撤股回国以后，《申报》依旧为每期新刊画报发表推介文字。这个习惯，一直延续到光绪二十二年十二月二十六日（1897年1月28日）出版的第473号，此后方才停止。创刊第一年，以“申报馆主”名义为每期新刊发表的“推介”，乃精心制作，言之有物，与通常意义的“告白”大相径庭——除内容介绍外，还不时涉及画报的宗旨与工作策略。而且，这些半广告半论述的文字，往往连续十天占据《申报》头版头条的位置。因此，稍为了解《点石斋画报》背景的读者，很容易设想其制作（从文稿到图像）倚赖于《申报》的新闻报道。不能说这种联想毫无根据，在《论画报可以启蒙》中，不就有“或取报中近事，绘之以广见闻”的说法吗？《点石斋画报》发行三年后刊印的《申江百咏》更有诗吟曰：

> 一事新闻一页图，双钩精细费工夫。
>
> 丹青确有传神笔，中外情形着手摹。

注文即指实说：“又有画报，大半采《申报》中事有可绘图者，一事一页，描写入神，用石印印行。"①因此，本书所配文字，不少取材于《申报》，也是基于这一假设。

可只要认真阅读，马上你就会发现，《点石斋画报》对于"近事"的处理，与《申报》有很大区别。一系纯粹文稿，一以图像为主，传播媒介不同，着眼点不可能完全一致，这很好理解。可即便同为文字，二者的文体也颇多差异。大致而言，画报的文字部分，介于记者的报道与文人的文章之间：比前者多一些铺陈，比后者又多一些事实。不只是叙事，往往还夹杂一点文化评论，正是这一点，使得《点石斋画报》上的文字，类似日后报刊上的"随笔"或"小品"，而并非纯粹的新闻报道。

不讲叙事之精粗与文字之繁简，单就立论而言，一般情况下，《申报》的观点比较尖锐，而《点石斋画报》则委婉得多。举个例子，四明公所事件当年影响极大，1898年7月17日至7月25日的《申报》上，曾有连续性的追踪报道，且每篇都是义愤填膺。《点石斋画报》自然也不例外，《法人残忍》(页十一)先讲"法人自拆毁四明公所围墙后，寓沪甬人义愤填膺，相率停工罢市"，后是法国军队开枪镇压，"合计是役受伤者二十四人，而死者有十七人之多"。以此事实为依据，控诉"法人之残忍无理"本已足矣，可作者偏要强调"无端遇祸"的"皆外帮之人"。而且，宣称"宁人实未闹事"，只是因"法界之流氓无赖遂乘机而起"，方才事态扩大。这么一来，法人开枪变得事出有因，只是杀错了人而已。如此立说，态度近乎官府文告②，而与代表舆论界声音的

---

① 辰桥《申江百咏》卷上其二十七，顾炳权编《上海洋场竹枝词》，上海书店出版社，1996年。

② 参见《详纪公所被夺后情形》（1898年7月18日《申报》）中之《苏松太道蔡钧六言示谕》。

《法人残忍》

《再论四明公所事》有很大距离。后者主张力争，而且突出民间立场："如此区区公所，而一郡之人心如此之坚，足见国可弱，官可制，而民不可欺也。"①

　　如果只是立说歧异，事件本身得到及时准确地报道，那问题不是很大。可实际上，《点石斋画报》之介绍时事，常有严重的缺失。而且，这种缺失并非缘于技术手段。最明显的例子，莫过于甲午中日海战以及台湾地区民众抵抗日军的叙述，从头到尾"一路凯歌"。单看画报，读者无论如何弄不懂，为何老打胜仗，最后

① 《再论四明公所事》，《申报》1898 年 7 月 19 日。

还得割地赔款。其间虽也有难处，前线的谎报战绩以及朝廷的封锁消息，均使得真相一时难以大白于天下。《申报》上对战事消息的滞后即屡有解释，称其原本"不惜巨费，遍嘱诸埠访事友，一有战务，立即传电告知"。但不仅烟台电报局来信，"谓近奉督办之谕，凡事之涉于争战者，一概不得为人传达，以免泄漏军情"；更有"天津访事友书来，称某日有极要事机，携费至局中传电，局中人既已收取，翌日仍复退回，谓无论中西各人，除商报外，苟有涉中日事宜者，决不代递"。①

不过，面对相同的困境，《点石斋画报》与《申报》对于战争消息的处理态度仍有明显分歧。后者虽也倾向于"报喜"，却并不诚心隐瞒战败，而以"实事求是"为宗旨，这与《点石斋画报》"不报忧"的趋向迥异。以平壤战事为例，起初不明真相之时，《申报》的报道也会失实。而一旦发现西文报纸登载的日本电讯有平壤失守的噩耗，该报便立即如实转述②；在其后关于大东沟海战的报道中，又及时表达了对政府的批评："所惜当轴者调度太迟，以致倭奴敢若此猖獗。使得雷霆迅发，及早大兴挞伐之师，则倭奴锐气已消，何致有平壤之事哉！"③也可以说，《申报》是在努力利用最新消息，不断纠正以前的误报。反观《点石斋画报》，所能看到的只有《破竹势成》(乐十二)、《大同江记战》(射一)等图的胜利进军，却不见"一夕狂驰三百里，敌军便渡鸭绿水"④的狼狈败退。这种差异，不是个别人的操作失误，主要还是缘于画报过分

---

① 《实事求是》，《申报》1894 年 8 月 28 日。
② 参见《东电照译》，《申报》1894 年 9 月 18 日。
③ 《水师得胜》，《申报》1894 年 9 月 20 日。
④ 黄遵宪：《悲平壤》，《人境庐诗草》卷八，1911 年刊本。

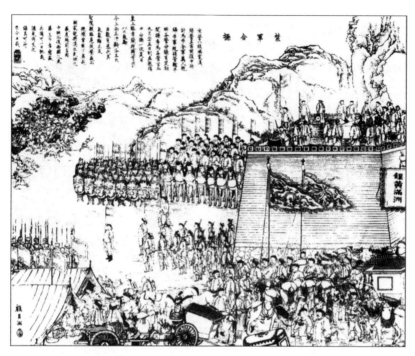

《禁军合操》

迎合大众趣味。而这种"媚俗"的倾向，从一开始就存在，并非只是后来者将"真经"念歪。

　　不妨再挑一前一后两幅练兵图，看看《点石斋画报》处理时事时盲点何在。刊于 1885 年初的《禁军合操》(丙二)，只讲万人会操场面如何壮观，还引申发挥什么"我国家龙兴漠北，武功之盛，度越前古"，全然不考虑迫在眉睫的军事危机。对比《申报》上关于此次练兵，"炮身炸裂，铁块纷飞"，死伤多人的连续报道①，你会觉得画面上的"堂堂军威"大可怀疑。1897 年 1 月发表的《一

---

　　① 参见 1884 年 11 月 13 日至 26 日《申报》上刊发的《京师邮信》《京师纪闻》《放炮伤人》和《京华琐记》等。

《一鸣惊人》

鸣惊人》(信四)，同样是报道练兵失误，经历了甲午战败的巨大挫伤，不敢再轻言军威。所谓"中国兵事，承平时犹如此，若遇有事，将若之何？杞人之忧，曷其有极"，总算不再让读者一身轻松。可用调笑的口吻，谈论鱼雷意外爆炸时如何"一鸣惊人"，明显缺乏同情心。看看《申报》上同类事件报道的标题，还有"一霎时山川变色，神鬼警号"，以及"惊骇欲绝""触目伤心"等描述 ①，你会觉得画报"一鸣惊人"之幽默显得过于轻佻。

《点石斋画报》的政治倾向与文化情怀，不及《申报》明朗，

---

① 参见刊于 1896 年 10 月 31 日、12 月 1—2 日《申报》上的《演炮酿祸》《演雷毙命》和《演雷再志》等。

这很大程度上是各自拟想读者不同造成的。后者以社会精英（"士夫"）作为主要听众，肩负指导社会的重任，在大是大非问题上或社会危机时刻，必须站出来，旗帜鲜明地表明自己的态度。前者既然"兼及老少"，而且注重"乡愚""妇女"与"商贾"，更多地考虑画面与文字的趣味性。这也使得《点石斋画报》较少道德说教，也难得有士大夫关注的"华夷之辨""义利之争"。

如此卸下"经国之大业"的重任，并非一无是处。只因注重"趣味性"，意识形态色彩相对淡薄，画报显得柔软而富有弹性，不像日报的面孔那么僵硬。有时候，这种"缺乏原则性"并不可恶，甚至无意中突破了自家设置的边界。

1897年12月6日，中西女士共122人出席了在张园安垲第举行的中国女学堂第四次筹备会议。在风气未开的当年，此举的意义不言而喻。对于这次史无前例的中西女士大会，《申报》不但没有给予必要的关注与报道①，反而在1897年12月14日发表《男女平权说》，针锋相对地大唱反调。《点石斋画报》并没有追随主报，而是从"惊世骇俗"这个角度，将其纳入视野。刊于1898年1月13日的《裙钗大会》(利五)，虽然在122人的与会者名单中，独独挑出一位"彭氏寄云女史"，而且强调的重点不是学识与热情，而是其"私妇"身份，显得过于投合市民口味，可毕竟承认"是诚我华二千年来绝无仅有之盛会也，何幸于今日见之"。

就其"柔软而富有弹性"而言，《点石斋画报》与《申报》的差异，除了媒介（图像与文字）、读者（"乡愚"与"士夫"）外，还有日后逐渐成熟的小报与大报、副刊与新闻的分野。

---

① 相反，1897年12月9日至12日的《新闻报》上连续刊载了《女学堂中西大会记》，对集会经过作了极为详尽的报道。

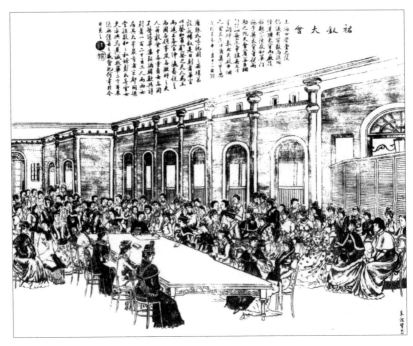

《裙钗大会》

四、关于"四大主题"

　　因中法战事的刺激而创办的《点石斋画报》，对战争风云、中外交涉以及租界印象等给予特殊关照。除了事关国家安危以及黎民百姓的生死存亡，最能引起读者的兴趣，还因画报的新闻性质在此类事件的报道中，可以得到最为充分的表现。《点石斋画报》存在的十五年间（1884—1898），正是晚期中华帝国的多事之秋。身处"门户开放"的最前线，上海的士绅与民众，自是最能体会，也最为关注与外国列强的接触。不管是关系重大的军事战争、外交谈判、租界协议，还是近在眼前的变动不居的华洋杂处局面，都与上海民众的生活息息相关。大到中日甲午海战的悲壮场面以及前因后

126

果，小到租界里某次西兵会操或巡捕强奸妓女，都在画家的笔下得到呈现。在此意义上，郑振铎称其为"画史"，一点都不过分。

在《点石斋画报》四千余幅图像中，"拟摘取其关于生活状况者"①160 幅，再加以阐释与补充，这种工作策略，既符合美查等编者注重时事与新知的初衷，也可为史学研究打开一扇奇妙的小窗。区区一画报，当然无力涵盖晚清社会生活的各个层面，但"中外纪闻""官场现形""格致汇编""海上繁华"这四大主题，在《点石斋画报》中均有绝佳表现。本书正是围绕这当年中国读书人耳熟能详的四大主题，逐步展开"图像晚清"的。

四大主题的命名，故意采用当年的成说，目的是增加"历史感"。《中外纪闻》乃 1895 年由梁启超等创办的二日刊，存在时间很短，但已具备现代报刊的基本特征，且为梁次年之出任《时务报》总主笔奠定了根基。傅兰雅（John Fryer）主编的《格致汇编》，则是晚清最有影响的科学杂志，1876 年创刊，中间死而复生，最后停刊时间为 1892 年。李伯元撰写的长篇小说《官场现形记》，无疑是晚清最具"时代特色"的创作，借用来描摹晚清政治生活，自是以"谴责"为主调。与前三者的命名略有不同，孙玉声的《海上繁华梦》固然是一时名篇，可如果再将韩邦庆的《海上花列传》和黄小配的《廿载繁华梦》考虑进来，会更加意味深长；当然，更重要的是，谈论以租界为中心的都市生活，"海上繁华"这四个字几乎无可替代。如此"东挪西借"，只是为了营造良好的氛围，让读者较为顺畅地进入晚清世界，而并无以梁启超或傅兰雅之视角为视角的打算。

应该说，"中外纪闻"篇最能显示郑振铎所说的"画史"特

---

① 1934 年，鲁迅曾分别给姚克和台静农写信，谈论其编辑出版汉唐画像石刻的计划，着眼点明显偏于文化史而非美术史（参见《鲁迅全集》第十二卷 349 页、359 页和 453 页），这里略为挪用，借以表明追踪前贤的心意。

色，晚清众多惊天动地的重大事件，都在此留下长长的身影。可也正是这一部分，暴露了《点石斋画报》长于"报喜"而拙于"报忧"的老毛病，有时甚至"反题正做"，达到了为粉饰太平而曲为辩解的地步。将《法人弃尸》（乙二）和戴启文的《马江战》（纪败绩也）以及张佩纶光绪十年七月初七（1884 年 8 月 23 日）奏折对照阅读，你会惊讶画报怎么能如此轻易地转移视点并"化险为夷"。明明是因战败而割地赔款，还要说成是"日人无礼扰我中土，幸有李傅相大度包容，重申和议"——可这一回的《赞成和局》（书二），已不敢像《和议画押》（丁七）之表现 1885 年的中法签约，干脆将全部条约逐条撮述，置于画面的左上方。试想，倘若引入丧权辱国的"中日讲和条约"，单是割让"台湾全岛及所有附属各岛屿""中国约将库平银二万万两交与日本作为赔偿军费"，读者便不难明白所谓"和局"背后的屈辱与辛酸。只看画面颇为精彩的《点石斋画报》，不太理解晚清史事的沉重；只有将《破竹势成》（乐十二）和黄遵宪的《悲平壤》《将军出险》（书十二）和丘逢甲的《离台诗》相参阅，方才能明白时人为何动辄"呼天抢地"。

晚清局势之危急，无论时人或今人，都将其归咎于官场之极端腐败——制度层面的思考则因人而异。按理说，《点石斋画报》对此应该也有精彩的表现；可实际上，本书的"官场现形"篇相对薄弱。不是编者手下留情，也不是阿英所抱怨的画家境界太低①。在政治观念方面，《点石斋画报》本就偏于温和，偶有指名道姓批评地方官吏的，但从不敢对朝廷决策之是非"妄加评议"。放

---

① 在《中国画报发展之经过》中，阿英是这样评说《点石斋画报》的："该报内容以时事画为主，笔姿细致，显受当时西洋画影响。关于'中法战役'、'甲午中日战争'，颇多佳构。此外如朝鲜问题，缅甸问题，亦皆各印专号，以警惕民众。国内政治，绘述得也很多，但内容不外歌颂，足称者却很少。"见《晚清文艺报刊述略》92 页，上海：古典文学出版社，1958 年。

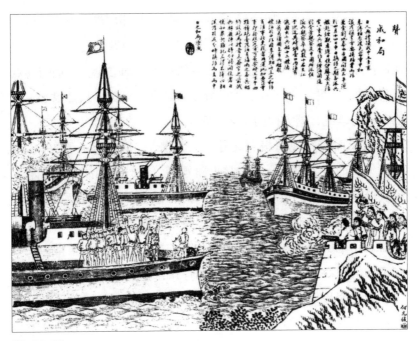

《赞成和局》

在当时的历史语境中，这其实不足为病。因为肆无忌惮地指摘时弊，并以讲述官场笑话为时尚，那是《点石斋画报》停刊两三年后的事。具体说来，这与庚子事变后朝廷的权威以及控制力大为下降有关。李伯元、吴趼人等小说家之辞气浮露，笔无藏锋，以官场为主要攻击目标，也是被时势逼出来的。如此时局，如此江山，再加上如此官场，如此读书人①，焉能不令"吴趼人

---

① 为何最后落实为对读书人的"谴责"，不妨套用《二十年目睹之怪现状》第二十二回中王伯述的一段话："我常常听见人家说中国的官不好，我也曾经做过官来，我也不能说这句话不是。但是仔细想去，这个官是什么人做的呢？又没有个官种像世袭似的，那做官的代代做官，那不做官的代代不能做官；倘使是这样，就可以说那句话了。做官原是要读书人做的，那就先要埋怨读书人不好了。"

哭"①。就像《官场现形记》最后一回提及的那部教科书——后半部书稿被烧，剩下的"前半部是专门指摘他们做官的坏处，好叫他们读了知过必改"。谈论官场，当然也可正面立论，前期的《点石斋画报》，更是不乏关于严正清廉的好官之褒奖。只是限于本书的宗旨与体例，这方面的图文从略。

比较而言，晚清报刊之输入"新知"，最被世人看好。"格致汇编"的巨大贡献，几乎是毋庸置疑。从气球到战船，从水雷到快枪，从铁路到电线，从西医到照相，众多今日习以为常的器物，当初都曾让晚清人兴奋不已。特别是至今仍属于尖端科技的机器人，也已经进入画家眼帘。此篇的相关资料特别丰富，关键在于如何精心选择，以便呈现较为广阔的"西学东渐"场景。至于编者之明显偏好气球，则是因这一"御风随行，顷刻百里"的器物，兼及格致、战争与科学幻想，得到许多文人学者的热情歌咏。晚清传入的众多新知，没有比让人类实现飞天梦想更令人兴奋、更刺激作家想象力的。在荒江钓叟的《月球殖民地》（1904）、吴趼人的《新石头记》（1905）、包天笑的《空中战争未来记》（1908）、碧荷馆主人的《新纪元》（1908）以及陆士谔的《新野叟曝言》（1909）等小说中，"气球"或"飞车"均为重要道具，对事业的成败起决定性作用。《点石斋画报》中，单是以气球、飞艇为描写对象的，便有十六幅之多②，足证晚清人对此器物的强烈兴趣。

将"海上繁华"这样的地域性话题，上升为"晚清图像"的第四个层面，这既取决于《点石斋画报》的生产流程（以上海为中

---

① 1902 年出版的《吴趼人哭》乃是一部寄托遥深的小册子，由五十七则文字组成，结语均作"吴趼人哭"。全文收入魏绍昌编《吴趼人研究资料》，上海古籍出版社，1980 年。

② 参阅《从科普读物到科学小说——以"飞车"为中心的考察》一文，见陈平原《文学史的形成与建构》151—199 页，南宁：广西教育出版社，1999 年。

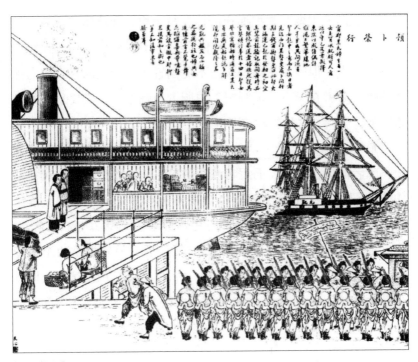

《预卜荣行》

心，向全国各地辐射），也因以中外通商华洋杂处为主要特色的上海，在晚清实际上成了展示西方文明的重要窗口。严格说来，"中外纪闻""官场现形"与"格致汇编"三者，也都与上海颇多瓜葛。之所以专门辟出"海上繁华"篇，是希望凸显日常生活化的"西学东渐"。而编纂时不按出版顺序，故意选择1895年方才刊出的《预卜荣行》（书十一）作为开篇，目的是借此喜剧性场面作为"引子"，让读者从一个特定的角度进入"繁华之盛，冠于各省"的上海。而一旦踏上"沪游"之路，各种游记、杂录、竹枝词、风土志、胜景图说等纷至沓来，争相以夸饰的语调，向我们展示这座正迅速崛起的都市之五光十色。

以"四大主题"来把握晚清社会与历史，如此删繁就简，只是为了"以图像解说晚清"的便利。虽也力图顾及《点石斋画报》本身的特点，但限于论述框架，不免搁置大量涉及因果报应的神怪故事。后者在《点石斋画报》中所占篇幅不少，需要从另外的角度加以解读，这里暂时按下不表。

最后，试图弥合所谓的"四大主题"与"画史"之间的缝隙：前者倾向于结构，而后者注重的是时间。既想呈现相对完整的晚清图像，又不希望失落历史线索，本书采用互见的编纂策略：各章中图像的排列，注重的是逻辑结构（即从总体到局部依次展开）；而进入同一事件后，则依据时间先后。另外提供两个关于《点石斋画报》各号刊行的时间表（见附录一、二），以便读者按原有序号（依天干、地支、八音、六艺等排列），确定每幅图像的发表时间。如此分别处理，目的是兼及大众与专家的不同需求。

2000 年 10—11 月于海德堡 / 东京

附录一

《点石斋画报》各号刊行时间表（按王朝纪年排列）

光绪十年——甲1—12，乙1—12，丙1—5

光绪十一年——丙6—12，丁1—12，戊1—12，己1—5

光绪十二年——己6—12，庚1—12，辛1—12，壬1—5

光绪十三年——壬6—12，癸1—12，子1—12，丑1—8

光绪十四年——丑9—12，寅1—12，卯1—12，辰1—8

光绪十五年——辰9—12，巳1—12，午1—12，未1—8

光绪十六年——未9—12，申1—12，酉1—12，戌1—11

光绪十七年——戌12，亥1—12，金1—12，石1—11

光绪十八年——石12，丝1—12，竹1—12，匏1—12，土1—2

光绪十九年——土3—12，革1—12，木1—12，礼1—2

光绪二十年——礼3—12，乐1—12，射1—12，御1—2

光绪二十一年——御3—12，书1—12，数1—12，文1—5

光绪二十二年——文6—12，行1—12，忠1—12，信1—5

光绪二十三年——信6—12，元1—12，亨1—12，利1—5

光绪二十四年——利6—12，贞1—12

附录二

《点石斋画报》各号刊行时间表（按公元纪年排列）

1884年——甲1—12，乙1—12

1885年——丙1—12，丁1—12，戊1—12，己1—2

1886年——己3—12，庚1—12，辛1—12，壬1—3

1887年——壬4—12，癸1—12，子1—12，丑1—4

1888年——丑5—12，寅1—12，卯1—12，辰1—5

1889年——辰6—12，巳1—12，午1—12，未1—6

1890年——未7—12，申1—12，酉1—12，戌1—7

1891年——戌8—12，亥1—12，金1—12，石1—8

1892年——石9—12，丝1—12，竹1—12，匏1—9

1893年——匏10—12，土1—12，革1—12，木1—10

1894年——木11—12，礼1—12，乐1—12，射1—12

1895年——御1—12，书1—12，数1—12，文1

1896年——文2—12，行1—12，忠1—12，信1—2

1897年——信3—12，元1—12，亨1—12，利1—3

1898年——利4—12，贞1—12

（初刊《开放时代》2001年5期，又见《图像晚清：点石斋画报》，天津：百花文艺出版社，2001年；法文译本见 *Sept leçons sur le roman et la culture modernes en Chine*, Edited by Angel Pino and Isabelle Rabut, Leiden & Boston: Brill Academic Publishers, 2015）

作为"绣像小说"的《文明小史》

　　光绪癸卯（1903）五月初一，晚清四大小说杂志之一《绣像小说》横空出世。这本由著名小说家李伯元主编的半月刊，打头的正是"南亭亭长新著"《文明小史》。此小说连载至第五十六期，1906 年由老东家商务印书馆推出单行本，但未署作者姓名，且删去了插图及自在山民的评语。与李伯元另一部代表作《官场现形记》之备受宠爱故刊本繁多不同，《文明小史》显得步履艰难。1955 年 7 月，北京的通俗文艺出版社终于重排此书，但也未收插图及评语，并删去了原作中那些"污蔑"义和团及革命党的部分。第二年上海文化出版社印行的，正是这个政治正确的"洁本"。一直到最近三十年，《文明小史》才得到了较好的传播，如上海古籍出版社（1982 年）、百花洲文艺出版社（1989 年）、中州古籍出版社（1994 年）、华夏出版社（1995 年）、花山文艺出版社（1996 年）、中国文联出版公司（1996 年）、岳麓书社（1998 年）、中国文史出版社（2001 年）、印刷工业出版社（2001 年）、昆仑出版社（2001 年）、中华书局（2002 年）、内蒙古人民出版社（2003 年）、人民出版社（2010 年）等，纷纷推出良莠不齐的新版，加上台湾的世界书局版（1958 年）和三民书局版（1988 年），以及《李伯元全集》（江苏古籍出版社，1997 年），确实有点让人眼花缭乱。不过，我最欣赏的，还是收入"晚清小说大系"（台北：广雅出版有限公司，1984 年）以及"中国近代小说大系"

《绣像小说》

（南昌：江西人民出版社，1989 年）中的《文明小史》，因其未作删节，且保留了插图及评语。

将初刊《绣像小说》的《文明小史》作为研究对象，强调小说与评语及插图间的关系非同寻常，应作为整体来综合观察，此乃本文的基本着眼点。至于题目中的"绣像小说"，兼及出版传统与杂志名称，亦古亦今，可文可史。

一、历史画卷、小说结构以及"水磨工夫"

论及李伯元《文明小史》的文学史意义，一般多从阿英说起。确实，鲁迅的《中国小说史略》以及胡适的《五十年来中国之文学》都只是在评论李伯元的《官场现形记》时，顺带提及《文明小史》①。1930 年代中期，阿英的《〈文明小史〉——名著研究之一》以及《晚清小说史》问世，其极力表彰的《文明小史》方才逐渐进入学界视野。

出人意料的是，此前三十年，以古文及译作名扬天下的林纾，竟率先站出来为《文明小史》叫好。1906 年，也就是《文明小史》刊行单行本的那一年，林纾与魏易合译的哈葛德小说《红礁画桨录》恰好也在商务印书馆出版，在此书的"译余剩语"中，林纾讲了这么一段大有见地的话：

> 方今译小说者如云而起，而自为小说者特鲜。纾日困于教务，无暇博览。昨得《孽海花》读之，乃叹为奇绝。……《孽海花》之外，尤有《文明小史》、《官场现形记》二书，亦佳绝。天下至刻毒之笔，非至忠恳者不能出。忠恳者综览世变，怆然于心，无拳无勇，不能制小人之死命，而行其彰瘅，乃曲绘物状，用作秦台之镜。观者嬉笑，不知作此者撮几许伤心之泪而成耳。吾请天下之爱其子弟者，必令读此二书，又当一一指示其受病之处，用作鉴戒，亦反观内鉴之一助也。②

当然，将小说看作分辨是非、鉴别善恶的秦镜，这不是什么新鲜的比喻；而强调作者的良苦用心，也是那时常见的说法。《文

---

① 鲁迅：《中国小说史略》，《鲁迅全集》第九卷 282 页，北京：人民文学出版社，1981 年；胡适：《五十年来中国之文学》，《胡适古典文学研究论集》144 页，上海古籍出版社，1988 年。

② 林纾：《〈红礁画桨录〉译余剩语》，见陈平原、夏晓虹编《二十世纪中国小说理论资料（第一卷）》166 页，北京大学出版社，1989 年。

明小史》单行本刚推出，商务印书馆便在《中外日报》刊广告，称："此书用白话体裁，演说中国社会腐败情形，将官界、学界描写入神，直如禹鼎铸奸，温犀烛怪。然著者非好为此刻薄也，蒿目时艰，有感而作，其寓意遥深，无非欲令若辈有则改之，无则加勉而已。阅者可于言外见之。"[1]

好在林纾并非人云亦云，还有不少值得关注的"后续动作"。比如，越一年，林纾翻译刊行狄更斯的《孝女耐儿传》，赞赏作家"以至清之灵府，叙至浊之社会"，且"不重复，不支厉，如张明镜于天际，收纳五虫万怪，物物皆涵涤清光而出，见者如凭阑之观鱼鳖虾蟹焉"[2]。又越一年，林纾译《贼史》毕，有如下精彩的感叹：

> 所恨无迭更司其人，如有能举社会中积弊著为小说，用告当事，或庶几也，呜呼！李伯元已矣。今日健者，惟孟朴及老残二君。果能出其绪余，效吴道子之写地狱变相，社会之受益，宁有穷耶？谨拭目俟之，稽首祝之。[3]

求人不如求己，日后技痒难忍的林纾，甚至为描摹此大变动的时代，用文言撰写了长篇小说《剑腥录》《金陵秋》与《巾帼阳秋》。姑不谈这些作品能否如"吴道子之写地狱变相"，但林纾对于小说的热爱，可见一斑。只是此老不甘寂寞，1917年2月8日

---

① "最新小说《文明小史》"，光绪三十二年（1906）十一月十一日《中外日报》。
② 林纾：《〈孝女耐儿传〉序》，见陈平原、夏晓虹编《二十世纪中国小说理论资料（第一卷）》272页。
③ 林纾：《〈贼史〉序》，见陈平原、夏晓虹编《二十世纪中国小说理论资料（第一卷）》331页。

在上海《民国日报》上发表《论古文之不当废》，直接与新文化人抗争，以致此后很长时间被作为"反面人物"打入冷宫。或许正因此，学界才忽略了其对于《文明小史》"亦佳绝"的评价。

1935 年 6 月 15 日刊行的《新小说》第 1 卷第 5 期上，有寒峰（阿英）的《〈文明小史〉——名著研究之一》，此文与阿英同期撰写的《晚清小说史》思路一致[①]，但论述更为详尽，故这里以文章为准。至于十年后杨世骥所撰《〈文明小史〉》一文[②]，所论没有超出阿英的地方，此处从略。

这一时期的阿英，已从激进的文学批评家转为厚实的文学史家，但仍坚持马克思主义立场，强调社会存在对于文学表现的决定性影响。在他看来，晚清小说最值得关注的："第一，充分的反映了当时的政治社会情况，广泛的从各方面刻划出社会的每一个角度。第二，当时的作家，意识的以小说作为了武器，不断的对政府和一切的社会恶现象抨击。"[③]基于此立场，阿英之谈论《文明小史》，开门见山的就是：

> 李伯元的《文明小史》，在维新运动期间，是一部最出色的小说。一般人谈起李伯元来，总会强调他的《官场现形记》，而我却不作如此想。《官场现形记》诚然是一部杰作，但就整然的反映一个变动的时代说，《文明小史》是应该给予

---

① 阿英的《晚清小说史》撰写于 1935 年，1937 年由上海的商务印书馆刊行。现在流行的，大多属于 1980 年人民文学出版社的校勘本。据吴泰昌《校勘后记》称："1955 年和 1960 年前后，阿英曾两度着手修改此书，并已改出部分章节，但因体力不支及其他客观原因，未能终结，诚为憾事。"此校勘本乃据阿英的其他著作和学界的研究成果，参酌改正。

② 杨世骥：《〈文明小史〉》，《文苑谈往》第一集，上海：中华书局，1946 年；又见魏绍昌编《李伯元研究资料》142—148 页，上海古籍出版社，1980 年。

③ 阿英：《晚清小说史》5 页，上海：商务印书馆，1937 年。

更高的估价的。[①]

什么叫"整然的反映一个变动的时代"，简单说来，就是小说描写的是"各阶层"以及"全中国"在维新运动期间的表现。用阿英的话说，首先是"全般的反映了中国维新运动期的那个时代，从维新党一直到守旧党，从官宪一直到细民，从内政一直到外交"[②]。我基本认同这一看法，在晚清小说中，《文明小史》和《二十年目睹之怪现状》所呈现的社会比较复杂，官场、学界、商场各种人物交叉呈现，不像此后各种"现形记"和"怪现状"那样单打一，基本上不越界。[③]《文明小史》刚在《绣像小说》上连载，其广告语称："此书以提倡人群日进文明为宗旨，但内地僻陋，守旧风气未开，不得不默化潜移，冀收循循善诱之效。用笔谑而不虐，婉而多讽，模仿《儒林外史》处士十居八九。"[④]小说前十二回确实围绕"民俗浑噩，犹存上古朴陋之风"的湖南永顺的官场风波展开，可李伯元显然不满足于嘲笑"内地僻陋"，因教士的率领，刘伯骥等一干"有志之士"开始出门游历了。随着小说的逐步展开，读者不难发现，那极为"文明开化"的大上海，也好不到哪里去。"所描写的地带，不是某一个省，或者某一个镇，而是可以代表中国的各个地方，从湖南写到湖北，从湖北写到吴江，从吴江到苏州，到上海，再由上海到浙江，到北京，到

---

① 阿英：《〈文明小史〉——名著研究之一》，《阿英全集》第七卷 543 页，合肥：安徽教育出版社，2003 年。

② 阿英：《〈文明小史〉——名著研究之一》，《阿英全集》第七卷 543 页。

③ 参见陈平原《中国现代小说的起点——清末民初小说研究》134 页，北京大学出版社，2010 年。

④ "上海商务印书馆编印《绣像小说》广告"，光绪二十九年（1903）五月初五日《新闻报》。

山东，由山东回到南京，更从南京发展到安徽，香港，日本，美洲，然后回到南北两京。"①阿英的这段话，日后常被史家引用或袭用。作为小说家，难道不能"深耕细作"，或"攻其一点不及其余"，而非要如此"全面展示"不可吗？这样来追问阿英，明显不合适；因其反映论观念及现实主义立场，使得阿英倾向于将小说当作社会史料阅读。至于是否"用笔谑而不虐，婉而多讽"，似乎不太用心辨析。

毕竟是长篇小说，《文明小史》到底优势何在，值得如此褒扬？阿英必须回答这个问题。很可惜，他所谓第二个优点，"一脱过去一般小说的定式，不用固定的主人公，而是流动的，不断替换的许许多多的人物作了干线"，恰好与下面的表彰互相矛盾："特殊是写湖南的十多回，可说是全书最精彩，也是作者笔力最酣畅，最足以表现创作力的高度的表征。"②到底是四处流动好，还是集中表现更佳，二者只能取其一。看阿英紧接着重点分析湖南永顺的故事，文章结尾处又称《文明小史》前强后弱，乃因后半部"把题材拉得太开扩，而收束不拢"，"令人有'草草结束'，而没有经过'精心结构'之想"③，可见这第二个优点实在勉强。

其实，真正吸引阿英以及后世史家的，确实是那"整然的反映一个变动的时代"；至于小说结构如何精彩，那都是事后硬编出来的。李欧梵称"《文明小史》最足以概括当时中国现代文化方兴未艾而又错综复杂的面貌"，也是基于此立场——"将这种眼

---

① 阿英：《〈文明小史〉——名著研究之一》，《阿英全集》第七卷543—544页。

② 参见阿英《〈文明小史〉——名著研究之一》，《阿英全集》第七卷544页。1937年商务印书馆版《晚清小说史》将此论述大为浓缩，三大优点集中在一页半（12—13页），1980年人民文学出版社版更置于一页（9页），显得尤为突兀。

③ 参见阿英《〈文明小史〉——名著研究之一》，《阿英全集》第七卷559页。

花缭乱的世界勾勒出来，这是一个了不起的大工程"。[①]

与阿英不同的是，李欧梵并不嘲讽李伯元政治立场的落后。因为他接受了卢卡奇（Ceorg Lukacs, 1885—1971）的思路——巴尔扎克是保皇党，但是他的价值并不在此，作者个人的政治取向与小说所展示出的是两码事，由此得出李伯元、吴趼人、刘鹗等晚清小说家"并不是那么保守"的结论。[②]我比李先生走得更远，认定正是因李伯元的政治立场与艺术感觉存在巨大差异，才使得《文明小史》充满内在的张力，避免了那个时代流行的"开口见喉咙"的写作风格，故时至今日还有欣赏价值。

《文明小史》的"楔子"，有一段开宗明义的话，阅读时不能错过。作者追问，这今日的世界，到底是"老大帝国，未必转老还童"呢，还是"幼稚时代，不难由少而壮"？

> 据在下看起来，现在的光景，却非幼稚，大约离着那太阳要出、大雨要下的时候，也就不远了。何以见得？你看这几年，新政新学，早已闹得沸反盈天，也有办得好的，也有办不好的，也有学得成的，也有学不成的。现在无论他好不好，到底先有人肯办，无论他成不成，到底先有人肯学。加以人心鼓舞，上下奋兴，这个风潮，不同那太阳要出、大雨要下的风潮一样么？所以这一干人，且不管他是成是败，是废是兴，是公是私，是真是假，将来总要算是文明世界上一个功臣。所以在下特特做这一部书，将他们表扬一番，庶不

[①] 参见李欧梵《晚清文化、文学与现代性》，《中国现代文学与现代性十讲》15—16页，上海：复旦大学出版社，2002年。

[②] 参见李欧梵《晚清文化、文学与现代性》，《中国现代文学与现代性十讲》15页。

负他们这一片苦心孤诣也。①

如此温和的改良主义立场，与小说第一回那位昙花一现的饱学之士姚士广的话正可互相印证：“总之，我们有所兴造，有所革除，第一须用上些水磨工夫，叫他们潜移默化，断不可操切从事，以致打草惊蛇，反为不美。”②这并非正话反说，也不是语带嘲讽，我同意阿英的意见，姚老先生的这段话，正是作家本人的立场。阿英据此推论：“他主张维新，但他反对采用激烈的手段。他对于出现在书里的一切人物的批判的描写，是全都从这一主点上出发。对于种族革命，他是和吴趼人一样的，采取了反对的态度。”③实际上，晚清小说中持种族革命立场的，并不占主导地位；况且，不是政治上越激进，小说便越有价值。

明明知道“新政新学”代表着中国的未来，可笔下那些维新志士，为何全都很不靠谱？在我看来，这既是时代思潮，也涉及文类特征。翻阅晚清报刊，批判、嘲讽乃至骂街是舆论的主流，差别仅在于水平高低。谁都对这个世界不满，都知道大厦将倾，狂澜既倒，可就是不晓得如何匡扶正义。在众多报刊中，有引进西学的，有传播新知的，有关注政治改革的，也有表扬好人好事的，可谓“众声喧哗”。可在小说创作上，呈两极分化趋势——既有《新小说》之理想论述，也有《绣像小说》的现实批判。相对来说，梁启超们构建的理想世界过于渺茫，还是李伯元、吴趼人等着力批判现实更合读者的口味。

阿英说得没错，在《文明小史》中，“官僚的维新，那更是笑

---

① 《文明小史》，《李伯元全集》第一册1—2页，南京：江苏古籍出版社，1997年。

② 《文明小史》，《李伯元全集》第一册2页。

③ 参见阿英《〈文明小史〉——名著研究之一》，《阿英全集》第七卷546页。

话百出"；"维新的一派，在李伯元的笔下，一样是没有生路的，所描写的完全是一些丑恶"。[1] 可这就是"早已闹得沸反盈天"的"新政新学"的真实情景吗？若如是，中国确实没什么希望。好在我们在其他报刊及书籍中，读到了许多有关学堂、报章、演说以及新名词的正面报道。

小说家当然有权力蔑视"正面报道"，完全可以另辟蹊径，驰骋想象。可第六十回谈论立宪的这段文字，怎么看怎么觉得过于轻佻：

> 外边得了信息，便天天有人嚷着"立宪，立宪"！其实叫军机处议奏的，也只晓得"立宪，立宪"！军机处各大臣，虽经洋翰林洋进士一番陶熔鼓铸，也晓得"立宪，立宪"！评论朝事的士大夫，也只晓得"立宪，立宪"！"立宪，立宪"之下，就没有文章了。

这一回的回评，称"此数语如养由基之射，言言中的"。后世的研究者也喜欢引这段话，说小说家批评"假维新"如何入木三分。但是，对晚清立宪运动略有了解的读者，不会满足如此浅薄的讥讽。事情已经过去一个世纪了，回过头看，当年慷慨激昂的批评家，明显低估了政治体制改革的难度，也不太能体谅主事者的苦心。都希望毕其功于一役，那就只有暴力革命了。李伯元若能记得开篇所说的"水磨工夫"，对于新政及新学的描写，或许将是另一种模样。

---

① 参见阿英《〈文明小史〉——名著研究之一》，《阿英全集》第七卷 554—555 页。"大概这些人所具的特点，据李伯元的意思，一是新名词，二是剪发洋装，三是演说——胡口大话。有此三宝，便到处横行无忌。"

在我看来,《文明小史》的缺憾,不是阿英说的过于"温情主义",而是对新政及新学缺乏基本的了解与同情。将"维新志士"彻底漫画化,语调过于刻毒,这样一来,小说虽有很强的批判性,读起来解气,却很难说是晚清波澜壮阔的变法维新运动的历史画卷。①

二、以刊物为中心、报刊连载以及小说评点

1980 年代后期,我曾集中精力研读晚清小说,主要成果体现在《中国小说叙事模式的转变》(上海人民出版社, 1988 年)、《二十世纪中国小说史(第一卷)》(北京大学出版社, 1989 年)以及《小说史:理论与实践》(北京大学出版社, 1993 年)。因《二十世纪中国小说史》第二卷以下迟迟未能完成,出版社将第一卷改题《中国现代小说的起点——清末民初小说研究》单独刊行。此书"卷后语"中有这么一段:"我给自己写作中的小说史定了十六个字:'承上启下,中西合璧,注重进程,消解大家。'这路子接近鲁迅拟想中抓住主要文学现象展开论述的文学史,但更注重形式特征的演变。"② 这么说既是实情,也不无埋伏,甚至有点拉大旗作虎皮的意味。最大的困惑,来自我的阅读感受——绝大多数晚清小说可引发有趣的联想,也有不少值得深究的话题,但无法让我欣赏乃至沉醉。这样一来,讲历史进程可以,作文本细读则有点勉强。直到今天,眼看着"晚清小说"步步高升,被越说越伟大,我还是这个

---

① 倒是几处谈及稍有良知的官员如何在国家贫弱、朝廷淫威、洋人骄横以及百姓愤怒之间左右为难的纠结与惶感,颇有思想深度。参见陈平原《中国现代小说的起点——清末民初小说研究》196 页。

② 陈平原:《中国现代小说的起点——清末民初小说研究》338 页。

调子——即便李伯元备受关注的《官场现形记》和《文明小史》，也都并非什么"伟大作品"。正因其是夹生饭，且包罗万象，任何新理论进来，都能在这个园地里"策马扬鞭"，但有一点必须记得，若过度阐释，很可能压垮了作品的阅读兴趣。

回头看我当年的晚清小说研究，比较得意的有两点。第一，强调"这是一个以刊物为中心的文学时代"，具体表现是："绝大部分的小说都是在报刊上发表（或连载）后才结集出版的；而且，大部分主要小说家都亲自创办或参与编辑小说杂志。这样，办什么样的小说杂志或为什么样的小说杂志写稿，不免蕴涵着某种文学趣味。"[①] 第二，晚清小说的形式特征必须到晚清报刊中寻找："报刊连载长篇小说，固然因作家随写随刊，容易缺乏整体感；可也逼得作家在单独发表的每一回（章）上下功夫。"[②]

具体到本文讨论的《文明小史》，我主张追索其与《绣像小说》之间剪不断、理还乱的历史联系。我曾将这一时期的小说家群体，依据其主要参与的小说杂志分为五组，描述其各自特色：

> 第二组有《绣缘小说》社的李伯元、欧阳巨源，《月月小说》社的吴趼人、周桂笙，以及这两个杂志的作者连梦青、王钟麟等。这些作者都并非留学生，也不是政治家，而是接受新思想的传统中国文人。正是由于他们，"新小说"才真正在中国扎根。在政治倾向上李伯元、吴趼人都趋于保守，主张保留旧道德，对新派人士颇多讥讽；在艺术风格上，李、吴都反对一味模仿域外小说，力图根据中国小说传

---

① 参见陈平原《中国小说叙事模式的转变》249—250 页，北京大学出版社，2010 年；《中国现代小说的起点——清末民初小说研究》16 页。

② 陈平原：《中国小说叙事模式的转变》252 页。

统和其时中国读者趣味，有选择地借鉴域外小说表现方法。他们所开创的"谴责小说"，几乎成为这一时代小说的表征。另外，其提倡短篇小说，也功不可没。[1]

单看发刊词，《绣像小说》与《新小说》似乎差别不大；但内行人都明白，编杂志的，说归说，做归做，二者并不一定同步。《本馆编印〈绣像小说〉缘起》有云："欧美化民，多由小说。……或对人群之积弊而下砭，或为国家之危险而立鉴。……远摭泰西之良规，近挹海东之余韵，或手著，或译本，随时甄录，月出两期，藉思开化夫下愚，遑计贻讥于大雅。"[2] 以上引文，很容易让人联想到《新小说》第1号上梁启超的《论小说与群治之关系》，以及《新民丛报》14号上的《中国唯一之文学报〈新小说〉》、20号上的《〈新小说〉第一号》。"欲新一国之民，不可不先新一国之小说"；"本报宗旨，专在借小说家言，以发起国民政治思想，激励其爱国精神"；"盖今日提倡小说之目的，务以振国民精神，开国民智识，非前此海淫海盗诸作可比"[3]——此类高屋建瓴、壮怀激烈的政治论述，更适合留学生或流亡海外的政治家。至于李伯元主编的《绣像小说》，从属于当年国内出版业的龙头老大商务印书馆，必须在引领风骚与商业利益之间取得某种平衡。另外，作为小说家的李伯元，除了本身并不擅长理论思辨，也不具备梁启超那样为国民指引方向的象征资本。

① 陈平原：《中国现代小说的起点——清末民初小说研究》17页。
② 商务印书馆主人：《本馆编印〈绣像小说〉缘起》，《绣像小说》第一期（1903年），见陈平原、夏晓虹编《二十世纪中国小说理论资料（第一卷）》51—52页。
③ 参见饮冰《论小说与群治之关系》《中国唯一之文学报〈新小说〉》《〈新小说〉第一号》，分别见陈平原、夏晓虹编《二十世纪中国小说理论资料（第一卷）》33、41、39页。

《新小说》

也正因此，《新小说》开办之初，便以"论说"为主要特色："本报论说，专属于小说之范围，大指（旨）欲为中国说部创一新境界，如论文学上小说之价值，社会上小说之势力，东西各国小说学进化之历史及小说家之功德，中国小说界革命之必要及其方法等，题尚夥，多不能豫定。"[1] 如此挥斥方遒的架势，岂是小说家李伯元所能模仿？《绣像小说》总共刊行 72 期，除了第 1 期循例发表一未署名的《本馆编印绣像小说缘起》，第 3 期刊出别士（夏曾佑）的《小说原理》，再也没有任何理论文章。阿英称《绣像小说》"是从各方面较之《新小说》更为通俗化的读物"[2]，这说法不太准确。更大的可能性是，考虑到读者兴趣及自家专长，编者主动放弃了"教诲"，而全力主攻小说创作。看看其先后刊发的长篇小说，还是非常可观的：南亭亭长著《文明小史》、南亭亭长著《活地狱》、忧患余生

---

① 《中国唯一之文学报〈新小说〉》，见陈平原、夏晓虹编《二十世纪中国小说理论资料（第一卷）》42 页。

② 阿英《晚清文艺报刊述略》（上海：古典文学出版社，1958 年）这样介绍《绣像小说》："是从各方面较之《新小说》更为通俗化的读物，目的在唤醒人民，改革弊俗，刷新政治，富强国家。但从政治思想上看，则仍趋于保守。"（17 页）

著《邻女语》、蘧园著《负曝闲谈》、洪都百炼生著《老残游记》、旅生著《痴人说梦记》、荒江钓叟著《月球殖民地小说》、茧叟著《瞎骗奇闻》、悔学子著《未来教育史》、姬文著《市声》、壮者著《扫迷帚》、吴蒙著《学究新谈》、嘿生著《玉佛缘》、血泪余生著《花神梦》、惺庵著《世界进化史》、杞忧子著《苦学生》，以及讴歌变俗人的《醒世缘弹词》《经国美谈新戏》，还有《梦游二十一世纪》《小仙源》《汗漫游》《回头看》《卖国奴》《华生包探案》等译作。译作非其所长，创作小说也有不少属于"未完"，但单看其集合李伯元（《文明小史》《活地狱》）、刘鹗（《老残游记》）、吴趼人（《瞎骗奇闻》）、欧阳巨源（《负曝闲谈》）、连梦青（《邻女语》）等晚清有影响的小说家，便知此杂志之非同寻常。阿英称《绣像小说》"从各个方面反映了当时的中国社会，揭露了政治的黑暗，帝国主义的迫害，半殖民地的形形色色，以至破除迷信，反对缠足，灌输科学知识等；这些小说，不仅出自名手，影响也极广大"[①]，此说可以成立。

值得注意的是，《文明小史》《活地狱》《老残游记》《邻女语》等好几部小说当初在《绣像小说》刊出时，是有评语的。怎么看待这些评语，学界有不同意见。赵景深 1956 年为上海文化出版社重刊本《活地狱》撰写序言，称：

> 本书原有愿雨楼的加评，可能愿雨楼就是李伯元自己的化名。这些评语似是凑篇幅的。《绣像小说》大约每回只用三页（有时也有四页）。倘遇三页正好排满，就不加评语；倘有

---

① 阿英：《晚清文艺报刊述略》18 页。

余纸，就加上几条评语；可见这些评语是可有可无的。①

这里牵涉几个问题：首先，谁在评；其次，为什么加评；再次，评得怎么样，值不值得认真对待。

先回答杂志"凑篇幅"的质疑。这种说法并非空穴来风。晚清杂志的排版方式，导致其评点大都放在这一回的后面；而每篇作品都单页起，这样一来，确实必须考虑过页的问题。比如《文明小史》第九回刚好排满，便不加评语了；第十八回的评语只有两行，第二十七回的评语只有一行，因本页已排满，再写就得过页了。再看不加评语的第三十、第三十一、第三十五、第三十六、第三十八、第四十、第四十二、第四十四回，都是因为没有空间了。第三十四回还剩下三行，写不了两句话，干脆不要了。但也有例外的，如第六回评语过页后，只写了两行，还剩下很多空间；第四十一回评语很长，可最终还是没填满，留下了七行空白。或许应该这么说：有空可以不填，没空无法加页。可见，若不要说得太绝对，"凑篇幅"一说还是有道理的。

那么，谁为小说加评语呢？若是填空，应该是杂志编辑的事，可起码以下两部作品不是如此操作。吴趼人的《二十年目睹之怪现状》初刊《新小说》第 8—15、17—24 号（1903—1905 年），仅连载至四十五回；后由上海广智书局 1906—1910 年间陆续推出共一百零八回的单行本。魏绍昌编《吴趼人研究资料》收录《二十年目睹之怪现状》一百零八回的目录、评语及总评，后有编者按："以上每回后附载的评语，仅见《新小说》杂志及广智书局单行本，以后各种版本均已删去。评者未署名，味其语意，当是作

_____

① 赵景深：《〈活地狱〉序》，见魏绍昌编《李伯元研究资料》195 页。

者本人所写。"①这就像赵景深认定《活地狱》的评语是作者自加的一样，都只能是"合理推测"。

《老残游记》的情况不一样，其子孙一口咬定，那些评语出自刘鹗本人之手。刘鹗之子刘大绅1936年撰《关于〈老残游记〉》，初刊辅仁大学校刊《文苑》第1辑（1939年4月），次年，上海《宇宙风乙刊》第20—24期转载。此文讲述《老残游记》初刊《绣像小说》，因商务印书馆删节而停止供稿，后在《天津日日新闻》刊出，接下来是："又原稿前十四卷之后，皆有评语，亦先君所写，非他人后加，今坊印本多去之，实大误也。"②刘鹗之孙刘厚泽为这段话加注，略为辨正："初编原稿第一至十七回，除第十、十二回外，每回之后均有先祖自写评语，共计十五则，并非仅只'前十四卷之后'。当初《绣像小说》发表时和嗣后出版的《天津日日新闻》，《神州日报》等单行本，均保留原评。"③做小说史的人都明白，《老残游记》第三回、第六回、第十三回、第十六回的评语很精彩，故常被研究者引用。同样道理，研究《二十年目睹之怪现状》的，也喜欢引述那些颇为精彩的评语。

这就回到评语到底是谁写的问题——可能是杂志编辑，也可能是作者本人。那么，《文明小史》的评语呢？考虑到《绣像小说》的编者就是李伯元本人④，说《文明小史》各回评语"疑似"

---

① 魏绍昌编：《吴趼人研究资料》78页，上海古籍出版社，1980年。

② 刘大绅：《关于〈老残游记〉》，刘德隆等编《刘鹗及〈老残游记〉资料》393页，成都：四川人民出版社，1985年。

③ 参见刘德隆等编《刘鹗及〈老残游记〉资料》408页。

④ 《绣像小说》的编者是否李伯元，学界有过争论，但目前意见比较一致，参见樽本照雄『商务印书馆研究论集』181—182页，〔日本〕清末小说研究会，2006年；樽本照雄《清末小说研究集稿》87—103页，济南：齐鲁书社，2006年；以及文迎霞《关于〈绣像小说〉的刊行、停刊和编者》，《华东师范大学学报》2005年3期（5月）。

作者本人所拟，应该不算太离谱。

接下来的问题是，对于阅读《文明小史》来说，这些评语是否"可有可无"？这牵涉中国小说的评点传统以及其在近代的演变。

作为一种批评方式的"评点"，其细读文本，掘发文脉，表彰文心，目的是帮助读者阅读并促成作品的流通。此举虽渊源有自，且"被运用于诗、文、八股文、传奇、小说等多种文体，但真正影响大、产生有份量批评成果的，还是当它被用于批评小说、传奇的时候"①。论及多姿多彩的明清小说评点，学者有辨析其史鉴、劝诫、娱乐、审美四大功能的②，也有区分文人型、书商型、综合型三大基本类型的③。立说不尽相同，但大家都承认，这种批评方式主要存在于"前现代"。而在晚清，小说评点也曾获得"旧瓶装新酒"的机会，可惜此"变体"的效果并不理想，未能挽狂澜于既倒。据谭帆《中国小说评点研究》称，此"变体"的特征是：第一，只采用评点的外在形式，但抛弃其固有特性；第二，这些评点大多出现在新兴的刊物上；第三，这些评点主要针对"新小说"——"而这些'新小说'又是以表现当时的政治生活为主体，故小说评点在很大程度上也充当了改良社会、唤醒民众的工具，而小说评点所固有的那种评判章法结构、分析艺术特性的内涵常常付之阙如"。④

晚清没有出现金圣叹、毛宗岗、张竹坡那样的评点大家，其中一个重要原因是，这一时期的评点主要针对当下的创作。若

---

① 参见林岗《明清之际小说评点学之研究》65 页，北京大学出版社，1999 年。
② 参见石麟《中国古代小说评点派研究》118—151 页，北京：中国社会科学出版社，2011 年。
③ 参见谭帆《中国小说评点研究》86—105 页，上海：华东师范大学出版社，2001 年。
④ 参见谭帆《中国小说评点研究》37 页。

《文明小史》的评点中，偶尔也会出现“于俗不可耐之时，忽插入游西湖一段，想见作者闲情别致”（二十七回）；或“此回中，补出美国禁例，蛇灰草线，无迹可寻”（五十二回），此类传统的评点方式，其实并不适合于报刊连载小说。因为，无论评点者还是普通读者，你所面对的不是已完成（或基本完成）的名著，而是眼前这一两回（以及此前发表的章节）。既然无法一窥全豹，那当然只能就事论事了。作者尚且不知道这小说到底往哪里走，评点者怎么讨论其结构、文脉、章法、意趣呢？

具体到《文明小史》的评点，大致可归纳如下：第一，摘出好句，略发感慨——如“中国同外国交涉，处处吃亏，‘外国人犯了中国的法，办不得，中国人犯了外国的法，便没一线生机’，寥寥数语，已将今日中国情势，包括无遗”（二十九回）；“余小琴之言曰：‘论名分我和你是父子，论权限我和你是平等’，此种口吻，可谓闻所未闻”（五十六回）。一旦添加引号，这评语的来龙去脉当即暴露无遗。第二，补出相关资料，提醒读者留意——如“贾子猷，假自由也。贾平泉，假平权也。贾葛民，假革命也。命名皆有深意，正为将来生出无数妙文”（十四回）；“察勘南京全省各矿报告，系采诸近日新闻纸，与其虚而无据，不如实而有征”（五十四回）。第三，或作者意犹未尽，借此“剩墨”挥洒才情；或评者心有灵犀，借此“由头”大发感慨——如“万民伞自制，德政碑文自撰，生祠自造，新靴自买，太守真能体贴百姓者”（十一回）等。这第三类文字最多，讽刺挖苦，无所不用其极，于是乎，“小说评点”成了一则则的“小杂感”。

仔细想想，晚清小说评点确实很少“分析艺术特性”的，除了报刊连载等因素，还必须考虑当年的阅读环境——晚清小说及其评点之所以喜欢讲政治，乃作家与读者的“合谋”。在这个意义上，《文明小史》的评语并非"可有可无"，起码让我们明白那一时代的文学趣味。

三、小说插图与图像叙事

杂志以《绣像小说》为名，毫无疑问，是在标榜自己的"小说"是配有"绣像"的。阿英《晚清文艺报刊述略》称，"如此图文并重之小说刊物，在晚清，除《海上奇书》外，仅此而已"[1]。创办于光绪壬辰（1892）二月的《海上奇书》，共刊出 15 期，主要发表韩子云个人创作的文言短篇小说《太仙漫稿》、吴语长篇小说《海上花列传》，以及专录前人笔记小说的《卧游集》等，此杂志插图甚多，且颇为精美。集合众人之作的《绣像小说》，乃半月刊（中间有脱期），如此出版频率，努力为每一回小说配图，难度很大。借用毕树棠的描述：

> 照例每回有图二面，每面标着一句回目，和通俗小说书的附图一样。画法不甚精美，和《点石斋画报》《环球图画日报》的画法差不多，没有初期石印绘画如《海上青楼图记》那样的细致。然而因为故事的背景是社会时事，是今日新时代的前幕，很可以按图索骥，回想初倡维新时期的形形色色的景象。这是些写实画，和才子佳人文官武侠的小说绣像，满含着低级浪漫的意味者不同。[2]

《绣像小说》上的插图，乃配合所刊"新小说"的情节而展开，故

---

[1] 参见阿英《晚清文艺报刊述略》19 页。

[2] 毕树棠：《〈绣像小说〉》，见魏绍昌编《李伯元研究资料》463 页。

称其为"写实画",也未尝不可。只不过明清小说的"绣像"多属人物造型;至于配合故事讲述的,用"全相"或"全图"或许更为合适。

在晚清语境中,不管"绣像""全相"还是"全图",都是插图的意思。毕文将《绣像小说》与《点石斋画报》相类比,既不无道理,也略欠妥当。说有道理,因二者都追求"图文并茂";说不太妥当,因一为画报,一为小说杂志。而不管画报还是小说杂志,都得益于石印术的引进①。所谓"不用切磋与琢磨,不用雕镂与刻画,赤文青简顷刻成,神工鬼斧泯无迹"②,如此神奇的石印术,乃晚清图像的制作成本大幅下降、生产速度迅速提升的根本原因。

明清小说戏曲的插图十分精美,但版刻制作工艺相当复杂;而因石印术的引进,使这一切变得简单许多,剩下的主要问题是:第一,配图的需要;第二,绘画的能力。正是在这一点上,《绣像小说》与《点石斋画报》等晚清画报既建立了联系,又保持了某种合理的距离。

1902 年刊《新民丛报》第 14 号的《中国唯一之文学报〈新小说〉》,称《新小说》杂志之最大特色包括"图画":

> 专搜罗东西古今英雄、名士、美人之影像,按期登载,以资观感。其风景画,则专采名胜、地方趣味浓深者,及历

---

① 石印术的引进对晚清图书出版及图像制作的促进,我在《点石斋画报选》(贵阳:贵州教育出版社,2000 年)一书的"导读"——《晚清人眼中的西学东渐》中有所辨析,这里不再重复。

② 1884 年,上海点石斋印行上下两卷的《申江胜景图》,全书共 62 幅图,每图配一诗或词,图由吴友如绘制,诗词的作者则无法考定。上卷第 34 图题为《点石斋》,其配诗很好地表达了时人对于此一新工艺的强烈兴趣。

史上有关系者登之。而每篇小说中，亦常插入最精致之绣像绘画，其画借由著译者意匠结构，托名手写之。[①]

意识到杂志插图的好处，这并不难；难的是如何落实。借用现成的照片或绘画，只需解决纸张及印刷工艺；而为每篇小说绘制精致的插图，那可就难多了。如何体会作品的"意匠"，到哪里去寻找绘画"名手"，这都不是三言两语就能打发的。实际上，无论梁启超主编的《新民丛报》《新小说》，还是日后如雨后春笋般冒出来的各式报刊，多喜欢采用照片制版，或直接翻印外国名画。真的努力为每部（篇）小说绘制插图，或着力于图像叙事的，除了诸多晚清画报，就是《绣像小说》了。

从 1884 年《点石斋画报》创办，到辛亥革命后石印画报逐渐退出历史舞台，这三十年间刊行的一百多种画报，不乏包含小说连载的，但除了初刊广州《时事画报》的《廿载繁华梦》（黄世仲撰），几乎未见成功者。原因是，以图像解说新闻、讲述故事、传播新知的晚清画报，并不擅长长篇小说的经营。反过来，晚清众多小说杂志，不是不想插图，而是无力像《绣像小说》那样持之以恒。举个例子，黄世仲 1906 年创办《粤东小说林》，第二年更名《中外小说林》；1908 年初为吸引公众，又改名《绘图中外小说林》。[②] 新杂志上刊有"快看快看《绘图中外小说林》出版"的广告，而所谓"大加改良"，也不过是"于每回小说加绘图画，

---

① 《中国唯一之文学报〈新小说〉》，见陈平原、夏晓虹编《二十世纪中国小说理论资料（第一卷）》42 页。

② 这三个杂志的关系，参见方志强编著《小说家黄世仲大传》62—71 页，香港：夏菲尔国际出版公司，1999 年；申友良编著《报王黄世仲》146—150 页，北京：中国社会科学出版社，2002 年。

另于篇首增插时
谐漫画及名人胜
迹等图像，以新
阅者之眼帘"。①
《绘图中外小说
林》所刊"广东
近事小说"《宦海
潮》的插图，与
同时期《时事画
报》上各种画作
及插图相比，明
显显得笨拙。

《时事画报》

1905 年 9 月创刊于广州，由潘达微、高剑父、陈垣、何剑士等编辑的《时事画报》，是晚清所有画报中画家资源最为丰足的。此画报丙午年（1906）第 4 期、丁未年（1907）第 11 期与戊申年（1908）第 17 期所刊《美术同人表》，开列画家名单 28 名左右（前后略有变化）；若再添上不在名单中，但时常"友情出演"的蔡哲夫等，如此豪华的画家阵容，在晚清画报中仅此一例。这些画报特聘的作者，大都是有固定润格的职业画家。②

在晚清画报生产过程中，画师的重要性远在文人之上。"以图像为主"这一叙事策略，使得《点石斋画报》的创办者，一改报刊对于文字编辑的重视，将网罗优秀画师作为主要任务。而关

---

① 此广告刊 1908 年 1 月 18 日（丁未年十二月十五日）出版的《绘图中外小说林》第 17 期，编号延续此前的《中外小说林》，参见郭天祥《黄世仲年谱长编》214—215 页，北京：中国社会科学出版社，2002 年。

② 参见《书画同人润格一览表》，《时事画报》丙午年 25 期，1906 年 10 月。

于画报的宣传攻势，也多着眼于此。《点石斋画报》创刊伊始，《申报》上连续九天头版头条强力推荐，宣传的重点在画面而非文字："其摹绘之精，笔法之细，补景之工，谅购阅诸君自能有目共赏，无俟赘述。"[①]一个月后，《申报》上又刊出点石斋主的《请各处名手专画新闻启》，宣称对画师采取特殊政策："如果维妙维肖，足以列入画报者，每幅酬笔资两元。"[②]此前，《申报》不必为文章的作者付酬。[③]如今破例为画师支付报酬，自是说明美查对画报的市场前景充满信心，同时凸显了画师的重要地位。

因此，谈论晚清画报，须特别关注上海的吴友如、周慕桥、钱病鹤，广州的高剑父、潘达微、何剑士，以及北京的刘炳堂、李菊侪、英铭轩等画师，正是由于他们的不懈努力，才使得画报得以迅速推展且雅俗共赏。反观《绣像小说》等文学杂志上的插图，几乎未见署画师名的，这就像画报上的文字稿不署作者一样。可见"术业有专攻"，各有各的侧重点与荣誉感。

从笔法及风格看，为《绣像小说》画插图的有好几位，但到底姓甚名谁，目前不清楚。唯一能判断的是，受雇于商务印书馆的这些插图作者，不是成功的职业画家，其绘画水平远不及吴友如、李菊侪、何剑士等。但正因为这些画师没有太大的名气，工作态度非常认真，从不逞才使气[④]，而是老老实实地体会小说家的

---

① 申报馆主人：《画报出售》，《申报》1884 年 5 月 8 日—16 日。

② 点石斋主：《请各处名手专画新闻启》，《申报》1884 年 6 月 7 日。

③ 《申报》创刊号（1872 年 4 月 30 日）上刊出的《申报馆条例》，答应刊载"骚人韵士"所撰的竹枝词、长歌纪事或名言谠论，但"概不取值"。

④ 我在《鼓动风潮与书写革命——从〈时事画报〉到〈真相画报〉》（《文艺研究》2013 年 4 期）中提及晚清画报的两难处境——画报希望延揽更多著名画家，以提高其艺术质量；可著名画家不满足于只是"插图"，更愿意独立表现自家的才华。早期《点石斋画报》的台柱子吴友如光绪十六年（1890）转而独自创办《飞影阁画报》《飞影阁画册》，其抛弃新闻性，专注于仕女人物，从"画报"角度看是倒退，而从画家的自我实现而言，（转下页）

"意匠",并将其用图像呈现出来。若《活地狱》的衙门规矩与行刑场面、《邻女语》的义和团大师兄及黄连圣母、《负曝闲谈》的城池与马车、《老残游记》的游湖与说唱、《扫迷帚》的进香与拜佛、《醒世缘》的鸦片与麻将,以及《瞎骗奇闻》的城隍庙、《未来教育史》的新学堂、《市声》的番菜馆等,都是不可多得的历史场景与生活画面。

对于晚清报刊中的图像,鲁迅颇感兴趣,他曾批评吴友如对外国事情不太了解故笔下多有纰漏,但同时承认《点石斋画报》在传播新学上的意义。[①] 半个多世纪后,回过头来,很能理解鲁迅为何欣赏吴友如"勃勃有生气"的时事画,因其"令人在纸上看出上海的洋场来"[②]。画报如此,《绣像小说》中那近千幅小说插图也不例外。绘画水平有高低,但在表现晚清社会、提供生活场景及细节方面,却是异曲同工。

在《绣像小说》所有插图中,《文明小史》这 120 幅或许最值得关注。[③] 原因是,此小说为整份杂志打头阵,且系主编自家心血,插图的画师不敢怠慢,制作水准相对较高。更何况,这是阿英所说的"整然的反映一个变动的时代"的作品,其呈现的生活场景更为丰富多彩,为后人认识那早已消失的时代,提供了极大

(接上页)则是成功。活跃在《时事画报》及《真相画报》上的画家(尤其是高剑父、高奇峰兄弟),同样不甘心于当配角,更强调画家的主体性,也更愿意在画报上发表自家的画作而不是插图。

① 参见鲁迅《题〈漫游随录图记〉残本》,《鲁迅全集》第八卷 371 页;《上海文艺之一瞥》,《鲁迅全集》第四卷 292 页。

② 《〈朝花夕拾〉后记》,《鲁迅全集》第二卷 326 页。

③ 本文初刊时称:"《文明小史》共六十回,每回两幅插图;第二十一号《绣像小说》刊《文明小史》第二十一、二十二回,后者没有绣像,故全书只有 118 幅插图。"承蒙日本学者樽本照雄来信指正:初版《绣像小说》刊有《文明小史》第二十二回插图,第二版以后遗落。

《文明小史》第十七回下

的方便。

不同于《申江胜景图》,《文明小史》插图所表现的，是那个时候国人的日常生活，虽琐碎，但自然，且充满动感，故可观。作为"过渡时代"，晚清的最大特征是中西混合、新旧杂糅。这既是生活场景，也是表现技法。

番菜馆的招牌以及吃西餐的场景，乃晚清画家的最爱，因其很能体现国人最初见识到的"西学"。第十八回（上）的插图很有戏剧性：前景在吃西餐，后景在抽鸦片，二者并行不悖，同台竞技，且有很好的经验交流。小说描写此"奇观"，插图将其直观呈现，自在山民的评语进一步强化："以吃鸦片为自由，以吃牛肉为维新，所谓自由维新者，不过如此，大是奇谈。"[1] 第十七回（下）说的是"洋学生著书矜秘本"，此乃主客对话，虽隐含讽刺，但不像自在山民的评语这么直白："翻译新书，先从男女交合传种种子等书入手，可见若辈终日思想，不外此事，近更有专在男女下体研究者，是真愈趋愈下矣。"[2] 如此倾向性，怎样在画面中呈现？

①《文明小史》,《李伯元全集》第一卷 130 页。
②《文明小史》,《李伯元全集》第一卷 123 页。

《文明小史》第四回

聪明的画师送上一端坐人力车上的女子，虽系偶然路过，却凸显了这些读书人侃侃而谈背后潜藏的欲望。

面对此纷纭变幻的新时代，插图画师似乎显得有些慌张。因为，传统的绘画技法，不太能描写这些新事物。第四回上下两幅插图的差异，正体现了画师的尴尬。洋矿师等四人从高升店爬墙出来，落荒而逃，被乡民误认是强盗，捆绑起来送官，这是上幅；在衙门里，柳知府请洋人等上座，给他们压惊并赔礼道歉，这是下幅。这一惊一乍，忽冷忽热，当然很有"可读性"，但怎么体现呢？上图有很多古代版画可借鉴，尤其那松树，那马匹，那人物，感觉都很不错；下图则差多了，官员的状态尚可，洋人却显得很不自在——不是画师希望表现其惊魂未定，而是还没掌握画洋人的技法。翻阅这120幅插图，凡属传统生活场景的，大

161

《文明小史》第十七回上

致不错；凡画新事物的，则显得笔力不逮。如第四十六回的轮船送别、第五十一回的跳舞场面、第五十四回的都市街景，画家都显得力不从心。[①]

对于晚清的文明开化，报章及出版功莫大焉。第十六回（上）写上海的卖报、读报与租报，很有史料价值。"正说话间，只见一个卖报的人，手里拿着一叠的报，嘴里喊着《申报》《新闻报》《沪报》，一路喊了过来。"

接下来便是姚老夫子买报、卖报人介绍租报的好处，以及"近来知识大开"的贾家兄弟如何一眼就看上了报纸后头的戏目[②]，如此有趣的场景，可惜被画师忽略了，画面上呈现的是隔壁桌上的"妖姬"如何畅谈"婚姻自由"。报纸没在插图上露面，书店则很是风光，第十七回（上、下）、第三十四回（上、下）、第三十五回（上）、第四十二回（上）的插图，都涉及书店的外观、内景、招牌、广告等，具体到某个书局以及某种图书类型，颇为可观。当然，还有各种各样的学堂，只是因学堂形象在晚清报刊（尤其是画报）中经常

---

① 第五十六回上下两幅插图，一说天津阅操，一写南京题诗，毫无疑问，后者更为本色当行。

② 《文明小史》，《李伯元全集》第一卷 111 页。

出现，此处从略。有趣的是，晚清"传播文明三利器"中的演说，在《文明小史》中多处叙及（尽管语带讥讽，毕竟是书中的重要场景），却很难入画师眼——或许是隔行如隔山，"图像"在表现"声音"方面，不说完全束手无策，起码也是举步维艰。

放眼整个中国文学史，李伯元的《文明小史》算不上特别了不起的作品，但其特殊的生产及传播途径，尤其结合那略嫌芜杂的评语，以及并不怎么精致的插图，全方位地记录下了那个特殊时代的生活场景及文化信息，时隔多年，仍值得我们认真品味。

2014 年 6 月 24 日于京西圆明园花园

（初刊《西北师大学报［社会科学版］》2014年5期，又见《〈文明小史〉与"绣像小说"》，贵阳：贵州教育出版社，2014年；人大报刊复印资料《中国古代、近代文学研究》2014年12期转载）

学问家与舆论家

——"回眸《新青年》"丛书序

描述现代中国的思潮迭兴与学派崛起，无法绕开其时传媒之提供阵地与推波助澜。即便是独立不羁的文人学者，也无不以某种方式与报刊保持密切的联系。不要说口耳相传的旗亭题诗酒席唱和，无法满足现代人"广而告之"的欲望，即便追求传世的"披阅十载，增删五次"，也已经显得相当遥远。所谓"朝甫脱稿，夕即排印，十日之内，遍天下矣"[①]，报刊文章成了真正的"时代宠儿"。晚清以降，几乎所有重要的著述，都首先在报刊发表，而后方才结集出版；几乎所有重要的文学家、思想家，都直接介入了报刊的编辑与出版；几乎所有文学潮流与思想运动，都借报刊聚集队伍并展现风采。因此，不妨将某些曾"独领风骚"的报刊，作为一个时代的经典性文献来阅读，最合适的例子，莫过于《新青年》。

谈论五四新文化运动，《独秀文存》《胡适文存》或者蔡元培、李大钊、鲁迅、周作人等人的著作，固然是绝好的材料；但如果希望窥测运动的不同侧面，理解其丰富与复杂，把握其节奏与动感，阅读《新青年》，很可能是最佳方案。比起个人著述来，

---

① 解弢：《小说话》116页，北京：中华书局，1919年。

"众声喧哗"的报刊，更像是某一焦点时刻的群众集会：有大致的趋向，却说不上"步调一致"。这或许正是晚清以降的报刊，作为重要的公共空间，在传播文明开通民智的同时，没有走向"一言堂"，仍能保持"必要的张力"之奥秘所在。此种姿态，正好对应了五四新文化人的怀疑精神、开放胸襟，以及多元的文化选择。比起众多显赫一时的口号或

《青年杂志》（创刊号）

著述，作为中国新文化元典的《新青年》，更能体现五四那代人的探索，也更值得后人品味与诠释。

陈独秀主编的《青年杂志》，创刊于 1915 年 9 月 15 日，第 2 卷起改题《新青年》，作者除原有的陈独秀、高一涵、易白沙、刘叔雅外，更出现了日后对新文化运动颇多贡献的李大钊、胡适、吴稚晖、杨昌济、刘半农、马君武、苏曼殊、吴虞等，杂志面貌日渐清晰起来。《新青年》第 2 卷最后一期出版时（1917 年 2 月），陈独秀已受聘为北京大学文科学长，故第 3 卷起改在北京编辑，出版发行则仍由上海群益书社负责。1920 年春，陈独秀因从事实际政治活动而南下，《新青年》随其迁回上海，后又迁至广州，1922 年 7 月出满九卷后休刊。1923—1926 年间出现的季刊或不定期出版物《新青年》，乃中共中央的理论刊物，不再是新文化人的同人杂志。故谈论作为新文化元典的《新青年》，一般只限于前九卷。

在正式出版的 9 卷 54 期《新青年》中，依其基本面貌，约略可分为三个时期，分别以主编陈独秀 1917 年春的北上与 1920 年春的南下为界标。因编辑出版的相对滞后，体现在杂志面貌上的变化，稍有延宕。大致而言，在上海编辑的最初两卷，主要从事社会批评，已锋芒毕露，声名远扬。最后两卷着力宣传社会主义，倾向于实际政治活动，与中国共产党的创建颇有关联。中间五卷在北京编辑，致力于思想改造与文学革命，更能代表北京大学诸同人的趣味与追求。

作为一代名刊，《新青年》与《申报》《东方杂志》的重要区别，首先在于其同人性质。不必付主编费用及作者稿酬，也不用考虑刊物的销路及利润，更不屑于直接间接地"讨好"读者或当局，《新青年》方才有可能旗帜鲜明地宣传自己的主张。在 1918 年 1 月出版的 4 卷 1 号上，《新青年》杂志社宣告："所有撰译，悉由编辑部同人公同担任，不另购稿。"文章主要由"同人公同担任"，此乃同人刊物的共同特征，之所以敢于公开声明"不另购稿"，因其背靠最高学府"国立北京大学"。第 3 卷至第 7 卷的《新青年》，绝大部分稿件出自北大师生之手。第 6 卷的《新青年》，更成立了由北大教授陈独秀、钱玄同、高一涵、胡适、李大钊、沈尹默组成的编委会，轮流主编。

晚清执思想界牛耳的《新民丛报》《民报》等，也都属于同人刊物。《新青年》的特异之处，在于其以北京大学为依托，因而获得丰厚的学术资源。创刊号上刊载的《青年杂志社告》称："本志之作，盖欲与青年诸君商榷将来所以修身治国之道"；"本志于各国事情学术思潮尽心灌输"；"本志执笔诸君，皆一时名彦"，以上三点承诺，在其与北大文科携手后，变得轻而易举。晚清的新学之士，提及开通民智，总是首推报馆与学校。二者同为"传播文明"之"利器"（参见郑观应《盛世危言·论学校》及梁启超《饮冰室自由书·传播文明三利器》），却因体制及利益不同，无法珠联璧合。蔡元培之礼聘陈独秀与《新青年》之进入北京大学，乃现代史上具有里程碑性质的大事。正是这一校一刊的完美结合，使得新文化运动得以迅速展开。

蔡元培出任北大校长后，变化最大的是文科。大批学有所长并致力于文化更新的志士，被延聘入校任教，对于整顿校政和学风起了关键作用。陈独秀、李大钊、高一涵、周作人、李石曾、章士钊、黄节、胡适、吴梅、刘半农、杨昌济、刘师培、何炳松、王星拱、程演生、刘叔雅等，都是在蔡氏主持校政后进入北大的。值得注意的是，新教员中不少是（或即将成为）《新青年》的重要作者。蔡氏的以下自述，常被史家引证，故广为人知：

> 我对于各家学说，依各国大学通例，循思想自由原则，兼容并包。无论何种学派，苟其言之成理，持之有故，尚不达自然淘汰之命运，即使彼此相反，也听他们自由发展。（《我在教育界的经验》）

可蔡氏的"兼容并包"，并不是"一碗水端平"，掌校后的一系列举措，明显地倾向于新派。除延聘具有新思想的教员（主要是文科）外，更包括组织学会、创办刊物，以及支持学生的社会活动，这些举措，无不吹皱一池春水。林纾攻击"覆孔孟铲伦常"的新文化运动时，矛头直指北大校长蔡元培，其实没有找错对象（参见其《致蔡鹤卿书》和《再致蔡鹤卿书》）。新思潮之所以能够如此迅速地涌动，与这代表最高学术机构的北大校长的选择大有关系。

蔡元培本人在《新青年》上发表的文章不多，但其促成大学与刊物的结合，乃《新青年》文化品格形成的关键所在。正式上任后的第八天，蔡校长致函教育部，建议聘陈独秀为文科学长；两天后，教育总长的派令下达，行动如此神速，不难想象蔡氏对此举寄予的厚望。这一着妙棋，对于北京大学及《新青年》杂志来说，即便算不上生死攸关，起码也是举足轻重。《新青年》的随陈独秀迁京，使得革命家的理想与勇气，得到学问家的性情及学识的滋养。以文学革命为例，胡适的"文学改良刍议"，与陈独秀的"必不容反对者有讨论之余地"，二者姿态迥异，互相补充，恰到好处。陈之霸气，必须有胡之才情作为调剂，方才不显得过于暴戾；胡之学识，必须有陈之雄心为之引导，方才能挥洒自如。这其实可作为新文化运动获得成功的象征：舆论家（Journalist or Publicist）（借用胡适的说法，参见《胡适留学日记》和《杂感》）之倚重学问家的思想资源，与大学教授之由传媒而获得刺激与灵感，二者互惠互利，相得益彰。

　　与北京大学文科的联手，既是《新青年》获得巨大成功的保证，也是其维持思想文化革新路向的前提。重归上海后的《新青年》，脱离北大诸同人的制约，成为提倡社会主义的政治刊物。对刊物的这一转向，直接表示异议的，乃年少气盛的胡适。1921年1月，胡适写信给《新青年》诸编委，希望支持其"注重学术思想"的路向，并"声明不谈政治"；实在不行，则"另创一个专管学术文艺的杂志"。仍在北京的胡适、鲁迅、钱玄同等，与远走上海、广州，积极投身社会革命的陈独秀、李大钊，对《新青年》的期待明显不同。就像鲁迅所说的，既然"不容易勉强调和统一"，也就只好"索性任他分裂"了①。天下本就没有不散的

---

　　① 参见《关于〈新青年〉问题的几封信》，张静庐辑注：《中国现代出版史料》甲编，9—10页，北京：中华书局，1959年。

筵席，文化转型期的分化与重组，更属正常现象，没必要大惊小怪。《新青年》同人中，本就存在着不同的声音，既基于政治理想的分歧（如对苏俄的态度），也因其文化策略的差异（如是否直接参政）。五四运动后社会思潮的激荡，以及思想界的日益激进，使得引领风骚的《新青年》，很难再局限于校园。

杂志创办之初，虽也有"批评时政，非其旨也"的自我表白（陈独秀《答王庸工》），但主编陈独秀对实际政治始终兴趣浓厚。主张"不谈政治而专注文艺思想的革新"的，以"实验主义的信徒"胡适态度最为坚决（参见胡适《我的歧路》《纪念五四》及《胡适口述自传》第九章）。1918年底《每周评论》的创刊，已开北大学人议政的先河，五四运动后更是一发而不可收。起初陈独秀等还想保持某种独立性，如称"我们主张的是民众运动社会改造，和过去及现在各派政党，绝对断绝关系"。依据这种理念，只承认"政治是一种重要的公共生活"，将其与道德、宗教、科学、教育、文学、艺术等并列（《新青年》1919年7卷1号《本志宣言》），基本态度是议政但不参政，刊物仍能维持文化批评的品格。很快地，形势急转直下，陈独秀、李大钊成了中国共产党的创始人，对《新青年》的期待，自然不能不发生巨大的变化，其由思想评论转为政治宣传，陈、李二君起了决定性作用。

现代大学作为一种新的文化建制，既有传播思想的功效，也有干预时政的职能，尤其是在汉、宋太学生指陈时弊记忆犹新的国度，"国立北京大学"的责任，实在过于重大。可是，即便成为新文化的大本营，孕育了伟大的五四运动，创建起"马克斯学说研究会"，"循思想自由原则"的北京大学，依然存在着多种声音，与具有统一纲领的政党或组织大相径庭。留在北大，还是走出北大，决定了《新青年》之是否愿意局限于思想文化建设。在大学教授胡适等人看来，《新青年》的工作，应与"新思潮的意义"同步，即"研究问题，输入学理，整理国故，再造文明"（胡适《新思潮的意义》）。而信仰马克思主义的李大钊，则希望用阶级斗争学说，去"根本解决"中国的社会问题（李大钊《再论问题与主义》），而不屑于只是"纸上谈兵"。这两种不同的选择，各有其合理性。不过，倘就文章的可读性而言，后者可能略逊一筹：因其立场坚定，见解独断，着眼于宣传而不是探讨，强调信仰而不准怀疑，再加上现实处境的艰难，无法从容写作，也不以文辞优雅为意。因此，后人更多地将其作为历史文献阅读，而很少品评其文思与才情。

与《新青年》密切相关的文化思潮，包括"新文化""文学革命"和"五四运动"，分别指向思想、文学、政治三个不同的层面。三者之间并无不可逾越的鸿沟，但谈论宪法与孔教，分辨文言与白话，或者探究苏维埃与共产国际，问题显然不在同一层面。七八年间，《新青年》在如此广阔的天地里纵横驰骋，迅速跃进，带动了整个中国思想界的思考，着实令人神往。

在《新青年》所有的活动中，作为根基的，依然是思想革命。在这个意义上，陈独秀远比胡适更能代表《新青年》的基本精神。《敬告青年》之提出"六义"，以供有志于探求"修身治国之道"的"青年诸君"选择。其中首"义"提倡"人权平等之说"，希望借此"脱离夫奴隶之羁绊"；第六"义"则是"举凡一事之兴，一物之细，罔不诉之科学法则"。二者合起来，便是日后家喻户晓的"德先生"与"赛先生"：

> 国人而欲脱蒙昧时代，羞为浅化之民也，则急起直追，当以科学与人权并重。（陈独秀《敬告青年》）

170

三年半后，新文化运动已经如火如荼，陈独秀撰《本志罪案之答辩书》，不无骄傲地宣称：

> 追本溯源，本志同仁本来无罪，只因为拥护那德谟克拉西（Democracy）和赛因斯（Science）两位先生，才犯了这几条滔天的大罪。……我们现在认定只有这两位先生可以救治中国政治上道德上学术上思想上一切的黑暗。若因为拥护这两位先生，一切政府的压迫，社会的攻击笑骂，就是断头流血，都不推辞。

陈氏的这两段名言，为史家所不断征引。与其归因于见解精辟，不如说除此之外再也找不到"共同的旗帜"。《新青年》上发表的文章，涉及众多的思想流派与社会问题，除了这"大而化之"的民主与科学，根本无法一概而论。以《新青年》的"专号"而言，"易卜生"与"人口问题"，或者与"马克思主义研究"，尽管同是新思潮，却很难找到什么"内在的联系"。作为思想文化杂志，《新青年》视野开阔，兴趣极为广泛，讨论的课题涉及孔子评议、欧战风云、女子贞操、罗素哲学、国语进化、科学方法、偶像破坏以及新诗作法等等。可以说，举凡国人关注的新知识、新问题，"新青年"同人都试图给予解答。

半个多世纪过去了，人类对世界、对自我的认识今非昔比，很多当年耸动一时的"确解"，早已无人问津。有趣的是，不以理论建构见长的《新青年》，却能在"体系"纷纷坍塌的今日，凭借其直面人生、上下求索的真诚与勇气、理想与激情，感召着无数的后来者。或许，正是因了这压在纸背的期待与苦恼、融进笔墨的感悟与温情，以及字里行间流露出来的"问题意识"，使得《新青年》

上的许多文章，超越具体立说之是非得失，而葆有永久的魅力。

《新青年》之所以在现代中国文化史上不可替代，除了高举"民主"与"科学"大旗，更因其"白话文学"的倡导。清末民初，立志阐发"民主"精义的报刊，水平自有高低，数量却是不少。《新青年》之将文学革命推到前台，且以白话取代文言为基本话题，一下子找到了兼及思想与文学的突破口。感觉敏锐的陈独秀，在胡适来信中发现关于着手文学革命的八件事，当即作为"通信"发表（《新青年》1916 年 2 卷 2 号），并怂恿其写成专论。《文学改良刍议》（《新青年》1917 年 2 卷 5 号）刊出后，陈氏又亲自撰写回应文章，将话题引向深入。感觉寂寞时，又有钱玄同、刘半农之制作"双簧"，借以吸引读者及对手的目光。"王敬轩"的一幕（先是钱玄同化名王敬轩，给《新青年》诸君子写信，责难白话文学；后由刘半农以《新青年》记者名义逐条批驳，嬉笑怒骂。此信刊于《新青年》1918 年 4 卷 3 号，影响很大，但过分渲染反对者的无知，有欠公道），固然近乎恶作剧，却是现代中国报刊史上精彩的一笔。文学革命之迅速获得成功，正是得益于《新青年》诸君的通力合作。

作为一个存在时间不到十年的杂志，《新青年》居然在思想史、文学史上同时占有极为重要的位置，实在不可思议。从创刊之初起，文体革新的尝试，便是《新青年》关注的另一目标。《青年杂志社告》所作承诺，除了以上引述的三点外，还有"以平易之文，说高尚之理"，以及"特辟通信一门，以为质析疑难发舒意见之用"。前者过于平实，很快被胡适的白话文学正宗说所覆盖；后者在陈独秀、钱玄同等人手中得到充分的发挥，成为《新青年》杂志的一大特征。

钱玄同快人快语，在新文化运动中横冲直撞，颇为引人注目。其骂倒"选学妖孽，桐城谬种"、提倡《新青年》全部改用白话，以及主张"欲废孔学，不可不先废汉文"（参见钱玄同发表在《新青年》2—4卷上众多致陈独秀、胡适的信），此等激烈的议论，多以"通信"形式发表。实际上，喜欢此篇幅短小、随意发挥之文体者，远非钱氏一人。每期《新青年》上的"通信"，都并非无关痛痒的补白，而是最具锋芒的言论，或最具前瞻性的思考。一旦思考成熟，不衫不履的"通信"，便会成为正襟危坐的"专论"。对于不只希望阅读"思想"，更愿意同时品味"性情"与"文采"者来说，作为"专论"雏形的"通信"，似乎更具魅力。值得注意的是，由"通信"（第1卷起）而"随感"（第4卷起），二者无论作者、论题及文体，均有相通处。众多"随感"中，鲁迅的脱颖而出，无疑最值得关注，因其直接影响此后现代中国散文的走向。

《新青年》上推出的新文学，以白话诗为大宗，如胡适、周作人、刘半农、沈尹默、俞平伯、康白情等人，都有上乘之作，留存在文学史上。戏剧及小说则以翻译为主，胡适的《终身大事》与陈衡哲的《小雨点》，更为人称道的是其大胆尝试的勇气。唯一例外的是鲁迅的小说创作，从《狂人日记》《孔乙己》《药》，到《风波》与《故乡》，每一篇都可圈可点，真正体现了新文学的实绩。《新青年》上的白话诗，固然声势浩大，可很快被超越。倒是寥寥无几的短篇小说，起点极高，将现代中国小说迅速由开创推向成熟。至于众多有真意，少修饰，兼及文章与学问、常识与思想的文化随笔（不限于"随感录"专栏），经由《语丝》的发扬光大，对后世影响极深，且至今仍大有发展余地。

将时事报道、思想评论、专著译介、诗歌小说、随感札记等不同文体并置，而且兼及东方与西方、历史与现实、教育与政治，充满生机与活力的《新青年》，具备多种发展的可能性。正因如此，五四退潮以后，《新青年》同人发展出不同的立场与策略，如陈独秀之执着于政治革命、鲁迅之注重文化批判，以及胡适的强调学术建设，都是《新青年》思路的合理延伸。至于其提倡白话文、其改造大学功能、其建构"五四传统"，都深刻地影响着整个 20 世纪中国文化的走向。

对于渴望走向新世纪的一代来说，"理解"或"解构"五四新文化传统，很可能是"突围"的必经之路。若如是，则"生气淋漓"的《新青年》不可不读。

1997 年 3 月 22 日于纽约哥大寓所

（初刊《读书》1997 年 11 期，又见张宝明、王中江编"回眸《新青年》"丛书，郑州：河南文艺出版社，1997 年）

作为"文化工程"与"启蒙生意"的百科全书

——《近代中国的百科辞书》代序

一

有两种出版物，发行量大，流通面广，但历来不被思想史或文化史专家关注，一是教科书，二是辞书。出版家则不一样，曾任商务印书馆编译所所长、参与编纂《新字典》和《辞源》的高梦旦（1870—1936），就坚定地宣称："教育之普及，常识之备具，教科书辞书之功为多。"①在我看来，此话当真，不算"王婆卖瓜"。对于影响一时代普通人的知识结构、文化趣味以及思维方式，辞书和教科书均功不可没。正因此，我曾仿照梁启超的说法，将学校、辞书、教科书作为另一个"传播文明三利器"。理由是，费时费力较多、讲究通力合作，故无法"千里走单骑"的辞书出版以及教科书编撰，如强劲的后卫，支撑着整个社会的学术积累与知识创新。②

同样以普及知识为己任，辞书和教科书的定位还是略有分别。讨论教科书的功过得失，教育家最有发言权；至于为何以及

---

① 高梦旦：《〈新字典〉序》，《新字典》，上海：商务印书馆，1912 年。

② 参见陈平原《晚清辞书与教科书视野中的"文学"——以黄人的编纂活动为中心》，载陈平原等编《近代中国的百科辞书》，北京大学出版社，2007 年。

如何编纂辞书，出版家的意见值得重视。上述高梦旦的话，其实并不完整；虽则并列教科书和辞书，高强调的重点在后者："欧风东渐，学术进步，百科常识非一人之学力可以兼赅。而社交日用之需要，时又不可或缺。夫文词如是其浩博也，学术如是其繁赜也，辞书之应用，较教科书为尤普。"[①]1915年，也就是《新字典》出版三年后，两部重要辞书面世：商务印书馆推出了《辞源》，中华书局则印行了《中华大字典》。后者的主编陆费逵（1886—1941）称："世界愈文明，字典之需要愈急"[②]；而前者的主编陆尔奎（1862—1935）亦云："一国之文化，常与其辞书相比例"，"国无辞书，无文化之可言"。[③]你可以说这是当事人的"自吹自擂"，我则认定，在这些"广告语言"背后，确实隐含着一代出版人普及知识、启迪民众的雄心壮志。这种混合着启蒙心态与商业计谋的"论说"，很真诚，也很狡猾，不可全信，也不可不信。

相对来说，我们可能对曾任北京大学校长十年的蔡元培（1868—1940）的话更有信心。就在出任北大校长的那一年，1917年10月，蔡元培撰《〈植物学大辞典〉序》，称："一社会学术之消长，观其各种辞典之有无、多寡而知之。各国专门学术，无不各有其辞典，或繁或简，不一而足。"学术发展与辞书编纂之间的关系极为密切，可谓"互为因果，流转无已"。此大辞典乃"集十三人之力，历十二年之久，而成此七百有余面之巨帙。吾国近出科学辞典，详博无逾于此者"，故值得大力表彰。更重要的是，蔡元培借此大辞典的出版，表达了如下期待：

---

① 高梦旦：《〈新字典〉序》。

② 陆费逵：《〈中华大字典〉叙》，《中华大字典》，上海：中华书局，1915年。

③ 陆尔奎：《〈辞源〉说略》，《辞源》，上海：商务印书馆，1915年。

　　所望植物学以外，各种学术辞典，继此而起，使无论研究何种学术者，皆得有类此之大辞典，以供其检阅，而不必专乞灵于外籍，则于事诚便，而吾国学术进步之速率，亦缘是而增进矣。①

比起蔡先生另外两则谈论辞书的文章——1912 年的《〈新字典〉序》和 1925 年的《〈哲学辞典〉序》——这篇同时刊于商务印书馆版《植物学大辞典》卷首和《东方杂志》《北京大学日刊》上的序言，更能代表其开阔的学术视野。

　　至于为何这么看重辞书的编纂与刊行，蔡先生只从"学术进步"立说，不及此前严复（1854—1921）和黄人（1866—1913）的论述精致。在严、黄二君看来，知识广博固然很重要，但更值得关注的是，国人对于新学说的望文生义、囫囵吞枣，需要权威的辞书来加以"界说"与"辨正"。1908 年，严复应商务印书馆之邀，为颜惠庆等编著的《英华大辞典》撰写序言，特别称誉西方辞典之花样繁多，有数十巨册，也有盈握小书，至于注解，更是各有擅场。"凡国民口之所道，耳之所闻，涉于其字，靡不详列。凡此皆以备学者之搜讨，而其国文字所以不待注解而无不可通也。"②三年后，严复又应邀为黄人编纂的《普通百科新大词典》作序，特别指出为何需要好的大辞典，就因为国人读书"不求甚解"：

　　　　其尤害者，意自为说，矜为既知，稗贩传讹，遂成故

---

　　①　蔡元培：《〈植物学大词典〉序》，《蔡元培全集》第三卷 113—114 页，北京：中华书局，1984 年。
　　②　严复：《〈英华大辞典〉序》，王栻主编《严复集》第二册 253 页，北京：中华书局，1986 年。

实，生心害政，诐遁邪淫。然则名词之弗甄，其中于人事者，非细故也。[1]

作为学部名词馆总纂，为一位大学教授编纂的"大辞典"写序，应该说是责无旁贷；更何况，二人同样坚信，借编纂辞典来严定界限，甄别名词，可以改变国人"意自为说"的陋习。

主编《普通百科新大词典》的黄人，在序言中，对"吾国之仅有字书、类书，而无正当用词之专书也"表示极大的不满。因为，在他看来，国人之所以立说不严、思维混乱，缘于"字书之简单而游移，类书之淆杂而灭裂"；而这，直接导致了近代中国的落后：

> 彼欧美诸国则皆有所谓词典者，名物象数，或立界说，齐一遵用，严以律令，非如字书之简单而游移，类书之淆杂而灭裂。故名实不舛，异同互资。其国势之强盛，人才之发达，此一大原动力焉。[2]

辞典之优劣，体现一国教育及文化水平之高低，这我相信；至于将晚清的国势衰微，与传统字书、类书之游移、淆杂相链接，似乎过于"微言大义"了。不过，借辞典"严定界限"，约束其时已变得汗漫无所归依的"新知识"，这一思路，明显属于学问家或思想家，而与革命家殊途——后者更倾向于使用"大字眼"来激励人心。这与严复一贯追求"改良"而非"革命"的立场，有直接

---

[1] 严复：《〈普通百科新大词典〉序》，《普通百科新大词典》，上海：国学扶轮社，1911年；此文另载《严复集》第二册277页。

[2] 黄摩西：《〈普通百科新大词典〉序》，《普通百科新大词典》，上海：国学扶轮社，1911年。

《普通百科新大词典》

的关系。1902 年，严复在《与〈外交报〉主人书》中，谈及他所拟想的"教育办法"，共有九条；最末一则强调"中国此后教育，在在宜着意科学"：

> 今世学者，为西人之政论易，为西人之科学难。政论有骄嚣之风（如自由、平等、民权、压力、革命皆是），科学多朴茂之意。且其人既不通科学，则其政论必多不根，而于天演消息之微，不能喻也。①

这里所说的"科学"，当然不限于自然科学，而是代指整个学问。"政论"是否真的容易谈，高喊"自由""革命"等口号是否就代

---

① 严复：《与〈外交报〉主人书》，《严复文集》第三册 564—565 页。

表"骄嚣之风"，这里暂不分辨；我关注的是，无论古今中外，学问确实"多朴茂之意"，也确实应力避"道听途说"。在这个意义上，眼看着西风日紧，严复、蔡元培等人格外看重各种专业辞书（包括字典、辞典、百科全书等），是有其深意的。

清末民初，近乎天翻地覆的社会变迁，导致已有的知识系统遍布裂痕；旧的意识形态日渐崩溃，也就意味着新的知识秩序正逐步建立。与之相适应的，便是各式辞典（还有教科书）的积极编纂。这里需要的不是零星的知识，不是艰涩的论述，也不是先锋性的思考，而是如何将系统的、完整的、有条理、有秩序的知识，用便于阅读、容易查找、不断更新的方式提供给广大读者。表面上看，这些强调常识，注重普及，兼及信息、教育与娱乐功能的语文性或百科性辞书，不如著名学者或文人的批判性论述精彩（或曰"入木三分"），但其平易、坚实、开阔、坦荡，代表了"启蒙文化"的另一侧面，同样值得重视。

二

对于一代人生活常识的健全以及知识秩序的完善，辞书起了很大作用。问题在于，所谓"辞书"，因体积与宗旨迥异，发展出截然不同的视野、结构与趣味。谈及"词典的类型"，首先必须区分的，是百科词典与语文词典。当然，"词典分为百科性和语文两种，并不意味着一部词典必须非此即彼"；因为，"几乎在所有词典中都有百科性成分"。[①] 与捷克学者的意见大同小异，中国学者

---

① 拉迪斯拉夫·兹古斯塔主编、林书武等译：《词典学概论》272—275 页，北京：商务印书馆，1983 年。

的补充在于，语文词典"往往兼收百科词条，并且百科词条的比重越来越大"；相反，"百科词典不收语文词条"。①而半个多世纪前，刘复将事情进一步复杂化，区分四种不同类型的词典，即字典、词典、百科词典（专论专名及专门名物者）和百科全书性字典（综合性大字典，将以上三者合一）。②如此"大辞典"编纂计划，今天依旧值得我们体味。

在我看来，语文辞典与百科辞典各自的功能、体例及边界，到底该如何切割，不是一个十分急迫的问题；反而是另一组概念，直接影响到我们对"百科全书"或"百科辞典"之创造与接纳。那就是，如何看待传统中国的"类书"与源自西方的"百科全书"（encyclopedia）之间既有联系又相区隔的错综复杂关系。或许正是有感于此，后人为主持编纂《中国大百科全书》的姜椿芳（1912—1987）编纂文集时，会选择《从类书到百科全书》作为书名。在该书中，姜先生的一个重要任务，就是不断陈述编纂中国"第一部"百科全书的意义，同时又承认"百科全书性质的著作，无论在西方还是在中国都已有 2000 多年的历史"；《皇览》既是"中国类书之嚆矢"，同时又"成为中国古代百科全书类型的巨编"。③称"类书"属于"百科全书类型"，但又刻意凸显其与现代"百科全书"的差异，既定性，又溯源，二者并行不悖。

"荟萃已有文献，分类整理，条分件系，编纂成书，以备检索，是我国古已有之的治学的传统。"而从三国魏文帝曹丕（187—226）亲自主持编纂《皇览》算起，中国人已有 1700 多年编纂类书

---

① 参见胡明扬等编著《词典学概论》12 页，北京：中国人民大学出版社，1982 年。

② 刘复：《编纂〈中国大辞典〉计划概要》（1927），《辞书研究》1979 年 1 期。

③ 参见姜椿芳《从类书到百科全书》34—40、92、13 页，北京：中国书籍出版社，1990 年。

的经验。这只是事情的一面；另外一面，热衷于为百科全书溯源的专家，同时又将 1978 年作为我国现代百科全书事业的起点。关键在于，与肇始于西方的现代意义上的"百科全书"相比，中国人古老的"类书"有两个明显的缺陷：一是"重文史而轻科学技术"，无法体现日新月异的社会发展；二是只"采辑已有经籍文献，汇辑成书"，而非邀请专家撰述，然后按词典方式进行编排。[①]即便你将 1578 年编成的《本草纲目》（李时珍）说成"最早的一部接近现代类型的药物百科词典"，或者称 1639 年刊行的《农政全书》（徐光启）是"最早的一部农业百科全书"[②]，也都无法改变这么一个事实：中国人源远流长的类书，最多只能说是现代百科全书的"远祖"或"先驱"——因其实际内容和编纂方式，均与现代百科全书有很大差异。

　　一般认为，是康有为 1897 年在《日本书目志》中，首次将"百科全书"这一概念带进了中文语汇。而"类书"与"百科全书"之间的纠葛，早在 20 世纪初年，就因三篇推介《大英百科全书》的文章，而开始被学者们关注。1906 年至 1907 年间，享有第十版《大英百科全书》版权的英国泰晤士报馆，曾委托上海的商务印书馆代其销行这套四千余万字的大书。除在各报刊登广告文字，商务印书馆 1907 年还印行了一本题为《大英百科全书评论》的小册子，收入严复、辜鸿铭、李家驹、颜惠庆、李登辉五文，以及《中外日报》《时报》《新闻报》《南方报》及《申报》上的相关评论。其中严、辜、颜三位，都在文中牵涉此话题。

　　晚清大名士辜鸿铭（1857—1928）是这样推介《大英百科全书》

---

① 参见金常政《百科全书学》3、45 页，北京：中国大百科全书出版社，2000 年。

② 参见胡明扬等编著《词典学概论》41 页。

的："西洋今日之学术，沿于犹太、希腊、罗马，亦可谓极其广大而尽其精微矣。独是西学分门别类，各有专科，提要钩元者，莫如类书。类书凡数十种，尤以近日太晤士报馆所出之百科全书为最备。"①而署"曾充上海约翰书院教习、丙午年应留学生考试取列最优等第二名、钦点译科进士"的颜惠庆（1877—1950），则称百科全书"即作中国进化券观亦可也"。因为，英国之所以富强，就因为其国"学无无用

《大英百科全书评论》

之学，人无不学之人，学术深而知识浚"；而这，又与其百科全书之浩博相因果。颜文附《摘录百科全书评议》，其中有曰："是书与中国类书，类而不类，不类而类。不类者，此为有用，彼为无用；类者，同资参考也。"②辜将百科全书直接等同于中国的类书，而颜则有所保留；最能显示那个时代学术水平的，当推严复之文。

严复此文曾以《英文百科全书评论》为题，刊于《寰球中国学生报》。先是渲染百科全书的包罗万象，继则追溯18世纪法国百科全书学派的崛起，篇末点题，说明"家置一编"的必要性——

---

① 辜鸿铭：《大英百科全书评论·其二》，《大英百科全书评论》3 页（下），上海：商务印书馆，1907 年。

② 颜惠庆：《大英百科全书评论·其四》，《大英百科全书评论》5 页（下）、6 页（上）、7 页（上）。

因是应邀而作，如此展开论述，在情理之中。最重要的是，此文专注于狄德罗等编纂《百科全书》的具体过程及其与启蒙运动的关系——所谓"泊书成而革命之期亦至矣"；另外，严复宁愿比附司马迁的《史记》（"然则《史记》者，真吾国学郛之权舆也"），而断然拒绝那备受推崇的《古今图书集成》①——"惜乎！吾国之《图书集成》，徒为充栋之书，而不足媲其利用也。"②显然，作者注意到，《百科全书》的特点在"写"而不在"编"——"两贤实司编辑"固然重要，而"令专长者各疏所知"更值得称道。对于此类"举古今宇内，凡人伦思想之所及"无所不包的大书，严复完全放弃其与类书的对接，而另拟"智环""学郛"之名。

<h2 style="text-align:center">三</h2>

严复所描述的"百科全书"，是一种理想状态，起码在晚清，不可能一蹴而就。故我们谈论"近代中国的百科全书"时，不能不略为变通，将凡带有"百科"性质的辞典、丛书、类书等，统统纳入考察的视野，用以辨析现代西方"百科全书"进入中国的蹒跚步伐。

最早从事清末百科全书研究的钟少华，曾对此类书籍进行分类：百科全书型（如《时务通考》《万国分类时务大全》等）、专门百科全书型（如《艺学统纂》《世界名人传略》等）、百科辞典型（如《博物大辞典》《普

---

① "英国汉学家翟理思说，《古今图书集成》一书比1911年出版的《不列颠百科全书》第11版（29卷）还大3—4倍。它的编纂水平和实际作用则更高于以往的任何类书，至今犹为中外学者所经常查阅。"见金常政《百科全书学》43页。

② 严复：《英文百科全书评论》，《寰球中国学生报》5—6期合刊，1907年6月。另，《严复集》第二册所收《书〈百科全书〉》，乃编者据中国历史博物馆所藏手稿排印，语句与发表本有出入。

通百科新大词典》等)、**过渡型**(如《西学启蒙十六种》《新学大丛书》等)[①]。
随着学界对此课题兴趣的迅速提升,"清末百科全书"的收集与整
理有了长足的进步。从钟少华十年前过目的四十二种,到今天瓦
格纳搜集到的一百种,确实可借此窥见"当时出版业的兴盛发达,
以及知识群体对他们尚不了解的新知识和新信息的热切渴望"[②]。
至于到底哪个数字更可靠,取决于我们对"清末百科全书"的定
义;这里只是描述其大的发展趋势,而不牵涉具体书籍之甄别。

　　谈及清末百科全书(或百科辞书)的宗旨、目标及编纂策略,首
先应该关注的,当然是编纂者,而后才轮到应邀作序的诸位当世
名人。纂辑《时务通考》的杞庐主人,在序言中洋洋洒洒,从马
端临的《文献通考》说到清代的《皇朝通考》,再转到道光年间如
何开海禁,接下来方才是编纂此三百万言大书的意图:

> 　　有见于泰西之政治,时时隐合三古以来垂治之遗意,其
> 学术更能夺造化之功,爰时取其法而行之,以辅政教之所不
> 逮。繇是时务典籍,又为经济之一大端,而统汇之书缺焉。
> 仆纠集同志,贯串群言,合为一书,曰"时务通考"。[③]

称泰西政治"隐合三古以来垂治之遗意",是为了减少文化输入时
常见的巨大阻力;无论编者还是读者,真正关心的,都不是"三
古",而是"时务"。另一种"讲求时务"的大书——钱颐仙辑《万

---

　　① 参见钟少华《人类知识的新工具——中日近代百科全书研究》53—76 页,北京图书
馆出版社,1996 年;钟少华《清末百科辞书介绍》,见《词语的知惠》8—11 页,贵阳:贵州
教育出版社,2000 年。

　　② 参阅米列娜《未完成的中西文化之桥—— 一部近代中国的百科全书》,载《近代中
国的百科辞书》。

　　③ 杞庐主人:《〈时务通考〉序》,《时务通考》,上海:点石斋,光绪二十三年(1897)。

国分类时务大成》，同样刊于 1897 年。书前有凡例十七则，最有趣的是这一则：

> 是编采缀搜罗，考异辨同，凡无关于时务者概不摭入。间有中国议论发明，外国时事亦择其紧要者采入，以资考证。学者读此一编，抵读千万篇西国文字，任拈一题，任构一艺，定皆得心应手，如悬崖绝壁撒手横行，不复有攀萝扪葛之苦。①

此类高调论述，兼及政治与商业，在清末百科全书的序跋中多有出现。只是"如悬崖绝壁撒手横行"这样的"警句"，难得一见，更多的是近乎"八股文章"的广告文字。1898 年刊行的《洋务经济通考》，编者到底是谁，说法不一；这么一来，那确凿无疑的出版者，其态度更为要紧。鸿宝斋主人在该书叙言中称：

> 近年以来，朝廷切实振兴，力除积弊，广通言路。种种所颁新政，类皆效法西人。然则士生今日，怀经世之学济变之才，尤贵能洞达夷情。②

正是为了所谓的"师夷长技以制夷"，出版者方才约请有心人编就此"分门十有六，网罗数千篇"的大书。有清一代最后十几年，学界及出版界均大有长进，轮到曾朴、徐念慈登场，已经不能再含糊

---

① 钱颐仙：《万国分类时务大成·凡例》，《万国分类时务大成》，上海：袖海山房，光绪二十三年（1897）。

② 鸿宝斋主人：《〈洋务经济通考〉叙》，《洋务经济通考》，上海：鸿宝斋，光绪戊戌年（1898）。

其辞，使用"洞达夷情""有关时务"之类不着边际的大话了。若《博物大辞典》的七则"例言"，便是条条都有着落。请看第一则：

> 我国通行学界者，只有字典，而无辞典。自译籍风行，始有注意于撰普通辞书，以便读者诸君之检查。本书为教师学生读书参考之用，莫要于博物一科，因先编纂付刊，余当续出。①

百科辞书的编纂策略，从"辑"到"编"到"译"，终于走到了"撰"；主要的拟想读者，从传统士大夫转为新学堂的教师学生；辞典专攻对象，不再满足于政经或文史，而是纯粹的自然科学（包括动物、植物、矿物、生理四部分），由此可见，清末百科全书终于完全走出传统类书的阴影。

同样值得关注的，还有那些百科全书（辞书、丛书）序言的作者，因其中颇有名动朝野的有识之士。这些人大都博学，政治上倾向于"改良"——既非"守旧"，也不"革命"。如晚清状元、著名教育家、实业家张謇（1853—1926），曾为英国人艾约瑟译编的《西学启蒙十六种》撰序，称：

> 是书盛行我中土，才智聪明之士，必不惮殚厥精能，以求造乎其极，庶几富强之术，不让泰西独步。②

---

① 曾朴、徐念慈：《博物大辞典·例言》，《博物大辞典》，上海：宏文馆，光绪三十三年（1907）。

② 张謇：《〈西学启蒙十六种〉叙》，《西学启蒙十六种》，总税务司署印，光绪乙酉年（1885）。

"曾门四弟子"之一、兼具文才与使才的薛福成（1838—1894），为邹
弢编《万国近政考略》作叙，批评近日之谈洋务者，"非失之迂，
即失之固"，只晓得"声援气引，粉饰粗疏"，并没有真学问："呜
呼，洋务之不易言，通才之所以难得也。"[1]言下之意，谈社会改
革，非有此类百科辞书之指引不可。著名金石学家，历官广东、
湖南巡抚的吴大澂（1835—1902），为《时务通考续编》所撰叙言，
谈及此前出版的《时务通考》之功德：

> 凡环球各国是非得失大小强弱之故，鳞集锦萃，一经披
> 览，靡不了然，谈经济者几于家置一编，奉为善本，备异日
> 敷陈规划之资。[2]

至于晚清大儒俞樾（1821—1907），在《新学大丛书》的序言中称：

> 日本地居五岛，蕞尔微区，而自明治维新三十余年来，
> 讲求西法，辑译成书，以资考验，故今日得于文明之列。而
> 中国地大物博，反不如也。于是圣天子锐意求新，立行变
> 法。乃下谕臣工，博采西法，师彼之长，补我之短；取彼之
> 优，助我之绌。一时朝野上下，欢腾众口，振作精神，力行
> 新政，维是风气初开。[3]

---

[1] 薛福成：《〈万国近政考略〉叙》，《万国近政考略》，三借庐藏版，光绪二十二年
（1896）。

[2] 吴大澂：《〈时务通考续编〉序》，《时务通考续编》，上海：点石斋，光绪二十七年
（1901）。

[3] 俞樾：《〈新学大丛书〉序》，《新学大丛书》，上海：积山乔记书局，光绪二十九年
（1903）。

接下来，顺理成章的，就是编纂新学辞书及丛书的重要性。

晚清亲自参与百科辞书编纂的，偶有名士，若马建忠、钱恂、曾朴、黄人等，但更多的是"非著名"人物。而借助于俞樾、吴大澂、薛福成、张謇等序言的鼎力推荐，起码让当时以及后世的读者，明白这些大型出版物对于时人的意义。书局之积极刊行此类"百科全书"，除了寻求新知、变革社会的宏愿，可能与晚清新政的展开相纠葛，也可能只是为了适应科举考试的变化。[①]走出纯粹的辞书编纂技术考察，将其置于生死存亡、波澜壮阔的"三千年未有之大变局"，晚清百科全书的研究，或许可以获得极为广阔的阐释空间。

四

1979 年，姜椿芳为《百科知识》月刊撰写"代发刊词"，题为《为什么要出〈中国大百科全书〉》，其中特别强调："百科全书反映了一个国家的文化面貌"，"出版百科全书是一项科学文化的基本建设"。文章还提及狄德罗等主编《百科全书》和纪昀等主编《四库全书》差不多是在同一时期，前者起了巨大的启蒙作用，后者"当然也有不可低估的价值，但所起的作用是不能和法国《百科全书》同日而语的"。[②]还有一点，姜先生尚未谈及，那就是，作为一项重要的"文化工程"，百科全书（或大型类书、丛书）到底更适合于政府主持，还是民间独立完成。无疑，二者各有利弊——由朝廷出面，要人有人，要钱有钱，但容易走向思想钳制（鲁迅有

---

① 参阅瓦格纳《晚清新政与西学百科全书》、阿梅龙《晚清百科全书、〈新学备纂〉及其与科举制度的关系》，二文均见《近代中国的百科辞书》。

② 参见姜椿芳《从类书到百科全书》29—33 页。

激愤语："清人纂修《四库全书》而古书亡，因为他们变乱旧式，删改原文"[①]）；让民间作主，则往往遇到经费窘迫之困境（严复提及狄德罗等主编《百科全书》："编辑汇著之人，屡濒于难"[②]）。或许，天底下本就没有"万全之计"。

既然是浩大的"文化工程"（而非学者或文人的个人撰述），投入肯定少不了。这个时候，作品（假定就是"百科全书"）的学术水准，与其经济实力往往成正比。"词典编纂工作是一种费用很大的工作——如果就通常在人文科学中的规模来衡量，情况至少是如此。"因此，专家建议，编纂大型辞书，最好是由科学院、大学或基金会来支持。偶尔也会有出版社愿意投资，但那"只是那些预期出售后能获得某些收益的词典才能在这种条件下编纂"[③]。在晚清，朝廷风雨飘摇，根本没有闲心闲钱来管这种"闲事"；大学刚刚创立，自身地位尚且难保，也不可能有如此大手笔；说来说去，唯有新近崛起的书局，出于文化责任以及商业眼光，还有兴趣"赌一把"。这种局面，直接决定了晚清"百科全书"的编纂策略及实际效果。

编纂辞书，可雅可俗，既是社会责任，也是生意经。而且，这雅俗二端，有时无法截然分开。想想民国年间如日中天的商务印书馆、中华书局等，都是靠辞书或教科书起家的。这不是什么商业秘密，但凡做出版的，都会拼命抢占这两个市场。当然，正因竞争激烈，且投入较大，拼辞典、教科书而血本无归的，同样大有人在。在这个意义上，编纂百科全书，也可以是一种"启蒙的生意"——这个词，是从美国学者那里学来的。罗伯特·达恩

---

① 鲁迅：《病后杂谈之余》，《鲁迅全集》第六卷 185 页，北京：人民文学出版社，1981 年。

② 严复：《英文百科全书评论》，《寰球中国学生报》5—6 期合刊，1907 年 6 月。

③ 拉迪斯拉夫·兹古斯塔主编、林书武等译：《词典学概论》478 页。

顿在谈及《百科全书》时称，启蒙不仅仅是精神，还可以是看得见摸得着的"文化产品"；因此，"启蒙"也有个生产和流通的过程。故狄德罗的《百科全书》不仅是18世纪思想文化史上最伟大的著作之一，也是"十八世纪最大的生意之一"。[①] 同样道理，清末的百科全书，既有俞樾、张謇以及严复、黄人等所论述的"崇高使命"，也是一种实实在在的出版生意。

既然是生意，就有个"成本核算"的问题。投入多少，利润如何，到底是赚还是赔，某种意义上，决定了晚清百科全书之是否"可持续发展"。而这，不只牵涉编纂者的才能、出版社的实力、学界的视野，还有读者的趣味——后者直接影响了这些大型出版物的购买、阅读与消费。诸名士慷慨陈词，说得天花乱坠，但若读者不买账，一切都落空。有足够的理由说明，清末民初的中国人确实需要此类"百科全书"；可现实生活中，这些出版物的社会认知度以及销售状态，都不是很理想。即便像黄摩西编《普通百科新大词典》，或唐敬杲编《新文化辞书》，已经算是同类著作中的佼佼者，而且也都曾风光一时，依然无法长销不衰。[②] 辞书不比个人著述，无法长销，则很快就会被人遗忘。晚清百科全书数量不少，"乱哄哄你方唱罢我登场"，全都没有充分展示自家风采的机会，不是一个好现象。

按照当年的阅读人口，晚清"百科全书"的种类其实已经很可观。只是书编印出来后，没能广泛推行，对读者的影响力相当

---

① 参见罗伯特·达恩顿著、叶桐等译《启蒙运动的生意——〈百科全书〉出版史（1775—1800）》508页，北京：生活·读书·新知三联书店，2005年。

② 参见陈平原《晚清辞书与教科书视野中的"文学"——以黄人的编纂活动为中心》、梅嘉乐《"为人人所必需的有用新知"？——商务印书馆及其〈新文化辞书〉》，二文均载《近代中国的百科辞书》。

有限。与其怨读者不争气，还不如反省自家的编纂策略。古今中外，凡编纂大型辞书或丛书，如何有效管理，都是个无法回避的难题。如果是"重大文化工程"，属于"国家行为"，钱大概不成问题[①]；但假如是个人行为，由书局承担编纂费用，则编纂者的精耕细作，必须配合经营者的精打细算。即便你不是有心造假，单是赶工期、减成本等巨大压力，也都可能迫使你放弃精雕细刻。

实际上，晚清编纂的众多"百科全书"，无论以同期西洋或日本的标准来衡量，还是以清人治学的趣味来品鉴，都显得相当粗糙。《万国政治艺学全书》之"殚数人之力，需数月之久，博采东西新译诸书"，即大功告成者[②]，固然是太草率了；即便黄摩西编《普通百科新大词典》，也不过用了一年时间[③]。之所以如此"兵贵神速"，那是因为，晚清的百科全书有直接译自西文或日文的，有连编带译的，也有的只是搜集、整理、剪贴；真正用心搭建理论框架、撰写相关词条的，为数不多。考虑到那时候已有不少关于西方文明及科学技术的书籍译成中文，再加上报章多谈"格致"与"时务"，只要你有心有力，肯下功夫，都能编成类似的"通

---

① 1990年代初，刘达编著《百科全书学概论》（北京航空航天大学出版社，1992年）时，专门设立第四章"百科全书的管理理论"，具体讨论了计划管理、机构管理、人才管理、队伍管理，资料管理和组织管理等，就是没有涉及最要紧的"财务管理"（162—196页）。姜椿芳《从类书到百科全书》一书讨论了很多百科全书编纂中可能碰到的困难，也都不曾提及"金钱"二字，就因为此乃"文化工程"，属于"国家行为"。

② 朱大文、凌赓飏编《万国政治艺学全书》（上海：鸿文书局，光绪二十年至二十八年［1894—1902］）的序言称："同人有览（感）于此，因殚数人之力，需数月之久，博采东西新译诸书，不下数十百种，提要钩元，旁搜曲证，掇其精英，去其糠秕，融会贯通，以成一书。"

③ 黄摩西《〈普通百科新大词典〉序》称："故国学扶轮社主人沈粹芬君发心欲编词典，漫以相属。而鄙人亦遂忘其谫陋，毅然担任而不辞也。于是招马郑之彦，探伕梵之秘，析理分肌，州居部别。一更裘葛，成书一百数十万言。"

考""大全""撮要""便览";至于水平,那就很难说了。

据说 17 世纪的词典编纂者斯卡利格曾用幽默的语调称:"十恶不赦的罪犯既不应处决,也不应判强制劳动,而应判去编词典,因为这种工作包含了一切折磨和痛苦。"①说编辞书是苦差事,那指的是老实人;若偷工减料,辞书是很好编的。近年中国之"辞书热"②,看中的正是其巨大的商业利润,以及编纂时很容易鱼目混珠。除了专业研究者,没有人买辞书前一页页检查的;都是略为翻翻,再看看专家的推介(这年头,肯花钱,不愁找不到抬轿子的"专家")。只要印刷精美,肯花钱做广告,加上高定价、低折扣,不愁卖不出去。如此恶性竞争,导致辞书质量急遽下降,本该最可靠最稳妥的辞书,如今成了最危险的"读物"。从剖析"王同亿现象",到呼吁"拯救辞书"③,当代中国"辞书热"背后的蹊跷与尴尬,让我们对于晚清百科全书之不尽如人意,多了一点"理解之同情"。

---

① 参见拉迪斯拉夫·兹古斯塔主编、林书武等译《词典学概论》13 页。

② 据邹酆《汉语语文词典编纂理论现代化的百年历程》(《辞书学探索》320—333 页,武汉:湖北人民出版社,2001 年),各时期汉语语文词典出版情况如下——1949 年以前,两百余部;1949—1978 年,两百余部;1978—1992 年,一千一百余部;1992—1997 年,一千二百余部。增长速度如此之快,与其说是学术发展,还不如老实承认,是市场利益在驱使。

③ 1997 年由"辞书奇人"王同亿主编的《语言大典》《新现代汉语词典》《现代汉语大词典》等一系列大型辞书涉嫌抄袭,被判败诉,参见于光远、巢峰等著《我们丢失了什么——"王同亿现象"评论文集》(北京:商务印书馆,1999 年);另外,邢东田编《拯救辞书——规范辨证、质量管窥及学术道德考量》(上海:学林出版社,2004 年)中,有文章谈及"近十年来辞书出版总数已经超过历史上两千年辞书出版的总和",而某著名学者退休六年,主持编纂辞书十七部,成绩实在惊人(257—260 页)。

五

像美国历史学家罗伯特·达恩顿那样，借研究《百科全书》如何从出版商的计划变为现实，看"启蒙运动"物质化的过程，这是个绝妙的主意。但能不能将某部辞书的生产及传播过程，讲成"一个好故事"，取决于，第一，"这可不是随便一部什么书，而是启蒙运动中最重要的著作——狄德罗的《百科全书》"；第二，要想"搞清楚生产和销售一部书的过程中出版商如何草拟协议、如何编辑处理文稿、印刷商如何招募工人、销售商如何推销"等[①]，没有大量档案资料，那是开不了口的。不幸的是，我们谈论清末民初的百科全书编纂事业时，碰到的正是这个难题。

记得达恩顿几次提及自己的研究得益于"好运气"。因某些偶然因素，你走进了"历史学家的梦境"，发现一个等待有心人去发掘的档案宝库，那真是"苍天保佑"。具体说来，就是达恩顿经过不断地追踪，寻觅到了瑞士最大的出版公司纳沙泰尔印刷公司的档案库，发现那些从来没有人用过的材料："我很大一部分学术生命都是对于接触到这一丰富得令人难以置信而又没人看过的档案库的回应：50000 份信件和记事本以及其他材料，保存得完好无暇，就等着有人来看。"[②]正是这些沉默多年的信件，制约着，或者说规定了作者的学术思路，乃至学术生命。

二十年前，我曾大发感慨，明知应该注重文学艺术生产方式的改变对文学艺术形式的深刻影响，可相关档案资料的缺乏，限

---

① 参见罗伯特·达恩顿著、叶桐等译《启蒙运动的生意——〈百科全书〉出版史（1775—1800）》508、4 页。

② 参见玛利亚·露西亚·帕拉蕾丝－伯克编，彭刚译《新史学：自由与对话》第七章"罗伯特·达恩顿"，尤其是 204—206 页，北京大学出版社，2006 年。

制了这一学术思路的展开。举个例子，单是讲清楚在晚清影响极大的《新民丛报》的发行数，就很不容易——虽说钩稽了不少资料，也都无法板上钉钉。①考虑到出版业对中国现代化之路举足轻重，以下说法不算太离谱："倘若能公开或整理出版中华书局、商务印书馆收藏的大量书信，我相信现代文化史的研究会有大的进展。"②那是我读《中华书局收藏现代名人书信手迹》以后的感想，意见发表后，如石沉大海。后来才知道，不是书局不想做，而是做不到——我们的现代出版业，一路走来，风风火火，跌跌撞撞，没有那么一种从容与淡定，因而不太重视档案资料的管理。更何况，先有炮火纷飞，后是"运动"连场，侥幸留存下来的，多为"名人墨宝"，而非"历史资料"。

没有足够丰富的档案资料，讲不成一个有关清末百科全书的"好故事"，但我们可以调整笔墨，考察西方辞典的编纂方法及内容如何与中国传统的类书体式融合，以至最终改变了近代中国的知识体系；也可以辨析已刊诸多百科全书中，哪些是暗度陈仓，哪些是移花接木；还可以探究新旧分类法如何杂糅交叠，造成一种"纠缠的知识"，以及高层政治如何与民间书局合力，以利于"新政"的推行；等等。③如此探案，可能曲径通幽，也可能一马平川；可能山重水复，也可能柳暗花明。好在刚刚起步，一切都有可能。

①　参见陈平原《中国小说叙事模式的转变》，上海人民出版社，1988年，274—276页；北京大学出版社，2003年，260—263页。

②　参见陈平原《书札中的文人与书局——读〈中华书局收藏现代名人书信手迹〉》，《读书》1992年6期。

③　参见夏晓虹《从"尚友录"到"名人传略"——晚清世界人名辞典研究》、钟少华《清末百科辞书条目特色研究》、费南山《纠缠知识的范本——〈记闻类编〉》以及瓦格纳《晚清新政与西学百科全书》，均见《近代中国的百科辞书》。

　　本书乃 2006 年 3 月 26—28 日在德国海德堡召开的"近代中国的百科全书：改变晚清中国的思维方式"研讨会的论文结集，对于会议主持人米列娜教授以及东道主海德堡大学，谨致诚挚的谢意。

2007 年 8 月 3 日—11 日于京西圆明园花园

（初刊《读书》2007 年 10 期，《新华文摘》2008 年第 3 期转载，收入陈平原、米列娜编《近代中国的百科辞书》，北京大学出版社，2007 年）

在"文学史著"与"出版工程"之间

——《〈中国新文学大系〉导言集》导读

1970年5月，长期主持商务印书馆工作的王云五在一次内部讲话中称："我认为一个出版家能够推进与否，视其有无创造性的出版物。"在他看来，商务七十年间，只有三十种出版物可归入其中。这三十种出版物，包括中小学教科书、《东方杂志》、《辞源》、各科词典、四部丛刊、百科小丛书、各种索引、万有文库、中国文化史丛书、丛书集成等。① 如此自我期许，很是令人钦佩。不过，王先生所标举的好书，主要功在出版，多半做的是学术积累或文化普及工作，仍然算不上是开创时代风气、引领思想潮流的"大书"。

还有另外一种关于报刊出版"创造性"的解读，那是五四新文化主将胡适提出来的。1923年10月，胡适给高一涵等写信，其中有："二十五年来，只有三个杂志可代表三个时代，可以说是创造了三个新时代：一是《时务报》，一是《新民丛报》，一是《新青年》。而《民报》与《甲寅》还算不上。"胡适说这话，主要是给《努力周报》诸君打气，希望能承继《新青年》未竟的事业，"再下二十年不绝的努力，在思想文艺上给中国政治建筑一个

---

① 王云五：《商务印书馆与新教育年谱》1189—1201页，南昌：江西教育出版社，2008年。

《中国新文学大系》

可靠的基础"。① 因此，胡适并没解释为何谈论足以代表"一个时代"的杂志时，不提读者面很广的《东方杂志》。我的推测是：可以称得上"创造了"一个时代的杂志，必须有明确的政治立场，这样才可能直接介入并影响时代思潮之形成与走向。强调照顾读者趣味（往往基于商业利益的考虑），其结果必然是磨平棱角，记录而不是引导社会，因而也就不可能义无反顾地承担这一选择所与生俱来的风险。这一点，对比《新青年》与《东方杂志》，很容易明白。②

　　既是成功的"出版事业"，又在"思想革新"或"文化创造"方面有所建树，这样的成功先例不能说绝无仅有，但也并非俯拾皆是。放开视野，不局限于商务一家，在整个 20 世纪中国的出版

---

　　① 胡适：《与一涵等四位的信》，《努力周报》75 期，1923 年 10 月 21 日；见《胡适全集》第二卷 513 页，合肥：安徽教育出版社，2003 年。

　　② 参见陈平原《杂志与时代——为〈读书〉20 周年而作》，《文汇读书周报》1999 年 2 月 20 日。

事业中，像王云五那样选取三五十种"有创造性"的出版物，我认为上海良友图书印刷公司1935—1936年出版的《中国新文学大系》（下文有时简称为《大系》）可以入围。

相对于皇皇巨著《中国新文学大系》，1940年10月上海良友复兴图书公司印行的《中国新文学大系导论集》（下文有时简称为《导论集》），只能说是一册"小书"。可这册363页的小书，1982年由上海书店影印重刊，在最近三十年的中国现代文学教学与研究中，发挥了巨大作用。不说人手一册，起码也是广为传播、阅读与引用。十篇导论，或已成为"运动小史"，或被认作"研究范例"，对于关注1917—1927年的文学运动及创作的研究者来说，这不仅是"必读书目"，且规范着"眼界与趣味"[①]。也正因此，《导论集》某种程度上可以"特立独行"，不一定非依傍那十卷大书不可。就像今人阅读《文章辨体序说 文体明辨序说》（北京：人民文学出版社，1962年）时，可以暂时搁置吴讷、徐师曾所选历代诗文一样。这种阅读趣味，自《导论集》成书之日起，就已经不可逆转——你既可以将其与《大系》对照阅读，也可以单独欣赏。

问题在于，流传甚广的《中国新文学大系导论集》，并不仅仅是《中国新文学大系》诸多导言的"集锦"，其中的修订与删节，隐含着不同的编辑策略与文学眼光，值得仔细推敲。

---

① 为总结"第一个十年"而编辑的《中国新文学大系》，不只保存了大量珍贵史料，更提供了一幅相当完整的"文学史"图景。除了蔡元培高度概括的总序，胡适、郑振铎、茅盾、鲁迅、郑伯奇、周作人、郁达夫、洪深、朱自清、阿英等为各卷所撰导言，都是相当精彩的文学史论。这就难怪后世的研究者，常将其作为立论的根基。鲁迅的总结，历来被史家奉为圭臬；至于50年代的突出茅盾、郑振铎，80年代的注重胡适、周作人，主要源于政治环境的变化。倘若不考虑各家命运的荣衰与升降，单就学术思路而言，新文学创立者的自我总结，始终规范着研究者的眼界与趣味。参见陈平原《学术史上的"现代文学"》，《中国现代文学研究丛刊》1997年1期。

一、从"大系"到"导论集"

不管是当初的出版说明，还是日后的阅读印象，一般都将《中国新文学大系导论集》视为《中国新文学大系》各卷"导言"的汇编。[①] 其实，情况远比预想复杂得多——不能说不是"导言"的结集，也不能说就是"导言"的结集。因为，《导论集》出版时，编者做了很多"技术处理"，目的是使其显得更像是一部独立刊行的文学史著作。这一点，《中国新文学大系导论集》书前的"出版说明"有明确的表述："本书乃集《中国新文学大系》十册中所载各篇导言而成，故名《新文学大系导论集》，内计总序一篇，导言九篇，是第一个十年间中国新文学各部门综合的研究。"

将《大系》的"导言"结集成书，这一绝佳创意，早就潜伏在这套大书的编选过程中，也符合主编的设想及出版社的利益。"文选"的主要功能，不外存文献、见眼光、定经典、传久远，可规定每集冠以两万字的"导言"，明显是"别有幽怀"。《大系》尚未面世，出版商已在《良友》画报第 103 期上大做广告，主打词为"五百万字选材，二十万字导言"；《大系》即将出齐，《文学》5 卷 4 号又刊登"《中国新文学大系》十大部之内容说明"，着重介绍的依旧是各家的"导言"或"序文"。[②]"导言"成了《大系》的重要卖点，这正是日后《中国新文学大系导论集》得以单独成书的预兆。

---

① 1982 年上海书店以"中国现代文学史参考资料"的名义出版《中国新文学大系导论集》，其影印说明称："《中国新文学大系导论集》，是三十年代上海良友图书公司出版的十卷本《中国新文学大系》各卷导论的汇编。全书对我国'五四'以后第一个十年间的新文学运动作了全面的总结。据上海良友图书公司 1940 年 10 月初版本影印。"

② 参见《良友》画报第 103 期，1935 年 3 月；《文学》5 卷 4 号，1935 年 10 月。

广告半张（普及本）

赵家璧最初的设想是精选"五四以来文学名著百种"，然后"统一规格，印成一套装帧美观、设计新颖的精装本"，只是因碍于版权，方才改为编选集。可由于郑伯奇、阿英、郑振铎、茅盾等人的积极介入，越做越认真，越想越宏伟，最终做成了"兼有文学史的性质"的一套大书。①

所谓"文献"之外，"兼有文学史的性质"，主要指向各卷的"导言"。至于阿英所编《中国新文学大系·史料·索引》的意义，必须是专家才能意识到。如果说《大系》的成功，很大程度取决于在"文学史著"与"出版工程"二者之间取得某种微妙的平衡，那么，《导论集》属于"二次开发"，目标很明确，只讲"史著"而不问"工程"。

---

① 参见赵家璧《话说〈中国新文学大系〉》，《编辑忆旧》161—183 页，北京：生活·读书·新知三联书店，1984 年；姚琪：《最近的两大工程》，《文学》5 卷 1 号，1935 年 7 月 1 日。

为了使《导论集》看起来更完整也更完美，编者可谓煞费苦心。

第一，为入集的十文另拟标题。详细情况见下表：

《中国新文学大系》	《中国新文学大系导论集》
蔡元培：《〈中国新文学大系〉总序》	蔡元培：《中国的新文学运动》
胡适：《〈中国新文学大系·建设理论集〉导言》	胡适：《新文学的建设理论》
郑振铎：《〈中国新文学大系·文学论争集〉导言》	郑振铎：《五四以来文学上的论争》
茅盾：《〈中国新文学大系·小说一集〉导言》	茅盾：《现代小说导论》（一）
鲁迅：《〈中国新文学大系·小说二集〉导言》	鲁迅：《现代小说导论》（二）
郑伯奇：《〈中国新文学大系·小说三集〉导言》	郑伯奇：《现代小说导论》（三）［误植为《现代导论小说》］
周作人：《〈中国新文学大系·散文一集〉导言》	周作人：《现代散文导论》（上）
郁达夫：《〈中国新文学大系·散文二集〉导言》	郁达夫：《现代散文导论》（下）
洪深：《〈中国新文学大系·戏剧集〉导言》	洪深：《现代戏剧导论》
朱自清：《〈中国新文学大系·诗集〉导言》	朱自清：《现代诗歌导论》

第二，《导论集》调整了《大系》的结构，改《诗集》在前为《戏剧集》优先。如此调整，可能存在文类的偏见，但更大的可能是对朱自清所撰"导言"不太以为然。入选各文中，被删节最多的便是朱文。

第三，《导论集》仅收九卷的"导言"，删去了本该入选的《〈中国新文学大系·史料·索引〉序例》。阿英所编《中国新文学大系·史料·索引》，对于整套《大系》来说至关重要。而且，以工作量计，十卷中此卷最吃紧。阿英所撰《序例》开篇即称："依照《中国新文学大系》的整个编辑计划，和《史料·索引》册所能容纳的字数的关系，在这里，我只能很简略的说一点关于本册编制经过的话。"虽然篇幅不长（六页纸），且侧重工作思路的介绍，但"序例"中牵涉不少文学社团及杂志创办等史实，并非可有可无。

第四，《导论集》删去了《中国新文学大系》第一卷（即《建设理论集》）书前所刊的《前言》（赵家璧撰）。赵家璧在《大系》中的位置，到底是"主编"还是"责编"，这一点下节辨析，此处不赘。单就文章而论，此《前言》确实与"第一个十年间中国新文学各部门综合的研究"无关，故被"导论集"的编者果断地割舍了。

第五，《导论集》对鲁迅、郑伯奇、朱自清三篇"导言"进行了删节。具体情况如下：删去鲁迅《〈中国新文学大系·小说二集〉导言》的第五节，也就是"临末是，关于选辑的几句话——"以下大约五百字；删去郑伯奇《〈中国新文学大系·小说三集〉导言》第八节的最后两句——"本书所选的范围以《洪水》第一周年为止。《月刊》以后的作品便没有选入"，而保留了涉及创造社各种刊物之间的联系那些文字；朱自清《〈中国新文学大系·诗集〉导言》因体例特殊，被删节最多。前面的论述文字未动，接下来的"编选凡例"（八则）以及"编选用诗集及期刊目录"全被删去；保留"选诗杂记"，而删去了随后六七千字的"诗话"。

面对鲁迅等诸多大家专门为《大系》撰写的宏文，《导论集》编者竟如此"大动干戈"，实在不应该。可仔细辨析，你会发现，编者还是相当用心[①]，所删均为编辑凡例之类，无关文学史论述的大局。如果说《大系》本就包含"选本"与"文学史"两个面向，那么，《导论集》舍弃前者，凸显后者，目的是将其改造成为一部多人合撰的"文学史"。

如果不是仔细校勘，发现诸多剪裁与调整的痕迹，单从这册独立发行的书籍看，《中国新文学大系导论集》还是可读性很高。这就牵涉到，到底是谁动的剪刀？《大系》乃良友图书公司所刊，《导论集》则属于良友复兴图书公司，二者关系如何？赵家璧《话说〈中国新文学大系〉》称：

> 一九三七年八·一三抗战爆发，良友图书公司因地处战区，损失惨重，随即宣告破产。一九三九年一月，改组为良友复兴图书公司，编辑部由我负责。一九四一年十二月八日日寇偷袭珍珠港，太平洋战争发生，随后，日寇入侵英法租界，"孤岛"时代的上海，从此结束。十八天后，良友与商务、中华、世界、大东、开明、生活、光明八家，同遭日寇查封。[②]

此后，良友复兴图书公司先迁桂林，后搬重庆，有过若干宏伟规划，包括编辑《大系》第二辑、第三辑等。可惜的是，好不容易熬到抗战胜利，"1946 年，良友复兴图书公司因股东内部纠纷，

---

① 如郑伯奇《〈中国新文学大系·小说三集〉导言》第八节"最后，关于编选的体例和范围，讲几句话"，这很像鲁迅被删去的第五节，可编者没有全删，而是区别对待。

② 赵家璧：《编辑忆旧》216 页。

无形停业",此事也就不了了之。^①

《中国新文学大系导论集》初刊于 1940 年 10 月，按赵家璧上述的说法，此时良友复兴图书公司的编辑部乃由他负责。至于将十卷本的《大系》改造成精粹简便的《导论集》，是不是他本人操刀，不得而知。不过，赵先生对这册《导论集》起码并不反感，在《话说〈中国新文学大系〉》中四次引述^②。

从《导论集》的角度，反观《大系》的制作与传播，未始不是一个有趣的角度。更何况，本文的撰写，主要针对新编《〈中国新文学大系〉导言集》的读者。

二、是"主编"还是"责编"

《中国新文学大系》的扉页，明明写着"赵家璧主编"五个大字，难怪后世专门研究"编辑出版"的学者，要据此大做文章。除了讨论其出色的营销策略，更有表彰其如何"主帅点将"，"指挥着 11 员新文学名声赫赫的宿将，共同成就了这样的创举和奇迹"的^③。一个"名不见经传"的年轻编辑，促成了《中国新文学大系》的诞生，确实难能可贵。对于现代编辑出版史上这么一项"历史性的大工程"，赵家璧功不可没；可要说他"亲手绘制了《大系》

---

① 参见赵家璧《编辑忆旧》217—221 页。良友图书公司资深编辑马国亮撰文，谈及公司内部伍联德、余汉生、陈炳洪三驾马车的分崩离析，导致 1938 年的破产重组，以及 1946年"股东意见分歧，同床异梦，彼此难以合作"，最终无可奈何花落去，再度宣告停业。参见马国亮《良友忆旧：一家画报与一个时代》282—287 页、294 页，北京：生活·读书·新知三联书店，2002 年。

② 参见赵家璧《编辑忆旧》195、197 页。

③ 参见邵凯云《年轻编辑赵家璧成就〈中国新文学大系〉大业的缘由剖析》，《河南大学学报》2005 年 1 期。

全新的设计蓝图，在成为总设计师的同时又担当了举帅旗的总工程师"，"犹如交响乐的指挥，不但举帅旗，而且纳众议，奏响了雄浑壮丽的乐曲，成就了《大系》多元复调的学术特色和经久不衰的生命力"①，则实在言过其实了。《中国新文学大系》之所以具有"多元复调的学术特色和经久不衰的生命力"，恰恰在于赵家璧这个"主编"不像今人想象的那么权威、那么神奇。

这里的关键在于，今人理解的"主编"，乃运筹帷幄、指挥若定、一言九鼎，而民国年间活跃在出版界的"主编"，不一定是学界权威或文坛领袖，也可以是代表出版社利益、起协调作用的"责任编辑"。

1935 年 3 月 15 日刊行的《良友》画报第 103 期上，有《中国新文学大系》系列广告，其中包括赵家璧的《编辑中国新文学大系缘起》："我们相信中国新文学的将来，只有向前进取才是最大的出路。这次我们集合许多人的力量，费了一年余的时间，来实现这一个伟大的计划，希望能从这部大系的刊行里，使大家有机会去检查已往的成绩，再来开辟未来的天地。"这"许多人的力量"，落实在赵家璧所撰《〈中国新文学大系〉前言》，便是：

> 这一个《新文学大系》的计划，得益于茅盾先生，阿英先生，郑伯奇先生，施蛰存先生的指示者很多，没有他们，这个计划决不会这样圆满完备的。蔡元培先生，胡适之先生，郑振铎先生，鲁迅先生，周作人先生，朱自清先生，郁达夫先生，洪深先生和上述的前三位，花费了他们宝贵的时间，替我们搜材料，编目录，写导言，使这十部大书得以如

---

① 参见邵凯云《年轻编辑赵家璧成就〈中国新文学大系〉大业的缘由剖析》。

206

愿的实现，我借了这个机会，敬向他们深深的致谢。①

阅读赵家璧将近半个世纪后所撰、详细叙述整个编辑出版过程的《话说〈中国新文学大系〉》，更明白《前言》中这段感谢的话并非客套——赵家璧的工作接近今天的"策划编辑"或"责任编辑"，主要是择善而从，联络各位编者，协调各方利益，以及宣传推广等。

在茅盾、阿英、郑伯奇等名家的指挥下，赵家璧勤奋工作，出色地完成了编辑任务；可这并不等于他对"第一个十年间中国新文学各部门综合的研究"有什么高明的见解。因此，编《导论集》时，将其为《大系》所撰的《前言》删去，一点也不奇怪。猜测那是因为同人倾轧或者本人谦虚，反而是多虑了。

良友编《中国新文学大系》，有很多"幕后英雄"，但未见"举帅旗"号令四方的"主编"。而这，正是这套大书成功的秘诀。

1932年12月14日，鲁迅撰写收入《南腔北调集》的《〈自选集〉自序》，回忆当初与《新青年》诸战友联手，积极提倡"文学革命"的辉煌，接下来便是那段感慨遥深的文字："后来《新青年》的团体散掉了，有的高升，有的退隐，有的前进，我又经验了一回同一战阵中的伙伴还是会这么变化……"②三年后，郑振铎撰写《〈中国新文学大系·文学论争集〉导言》，回望那"伟大的十年间"，同样表现出无限的惆怅与凄楚：

---

① 赵家璧：《〈中国新文学大系〉前言》,《中国新文学大系·建设理论集》,上海：良友图书印刷公司，1935年。

② 参见鲁迅《〈自选集〉自序》,《鲁迅全集》第四卷456页，北京：人民文学出版社，1981年。

当时在黑暗的迷雾里挣扎着，表现着充分的勇敢和坚定的斗士们，在这虽只是短短的不到二十年间，他们大多数便都已成了古旧的人物，被"挤成了三代以上的古人"了。……

最好的现象还算是表现着衰老的状态的人物呢！所谓"三代以上的古人"者的人物，还是最忠实的人物；也还有更不堪的"退化"的，乃至"反叛"的人物呢。他们不仅和旧的统治阶级，旧的人物妥协，且还挤入他们的群中，成为他们里面最有力的分子，公然宣传着和最初的白话文运动的主张正挑战的主张的。

只有少数人还维持斗士的风姿，没有随波逐流的被古老的旧势力所迷恋住，所牵引而去。[①]

这里分辨"斗士""衰老""反叛"三种路向，与鲁迅的说法异曲同工。只是无论鲁迅还是郑振铎，都只讲类型而不牵涉具体人物。后世的研究者固然可以断言谁高升、谁退隐、谁前进，当初却没有人愿意"对号入座"。

赵家璧的《话说〈中国新文学大系〉》撰于1983年，受时代氛围的限制，再三辩解为何请胡适编《建设理论集》、请周作人编《散文一集》，还抬出郑振铎、茅盾来为自己撑腰。[②] 多年批胡适给作者心灵留下浓重的阴影，难怪其谈及此话题时仍心有余悸：

---

① 郑振铎：《〈中国新文学大系·文学论争集〉导言》，《中国新文学大系·文学论争集》20—21页，上海：良友图书印刷公司，1935年。

② 参见赵家璧《编辑忆旧》172—174、182、202页。赵家璧回忆有误，胡适那时并非"北京大学校长"，且因其政治立场并不被政府欣赏，不可能"对审查会也许能起掩护的作用"；但要说"对一般读者"有"号召力"，那倒是真的。至于周作人，时人并不知道他日后会在抗战中"落水"，以他当年在文坛的地位及影响力，出任"散文一集"的编者乃求之不得，怎么会需要茅盾来为他辩解呢？

"解放后，通过学习，我对五四革命运动的重大意义有了比较正确
的认识，对胡适的那套说法有了不同的看法。因此当我听到有人
批评《大系》的第一卷不宜由胡适来编选，在第一卷里又没有选
入好几位革命作家的重要文章时，衷心有愧。"[1]胡适编《建设理
论集》时是否"自吹自擂"，可以见仁见智；但其"舍我其谁"的
姿态，当年的左翼文人并没有斤斤计较，反倒是作为编辑的赵家
璧过于胆小了。至于说陈独秀更合适编《建设理论集》，可惜因在
监狱中无法找到[2]，这些都是外行话——且不说胡适在白话文运动
中的贡献无人能替代，若真由"老革命党"、性情上更为偏激的陈
独秀来编这一册，效果肯定不如目前的状态。

　　1930 年代的中国文坛已严重分化，早年同一战壕的战友，如
今可能因政治立场歧异而互射"明枪暗箭"。即便如此，彼此间还
没到你死我活、不共戴天的地步。十卷《大系》的编者，有左翼
人士，有自由主义知识分子，但没有右翼或封建遗老，基本上都
是坚持五四新文化立场者。"道"不太相同，友情日渐稀薄，很可
能互相不服气，这个时候，合作编书可以，但要说听谁的指挥，
那是做不到的。他们可以接受一位年轻编辑的意见，因其代表图
书公司的利益，但不可能听从任何一位编者的"帅令"。

　　如此弱小的"主编"，促成了十位立场不太一致的名家"真
诚合作"，此乃《大系》神奇之处。正因为"主编"太不权威了，
十位编者选编及撰写"导言"时，可以海阔天空，自由飞翔。当
初出版社约定，每人编辑费三百，序文千字十元，这在当年是非
常优厚的待遇；但鲁迅认为，有话则长，无话则短，"导言"不一

---

① 赵家璧：《编辑忆旧》202 页。

② 参见赵家璧《编辑忆旧》202、174 页。

定非撑到两万字不可。于是，鲁迅致信赵家璧，称"意思完了而将文字拉长，更是无聊之至"；因此，宁愿"序文不限字数，可以照字计算稿费"。[①] 出版社后来也意识到，"导言"以二万字为标准，"这种要求确实不很合理"[②]，因此听任每位编者自由取舍。阿英编《史料·索引》卷，《序例》不到五千字；洪深编《戏剧集》，撰写《导言》时下笔不能自休，洋洋洒洒六万言，也都相安无事。

对于"导言"的体例以及编选的策略，"主编"完全不加干涉。朱自清编《诗集》，其《导言》变成了五块，短论加四个附录——"编选凡例""编选用诗集及期刊目录""选诗杂记"和"诗话"；周作人编《散文一集》，撰《导言》时继续"文抄公"试验，不断引述自家以往所撰文章；郁达夫不管别人怎么看，将《散文二集》三分之二的篇幅给了自己最为欣赏的周氏兄弟。各卷的编者全都"一意孤行"，不把"主编"放在眼里，这在日后刊行的《大系》各续编中，都不可能再出现了。

有大致的倾向——这毕竟是"新文学"的"大系"，必须坚守五四新文化人的价值观；但没有僵硬的指标——对于具体作家作品的评价，"悉听尊便"，并不强求一律。这一奥秘，被最早为《大系》撰写书评的姚琪一语道破：

> 不过是因为分人编选的缘故，各人"看法"不同，自亦难免，所以倘使有人要把《新文学大系》当作"新文学史"看，那他一定不会满意，然而倘使从这部巨大的"选集"中窥见"新文学运动"的第一个"十年"的文坛全貌，那么倒反

---

① 参见《鲁迅全集》第十二卷 616 页。
② 参见赵家璧《鲁迅怎样编选〈小说二集〉》，《编辑忆旧》241 页。

因为是分人编选的缘故，无形中成了无所不有，或许他一定能够满意。①

除了作者以戏班作比喻，夸奖《大系》各卷编者的"角色"配搭得很匀称，更因为五四本就是一个"众声喧哗"的时代，新文学第一个十年的《大系》就该编成这个样子。任凭各卷编者自由发挥、各行其是，在我看来，乃《大系》成功的保证。而这，恰好是"主编"很不权威而导致的"无心插柳柳成荫"。

三、"工程"何以能成功

完成如此浩大的出版工程，犹如打一场胜仗，需要"天时地利人和"的配合。某种意义上，时势比人强，且"机不可失，时不再来"。假如上海良友图书印刷公司不是在1935—1936年间出版《中国新文学大系》，推后一两年，抗战全面爆发，此事绝难进行；提前五六年呢？那时新文学内部正忙于论争，火药味很浓，彼此伤了和气，也很难开展真诚的合作。恰好就在这个相对平静的空当，敏感的年轻编辑赵家璧以及良友图书印刷公司抓住机遇，成就了一件大好事。

因得到诸多高人的热心指点，整个《中国新文学大系》的出版过程进行得很顺利。"大约在1934年的三、四月至七、八月间，《大系》的基本轮廓有了，编辑这样一套《大系》的必要性已肯定了，但如何分卷，请哪些人来担任编选，全未着落"；"十位编选者确定以后，我去谒见蔡元培，那大约是在岁尾年初，时间快

---

① 姚琪：《最近的两大工程》，《文学》5卷1号，1935年7月1日。

进入 1935 年了"；"1936 年 2 月，《史料·索引》终于由装订作送来了样书。这样，酝酿于 1934 年的一个理想，至此终于全部实现了"。[①] 这么重大的出版工程，从酝酿到完成，总共花了不到两年的时间，这在今天看来是不可思议的。想想日后"大系"各续编的工作进度，就明白其中的差距。

用不到两年的时间完成这套大书，首先取决于各位编者的积极配合。而诸多名声显赫的编者，之所以心甘情愿地听从一位小编辑的"驱使"，全身心投入这项工作，除了报酬优厚，更重要的是此出版计划深深打动了他们。赵家璧描述他求见中央研究院院长蔡元培先生时的情景：

> 当我把《大系》规划和编选者名单送给他看时，他仔细地翻阅了一下，他认为像这样一部有系统的大结集，早应当有人做了，现在良友公司来编辑、出版，很好！我们的话题，引起了他老人家的回忆。……他像又回到五四运动初期，风云疾卷的大时代大动荡的日子里，在他慈祥的眉宇之间流露出一层满意的笑容。……他赞许这一出版计划以后，一口答应两件事：先写一段短短的总序提要，再抽空写一篇长序。[②]

这虽是多年后的追忆，我认为大致可信。各位编者的心境，应该也是大同小异。"像又回到五四运动初期，风云疾卷的大时代大动荡的日子里"——正是这种感觉，让他们不约而同地放下手中的活计，齐心为《大系》效力。

---

① 参见赵家璧《话说〈中国新文学大系〉》，《编辑忆旧》169、203、212—213 页。
② 参见赵家璧《话说〈中国新文学大系〉》，《编辑忆旧》203—204 页。

郑振铎的《〈中国新文学大系·文学论争集〉导言》是这样开篇的：

> 编就了这部“伟大的十年间”的《文学论争集》之后，不自禁的百感交集：刘半农先生序他的《初期白话诗稿》云：
>
> “这十五年中，国内文艺界已经有了显著的变动和相当的进步，就把我们当初努力于文艺革新的人，一挤挤成了三代以上的古人，这是我们应当于惭愧之余感觉到十二分的喜悦与安慰的。”
>
> 这是半农先生极坦白的自觉的告白。但一般被“挤成了三代以上的古人”的人物，在那几年，当他们努力于文艺革新的时候，他们却显出那样的活跃与勇敢，使我们于今日读了，还“感觉到十二分的喜悦与安慰”的！①

这里有个小小的误解，“三代以上的古人”不是刘半农的发明，是刘半农引述陈衡哲的话。这段话对五四新文化人产生了极大的刺激。据赵家璧称，当初他向郑振铎约稿：“当我们谈到刘半农在《初期白话诗稿》一书序中，刘所说五四时代的战士们已被挤成三代以上古人那句话时，他就动了感情（后来我们知道他为人富于感情，对是非善恶反应强烈，绝不含糊妥协）。他面红耳赤地对我申述了他的见解。……因而对编辑《大系》之举，认为非常及时，极有意义。”而赵家璧之所以关注这段话，则是由于阿英的提醒。②

---

① 郑振铎：《〈中国新文学大系·文学论争集〉导言》，《中国新文学大系·文学论争集》1 页。

② 参见赵家璧《编辑忆旧》170—171、166 页。

　　历史感很强的文学史家阿英，在为光明书局1934年版《中国新文学运动史资料》所撰序言中，已经引述过这段话[①]；而在《大系》的《编选感言》中又称："十六年来中国新文学的发展，其激急和繁复，是历代文学中所不曾有过的。所以参加了初期活动的干部，现在提起往事，都已不免于有'三代以上'之感。"[②]茅盾则在1935年4月发表《十年前的教训》，称"从这番话想到最近良友公司拟将出版的'新文学大系'，觉得是非常有味"；不过，"半农先生说十五年中国内文艺界的变动和进步就把他们这班当初努力于文艺革新的人一挤挤成三代以上的古人，这在一般的说来，容或是事实，但部分的看来，却也未必然呢"。[③]晚年撰写回忆录，茅盾为此"未必然"揭底："也有未被挤为古人而与今人同行的，也有虽为今人却好似昔日的旧人还魂的。"[④]可以说，这是一代新文化人共同的"胸中块垒"，借编选《大系》之酒杯而浇之，颇为快意。从撰写总序的蔡元培到十位编者，以及诸多自愿为《大系》站台的著名作家，可谓"人同此心，心同此理"[⑤]。

　　《大系》的编者不时提及"用以纪念白话诗十五周年"的《初期白话诗稿》，除了诗稿让他们回忆起当初的峥嵘岁月、陈衡哲的"三代以上的古人"让他们感慨万千，还有就是此前一年，《初

---

　　①　参见阿英《〈中国新文学运动史资料〉序记》，《阿英文集》137—138页，北京：生活·读书·新知三联书店，1979年。

　　②　阿英：《编选感言》，《良友》画报103期，1935年3月15日。

　　③　清：《十年前的教训》，《文学》4卷4号，1935年4月。

　　④　《回忆录二集》，《茅盾全集》第三十五卷20页，北京：人民文学出版社，1997年。

　　⑤　我在刊于《中国现代文学研究丛刊》2003年1期的《思想史视野中的文学——〈新青年〉研究》（下）中提及："'三代以上的古人'这样的感慨，既沉重，又敏感，牵涉到五四'文学革命'与1930年代'革命文学'的冲突。尽管代与代、先驱与后继、当事人与观察者、追忆历史与关注当下，决定了对于'新文学'的历史建构，各方意见会有分歧；但经由《中国新文学大系》的编纂，《新青年》同人的文学事业得到了前所未有的肯定。"

期白话诗稿》编者、五四新文化运动的猛将刘半农突然去世（1934年7月14日），所有这些，都促使他们"却顾所来径，苍苍横翠微"（李白《下终南山过斛斯山人宿置酒》）。

刘半农《初期白话诗稿》

为了说明编者是如何积极投入此项工作的，我选择了几位关键人物，勾勒其工作进度，以及"进度"背后蕴含着的"心情"。有的编者没有日记传世（或独缺这一两年日记），我们只能笼统地说茅盾花了三个月①、郑振铎用了八个月②；相比之下，蔡元培等人的状态好多了。

蔡元培时任中央研究院院长，同时又是"党国要人"，需参加各种政务及社会活动，故这段时间著述不多；偶有著述，大都围绕五四新文化运动展开。1934年1月1日发表《我在北京大学的经历》，详细描述发源于北京大学的新文化运动；同年6月13日

---

① 茅盾晚年撰《回忆录》，其"一九三五年记事"一节称："《新文学大系》小说一集的编选工作，花了我三个月的时间，等到我把《导言》交给赵家璧时，已是一九三五年三月上旬了。"参见《茅盾全集》第三十五卷21页，北京：人民文学出版社，1997年。

② 郑振铎1935年3月上旬致信胡适，商谈《中国新文学大系》的《建设理论集》和《文学论争集》的编选问题，并将自己编的《文学论争集》选目寄给胡适，以避免二书选文重复（参见陈福康《郑振铎年谱》上册291页，太原：三晋出版社，2008年）。至于完成时间，《文学论争集》出版于同年10月，《导言》后所署日期也是1935年10月21日，可见郑振铎编选此书的时间不会超过八个月。

撰《吾国文化运动之过去与将来》，称"观察我国的文化运动，也可用欧洲的文艺复兴作一种参证"，从先秦诸子百家一直说到"《新青年》盛行，五四运动勃发"，其中牵涉赛先生与德先生、语体文、西洋小说的翻译、民歌的搜集、话剧的试验等——此文篇幅不长，却为日后《大系》的《总序》埋下了伏笔；同年8月20日撰《哀刘半农先生》、10月1日撰《刘半农先生不死》、10月8日撰《刘复碑铭》。[①] 就在这个节骨眼上，迎面碰上了《中国新文学大系》的出版计划，难怪其不顾劳顿，一口应承。据蔡元培1935年1月11日日记："良友图书公司编辑赵家璧到院，拟印《中国新文学大系》（第一个十年，一九一六—一九二七，即五四至五卅时代），要我作一篇总序，约三四万言，二月二十八日以前缴稿。先作二三百言的提要，于下星期六来领，备先付印征预约。"[②] 出于对五四新文化及新文学的强烈兴趣，蔡元培认领了此几乎不可能完成的任务。同年8月6日为《中国新文学大系》撰写的《总序》，叙述欧洲近代文化是从文艺复兴而来，而中国文化自先秦以至近代，自有其发展轨迹；陈独秀主持《新青年》以及胡适、钱玄同等提倡白话文，既是思想革命，也是文学革命，可与欧洲文艺复兴相比拟。文章结尾高屋建瓴：

> 我国的复兴，自五四运动以来不过十五年，新文学的成绩，当然不敢自诩为成熟。……吾人自期，至少应以十年的工作抵欧洲各国的百年。所以对于第一个十年先作一总审

---

① 参见《蔡元培全集》第六卷348—356、421—423、437—438、443—444、591—593页，北京：中华书局，1988年。

② 中国蔡元培研究会编：《蔡元培全集》第十六卷383—384页，杭州：浙江教育出版社，1998年。

查，使吾人有以鉴既往而策将来，希望第二个十年与第三个十年时，有中国的拉飞儿与中国的莎士比亚等应运而生呵！①

半个月后，蔡元培又为《新青年》重印本题词："《新青年》杂志为五四运动时代之急先锋。现传本渐稀，得此重印本，使研讨吾国人最近思想变迁者有所依据。甚可嘉也！"② 所有这些举动，对蔡先生而言，都是在怀念一个已经永远消逝的时代。

1935 年的上半年，北大文学院院长胡适除了教书、开会、会客、香港讲学、广西访问、平绥路旅行、为中日交涉谋划国策，还撰写了小诗、游记、论文以及大量时评。③ 此外就是关于五四的若干文章。查胡适当年 4 月 28 日日记："今天写《纪念五四》一文，至晨三时始终成，凡六千五百字"；5 月 1 日日记："校看《独立》稿，把'五四'一文送从文转载"。④ 可此文最后还是留在了《独立评论》，刊 1935 年 5 月 5 日发行的第 149 号。此期杂志的《编辑后记》称："纪念'五四'的文字，本是沈从文先生要我为《大公报》文艺副刊写的，写成之后，我自己觉得够不上'文艺'，所以留在这里发表。"⑤

五四运动发生时，胡适并不在北京，因而不可能有很生动的记述。其 1935 年所撰《纪念"五四"》，叙述五四运动的起源、

① 蔡元培：《〈中国新文学大系〉总序》，《蔡元培全集》第六卷 568—576 页，北京：中华书局，1988 年。

② 蔡元培：《〈新青年〉重印本题词》，《蔡元培全集》第六卷 577 页，北京：中华书局，1988 年。

③ 参见《试评所谓"中国本位的文化建设"》《我们今日还不配读经》《充分世界化与全盘西化》，分别刊 1935 年 4 月 7 日《独立评论》145 号、1935 年 4 月 14 日《独立评论》146 号、1935 年 6 月 23 日天津《大公报·星期论文》。

④ 参见《胡适全集》第三十二卷 435、441 页，合肥：安徽教育出版社，2003 年。

⑤ 参见《胡适全集》第二十二卷 281 页。

经过以及影响，更多的是理性分析："我们现在追叙这个运动的起源，当然不能不回想到那个在蔡元培先生领导之下的北京大学"；而蔡元培提出"研究学术"的宗旨，吸收了青年教授而造成了研究学术和自由思想的风气；另外，陈独秀主办的《新青年》反对孔教、提倡白话文、主张文学革命，因而在新旧思潮论争中，"北大早已被认为新思想的大本营了"。如此溯源，结论是我们必须关注"思想之变化"："因为当年若没有思想的变化，决不会有'五四运动'。"①紧接着，胡适于同年 5 月 6 日撰《个人自由与社会进步——再论五四运动》(刊《独立评论》150 号)，针对近年国人对于他所提倡的健全的个人主义的批评，以及民族主义思潮的高涨，胡适强调两点："'五四'运动虽然是一个很纯粹的爱国运动，但当时的文艺思想运动却不是狭义的民族主义运动"；"思想的转变是在思想自由言论自由的条件之下个人不断的努力的产儿。个人没有自由，思想又何从转变，社会又何从进步，革命又何从成功？"②那年八九月间，胡适为上海亚东图书馆与求益书社重印《新青年》题词："《新青年》是中国文学史和思想史上划分一个时代的刊物，最近二十年中的文学运动和思想改革，差不多都是从这个刊物出发的。我们当日编辑作文的一班朋友，也不容易收存全份，所以我们欢迎这《新青年》的重印。"③至于为《中国新文学大系·建设理论集》撰写《导言》，我们只知道完成于 1935 年 9 月 3 日，至于何时动笔，则不得而知。因为，一直到 7

---

① 胡适：《纪念"五四"》，1935 年 5 月 5 日《独立评论》149 号，见《胡适全集》第二十二卷 266—276 页。

② 胡适：《个人自由与社会进步——再论五四运动》，《胡适全集》第二十二卷 282—287 页。

③ 参见胡颂平编著《胡适之先生年谱长编初稿》第四册 1403 页，台北：联经出版公司，1984 年。

月底，胡适日记仍没有撰写《导言》的记载；而8月至11月日记缺失，往来书信中也未见涉及。或许，对于胡适来说，撰写此文乃"水到渠成"，用不着花很大力气，故也就不必记载了。

朱自清在《〈中国新文学大系·诗集〉导言》附录的《选诗杂记》中，曾引述周作人的话："他说他选散文，不能遍读各刊物；他想那么办非得一年，至少一年。"[1]实际上，周作人不可能这么做，也不屑于这么做。查鲁迅博物馆藏《周作人日记》，1934年12月7日六时半，周与马隅卿、徐祖正往淮阳春饭庄，请客的是许寿裳，同席有熊佛西、朱自清、俞平伯、朱光潜、郑振铎等；席间，"西谛为良友公司转嘱《新文学大系》中'散文甲编'，允考虑再覆"。同月11日发信郑振铎，内容不详；15日又给郑振铎寄去刚由北新书局出版的《夜读抄》；21日得郑振铎快信，22日寄郑振铎快信，应该是签了合约。[2]1935年1月6日，周作人致信赵家璧，称"大系规定至民十五年止，未免于编选稍为难，鄙意恐亦未能十分严格耳"；15日再次致信，言"达夫来信拟以人分，庶几可行，已复信商定人选矣"。[3]这期间，周作人除了上课、演讲，平均两三天就有一篇新作，似乎没有特别在意《大系》的编选与撰序。完成于同年8月24日的《〈中国新文学大系·散文一集〉导言》，基本上是平日文章的连缀，因为此前周作人已有很多关于散文的言论，不必临阵磨枪。《导言》一开篇，就摘引自家的《中国新文学的源流》第五讲，接下来是1930年9月所撰《〈近代散文抄〉序》以及1926年5月致俞平伯信、1926年11月

---

① 朱自清：《〈中国新文学大系·诗集〉导言》，《中国新文学大系·诗集》18页，上海：良友图书印刷公司，1935年。

② 参见《周作人日记》下册719、721、723、727页，郑州：大象出版社，1996年。

③ 参见孔另境编《现代作家书简》60页，上海：生活书店，1936年。

撰《〈陶庵梦忆〉序》、1928 年 5 月撰《〈杂拌儿〉跋》、1928 年 11 月撰《〈燕知草〉跋》、1932 年 11 月撰《〈杂拌儿之二〉序》等，最后以《中国新文学的源流》第二讲作结。比起以前的论述，此文补充以下几点："言他人之志即是载道，载自己的道亦是言志"；追溯晚明公安派文"却不将他当作现今新文学运动的祖师"；新文化运动受"唯物的科学思想"影响，故能使中国固有的儒释道得到很好的淘炼；"以科学常识为本，加上明净的感情与清澈的理智，调和成功一种人生观，'以此为志，言志固佳，以此为道，载道亦复何碍'"。接下来是编辑体例，第六点居然是："末了我似乎还得略说我自己对于散文的主观和偏见……"这样的序言，只有大名家周作人才做得出来；也只有编者对其格外信任乃至崇拜，才能允许他这么写序。对于了解周作人的文艺思想，此文很重要；可要想借此了解这十年间散文发展的轨迹，则实在是无从谈起。

《中国新文学大系·诗集》这一卷，赵家璧原本想请避祸日本的郭沫若编，因审查会的坚决反对，只好改请朱自清上阵。[①] 这样一来，留给朱自清的编选时间就很少了。好在朱先生十分敬业，竟如期完成了任务。查朱自清日记：1935 年 6 月 7 日、11 日、19 日，朱自清和赵家璧有三次见面，那不会只是吃饭，应该是商定编选《大系》事宜。6 月 30 日，朱自清"开始编《新诗选集》，但觉头脑不爽"[②]——这可不是抱怨，连着十天，朱自清一直跑医院；再接下来妻子早产，需要照顾，又不免分散了精力。从 7 月 15 日起，同时编《大一国文选》和《新诗选》，感觉"工

①　参见赵家璧《编辑忆旧》183—194 页。郭沫若作为诗人的名气，远在朱自清之上；可朱的学术准备更充分，且性情平和，治学严谨，更适合于为《大系》编《诗集》。

②　参见《朱自清全集》第九卷 364—366、368 页，南京：江苏教育出版社，1997 年。

作效率不高"。7月22日是关键，那天下午，朱自清拜访周作人，得其指点，日记中称："下午进城，见周岂明，借新诗集甚多。询以散文一集之选编方法，并承答，谓搜集全部材料并选编，共费时一年。而在我则不可能有此余裕。又谓彼先主观确定十七八位作家，再从中选取作品，这却很有道理。看来我的计划也要加以改变。"①这一编选策略的改变，大见成效，虽整整改了一周的试卷，但还是在8月11日"寄走全部诗选稿件"，9月5日"写《选诗杂记》"。②《诗集》的及时完稿，固然得益于编者此前在清华大学开设"中国新文学研究"课程并撰有相关讲义，可不管怎么说，用不到三个月的时间，编出这样一本大书，还是令人钦佩。了解其工作进程，明白编者们是在什么状态下编书的，我们对这套"大系"便既不忍横加指责，也不该过分迷信。

关于鲁迅编选《中国新文学大系·小说二集》的具体经过，赵家璧已有专文论述③，这里从略；我只想计算鲁迅编书与作文所费时间。查鲁迅日记，1935年1月8日"得赵家璧信并编《新文学大系》约一纸"；1月24日"夜选《中国新文学大系》小说开手"；2月20日"夜作《新中国文学大系》小说部两引言开手"；2月26日"上午寄赵家璧信并所选小说两本"；2月27日"下午选校小说并作序文讫"；28日"访赵家璧并交小说选集稿"。④实际上，这时《导言》并未完工，只是写出了初稿。查3月1日

① 参见《朱自清全集》第九卷372页。关于周作人"谓搜集全部材料并选编，共费时一年"，此处明显是误解，参见前述《选诗杂记》文字。

② 参见《朱自清全集》第九卷375、378页。

③ 参见赵家璧《鲁迅怎样编选〈小说二集〉》，《编辑忆旧》226—244页。

④ 参见《鲁迅全集》第十五卷206—214页。另外，参阅鲁迅1935年2月26日、28日致赵家璧信，见《鲁迅全集》第十三卷66—68页。

鲁迅给萧军、萧红信，称"我的选小说，昨夜交卷了，还欠一篇序"；3月6日致信赵家璧，提及"序文总算弄好了"。[①] 可见《〈中国新文学大系·小说二集〉导言》文末所注"1935年3月2日写讫"，应该是准确的。如此说来，鲁迅选编《小说二集》并撰写《导言》，合起来也才用了一个半月时间。

《大系》编选之所以进行得如此顺利，一是编者感触良多，愿意投入此"有意义的工作"；二是编者均为当事人，对于相关文学活动及作家、作品相当熟悉；三是各位编者基本上成竹在胸，一旦应允下来，均能按时完成任务。当然，知道这套大书采用"预约制"，不好意思因自家拖延而导致出版商破产，也是一个重要缘故。

读赵家璧《话说〈中国新文学大系〉》，容易产生两点误解，第一，十位编者分属不同阵营，选文时很可能互相排斥；第二，"前辈作家虚怀若谷"，说不定因担心瓜田李下，都像茅盾那样"独独不选编者自己的任何一篇作品"[②]。如此"想当然尔"，是不了解上世纪30年代中国文坛的风气。《大系》的编者们，即便关系不太融洽，也都有历史眼光，明白哪些该选，哪些不该选。正是因编者不避前嫌，也不自我回避，使得这套大书显示出从容的气度与胸襟。

若将入选作品分成五类：文论、小说、散文、诗歌、戏剧，看这十位编者入选作品的数量（暂不考虑文章长短及重要性，也不计入各卷的"导言"），你会有很有趣的发现（括号中代表篇数）：

---

① 参见《鲁迅全集》第十三卷70、72页。
② 参见赵家璧《编辑忆旧》215—216页。

胡适：文论（34），诗（9），戏剧（1）；

郑振铎：文论（9），小说（2），散文（2），诗（2）；

茅盾：文论（11），散文（2）；

鲁迅：小说（4），散文（24），诗（3）；

郑伯奇：小说（2），戏剧（1）；

周作人：文论（7），散文（57），诗（9）；

郁达夫：文论（2），小说（5），散文（8）；

朱自清：小说（2），散文（7），诗（12）；

洪深：戏剧（1）；

阿英：文论（1）。

在编选过程中，各卷编者互相推荐文章，颇多沟通与对话。至于"内举不避亲"，更是不在话下。如胡适编《建设理论集》，选入自家文章 20 篇；郑振铎编《文学论争集》，选入自家文章 6 篇；鲁迅编《小说二集》，选入自家小说 4 篇；郑伯奇编《小说三集》，选入自家小说 2 篇；朱自清编《诗集》，选入自家诗作 12 首；洪深编《戏剧集》，选入自家剧作 1 部；阿英编《史料·索引》，选入自家文章 1 篇。周作人与郁达夫交叉选文，因此不会出现自己选自己的情况；可周编《散文一集》时选郁文 8 篇，郁编《散文二集》时选周文 57 篇，不也近乎自选吗？至于茅盾编《小说一集》时没选入一篇自己的作品，那是因为在新文学第一个十年，沈雁冰的主要业绩在文学批评，成为著名小说家（茅盾）是后来的事。

与日后编各种"选本"或"大系"时编者须"自我回避"不同，五四新文化人理直气壮地选入自家作品，因为，这是一代弄潮儿的"自我确认"，既不想、也不必假装谦虚。

四、同时代人的阅读与评价

1935 年 5 月，《小说一集》面世，打响了至关重要的第一炮；紧接着，7 月出二册，8 月出三册，10 月出三册；而工作量最大的《史料·索引》卷也在第二年 2 月刊行。至此，《中国新文学大系》十卷全部出齐，可谓"功德完满"。

书如期出版了，读者反应如何？检测读者如何看待这套五百万言大书，有两种不同标准——图书发行与学界评价。前者很简单，赵家璧的"话说"说得很清楚：能销两千套即可保本，再版便是盈余；而《大系》采用的是预约制，初版两千很快订完，再版精装两千也已售出，1935 年 9 月，《大系》尚未出全，已紧急加印普及本两千套。① 由此可见，《大系》在商业运作方面十分成功。至于说时人对这套大书的评价，可就有点复杂了。这里需要区分当事人的意愿、朋友的站台、公开的书评、私下的议论，以及政府有关部门的态度。

《中国新文学大系》的畅销，除了编者阵容足够强大，再就是宣传很到位。比起登载于大型月刊《文学》等的广告，在公司自家刊物《良友》画报上，关于《大系》的宣传更是铺天盖地。日后研究者论及时人对于《大系》的评价，多来自赵家璧《话说〈中国新文学大系〉》中引述的《大系样本》；而此《大系样本》的内容，大都见于《良友》画报第 103—112 期的广告。这里就以广告最为集中且最精彩的《良友》画报第 103 期（1935 年 3 月 15 日）为例。

除了介绍"大系"内容以及预约方式的整张广告，《良友》画

---

① 参见赵家璧《编辑忆旧》188、212—213 页。

报第 103 期还有两大副
张，具体内容如下：以
赵家璧《编辑中国新文
学大系缘起》打头，接
下来是黑底白字的"中
国文学史上千古不朽的
纪念碑"，包括"全国
名流学者对《新文学大
系》之评论摘录"，蔡元
培手书《中国新文学大
系总序节要》、十卷大
书的介绍以及各位编者
的"编选感想"（手迹）。
中间穿插两则广告："最
理想的**编选人**，用最客

广告整张

观的目光，在最复杂的材料里，作中国新文学史上**最有价值的伟
举**（黑体为原本所有）；"有了这部'新文学大系'，等于看遍了五四
运动以来十年间数千种的刊物杂志和文艺书籍。专家选择了最好
的作品，可以省却你的许多时间和金钱！"

　　所谓"全国名流学者对《新文学大系》之评论摘录"，总共八
则，其中蔡元培、茅盾、郁达夫三则乃下面所刊"总序节要"或
"编选感想"的摘引，剩下的五则是：

　　　　林语堂先生说："民国六年至十六年在中国文学开一新
　　　　纪元，其勇往直前精神，有足多者；在将来新文学史上，此
　　　　期总算初放时期，整理起来，甚觉有趣。"

　　冰心女士说："这是自有新文学以来最有系统，最钜大的整理工作。近代文学作品之产生，十年来不但如笋的生长，且如菌的生长，没有这种分部整理评述的工作，在青年读者是很迷茫紊乱的。这些评述者的眼光和在新文学界的地位，是不必我来揄扬了。"

　　甘乃光先生说："当翻印古书的风气正在复活，连明人小品也视同至宝的拿出来翻印的今日，良友公司把当代新文学的体系，整理出来，整个的献给读者，可算是一种繁重而切合时代需要的劳作。"

　　叶圣陶先生说："良友邀约能手，给前期的新文学结一回帐，是很有意义的事！"

　　傅东华先生说："将新文学十年的成绩总汇在一起，不但给读者以极大便利，并使未经结集的作品不至散失，我认为文学大系的编辑是对于新文学发展，大有功劳的。"

甘乃光时任内政部政务次长，虽也有著作，但主要身份是官员；其他各位，或著名作家，或文学编辑，统称为"名流学者"是可以的。只是有一点，诸人都只说编辑《中国新文学大系》非常非常重要，未说这《大系》编得怎么样。原因很简单，当其开口说话时，都是只闻选题而未见图书——打头阵的《小说一集》也是在这些广告刊行两个月后方才面世。

　　诸多为这套大书站台叫好的"名流学者"中，最显眼的当属中央研究院院长、德高望重的蔡元培先生。影印蔡元培"总序节要"手迹效果很好，此乃日后撰写的《〈中国新文学大系〉总序》的雏形，值得全文引录：

总序节要（蔡元培）

欧洲近代文化，都从“复兴”时代演出；而这时代所复兴的，为希腊罗马的文化，是人人所公认的。我国周季文化，可与希腊罗马比拟，也经过一种烦琐哲学时期，与欧洲中古时代相埒；非有一种“复兴”运动，不能振废起衰。五四运动时代的新文学运动，就是“复兴”的开始。

希腊罗马的文化，虽包括哲学、科学、文学与艺术，而要以文艺为最著，故欧洲的“复兴”以文艺为主要品。吾国周季的文化，如诸子的散文，策士的纵横，风雅颂的诗，楚人的辞赋，都偏于文学方面，故“复兴”时期，也以文学为主要品。

欧洲的“复兴”，在艺术上，由神相而渐变为人相；我国的“复兴”，在文学上，由鬼话而渐变为人话。

欧洲的“复兴”，为方言文学发生的主因；我国的“复兴”，以白话文学为要务。

欧洲的“复兴”由十三纪发起，历三世纪之久，由意大利而渐布于法、德、英等国，由文学而人道主义、科学方法，以达于艺术的最高点。我国的"复兴"自五四运动以来，不过十五年，新文学的成绩，当然不敢自诩为成熟；其影响于科学精神，民治主义（即《新青年》所标揭的赛先生与德先生）及表现个性的艺术，均尚在进行中。但是吾国历史，现代环境，督促吾人，不得不有奔轶绝尘的猛进。吾人自期，至少应以十年的工作，抵意大利的百年。所以对于第一个十年，先作一总检查，使吾人有以鉴既往而策将来，决不是无聊的消遣！

至于各卷编者所撰"编选感想"，赵家璧在《话说〈中国新文学大系〉》中都有引用。考虑到这些文字被穿插在各处，且赵文引述时颇多错漏，这里根据当初影印制版的手迹重新整理，集中呈现，只是删去了每幅手迹下面关于此册图书内容的介绍。

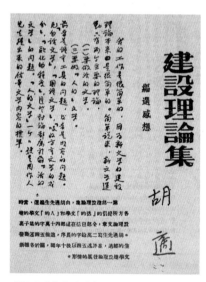

建设理论集编选感想（胡适）

文学论争集编选感想（郑振铎）

胡适《〈中国新文学大系·建设理论集〉编选感想》

我的工作是很简单的，因为新文学的建设理论本来是很简单的。简单说来，新文学运动只有两个主要的理论。（一）要做活的文学。（二）要做"人的"文学。前者是语言工具的问题，后者是内容的问题。凡"白话文学"，"国语文学"，"吸收方言文学的成分"，"欧化的程度"，这些讨论都属于"活的文学"的问题。"人的文学"一个口号是周作人先生提出来的估量文学内容的标准。

郑振铎《〈中国新文学大系·文学论争集〉编选感想》

将十几年前的旧帐打开来一看，觉得有无限的感慨。从前许多生龙活虎般的文学战士们，现在多半是沉默无声。想不到我们的文士们会衰老得那末快，然而更可怪的是：旧问题却依然存在（例如"文""白"之争之类），不过旧派的人却由防御战而突然改取攻势了。这本书的出版，可以省得许多"旧话重提"。或不为无益的事罢。

茅盾《〈中国新文学大系·小说一集〉编选感想》

"新文学"发展的过程是长长的一条路。这条路的起点以及许多早起者留下的足迹，有重大的历史价值。现在良友公司印行"新文学大系"第一辑，将初期十年内"新文学"的史料作一次总结。这在今日的出版界算得是一桩可喜的事。至少有些散逸的史料赖此得以更好地保存下来。

鲁迅《〈中国新文学大系·小说二集〉编选感想》

这是新的小说的开始时候。技术是不能和现在的好作家相

小说一集编选感想（茅盾）　　　　小说二集编选感想（鲁迅）

比较的，但把时代记在心里，就知道那时倒很少有随随便便的作品。内容当然更和现在不同了，但奇怪的是二十年后的现在的有些作品，却仍然赶不上那时候的。

后来，小说的地位提高了，作品也大进步，只是同时也孪生了一个兄弟，叫作"滥造"。

郑伯奇《〈中国新文学大系·小说三集〉编选感想》

中国新文学运动已经到了决算期了。把以前的成果整理一番，给今后文学的发展是很有帮助的。良友计划刊行的新文学大系，只就这一点讲，已是有意义的工作了。况且十多年来许多将被遗忘的作品因此而获保存，在目前不也是很重要的吗？

不久以前，自己发表了一点关于伟大作品的感想，曾引起了许多不同的意见。其实，讨论这问题也应该在前人作品中先做

小说三集编选感想（郑伯奇）　　　　　散文一集编选感想（周作人）

一番回顾反省的工夫，不然，便会流为空谈。现在参加这书的编选，为自己个人，是一个自己再教育的好机会。

周作人《〈中国新文学大系·散文一集〉编选感想》

这回郑西谛先生介绍我编选一册散文，在我实在是意外的事，因为我与正统文学早是没关系的了。但是我终于担任下来了。对于小说戏剧诗等等我不能懂，文章好坏还似乎知道一点，不妨试一下子。选择的标准是文章好意思好，或是（我以为）能代表作者的作风的，不问长短都要，我并不一定喜欢所谓小品文，小品文这名字我也很不赞成，我觉得文就是文，没有大品小品之分。文人很多，我与郁达夫先生是分人而选的，正在接洽中，我要分到若干人目下还不能十分确定。

231

郁达夫《〈中国新文学大系·散文二集〉 编选感想》

照灯笼的人，顶多只能看清他前后左右的一圈，但在光天化日之下，上高处去举目远望，却看得出四周的山川形势，草木田畴。中国的新文学运动，已经有将近二十年的历史了；自大的批评家们，虽在叹息着中国没有伟大的作品，可是过去的成绩，也未始完全是毫无用处的废物的空堆。现在是接迹于过去，未来是孕育在现在的胞里的，《中国新文学大系》的发行主旨，大约是在这里了罢？

朱自清《〈中国新文学大系·诗集〉编选感想》

新文学运动起于民六，新诗运动也起于这一年。民八到十二诗风最盛。这时候的诗与其说是抒情的，不如说是说理的；人生哲学、自然哲学、社会哲学都在诗里表现着。形式是自由的，所谓"自然的音节"。民十五《晨报·诗镌》出现以后，风气渐渐转变，一直到近年，诗是走上了精微的抒情的路上去了。从一方面说这当然是进步，但做诗的读诗的却一天少一天，比起当年的狂热，真有天渊之别了。

我们现在编选第一期的诗，大半由于历史的兴趣，我们要看看我们启蒙期诗人努力的痕迹。他们怎样从旧镣铐里解放出来，怎样学习新语言，怎样寻找新世界。虽然他们的诗理胜于情的多，但是到底只有从这类作品里，还能够多看出些那时代的颜色，那时代的悲和喜，幻灭和希望。

为了表现时代起见，我们只能选录那些多多少少有点儿新东西的诗。

散文二集编选感想（郁达夫）   诗集编选感想（朱自清）

洪深《〈中国新文学大系·戏剧集〉编选感想》

我想写两篇序文：一篇是泛论中国的戏剧运动的，指出各派各人的作用与功绩。在纵的方面，可分三期：一、最早以新姿态出现，作者的动机胜过于他的技巧。二、技巧相当地追上一段。三、更新的内容——在一九二七前，理应开始。而横的方面，又可分三类：一、理论；二、剧本的创作；三、舞台上工作。我在第二篇序文里，想说明每个剧本被选入的理由，以及每个作家的成就。

阿英《〈中国新文学大系·史料·索引〉编选感想》

十六年来中国新文学的发展，其激急与繁复，是历代文学中

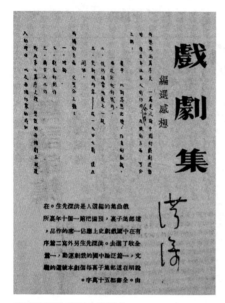

戏剧集编选感想（洪深）

史料索引编选感想（阿英）

所不曾有过的。所以，参加了初期活动的干部，现在提起往事，都已不免于有"三代以上"之感，刚刚成长的文学青年，那是更不必说了。在这样的情形之下，即使暂时不能产生较优秀的新文学史，资料索引一类书籍的印行，在任何一方面，也都是有着必要的。良友图书公司发刊《中国新文学大系》，其意义，可说是高过于翻印一切的古籍，在中国文化史上，这是一件大事！①

因编者们的积极配合，《大系》的出版工作进展顺利。到了1935年9月，《大系》已刊六册，《良友》画报于是推出了"发售普

_____

① 这里所录蔡元培"总序节要"及十位编者的"编选感想"，据《良友》画报第103期（1935年3月15日）广告版的手迹整理而成，整理时参考了赵家璧的《话说〈中国新文学大系〉》。

及本特价"的整版广告,除了丛书目录及简介,再就是以"全国舆论界对本书一致推荐赞扬"为题,摘引了四家报纸的赞扬文字:

天津《大公报》

从民国六年的文学革命起始,中国有了个新文学运动,这运动因民八的"五四运动",而增加了它的意义和价值。到现在,算算时间,已有了十八年!十八年来这个新文学运动,经过了多少变迁,有了些什么成绩,它的得失何在:皆很值得国人留心。我们很希望有人肯费些精力来用一种公正谨严态度编辑一部现代中国文学发展史,给这个新文学运动结一次账。年来虽看到几本书在市场上流行,可惜还没有一部较好的书。如今上海良友图书公司,请了十个当代作家,就这个运动初期十年中的一切活动,分别整理编辑了十本书,名为"新文学大系",可谓近年来出版界一种值得称道的大贡献。

南京《中央日报》

我们要想对近代中国文学的这一次的变动(五四文化运动)来作一次估价,看看这一次的文艺思潮里倒[到]底有了些什么收获,要想搜取这样一种参考的资料,在现在实在已经是一件非常困难的事情。我觉得这一个工作,可以说是目下出版界里最有价值最有意义的工作。

上海《大晚报》

从书的计划本身上看,把五四运动以来,中国新文学的启蒙时期,做一次整理和清算的工作,这次却是创举。这一次创举，我们虽然不必要对于既往的成果过分地夸大和自负，但把它当作教训和殷鉴，却是必要的。

上海《申报》

目下中国出版界，古书在翻印了，新书也在编选了，凡为一个现代中国青年的我们，应当去看古书，研究一点古学问呢？还是应当去读新书，吸收一些新知识呢？这问题如果不是全无意义，那倒也有提出来加以讨论的必要。以我们的眼光看，现代中国青年，应该读新书，而不应该读古书。因此，当翻印古书之风正在盛行的今日，我们还能有这一部《中国新文学大系》可看，这真可说是现代中国青年的幸运！ [①]

仔细阅读上述赞扬文字，依旧是从"立意"的角度，表彰《大系》"可谓近年来出版界一种值得称道的大贡献"。或许，这就是"大书"书评的特点，各报编辑尚未认真阅读（更何况书还未出完），只能"友情出演"，给予十分热情但又显得相当抽象的肯定。

据赵家璧称，为了这降价销售的"白报纸纸面精装普及本"，良友特意编印了《大系三版本样本》："这个厚六十页的样本中，除分别介绍十个集子的内容外，又加了《舆论界之好评摘录》，把当时《申报》《大公报》等全国各地七种大报的评语，摘编四页，并把《文学》的评语，列在最前面。还用二十五页篇幅，把九卷的全部目录（除《史料·索引》）编入，供预约者参考。" [②] 这当然是很高明的销售策略。至于为何将"《文学》的评语"放在最

---

① 《全国舆论界对本书一致推荐赞扬》，见《良友》画报109期，1935年9月。

② 参见赵家璧《编辑忆旧》213页。

前面,除了傅东华主编的《文学》在当年的文坛属于"权威性刊物",更因姚琪的书评说出了很多编者想说又不便直接说出来的"心里话"。

姚琪发表在 5 卷 1 号《文学》上的《最近的两大工程》,高度评价了郑振铎编《世界文库》(生活书店) 以及赵家璧编《中国新文学大系》(良友图书印刷公司)。书评作者只见到了最先推出的《小说一集》,故称:"这里共选录了短篇小说五十八篇,代表着二十九位作家,都计五十万言。这二十九位作家中至少有一半是我们陌生的,或早已从文坛上隐去的。然而这几位彗星似的作家的作品不但内容上反映了当时社会生活的各面,便是技术上也很不坏。"更重要的是,姚琪将《大系》与此前的文学史著作相比较:

> 近二三年来,曾经有过两三部"新文学运动史"之类的书籍出版,但是无论就材料的搜罗或思潮的分析上看来,似乎都还不能使我们满意。《新文学大系》虽是一种选集的形式,可是它的计划要每一册都有一篇长序 (二万字左右的长序),那亦就兼有了文学史的性质了。这个用意是很对的。[①]

表彰作为选本的《大系》具有"文学史的性质",这无疑挠到了出版者的"痒处",让赵家璧等很开心。

可是,要说"专业书评",这篇常被研究者提及的《最近的两大工程》,其实不及沈从文发表在《大公报》上的文章。1935 年 5 月 5 日,天津《大公报·文艺副刊》上发表署名"编者"的《介绍〈新文学大系〉》,那时书并未出版,以下文字属于报刊间互相

---

① 姚琪:《最近的两大工程》,《文学》5 卷 1 号,1935 年 7 月 1 日。

交换的"软广告"："每种专集约五十万言，并由编选者各附引论约两万言，叙述本书各作品自五四以来发展的经过，以及其重要影响。十个编选人或为这个运动发端的领袖，如胡适之周作人先生；或为重要刊物主持人，如茅盾郑振铎先生；或为当时重要作家，如鲁迅，郁达夫，郑伯奇先生；或为专家，如朱自清洪深先生；或为史料收藏者，如阿英先生。如今十个人能通力合作来编选这样一部五百万言的总集，可谓近年来出版界一种值得称道的大贡献。编者能在五四运动的十六周年的纪念日，将这部书介绍给本刊八万读者，很觉得是件快乐的事情。"①

等到读完了已刊六卷，这位《大公报·文艺副刊》编者、自信且倔强的小说家沈从文开始较起真来，以"炯之"笔名撰写了《读〈新文学大系〉》，刊 1935 年 11 月 29 日天津《大公报·文艺》。这是我见到的关于《大系》最为认真的书评——直到今天，仍值得我们认真咀嚼。

除了总体性的表扬，沈从文分册评述，称"洪深选戏剧，在已出六本书中可算得是最好的一个选本"；"茅盾选小说，关于文学研究会作者一部分作品，以及对于这个团体这部分作品的说明，是令人满意的"；"郑伯奇选关于创造社一方面作家的作品，大体还妥贴"。至于"鲁迅选北京方面的作品，似乎因为问题比较复杂了一点，爱憎取舍之间不尽合理"；"郁达夫选散文全书四百三十余页，周氏兄弟合占二百三十一页，分量不大相称"。所有这些评论，都是有的放矢，且不无真知灼见，与此前那些"泛泛之谈"明显不同。问题在于，沈从文只从"选本"的角度着眼，

---

① 《介绍〈新文学大系〉》，见《沈从文全集》第十六卷 228—229 页，太原：北岳文艺出版社，2002 年。

不涉及各卷的"导言",忽略了这套大书潜在的"文学史意义"。正因为看重的是选文的公正性,而不是编者的学识与见解,书评作者称:

> 一种书的编选不可免有"个人趣味",不过倘若这种书是有清算整理意思的选本,编选者的自由就必需有个限制。个人趣味的极端,实损失了这书的真正价值。

孤立地看,这段话很有道理,落实到《大系》,则显得有点"因小失大"。至于文章最后关于原作者版权问题,可就说到了出版社痛处:

> 一般选本虽有选上完事作者从不过问的习惯,这种选本却不能那么马虎了事。……一家正当书店若想在读者与作者间取得信托,照例是应当把这种书的版税按比例分给作者的。不管多少,都必需那么作,新书业才可希望日趋健全,且可使不三不四选本日渐减少。①

在《话说〈中国新文学大系〉》中,赵家璧已做了诚实的交代——编《大系》的最初动因,正是为了回避版权问题②。

胡适日后将《〈中国新文学大系·建设理论集〉导言》与《逼上梁山》合刊,改题《中国新文学运动小史》,1958 年由台北启明书局出版单行本,在《自序》中,胡适不无自嘲地称:"其

---

① 《读〈新文学大系〉》,《沈从文全集》第十六卷 236—239 页,太原:北岳文艺出版社,2002 年。

② 参见赵家璧《编辑忆旧》161—163 页。

中当然有不少'戏台里喝采'的说话，我很盼望能得到读者的原谅。"①其实，所谓编者的"编选感想"，以及诸多名流学者的积极推荐，都属于胡适所说的"戏台里喝采"，其公正性及权威性是必须打折扣的。好在《大系》确实质量不错，那些"推荐语"也都讲得有分寸，没有太过离谱的话。

至于私下里，编者并非没有任何怨言。1935年2月间，鲁迅先后给杨霁云、叶紫写信，抱怨编书如何忙乱，所谓"近因经济上的关系，在给一个书坊选一本短篇小说——别人的"，虽有自我调侃的成分，语气中还是流露出某种不恭与不屑。②书出版后，鲁迅送给王冶秋一套，附有短信："《新文学大系》是我送的，不要还钱，因为几张'国币'，在我尚无影响，你若拿出，则冤矣。此书约编辑十人，每人编辑费三百，序文每［千］字十元，花钱不可谓不多，但其中有几本颇草草，序文亦无可观也。"③私人信件的话，不能太当真；但起码可以看出，鲁迅对《大系》的评价，没有后世想象中那么高。

值得观察的，还有一个特殊维度，那就是政府有关部门对待《大系》的态度。赵家璧在《话说〈中国新文学大系〉》中讲述如何对付国民党新设立的图书杂志审查会——花了五百元大洋就搞定了"操纵着每本书刊的生杀大权"的审查会主管项德言，实在是太顺利了。④这样的好事，日后很难见到——因为，若认真审查，《大系》违禁之处实在太多。"写过指名道姓骂蒋委员长的

---

① 《〈中国新文学运动小史〉自序》，《胡适全集》第十二卷446页。

② 参见《鲁迅全集》第十三卷65、67页。

③ 参见《鲁迅全集》第十三卷263页。

④ 参见赵家璧《编辑忆旧》189—193页。赵称："我们提出的条件是鲁迅的名字不动，将来《大系》全部文稿，必须予以照顾，不能有意挑剔。这个诺言，后来总算是遵守了的。"

文章"的郭沫若,因"上面明文规定"而不能编诗集①,可《大系》各卷收入他的作品,似乎一点问题也没有:《建设理论集》收《论诗通信》;《文学论争集》收《我们的新文学运动》;《小说三集》以郭沫若打头,选其小说四篇,仅次于郁达夫、张资平的各五篇;《散文一集》收郭文七篇,仅次于徐志摩、郁达夫的各八文;《诗集》中郭沫若入选二十五首,仅次于闻一多(二十九首)、徐志摩(二十六首),排名第三;《戏剧集》每家一部,郭氏的《卓文君》也在内;《史料·索引》选入郭沫若所撰三篇发刊词——如此"全面开花",在新文学家中绝无仅有。让人惊叹不已的是,这位入选《大系》卷数最多的作家,当年还是避祸日本的"通缉犯"!

至于新文化运动的旗手、中国共产党的创办人、正在监狱中服刑的陈独秀,在《建设理论集》《文学论争集》和《史料·索引》中多有表现,这在情理之中;我关心的是"左联五烈士"的命运。柔石、殷夫、冯铿等出道较晚,不在收录范围之内;可洪深编《戏剧集》时,收录了胡也频的《瓦匠之家》。阿英编《史料·索引》,其"作家小传"介绍了中共领导人陈独秀、瞿秋白,还有流亡海外的郭沫若,以及被政府枪杀的胡也频。关于胡也频和瞿秋白的两段文字很精彩,值得全文抄录:

胡也频 小说作者。福建人。作品散见于《晨报副刊》者甚多,一九二七年后始辑集。主要者有《鬼与人心》,《也频诗选》等。曾主编杂志《红与黑》。一九三一年,在上海被杀。

瞿秋白 散文作者,俄国文学译者。文学研究会干部。

---

① 参见赵家璧《编辑忆旧》192 页。

> 曾两次游俄。从事政治活动垂二十年。文学著作印成者有《新俄国游记》,《赤都心史》。翻译有《高尔基杰作集》《柴霍甫小说集》等。后期所作，多为辛辣讽刺散文，以载诸北平者为最多，别署有易嘉、萧参等。一九三五年，被杀于广西。[①]

除了佩服编写者阿英的勇气，还得感叹当初的文网很不严密。正是这种相对宽松的舆论环境，使得编者可以毫无顾忌地选文，也使得《中国新文学大系》的出版没有留下太大的遗憾。

五、后世的接纳与反思

与刚诞生时的"霞光万丈"形成鲜明对比,《中国新文学大系》之"接受史"显得相当坎坷。首先是书评如此之少，实在出人预料。大套书（尤其是选本）本就不太好评论，因促销的缘故，该说的好话也都已经说了；进一步的条分缕析，必须是专家才能出手。很可惜，一年多后，抗战全面爆发,《大系》也就不再被关注。

当初蔡元培《〈中国新文学大系〉总序》说的是"第一个十年"，茅盾《编选感想》则提《中国新文学大系》第一辑[②]，这意味着，在当事人心目中，这"新文学大系"应该有第二辑、第三辑的编选计划。抗战结束前夕，赵家璧在重庆开始筹划此事，"按

---

① 参见阿英编《中国新文学大系·史料·索引》215、227—228 页，上海：良友图书印刷公司，1936 年 2 月。另，瞿秋白被害地点是福建长汀，而不是广西。

② 茅盾晚年撰写回忆录，提及早年在《编选感想》中称"现在良友公司印行《中国新文学大系》第一辑"，就是"寄希望于第二辑、第三辑的陆续出版，虽然在当时的政治形势下，还看不到新文学运动第二阶段的结束，出版第二辑更见渺茫。然而我相信，历史虽有暂时的停顿甚至倒退，但终将向前走去!"参见茅盾《回忆录二集》,《茅盾全集》第三十五卷 17 页，北京：人民文学出版社，1997 年。

《大系》体例编为第三辑,出套'抗战八年文学大系'"。很可惜,此计划因时局变化而落空。①新中国成立后,政府力推的是毛泽东《在延安文艺座谈会上的讲话》以及解放区文艺,续编《大系》的设想日渐被遗忘。1962 年,香港的有心人(那些化名的编者至今无考)以"香港文学研究社"的名义影印重刊这套《大系》,且依其体例编选了 1928—1938 年间的新文学作品,题为《中国新文学大系续编》。不管这套《续编》有多少缺憾,它在传播新文学、延续《大系》香火方面,还是起了积极作用。

改革开放以后,在赵家璧等人的鼓动下,上海文艺出版社1981 年影印刊行了一万多套《中国新文学大系》(各卷印数不一样),获得学界的广泛好评。于是,上海文艺出版社将"大系"作为该社的"重要品牌""无形资产"来认真经营。先是在 1984—1989年陆续出版了《中国新文学大系 1927—1937》二十卷、1990 年出版了《中国新文学大系 1937—1949》二十卷,至此,"从五四到新中国成立三十余年间的中国新文学优秀篇章,尽收在这五十册、三千万字的三辑《大系》之中了"。1997 年,上海文艺出版社再鼓余勇,编辑刊行《中国新文学大系 1949—1976》二十卷,这回难度明显加大:"这一辑的编选,时间上,在'外部'覆盖了'当代文学'与'现代文学'的断裂,'内部'焊接了'文革文学'与'十七年文学'的断裂;空间上,则弥合了内地社会主义文学或工农兵文学与台湾文学香港文学的区隔。"②虽然发行不理想,但出

---

① 参见赵家璧《编辑忆旧》217—221 页。

② 参见黄子平《"新文学大系"与文学史》,《上海文化》2010 年 2 期。黄文称续编《大系》带出一系列文学史难题:"诸如文学史的断裂与连续,文学的地缘政治,文学知识生产的平衡与不平衡,文学史的文献学与系谱学,以及文化政策与作品价值之间的辩证等等,仍然值得学界作进一步的探讨。"

版社为求"完璧"，还是坚持做下去，终于在 2009 年推出了《中国新文学大系 1977—2000》三十卷。就像王蒙在这第五辑《大系》的序言中所说，"百卷沧桑，百卷心事，百卷才具，百卷风流"，可读者及评论界显然不大买账[1]。这不是王蒙、王元化两位总主编的责任，而是时代变了，"强弩之末，力不能入鲁缟"也（《汉书·韩安国传》）。

至此，作为重大出版工程的"新文学大系"，总算画上了并不十分完美的句号。为什么说这"句号"不太完美？就因为第二至第五辑《大系》的编者，虽也殚精竭虑，但其水平及影响力根本无法与第一辑比肩。读者仅从"出版工程"的角度来看待后四辑《大系》，而不再将其视为别开生面的"文学史著"。一个明显的标志是，后四辑共九十卷的"导言"极少被研究者引用，也未见相关"导言集"的刊行。赵家璧之后的"新文学大系"，基本上是萧规曹随，谈不上有多大的创造性。但这是整个国家的意识形态、文化思潮、出版体制、编者眼光、读者需求等决定的，没有人能"力挽狂澜"。

与第二辑至第五辑的"后继乏力"形成对照，首辑《中国新文学大系》可谓"一枝独秀"。以至自《大系》问世以来，凡讨论这一段文学进程的，可以不看其选文，但无法回避作为文学史建构的各卷"导言"。相对于胡适的《五十年来中国之文学》（1922）、陈子展的《中国近代文学之变迁》（1929）、朱自清的《中国新文学研究纲要》（1929）、周作人的《中国新文学的源流》（1932）、钱基博的《现代中国文学史》（1933）、王哲甫的《中国新文学运动史》（1933）等，《中国新文学大系》各卷"导言"更为后世的文学史家

---

[1] 参见杨天《质疑漩涡中的〈中国新文学大系〉》,《瞭望东方周刊》2009 年 7 月 27 日。

所关注，凡有著述，莫不热心征引。

中国现代文学学科的创始人之一王瑶先生曾谈及文学史研究的方法论："我以为鲁迅的《中国新文学大系·小说二集序》就为我们提供了值得学习的榜样。"因为，"它不仅对作者有中肯的评价，而且写出了历史过程的复杂性，我们可以把它看作是现代文学史研究的指导性文献"。[①] 其实，深刻影响王瑶等文学史家的，不仅是鲁迅为《小说二集》所撰"导言"，还有整部《中国新文学大系》的其他各卷"导言"[②]。也正因此，黄修己撰《中国新文学史编纂史》时，用了整整 11 页篇幅来介绍及评析《中国新文学大系》各卷"导言"，结论是："总之，《新文学大系》的这些《导言》，有用学者治学的态度来总结历史，有用艺术家眼光来评品作品，不同的文章风格使各篇《导言》各呈异彩，于文艺批评和文学史的写作，都是有意义的开辟和推进。"[③] 时至今日，北大等众多大学中文系在培养"中国现代文学专业"的研究生时，仍将《大系》及《导论集》列为必读（乃至考试）书目。

《中国新文学大系》的特点在于兼及"文学史著"与"出版工程"，二者缺一不可。没有"史家"的眼光，《大系》缺乏高度；没有"企业"的管理，《大系》无法成形。而讨论后者，牵涉精神与物质、学问与资金、作家与编辑、书斋与市场等一系列问题。我同意罗伯特·达恩顿《启蒙运动的生意——〈百科全书〉出版史（1775—1800）》的说法，"追溯一部 18 世纪图书的生产和传播过

---

① 参见王瑶《关于中国现代文学研究工作的随想》，《中国现代文学研究丛刊》1980 年 4 期。

② 参见徐鹏绪、李广《〈中国新文学大系〉研究》第五编第一章"《中国新文学大系》对中国现代文学史写作的影响"，339—382 页，北京：社会科学文献出版社，2007 年。

③ 参见黄修己《中国新文学史编纂史》70—81 页，北京大学出版社，1995 年。

程"，包括出版商如何草拟协议，编辑怎样处理文稿，印刷商如何
招聘工人，销售商怎样推销产品，这确实是"一个好故事"。[①] 问
题在于，无论讨论清末民初的百科辞书编纂事业[②]，还是《中国新
文学大系》这部大书的制作，我们都做不到这一点，因没有大量
原始档案可供查阅。

值得庆幸的是，当事人赵家璧不断追忆，撰写了若干长短文
章，尤其是初刊《新文学史料》1984 年 1 期、后收入三联书店
1984 年版《编辑忆旧》的《话说〈中国新文学大系〉》，为学界
提供了相当丰富的史料，使得《大系》这个"好故事"开始显山
露水。此前偶有文人提及这些"导言"的价值[③]，但应者寥寥；此
后三十年，研究《大系》的文章开始逐渐发力，出现了不少值得
推荐的好文章[④]。相对于谈论赵家璧编辑思想以及从出版角度说
《大系》的诸多论文，文学史家及文化研究者的论述更为深入[⑤]，
也更值得重视。

---

① 参见罗伯特·达恩顿著，叶桐等译《启蒙运动的生意——〈百科全书〉出版史
（1775—1800）》4 页，北京：生活·读书·新知三联书店，2005 年。

② 参阅陈平原《晚清辞书与教科书视野中的"文学"——以黄人的编纂活动为中心》，
见《近代中国的百科辞书》155—192 页，北京大学出版社，2007 年。

③ 曹聚仁 1955 年在香港新文化出版社刊行《文坛五十年》（续集），其中的"史料述
评"即高度评价《中国新文学大系》各卷导言，称"假使把这几篇文字汇刊起来，也可说
是现代中国新文学的最好的综合史"。参见曹聚仁《文坛五十年》375 页，北京：生活·读
书·新知三联书店，2010 年。

④ 赵学勇、朱智秀《〈中国新文学大系（1917—1927）〉研究述评》（载《中国现代文
学研究丛刊》2008 年 5 期）对我们了解"'文革'后至今《大系》研究的恢复与繁荣"，以
及"《大系》研究中质疑的声音"，颇有帮助。

⑤ 参见张志强《赵家璧编辑思想初探》，《编辑学刊》1992 年 2 期；李频《"邀约能
手"：〈中国新文学大系〉成因解析》，《理论研究》2001 年 1 期；范军《样本：一种值得怀念
的图书广告》，《编辑之友》2005 年 1 期；赵修慧《赵家璧主编〈中国新文学大系〉》，《世纪》
2006 年 4 期等。

刘禾著《跨语际实践——文学、民族文化与被译介的现代性》第八章"《中国新文学大系》的制作",中文版 2002 年刊行,可英文原著出版于 1995 年,大概是最早将《大系》作为研究对象的学术论文。原著为英文,作者须用较多篇幅介绍赵家璧的文章,但此文仍有值得注意的学术立场:强调当初五四作家凭借其理论话语、经典制造、文学史写作"着力于生产自己的合法性术语",而编选《新文学大系》时,"自我合法化不得不同时消解他者的合法性,这常常需要用自己的措辞来虚构他者的语言,而不是对他者的声音进行实际的压抑",具体的例子便是"王敬轩事件"以及对于学衡派的攻击。[①]

陈平原的《学术史上的"现代文学"》指出编选《大系》乃五四新文化人"自我经典化"的过程,其中出现的偏差,主要责任在读者而非编者:"作为一代人的自我总结,《中国新文学大系》的成功毋庸置疑,这从后世研究著作基本沿袭其思路,并大量引用其具体结论,可以得到证实。作为当事人,胡适等人之以'五四新文学'为标尺,抹杀与之相背的文学潮流,一点也不稀奇。只是如此立论,更接近于批评家的'提倡',而不是史家的'总结'。最明显的偏差,莫过于对待'晚清文学'以及'通俗小说'的态度。"[②]

杨义的《新文学开创史的自我证明》高度评价《中国新文学大系》的编辑体例及其对于现代文学史写作的深刻影响,指出"诸导言成为新文学开创史的现身说法或自我证明",而这种"自我证

[①] 参见刘禾著、宋伟杰等译《跨语际实践——文学、民族文化与被译介的现代性》308—341 页,北京:生活·读书·新知三联书店,2002 年。英文原著为 Liu, Lydia: *Tranlingual Practice: Literature, National Culture, and Translated Modernity*, Stanford University Press, 1995。

[②] 陈平原:《学术史上的"现代文学"》,《中国现代文学研究丛刊》1997 年 1 期。

明"具有两重性："一方面，它是对一个流动当中的文学过程，作相对定形的有序整理；另一方面，它也是当事人对这个文学过程发难期的荣誉权，进行再分配。任何历史说明，都是经过说明者心灵过滤的历史，当事人的说明更是不可避免地烙上当事人的主观印记。"①

温儒敏的《论〈中国新文学大系〉的学科史价值》除了强调《大系》保存了新文学初期丰富的史料，对现代文学的"学科意识及其地位"有明显提升，更从另一个角度看待"荣誉权"问题："《大系》的各集都是由权威的文坛元老编的，过来人谈个中事，虽然不免有情感倾向的介入，甚至有为争得'荣誉权'而导致偏执之处，然而比其后代人修史，他们的评论又有着后写的文学史不可替代的鲜活性和真切感。而且由于编辑者角色搭配本身就很匀称，有历史均衡性，而各集编目的角度与各自撰写导言的立场观点也互有参差，无形中进行了一种多元互补的有整体感的历史对话，这也正是这部《大系》最诱人的学术特色。"②

罗岗的《解释历史的力量——现代"文学"的确立与〈中国新文学大系（1917—1927）〉的出版》，与温儒敏文章同年发表，但学术立场迥异，更接近于刘禾的思路，不过把话说得更清楚，也更绝对。称"这套书不仅通过对重要的理论、创作的汇集，而且运用具有相当策略性的编辑手法，甚至在文献史料的选择安排上，都力图捍卫'新文学'的合法性"，这似乎与杨义的立场接近，但此文的重点在于批评阿英处理《学衡》时"在史实和史料上的粗率"，由此可见新文化人的偏狭："正是通过有效的暗

---

① 杨义：《新文学开创史的自我证明》，《文艺研究》1999 年 5 期。
② 温儒敏：《论〈中国新文学大系〉的学科史价值》，《文学评论》2001 年 3 期。

示、彼此的联接和精细的安排,《新文学大系》得以把'它者'对'新文学'的批判,迅速转化为'新文学'话语生产的有机组成部分。"①

此后关于《大系》的研究,或在个案上拓展,或在规模上扩张②,但大格局已定,除非冒出新的关键性史料,否则很难有根本性的突破。

六、重编的工作策略

作为一个成功的"出版工程",《中国新文学大系》因其恰到好处地表达了五四新文化人的立场、眼光与趣味,在学术史上具有特殊意义。至于选文上的缺陷、导言中的疏漏,那都是"在所难免"。只要不将其过分神圣化,每个现代文学研究者都必须认真面对这套大书。

随着时间的推移,《中国新文学大系》"选文"的重要性在下降,但"导言"并没有过时。从上世纪 90 年代起,北大中国现代文学专业的博士资格考试书目时有调整,唯有《中国新文学大系导论集》始终屹立不动。但是,就像本文第一节所论述的,良友复兴版《导论集》有不少缺陷。为了给研究生们提供一本值得认真研读的"好书",我决定根据《导论集》的大致思路进行重编。

---

① 罗岗:《解释历史的力量——现代"文学"的确立与〈中国新文学大系（1917—1927）〉的出版》,《开放时代》2001 年 5 期。

② 参见乔以钢、刘堃《试析〈中国新文学大系·小说一集〉的性别策略——以冰心早期创作为中心》,《南开学报》2005 年 2 期;徐鹏绪、李广:《〈中国新文学大系〉研究》,北京:社会科学文献出版社,2007 年。

　　具体的工作策略是：补齐十篇"导言"，恢复被删改的文字，调整《导论集》自拟篇目，改正排印中的错别字——一句话，回到集合"总序"及十卷大书"导言"的原初设想。另外，附录各卷选目，以兼及"选本"的意义①；影印十位编者及总序作者的手迹，以添加阅读的乐趣。这么一来，不再是旧书重刊，只好将书名略为调整，改为《中国新文学大系导言集》。

　　关于《中国新文学大系》的研究，我算是"起了个大早，赶了个晚集"。1997年发表《学术史上的"现代文学"》，2002年指导杨志完成硕士学位论文《选家眼光与史家意识——〈中国新文学大系〉的编选与出版》②，2004年撰《现代中国文学的生产机制及传播方式——以1890年代至1930年代的报章为中心》③，都是在不断尝试与《中国新文学大系》对话。2009年秋季学期，我在香港中文大学讲授"《中国新文学大系》研究"专题课，前六讲是我独立授课，后七讲则与研究生一起讨论《大系》各卷的功过得失。因采用讨论班形式，并非个人著述，故课堂讲稿不拟整理刊行。

　　为重编本《中国新文学大系导言集》撰写"导读"，对我是一个"艰难的选择"。因写作时间拖得太长，学界不断有新成果面世，等到自己出手时，只好删繁就简，以回避"眼前有景道不得，

---

　　① 2006年12月12日我将重编本《中国新文学大系导言集》目录发给了贵州教育出版社，但撰写长篇"导读"的任务一直拖延至今。2009年天津人民出版社刊行了刘运峰编《中国新文学大系导言集1917—1927》，也收录了各卷选目，可见"英雄所见略同"。

　　② 参见杨志《选家眼光与史家意识——〈中国新文学大系〉的编选与出版》（北京大学硕士论文，2002年），节本刊夏晓虹、王风等《文学语言与文章体式——从晚清到五四》，合肥：安徽教育出版社，2006年。

　　③ 陈平原：《现代中国文学的生产机制及传播方式——以1890年代至1930年代的报章为中心》，《书城》2004年2期。

崔颢题诗在上头"的困境。本文之所以从《导论集》而非《大系》的角度切入，某种程度正是为了便于腾挪趋避。至于第五节"后世的接纳与反思"提及诸多论文，既是本文的对话目标，也希望推荐给有兴趣的读者参考。

2013 年 6 月 5 日定稿于京西圆明园花园

（初刊《现代中国》第十五辑，北京大学出版社，2014年7月；又见《〈中国新文学大系〉导言集》，贵阳：贵州教育出版社，2014年）

为何以及如何编"全集"[①]

——从《章太炎全集》说起

　　关于编辑、刊行《章太炎全集》的重大意义，其实不必多言。十年前，我在《胡适全集》出版座谈会上已提及，晚清及五四两代学人中，起码有二十位值得出全集。而其中最让我牵挂的是"起了个大早，赶了个晚集""至今没能完工"的《章太炎全集》[②]。近几年，因国家经济实力提升，以及文化政策的转向，各出版社热衷于为诸多近现代"大家"编印全集。这自然是大好事——但好事必须用心做，才可能有好的效果。本文借助《章太炎全集》第一辑的刊行，谈论编印"全集"的宗旨、体例、陷阱以及可能性。

　　需要说明的是，这里针对的，主要是近现代文人学者。编陶渊明或李白、杜甫的全集，当然是多多益善——即便残篇断简，也都弥足珍贵。近现代人物不一样，因保存资料及传播言论的途径相当多样，取舍之间，最好仔细斟酌，避免"捡到篮里就是菜"。至于将讨论对象局限在"文人学者"，那是因为，政治家的"全集"，某种意义上属于"个人档案"（如安徽教育出版社 2008 年刊行的共 2800 万字的《李鸿章全集》），至于那些文字是不是他本人所撰，或属

---

　　① 此文据作者 2014 年 6 月 10 日在"纪念章太炎先生诞辰 145 周年暨《章太炎全集》（第一辑）出版座谈会"上的发言整理而成。

　　② 陈平原：《"大家"与"全集"》，《中华读书报》2003 年 9 月 17 日。

不属于"著作",均可忽略不计。

在我心目中,章太炎既是个"有学问的革命家"①,也是个"有思想的学问家"②,适合于拿来跟已刊的《蔡元培全集》《鲁迅全集》《胡适全集》等,以及诸多正在编辑的全集做比较。也就是说,本文之谈论为何以及如何编全集,眼光并不局限于章太炎一家。

在正式讨论之前,先说一个小问题。此次上海人民出版社推出的《章太炎全集》第一辑共八卷,虽说是旧书重刊,但经过了精心校订,仍然值得期待;只是删去了原先的卷数,徒增日后引证的困难,实在不应该。我猜想,出版社心里没数,不知道总共能出多少卷,也无法保证依次推出,于是采取这种"模糊战术"。其实,本就不是编年文集,最后附上年表以及索引即可,没必要如此缩手缩脚。不写卷数,三四种书合刊的,勉强还可以描述;日后那些诸多篇章集合而成者,真不知道该如何征引。建议上海人民出版社从长计议,还是为《章太炎全集》加上卷数,以方便读者及学界。

好,闲话休提,言归正传。本文连评论带建议,准备讨论"'全集'为谁而编""编者的努力与权限""演说与报道""书札与题跋""翻译与编书""个人著作还是专题档案"等六个问题。

一、"全集"为谁而编

全集为谁而编?当然主要不是为作者。除了"蒙冤受屈"或突然冒出来的怪才,一般情况下,够格编全集者,其著作大都已

---

① 鲁迅:《关于太炎先生二三事》,《鲁迅全集》第六卷545—551页,北京:人民文学出版社,1981年。

② 陈平原:《当年游侠人——现代中国的文人与学者》58—65页,北京:生活·读书·新知三联书店,2006年。

经刊行过。后人为其编全集，不外将全部著作及文章集合，加上日记、书信及若干"未刊稿"。对于作者来说，如此"泥沙俱下"，不仅不加分，反而可能"有损光辉形象"。因此，常有眼界很高的作家或学者临终前要求烧毁手稿，也常有遗嘱执行人违背诺言，在作者身后源源不断地推出未经作者本人审定的"遗作"。如此近乎"背叛"的行为是否值得嘉许，见仁见智。

我多次以清人全祖望的《奉九沙先生论刻〈南雷全集〉书》为例，说明编全集的难处。全祖望称，黄宗羲前面的文集好，是他自己编的；后面的文集不好，因生前来不及校订，弟子又不敢删改，难免玉石杂陈，可惜了。古人出书难，编纂文集或全集时，多少有所取舍。现在不一样，出书太容易了，于是各家文集及全集遍地开花。说是"文化积累"，可对具体作者来说，出全集不一定是好事。把能找到的东西都放进来，表面上很丰富，实则因其过分芜杂，反而降低了水准。

不允许悔其少作，不允许掩盖瑕疵，不允许修正错误，甚至不允许保护个人隐私（这世界上或许真的有"事无不可对人言"者，但并不可爱），全都一股脑给"全集"了，这其实是很残酷的。"上穷碧落下黄泉，动手动脚找东西"的编者，自认为是作者的功臣；殊不知，弄不好就成了作者的敌人。

作者身后管不了，就这样被后人有情或无情地"全集"了，这到底是祸还是福？编者之所以不遗余力，非要穷尽所有资料不可，有时是不忍埋没天才，有时是基于学术判断，有时则只是为了显示自家迥异常人的见识或韧性，当然，也不乏借此牟利的。不管出于何种考虑，编全集的主要目的，不是为了完善作者的"光辉形象"，而是为了满足专家型读者的研究兴趣。

既然编全集主要是为了方便专家学者的研究，那么，若同一著作有多种版本，编"汇校本"是个好主意。如毛泽东的《湖南农民运动考察报告》《中国社会各阶级分析》《实践论》《矛盾论》，还有《在延安文艺座谈会上的讲话》等，前后版本有很大差异，若加以汇校，显示作者修订的足迹与用心，对学界很有意义。可这么做，作者本人愿意吗？毛泽东的著作有点特殊，不是谁想编校就能编校的。文人学者呢？记得钱锺书曾起诉刊行《〈围城〉汇校本》（四川文艺出版社，1992年）的出版社及编者。怎么看这件事？这涉及现代文学和古代文学的一个重大区别。古代作家编集子，大都是晚年自己或门生帮助定稿，然后刻印流通。现代文学不一样，基本上是随写随刊。这就带来一个问题，很多人"悔其少作"，但又对那些泼出去的水无可奈何。

作者有权提供最权威的版本，甚至在版权保护期内，拒绝重印已被替换的初版；研究者的立场不一样，他们希望了解你原初的思考及表达。各有各的立场，也各有各的苦衷。我的看法是——只要曾公开出版或发表过的，编者就有权将其收入全集（在不违背版权法的前提下）。比如，同题著作或文章，若有较大差异，且都值得重视，不妨以汇校本或并置的方式入集。就像此前《章太炎全集》第三卷收入《訄书》初刻本、《訄书》重订本与《检论》；同理，东京国学讲习会本（秀光舍印刷）及章氏丛书本（浙江图书馆刊）《国故论衡》，可以携手进入全集。至于"先校本"那二十五处改订该如何呈现①，再议。

太炎先生文章颇有初刊杂志，日后修订成书的，如1902年《新民丛报》第5、9、15号刊载的《文学说例》，即《訄书》重订

---

① 参见周振鹤《关于章太炎〈国故论衡〉的"先校本"》，《国学茶座》第1期，济南：山东人民出版社，2013年9月。

本《订文》第二十五所附之《正名杂义》，二者立意相同，但有很多增删；1906年《国粹学报》第21期至第23期所刊《文学论略》，日后改订成《国故论衡》卷中《文学总略》，也有许多变化。这种情况，建议兼收并蓄。

这么说，估计不会有太大争议。你能钩稽出多少佚文，只要证据确凿，编全集的照单全收，学界也乐观其成。问题在于，作者生前未刊，且很可能不愿意公布的资料，编者有没有权力将其收入全集？

二、编者的努力与权限

凡编全集的，都是"韩信点兵，多多益善"。报刊上辑佚，书籍里爬梳，档案馆里搜寻，加上亲属的翻箱倒柜，尤其重视那些从未面世的"手稿"。如此劳作，固然体现编者的职业精神，可是否需要考虑作者本人的意愿？盗版是一种侵权，强迫作者接受的著作，是否也属于"侵权"？除了去年发生的杨绛诉中贸圣佳国际拍卖有限公司举办"钱锺书书信手稿专场"，还有一件并未尘封的往事——1997年5月，钱锺书、杨绛起诉大连出版社未经授权，在《记钱锺书先生》（牟晓朋、范旭仑编著）一书中擅自刊出钱锺书书信108封，诗73首，手迹65件。国家版权局裁定：停止发行该书，封存并销毁库存，对出版社罚款1万元。

因为杨绛的极力抗争，那些散落各家的钱锺书信札无法公开发表或结集出版。杨先生去世以后呢，后人编钱锺书全集时是否有权将其收入？不是真假的问题，关键在于作者的意愿。私人信札中，口无遮拦，发表出来很得罪人；还有另一种可能性，本就是应酬的客气话，所有评价都做不得准。若这些都进入全集，当事人很不情愿。原因是，一旦进入全集，日后的研究者必定大量引用，且不考虑语境与文体等。如今检索这么方便，研究者断章取义，胡乱发挥，是常有的事。为了防止冤枉好人或被"有心人"利用，钱锺书、杨绛夫妇决定用法律手段自我封存这批东西。作为读者，我们是否需要尊重他们的意见？

还有另一种"手稿"，在我看来也不值得整理出版——那就是作者在长途跋涉中留下的零星足迹。已经有完整的成果呈现，除非蕴含某种机密或有重大变故，否则那些阶段性的思考没必要保留。当初为王瑶先生编全集，我拿到不少师母提供的有关中古文学研究的手稿。一开始很兴奋，可仔细比对，稍成规模的，或修改后进入了《中古文学史论》，或在别的文集中使用了，或本身就没有什么价值，最后一篇都没用上。虽有点沮丧，但我以为这么做是负责任的。目前各家全集之被诟病，漏收之外，更包括很多不该有的"重出"，以及没有多少必要的"刻意打捞"，这恐怕与编者"贪多求全"的心态有关。在我看来，编全集不仅是辑佚的功夫，更包括学术判断。以为既然编全集，那就事无巨细、只言片语都收录，这种编辑思路，我不认同。

十年前撰写《"未刊稿"及其他》[①]，我提及编《王瑶全集》时，要不要收他的检讨书，我有过挣扎。关于这个问题，我是少数派，少数服从多数。但我始终认为，这些明显属于违心之作的"检讨书"，应该作为史料单独刊行，或放在图书馆、档案馆里供人查阅，而不该收入全集。我当然明白，这些东西对研究者很有用，可我们是否需要尊重作者的意愿？我记得很清楚，王瑶先生生前说过好几次，1972 年香港波文书局影印《中国新文学史稿》，

---

① 陈平原:《"未刊稿"及其他》,《中国现代文学研究丛刊》2004 年 3 期。

附录《批判王瑶及〈中国新文学史稿〉专辑》，收入 12 篇北大学生的批判文章以及他本人的《〈中国新文学史稿〉的自我批判》，对此他非常气愤——说盗版也就算了，还让我背黑锅，实在不应该。这些批判文章取自北京大学中国语文学系编辑、人民文学出版社 1958 年刊行的《文学研究与批判专刊》第三册，是特定时代的产物。已经公开发表的"自我批判"尚且如此，那些躺在档案馆或家属手中的检讨书，是否有必要收入全集，我确实很犹豫。有时候想想，作为研究者，我们是否太自私了，为了自己的研究方便，而不太顾及作者的感受。随着档案的日渐公开，还有私人收藏的浮出水面，很多当事人不愿意刊行的"手稿"（尤其是牵涉个人隐私者），难道都有必要整理且收入全集？

还有另外一种情况，文章其实已经刊出过，只是作者出于某种原因，不太愿意提及。这个时候，全集的编者确实有权力将其钩稽出来，呈现给读者。比如《太炎先生自定年谱》及《太炎先生自述学术次第》都避而不谈 1910 年刊载于《教育今语杂志》的多篇白话文，日后被张静庐编辑成书，以《章太炎的白话文》（上海：泰东图书局，1921 年）之名刊行。这册小书因错收了钱玄同的《中国文字略说》、漏收了第四册上署名独角的《论文字的通借》，加上各文入集时改动了题目，曾引起很大争议。[1]但撇开书名，这些文章还是应该进入全集的。

三、演说与报道

编全集碰到的最大困难，很可能是如何处理各式各样未经

---

[1]　参见陈平原《关于〈章太炎的白话文〉》，《鲁迅研究月刊》2001 年 6 期。

作者本人审定的演说。"演说"确实存在，可"记录稿"未必可信——入不入全集都是个问题。

先说两件趣事，以见"演说"入集之不易。1917年1月出版的《新青年》2卷5号，刊有《蔡孑民先生在信教自由会之演说》及《蔡孑民先生之欧战观——政学会欢迎会之演说》二文。两个月后，《新青年》3卷1号的"通信"栏里，出现蔡元培致《新青年》记者函，称这两篇记录稿错漏百出，让他坐立不安，"不能不有所辨正"。此信让既是北大文科学长、又是《新青年》主编的陈独秀狼狈之至，赶紧以"记者"名义附言："本志前卷五号，转录日报所载先生演说，未能亲叩疑义，至多讹误，死罪死罪。今幸先生赐函辨正，读之且愧且喜。"引领学界风骚的《新青年》尚且如此，其他报章的情况可想而知。

查有记载的鲁迅演讲达50多次，可收入人民文学出版社版《鲁迅全集》的只有16篇，不全是遗失，许多是作者故意删去。在《〈集外集〉序言》中，鲁迅称："我曾经能讲书，却不善于讲演，这已经是大可不必保存的了。而记录的人，或者为了方音的不同，听不很懂，于是漏落，错误；或者为了意见的不同，取舍因而不确，我以为要紧的，他并不记录，遇到空话，却详详细细记了一大通；有些则简直好像是恶意的捏造，意思和我所说的正是相反的。凡这些，我只好当作记录者自己的创作，都将它由我这里删掉。"[1]近几年有编者及出版社不明就里，编"鲁迅演讲全集"，增收不少作者明白表示删去的篇章，实在不应该。严肃的做法是，像朱金顺《鲁迅演讲资料钩沉》(长沙：湖南人民出版社，1980年)或马蹄疾《鲁迅讲演考》(哈尔滨：黑龙江人民出版社，1981年)那样，只

---

① 《鲁迅全集》第七卷5页，北京：人民文学出版社，1981年。

做考据与辨析，而不将其收入鲁迅著作或全集。

最理想的，莫过于都像《蔡孑民先生言行录》（北京：新潮社，1920年）那样，所有"演说"都经过作者本人的校订与认可。可实际上做不到，让后世编全集的人犹豫不决的，正是这些未经作者审定但又有明确记载的"演说"。

1922年章太炎的上海讲学，有三种不同的记录整理本——《申报》的摘要本、曹聚仁笔录《国学概论》（上海：泰东图书局，1922年）、张冥飞笔述《章太炎国学演讲录》（上海：梁溪图书馆，1925年）。在"本埠新闻"版摘要介绍章太炎每回的讲演内容，这已经是天大的面子了，对《申报》本不好苛求。真正需要比较的，是曹、张二本。张书错漏百出且乱加按语，封面上还赫然写着"长沙张冥飞、浙江严伯梁批注"，难怪章先生极为愤怒。据太炎先生晚年弟子沈延国称："又先师曾谕延国云，昔在江苏教育会演讲，曹聚仁所记录（即泰东书局出版的《国学概论》），错误较少；而另一本用文言文记录的，则不可卒读。"[1]年仅二十一岁的曹聚仁，其记录整理本为何能得到一代大儒章太炎的赏识？除了曹本人所说，听得懂余杭话，事先读过《国故论衡》和《检论》，故熟悉章太炎的学术思路，还有就是曹使用的是白话，更能传达太炎先生讲演时的语气与神态。对比张冥飞那蹩脚的文言本子，你会发现，章太炎很有个性的语言，以及许多精彩的表述，全被现成的套语弄得面目全非。[2]具体到编《章太炎全集》，我主张收入曹聚仁笔录的《国学概论》，只是需要略加说明。

---

[1] 参见沈延国《章太炎先生在苏州》，载陈平原、杜玲玲编《追忆章太炎》394页，北京：中国广播电视出版社，1997年。

[2] 参见陈平原《有声的中国——"演说"与近现代中国文章变革》，《文学评论》2007年3期。

章太炎晚年在苏州讲述国学，有诸多弟子记录整理，流传也很广。如1980年南京大学中文系古典文学教研室编印的《章太炎先生国学讲演录》，以及近年刊行的各种《国学讲演录》(上海：华东师范大学出版社，1995年；南京：江苏文艺出版社，2007年；南京：凤凰出版社，2008年；长沙：岳麓书社，2010年)。出于对太炎先生的尊重，以及保存史料的需要，此书可以进入全集，但必须说明，这并非章太炎本人著作。太炎先生晚年弟子汤炳正称："当时，应全国学术界的要求，每一门课讲毕，即将听讲记录集印成册。先生以精力不给，付印前皆未亲自审校。因此，在听讲记录出版时，他坚决反对署上自己的名字。"[1]

至于各种新闻报道中引述的"只言片语"，一来真假难辨，二来脱离特定语境，很容易产生理解的误差，故我不主张辑录并入集。这方面的工作，应留给考据学家、传记作者或年谱长编去处理。

四、书札与题跋

编全集的人最倚重且最花功夫的，是整理日记，因《章太炎全集》没有这个问题，故从略，转而谈论题跋与书札。

因在北大图书馆里多次撞见胡适题跋的藏书，曾呼吁相关人士"尽早编纂并出版胡适藏书目录及胡适藏书题记批语"[2]。很可惜，胡适藏书被打散，重新集合并不容易，目前虽有若干成果面世，但离"野无遗贤"还有很长一段距离。我很庆幸暨南大学图书馆入藏章太炎藏书三百余种，经过多年努力，共辑录章太炎题

---

[1] 参见汤炳正《忆太炎先生》，载陈平原、杜玲玲编《追忆章太炎》462页。

[2] 陈平原：《关于建立"胡适文库"的设想》，《中华读书报》1998年9月30日。

跋批注近八百条，成书《章太炎藏书题跋批注校录》（济南：齐鲁书社，2012年）。此书以及朱希祖、钱玄同、周树人记录，王宁整理的《章太炎说文解字授课笔记》（北京：中华书局，2008年），我以为均可进入全集。批注及题跋如何入集，也是个难题。比起中华书局马上刊行的《王国维批校〈水经注笺〉》，我更倾向于《章太炎说文解字授课笔记》的做法。前者全彩影印，定价6000元，属于纪念版，不适合进入《王国维全集》。

除了钱锺书这样明确反对刊行自家信札的特例，一般编全集的，征集或搜罗书札都是重头戏。可这里有个明显的误区，编者为了体例统一，颇有按日期编排信札的；这样一来，忽略了作为特定文体的"书"与日常生活的"信"的差异。若《太炎文录初编》收录的《与人论文书》《与人论朴学报书》《与邓实书》《与王鹤鸣书》等，都是不可多得的好文章，更不要说《驳康有为论革命书》这一政治史或思想史上常提及的雄文了。如此"文章"，应该在文集中露面，而不该与讲述日常琐事的信札混编。怎么厘定二者的边界呢？以作者生前是否公开发表为标准——凡作者生前公开发表并认可的，均作为文章看待。比如编《鲁迅全集》时，1933年上海青光书局初版的《两地书》，就应该作为著作收录。人民文学出版社1981年版《鲁迅全集》虽保留了《两地书》的完整性，但将其与其他书信合成一卷，我对此不以为然。

另一种情况比较特殊，虽说是后人编辑而成的书信集，但因专题性很强，值得整体保留。如汤国梨编《章太炎先生家书》（北京：中华书局，1962年；上海古籍出版社，1985年），以及北京师范大学出版社1982年刊《章炳麟论学集》（吴承仕藏），建议收入全集时不要打散。

五、翻译与编书

如果是著名翻译家，若傅雷、朱光潜或周作人，编全集时，当然要收译作。但如果其翻译与从事的专业没有关系，要不要收入，则属于两可。

作为专业造诣很深的语言学家，高名凯翻译罗素的《哲学大纲》或索绪尔的《普通语言学教程》，都在情理之中；但你很可能没想到的是，他还是著名的巴尔扎克小说翻译家，有二十种译作，集中刊行于1946—1954年间。我曾因此撰文讨论语言学家的文学兴趣。[①] 与此类似的，还有王力（了一）留学巴黎期间，翻译了许多法国文学名著（左拉、莫里哀、乔治·桑、纪德等）。最初是为了解决生计，可译着译着，译出了兴趣，译出了经验，也译出了名声。但如果编全集，是否需要收录这些翻译小说，值得斟酌。山东教育出版社1984年至1991年刊行的《王力文集》（20卷），除专业著述外，兼收序跋、书评、杂文等，但不收译作。近期中华书局准备推出新版《王力全集》，据称25卷36册，且收入"译著二十余种"。这么说来，其早年译作有望"登堂入室"了。

编全集时收不收译作，学界历来有争议。就以鲁迅为例，1938年印行的《鲁迅全集》由鲁迅先生纪念委员会编辑，收鲁迅著作、译文和部分辑录古籍，共20卷。1956年至1958年由人民文学出版社编印的《鲁迅全集》，只收作者著作及部分书信，共10卷。1973年人民文学出版社刊行20卷的《鲁迅全集》，第11卷至20卷包含鲁迅早期译作《月界旅行》《域外小说集》《爱罗先珂童话集》《苦闷的象征》，以及后期译作《毁灭》《死魂灵》等。

---

① 陈平原：《语言学家的文学事业》，《中华读书报》2011年4月27日。

1981 年人民文学出版社推出的 16 卷本《鲁迅全集》，是最为流行的权威版本，此版除鲁迅本人作品外，古籍辑佚或外国译作只收序跋。2005 年人民文学出版社刊行 18 卷本《鲁迅全集》，基本保持 1981 年版思路，只是增加了若干佚文及注释。为了与人民文学出版社竞争，2012 年光明日报出版社刊行的《鲁迅全集》及 2013 年中国文联出版社推出的《鲁迅全集》，都声称涵盖了鲁迅创作、翻译、古籍辑校和科学普及四个方面的所有著述。最勇敢且规模最大的《鲁迅大全集》（武汉：长江文艺出版社，2011 年），共 33 卷，约 1500 万字，但其不分青红皂白，一锅乱炖，学界大都不以为然。相对来说，我更倾向于在创作及学术的《鲁迅全集》之外，刊行《鲁迅辑录古籍丛编》（北京：人民文学出版社，1999 年）以及《鲁迅译文全集》（福州：福建教育出版社，2008 年）。

与王力、高名凯的情况不一样，鲁迅的翻译与创作之间有着千丝万缕的联系，其译作不管今天看来有多少毛病，都值得整理与重刊。问题在于，用什么办法重刊，是收进全集里，还是单独印行。我之所以主张让译作及辑录古籍"单飞"，是考虑到《鲁迅全集》发行量很大，没必要让非专业的读者"闲置"大半部全集。

这就说到了《章太炎全集》，我主张收入英国斯宾塞尔著、曾广铨与章太炎译《斯宾塞尔文集》，以及日本岸本能武太著、章太炎译《社会学》。章太炎的外语水平如何，是独立翻译还是仅起润色作用，这都不在我考虑之列。我关心的是，此举起码表明章太炎的文化视野及学术兴趣。至于《太炎先生著述目录后编》（《制言》34 期，1937 年 2 月）中提及，章太炎曾译有《希腊罗马文学史》，"此书译自日文，与前书（《儒书稽古录》）同归长沙章氏"。不知道此"未刊稿"是否尚存天地间，若真能找到且整理出版，对学界来说无疑是福音。

为"大家"编全集时，收不收其编选的书籍，这不能一概而论。一般仅收此类著作的序跋，以见编者旨趣；但也有例外的，如钱锺书的《宋诗选注》，就可以进入全集，因作者将其作为著作来苦心经营，且确有自家面目。只是这样的好事并不多见，故谈及"编书"是否进入全集时，我倾向于从严掌握。

六、个人著作还是专题档案

编"全集"的最大困惑是，这到底是"个人著作"呢，还是"专题档案"？很多分歧其实是由此而生。举个近在眼前的例子，中国蔡元培研究会编、浙江教育出版社 1997—1998 年刊《蔡元培全集》，总共 18 卷，之所以比高平叔编、中华书局 1984—1989 年刊《蔡元培全集》的 7 卷本多出这么多，有钩沉辑佚的功劳，但很大程度在于增加"当时由他主持制定或以其名义发布的重要公文、法规等"。凡从政者，每天都在签文件，这些东西该不该收入全集，是个棘手的难题。当初夏晓虹编《〈饮冰室合集〉集外文》(北京大学出版社，2001 年)，就曾为此事纠结很久。我曾参与讨论，最后敲定的方案，便是《编辑凡例》所说的："附录部分收入由梁启超签署之公文，以备研究者参考。因数量过多，凡编者以为意义不大者，仅作存目，不列原文。"章太炎没有这个问题，可如何看待其民国以后的各种通电，是否将其全部收入全集，同样值得考量。

还有读书笔记以及类似读书笔记的短文，到底该不该进入全集，这得看编者的眼光及评价尺度。说句玩笑话，今天的"大家"，去世前若不认真清理硬盘，后人编全集，不知道将闹出多少"冤假错案"。因为读书笔记与短文之间，有时很难分辨。在这方面，杨绛非常明智——与商务印书馆签订协议，将钱锺书的全部读书笔记影印出版。这套《钱锺书手稿集》，共分《容安馆札记》《中文笔记》《外文笔记》三部分，前两部分已于 2003 年、2011 年出版，篇幅最大的《外文笔记》最近也已陆续刊行。说好这就是读书笔记，不是个人著作，"钱迷"们尽可在里面翻江倒海，其他人则不妨敬而远之。

这样明确区分，对于作者及读者来说，都是大好事。既保留了资料，也避免了误伤。以此类推，我倾向于全集就是"个人著作"，至于"专题档案"，不妨另外编印——后者针对的是专家中的专家，或有特殊癖好的读者。将两者混为一谈，必定使"全集"功能紊乱，变得越来越复杂，规模也越来越大，最后的结果就是远离一般读者，只能藏身于图书馆。

我心目中的《章太炎全集》，应该是一套可读、可藏、可信赖、可把玩的好书。

2014 年 6 月 16 日定稿于京西圆明园花园

（初刊《中华读书报》2014年6月25日，《新华文摘》2014年18期［9月］转载）

清末民初言情小说的类型特征

一

世间最激动人心者，莫过于英雄和儿女。古今中外小说家，罕有不围着这两者打转的。晚清第一篇重要的小说论《本馆附印说部缘起》，专门论证"男女之情，盖几几乎为礼乐文章之本，岂直词赋之宗已也"[1]；可实际上新小说家重"英雄"而轻"儿女"。借小说改良群治这一创作思路，使得作家的兴奋点全在能寄寓其政治理想的政治小说、历史小说和科学小说上[2]。而对表现"天地间一要素"的"写情小说"，不过聊备一格——《新小说》杂志创刊时虽已拟设此栏目，不过注明"题未定"[3]。梁启超等人对"诲淫诲盗"的旧小说的攻击，使得新小说家好长一段时间不敢或不愿"儿女情长，英雄气短"。

不过，"儿女情长"乃人之天性，绝非政治理想所能长久替代。更何况作为"小说界革命"动力和榜样的域外小说，也颇有缠绵悱恻者。因翻译《茶花女》《不如归》等声名鹊起的林纾，对

---

① 《本馆附印说部缘起》，陈平原、夏晓虹编：《二十世纪中国小说理论资料（第一卷）》9 页，北京大学出版社，1989 年。

② 参阅陈平原《小说史：理论与实践》（北京大学出版社，1993 年）中"'新小说'类型理论"一章。

③ 《中国唯一之文学报〈新小说〉》，《二十世纪中国小说理论资料（第一卷）》45 页。

"小说之足以动人者，无若男女之情"这一点深有感受；而落笔时"关于政治者十之七，关于道德教育者十之三"的政治小说家，也让其作品"一贯之佳人才子之情"①。"满园春色关不住"，1906年前后，"无伤大雅"的言情小说陆续问世，只是仍处边缘地位。辛亥革命成功，作家开始卸下经天纬地的重任，读者也对消闲更感兴趣，小说的日渐商品化和文人化（考虑到当年的读者90%为"出于旧学界而输入新学说者"②，二者方才得以统一），使得言情小说成为主潮。一时间所谓"奇情小说""痴情小说""哀情小说""艳情小说"铺天盖地，"后生小子，读得几册书，识得几个字，遽东涂西抹，摇笔弄唇，诩诩然号于人曰：'吾能为情种写真也。'"③弄得真正的言情小说家如徐枕亚辈，反而否认其作品是"言情小说"④。

正因为民初的言情小说多系少年绮语"红袖梦"，等到五四作家痛打"鸳鸯蝴蝶"，文学史家也就将徐氏等人的"苦吟"当作笑话，不时挂在嘴边嘲弄一番。其实，在我看来，清末民初的言情小说虽无惊天动地的成就，可基本上完成了一种小说类型的蜕变，对此后近百年中国小说的发展颇有影响，实在值得认真观照。

谈论作为一种小说类型的言情小说，着眼点主要是其叙事语法，而不是其故事题材。同是儿女情长，可以是"才子佳人小说"，可以是"狭邪小说"，也可以是"人情小说"——鲁迅之所

---

① 参阅林纾《〈不如归〉序》和张肇桐《〈自由结婚〉弁言》，《二十世纪中国小说理论资料（第一卷）》331、93页。

② 徐念慈：《余之小说观》，同上书314页。另，关于晚清小说的商品化倾向与书面化倾向，参阅陈平原《二十世纪中国小说史（第一卷）》第三章，北京大学出版社，1989年。

③ 徐天啸：《〈雪鸿泪史〉序》，《二十世纪中国小说理论资料（第一卷）》527页。

④ 在《〈雪鸿泪史〉自序》中，徐枕亚自称"苦吟"，"不愿以言情小说名也"，试图与当世诸"剪绿裁红摇笔弄墨"的小说家划清界限，《二十世纪中国小说理论资料（第一卷）》525页。

以如此分类，就因为各有各的文学传统①。就文学传统而言，晚清言情小说承继的主要不是声名显赫的《红楼梦》，而是明末清初的才子佳人小说，外加刚刚输入的《茶花女》和《不如归》。在中国，《红楼梦》的魅力实在太大了，后世作家只要牵涉儿女情，就无法完全摆脱其影响。徐枕亚将《玉梨魂》改为《雪鸿泪史》，自评中五次将其与《红楼梦》作比较②，足见其写作时确有所本。即便如此，我还是将清末民初大批言情小说作为明末清初才子佳人小说的嫡传。相对简单的人物关系，不枝不蔓且近乎程式化的情节推进，单纯而强烈的情感体验，纯洁得有点天真的爱情观念（相对于所处时代），大众化的理想表述，雅驯的文字追求，再加上十万字左右的篇幅（太短难以展开悲欢离合，太长又嫌小说架构过于简单无法承载）和以少男少女为潜在读者，徐枕亚们其实可作为古代中国才子佳人小说到当代中国言情小说（尤其是台湾和香港地区的若干畅销书作家）的过渡桥梁。也正是在这意义上，我强调吴趼人、徐枕亚等人转化并拓展此小说类型的贡献，而不作纯粹的审美价值判断。

二

所谓"晚清小说中有写情者自吴趼人始"的说法，其实不大准确。此前早有陈蝶仙的《泪珠缘》等问世，只是承袭才子佳人或狭邪小说俗套，艺术上没有什么创新。1906 年吴趼人出版《恨海》，第一次为"写情小说"正名，一方面堂堂正正地涉足儿女私情，另一方面又讥笑世人所津津乐道的儿女情为"痴"为"魔"，

---

① 参阅鲁迅的《中国小说史略》，载《鲁迅全集》第九卷，北京：人民文学出版社，1981 年；另见陈平原《鲁迅的小说类型研究》，载《小说史：理论与实践》。

② 参见徐枕亚为《雪鸿泪史》第一、四、六、九、十四章所写的评语。

吴趼人《恨海》

推崇"与生俱来"且能开出"忠孝大节"的"情之正"。这一"正名"，为此后各种各样以儿女私情为中心而又夹带一点政治事件的小说的登场铺平了道路，既照顾到晚清读者强烈的政治意识，又满足了人类永恒的"儿女情"。

清末民初的言情小说，很少局限于"后花园"，大都将小儿女的情感和命运置于大时代的背景下来展开。这在中国，大概只有《桃花扇》可引为先例。实际上梁启超、林纾、吴趼人、曾朴等新小说家，都十分器重《桃花扇》，其作品也都带有模仿的痕迹。这种创作思路的最佳表述，莫过于林纾的"拾取当时战局，讳以美人壮士"①。根据作家更欣赏"当时战局"抑或"美人壮士"，小说于是分成"历史传奇"抑或"写情小说"。吴趼人的《恨海》和符霖的《禽海石》都是道地的言情小说，可都放在庚子事变的大背景下来展开；《玉梨魂》中的何梦霞，明明是"殉儿女之私情"，作家却非要他"从容赴义"，战死在武昌城下不可。儿女之情和家国之心难舍难分，这是清末民初言情小说的一大特点。

"政治事件"作为一个重要角色，直接介入小儿女的情感生活，打破了此前才子佳人小说中常见的"后花园"的自我封闭。

---

① 林纾：《〈劫外昙花〉序》，《二十世纪中国小说理论资料（第一卷）》485页。

再加上"战局"不利,"美人"易老,感时忧国的新小说家逼着小儿女迁徙逃亡,流落穷乡僻壤,让其"一往情深,皆于乱离中得之"①。不再是遨游胜地或流连青楼,也不再是觅取功名过程中必要的磨难,主人公之浪迹天涯,纯因生计或战乱。借"乱离"引进了社会历史和世态人情,无疑大大拓展了言情小说的表现空间,可也潜藏着靠外在事变左右人

《玉梨魂》

物命运和情感的危机。小说变得分外好写,突然的变故成了"济贫"的法宝,"言情"于是难得酣畅淋漓。

新小说家言情未能尽兴,老是在"小儿女"与"大时代"之间举棋不定。试图以儿女私情写天下兴亡,还要添上几句新学妙语,言情小说于是越写越沉重。所有这些,与小说界革命的倡导以及政治小说的引进大有关系。前者使得小说由不登大雅之堂的"小道"一跃而成为"文学之最上乘",并因而承担起教诲民众改良群治的重任。诸多小说事关国家兴亡的"神话",逼使作家不敢"戏作",读者难得"消闲"。正襟危坐着小说、读小说,"小说"于是真的变成了"大说"②。这种文学思潮对有心言情者

---

① 新庵:《〈恨海〉》,《二十世纪中国小说理论资料(第一卷)》174 页。

② 参阅铁樵《编辑余谈》中对"大说"的辩解,《二十世纪中国小说理论资料(第一卷)》474—475 页。

造成很大的心理压力。起码使其"自惭形秽"。在"崇高"的政治小说面前，只谈一己之私情，未免显得过分渺小。似乎"儿女情长"已经失去意义——倘若不跟政治沾上边的话。而政治小说的叙事方式，对言情小说家也很有启示。其时引进的政治小说如《佳人奇遇》《经国美谈》《雪中梅》等，都有以"美人情"写"壮士心"的倾向，国人创作的政治小说，也都喜欢"一贯之佳人才子之情"。既然"英雄"离不开"儿女情"，"儿女"何妨添点"壮士心"？有此真假难辨的"壮士心"，言情小说顿时"崇高"起来，再也不怕"诲淫"之讥。只是这里的"壮士心"，有明确的政治内涵，与《好逑传》的"侠义"加"风月"和《儿女英雄传》的"有了儿女真情，才做得出英雄事业"又自不同，后者的调和"侠""情"，基本上无关"家国兴亡"[①]。

未见有人认真追问张生、莺莺或亚猛、玛格丽特的政治态度，可为避"诲淫"之讥，新小说家一旦落笔为文，总不忘挂上家国兴亡。最明显的例子是徐枕亚的《玉梨魂》。唯恐时人非难梦霞为儿女私情作血书，徐枕亚赶快强调"英雄皆情种"："能为儿女之爱情而流血者，必能为国家之爱情而流血"（第二十四章）。所谓"情之为用大矣"，"下之极于男女恋爱之私，上之极于家国存亡之大"，此类自我辩解早已见于吴趼人的若干言情小说，徐枕亚干脆将其坐实。"无儿女情必非真英雄"，"柔肠侠骨兼而有之"的何梦霞终于战死武昌城下。作者于是慨叹："梦霞有此一死，可以润吾枯笔矣。"（第二十九章）此前"有东方仲马之名，善写难言之情愫"的作者，何以迟迟不肯动笔传此佳话，就因为

---

① 参阅陈平原《千古文人侠客梦——武侠小说类型研究》第三章，北京：人民文学出版社，1992年。

"殉情"不如"殉国"。后者"死于战仍死于情也",公私兼顾方才称得上"情之正"。

作者之所以强调梦霞"死于革命之役",一是表明政治态度,二是提供历史坐标。晚清乃"三千年未有之大变局",这一点时人多有预感;为大时代留一面影,因而也就成了不少作家的潜在创作动机。这种强烈的历史感落实在言情小说中,便是喜欢夹带一点"当时战局"。一方面强调真正的爱情超越时空限制故值得讴歌,另一方面又希望借历史事件为儿女情定位,二者互相牵制束缚了作家笔墨,反倒不若苏曼殊之直面人生,"肉薄夫死与爱也各造其极"[①]。

苏曼殊小说极少涉及"当时战局",《绛纱记》中有这么一段:"维时海内鼎沸,有维新党,东学党,保皇党,短发党,名目新奇且多,大江南北,鸡犬不宁。"这段背景介绍不只与小说中的人物命运毫无关系,而且"左中右"一锅煮,明显表示其对"政治"的不信任。佛门弟子本不该过多关注人世纷争,可作为"诗僧"兼"情僧"的苏曼殊,始终不曾超然物外。早年传诵一时的诗句"极目神州余子尽,

《绛纱记 焚剑记》

---

① 独秀:《〈绛纱记〉序》,《二十世纪中国小说理论资料(第一卷)》514 页。

袈裟和泪伏碑前"（《过平户延平诞生处》）；"相逢莫问人间事，故国伤心只泪流"（《东居杂诗》），都在在体现其"家国之心"。辛亥革命高潮中题诗"壮士横刀看草檄，美人挟瑟请题诗"，更见其浪漫情怀与革命幻想。即便在写作缠绵悱恻的《断鸿零雁记》的第二年，曼殊仍有"衲等虽托身世外，然宗国兴亡，岂无责耶"的《讨袁宣言》。可不同于吴趼人、徐枕亚等言情小说家，热衷于政治的"曼殊大师"在小说中反而"搁置"了政治。就像了彻生死大事的梦珠坐化时怀中仍有绛纱半角（《绛纱记》），暂时搁置政治的苏曼殊，也会"剪不断理还乱"，《断鸿零雁记》中之引录明遗民澹归和尚诗便是一例。不急于做政治表态，也不屑于写名教文章，反而是此"具足三坛大戒"的曼殊大师了无牵挂，言起情来痛快淋漓，在清末民初小说中首屈一指，而且今天读来仍觉惊心动魄。

只是曼殊大师的言情，在清末民初可算特例，其他作家多不敢放弃"教诲民众"的责任。也正因为曼殊某种程度上超越其时代，五四作家在横扫"鸳鸯蝴蝶"时，唯独对"高洁的曼殊上人"另眼看待；在郁达夫及创造社诸君的作品中，甚至不难发现曼殊的影子①。

第一流的作家往往超越"时代"，也超越"类型"。曼殊之于清末民初小说界，就有这种"超越"的意味。论者既想把握小说类型的发展趋向，又不愿削足适履，埋没天才作家的创造，于是有了这不大规矩的"横枝"。其实，活生生的文学历史本就"枝节横生"，不像史家笔下描述的那么"顺理成章"。

---

① 郁达夫赞赏苏曼殊的"浪漫气质"，对其小说则颇有微词（《杂评苏曼殊的作品》）；而陶晶孙则认为"曼殊的文艺，跳了一个大的间隔，接上创造社罗曼主义运动"（《急忙谈三句曼殊》，《牛骨集》81 页，上海：太平书局，1944 年）。

回到同时代其他言情小说家的艺术追求。表面上辛亥革命后政治小说衰落而言情小说崛起，后者应是对前者的解构或扬弃；可实际上政治小说的眼光及思路早就渗透到清末民初所有小说类型中，言情小说也不例外。就其遭遇激情以及需要某种理想主义和献身精神而言，政治和爱情确有相通之处。后世诸多"革命加恋爱"的尝试，追溯源头，正是晚清作家嫁接政治小说与言情小说的努力。《自由结婚》的"一贯之佳人才子之情"，正如《玉梨魂》的武昌城头枪声一样，只是提供一种点缀。新小说家尚无驾驭这一类型嫁接的能力，故政治小说的引入，徒然造成对言情传统的压抑。但如果从发展前景看，才子佳人之"走出后花园"，是言情小说自我调整以适应现代读者口味并保持类型活力的关键一步。因此，不必过于计较一时的得失成败。

三

在中国小说传统中，同是表现"儿女"，一重"情"，一重"欲"。后者如《觉后禅》《痴婆子传》等，前者则有明末清初一大批才子佳人小说作代表。"言情"而能"绝欲"，满纸"风月"而不涉"淫秽"，这种"纯情"小说，不全是所谓"封建礼教"的影响。此类纯正的言情小说，基本上是一种"青春文学"，以涉世未深且耽于幻想的青少年为主要读者。过多的世俗人生的思虑，过于复杂的社会背景或人物心理，都会冲淡这种刻意营造的爱情氛围。这也是言情小说家不大愿意涉及"性"，更不允许主人公生儿育女的原因——后者的诗意与情趣绝非少男少女所能领略。清末民初言情小说的过于纯洁，有小说类型的内在制约，但更与其时的思想潮流密切相关。既承认小儿女的情感需求，又想维护原有的家庭结构和伦理原则，对模仿西人争谈婚姻自由颇多疑虑，小说中之言情于是"犹抱琵琶半遮面"，有的甚至转而宣扬名教以救时弊。或许，正因为其爱情观半新不旧，《恨海》《玉梨魂》等方才能成为大转折时代的"畅销书"。与其嘲笑新小说家爱情观念的"落伍陈旧"，不如认真探讨何以言情小说体现的爱情观反而偏于保守。不管是自由结婚的提倡，还是性行为的描写，在同时代其他小说类型中屡见不鲜，唯独言情小说基本付诸阙如。只有夹入侠义小说成分的《情变》，才会出现女主人公"恋情欲挟走西子湖"，害得"怒私奔老父捉娇娃"。如此主动追求爱情的女性，在吴趼人看来已属"情之变"，根本不值得赞扬。所谓"情之正"，即"发乎情止乎礼义"。只是在具体陈述时，作家们往往不自觉地"越界"，"曲解"了先圣的遗训。同样极端不满"父母之命媒妁之言"，符霖的《禽海石》直接把孟夫子拉出来祭刀，吴双热的《孽冤镜》则诡称《孟子》一书前人校读不精，"不从父母之命媒妁之言"下应加入"可也"二字[1]。不该因小说中出现以理制情的陈腐说教，便一概嗤之以鼻，值得注重的倒是作家"说理"与"陈情"之间明显的缝隙。

《玉梨魂》中梨娘与梦霞"相感出于至情，而非根于肉欲"（第五章），如此同病同心一吟一哭，当属"情之正"吧？可衡以从一而终的"名节"，寡妇思春的梨娘仍自承"一生之污点"即此"偶惹痴情，遽罹惨劫"（第二十七章）。如此贬斥梨娘，绝非作者本意，更非读者心愿，于是有了下一章的"平反昭雪"。作者借筠倩之口为梨嫂盖棺论断：

---

① 吴双热：《〈孽冤镜〉自序》，《二十世纪中国小说理论资料（第一卷）》465页。

> 虽涉非分之讥，要异怀春之女。发乎情止乎礼义，感以心不形以迹。还珠有泪，赠佩无心。其痴情可悯，其毅力足嘉。（《玉梨魂》第二十八章）

区区几句名教套语，如何抵挡得住作家为"博普天下才子佳人同声一哭"而倾尽心力撰此"可歌可泣之文章"？"非分之讥"云云，在红颜薄命的感叹声中烟消云散。晚清社会女子贞节观念仍根深蒂固，梨娘思春而有负罪感自在情理之中，作家为求社会谅解而添几句道德格言也可以原谅。

吴趼人曾自述写作《恨海》时，明知"其中之言论理想，大都皆陈腐常谈"，也不敢轻易放弃，就因为怕大雅君子责难①。为了"虽是写情，犹未脱道德范围"这句评语，从吴趼人到徐枕亚，都不得不在小说中点缀若干自己都不见得欣赏的"名教文章"。后人若忘其"写情"宗旨而忙于寻章摘句，褒贬其作为必不可少的"点缀"的名教文章，则不免有买椟还珠之嫌。

当然，清末民初也不乏将国运昌盛，寄托于女子贞节的道学家，以及将宣讲"陈腐常谈"作为中心任务的小说。最容易引起现代人反感的是关于贞节观的提倡。若棣华因未婚夫病死而遁入空门（《恨海》），或者如琇侠之为未婚夫守节（《茜窗泪影》），都还不算稀奇。最不可思议的是沦落妓院的纫芳临终前告知未婚夫："我如今还是个黄花闺女"（《禽海石》）；被迫他嫁好几年的玉纤遗书心上人，邀其验尸以证明仍是"干净之身"（《余之妻》）。这里的"不可思议"，主要不是指向情节的离奇，而是指向作家的心理期待以及无意中流露出来的男性中心意识。

---

① 吴趼人：《杂说》，《二十世纪中国小说理论资料（第一卷）》259页。

　　相对于宣扬女权的政治小说《自由结婚》《黄绣球》《女娲石》《女狱花》来，仍在大谈名节的言情小说未免过于"陈腐"。若穷秀才徐天啸、陆澹庵辈之诅咒欧风东渐害得女子"任情纵性，荡检逾规"，乃至"自由之风行，而女奔濮上；平权之说起，而狮吼河东"[①]，此尚情有可原；就连对西方"自由之真义"颇有了解的苏曼殊，也屡屡在小说中攻击"舍华夏贞专之德，而行夷女猜薄之习"[②]，这可就有点费解了。将国势衰微归结于女子的"任情纵性"，试图通过提倡女子名节来"挽救此颓风"，这种思路，与自古以来中国士大夫热衷的"女人祸水"论以及宋明以降道学家的"贞节救国"说一脉相通。可这并不等于说苏曼殊等人的思路了无新意。这种思路是在接纳西方一夫一妻制的前提下提倡贞节；而且不只女子，男子也必须"守节"——就像《碎簪记》中庄湜之"一丝既定，万死不更"和《雪鸿泪史》中梦霞之"一度属人，终身不二"。

　　清末民初言情小说中常出现一才子为二佳人所同爱，阴差阳错且无法选择，最后或撒手人寰或披剃入山。这自然是男性作家残存的风流梦。可如此艳遇，此前尽可左拥右抱其乐无穷，在晚清言情小说中则落得个"白茫茫大地真干净"，这自然是得益于其时西洋爱情婚姻观念的输入。苏曼殊《碎簪记》中庄湜同时为灵芳、莲佩所爱，友人劝其"二美并爱之矣"，答曰："君思'弱水三千'之义，当识吾心"；徐枕亚《余之妻》中秋星也面临同样的困境，这次强调爱情"至高洁至单纯"故"无第三者插入之余地"的，则是二美之一的玉纤（第十四章）。在同时代其他小说类型

────────

　　① 参阅徐天啸《〈茜窗泪影〉序》和澹庵《〈鸳湖潮〉序》，《二十世纪中国小说理论资料（第一卷）》467、477 页。

　　② 见《焚剑记》。另外，《碎簪记》中也攻击"假自由之名而行越货"的"自由之女"。

中才子仍可流连青楼或妻妾成群时，言情小说则开始严守一夫一妻，并借此建立三角恋爱的结构模式，不能不令人刮目相看。

为了渲染爱情之"至高洁至单纯"，新小说家不只排斥父母的专横、金钱的势利，而且拒绝肉欲的淫秽。一方面是柏拉图式的精神恋爱，另一方面又是传统的名节观念，二者合力催生了清末民初言情小说中奇异的贞节观。这种"贞节观"既强调婚姻必须尊重小儿女的个人选择且男女双方互为守节，又反对女子的再嫁——男子为了传宗接代则不妨再娶，如《余之妻》中秋星"抱难言之痛"，三年"连举得二雄"，然后飘然远逝。这种"一次性的自由恋爱"，借用柳亚子对曼殊婚姻观的评述，则是"主张恋爱自由而反对自由恋爱"①。前者希望结婚之权操之于己，后者强调一旦结合不可离异——这里除了伦理道德观念的半新不旧外，似乎还隐含着男性作家对丧失特权后家庭结构能否稳定的忧虑。之所以攻击无行女子"向背速于反掌"，或者批评"离婚再醮，视为正当之行为"②，似乎对婚后女子特别不放心，固然有传统的性别歧视，可也跟大变动时代男作家的缺乏自信有关——民初缠绵悱恻的言情小说家不同于清末踔厉风发的政治小说家，大都是仕途学业均不得志因而舞文弄墨的江南小才子。以其纤细和敏感，不难接受"自由恋爱"的理想；可也正因其纤细和敏感，不难预测男子威权失落后家庭结构的微妙变化。如此"一次性的自由恋爱"，既照顾小儿女的情感需求，又能保持家庭的稳定。可谁能保证第一次选择正确无误？况且还有很可能一时无法抗拒的"父母之命"！这种半截子的"自由恋爱"有许多后遗症，难怪要受到

---

① 柳亚子：《苏和尚杂读》，《苏曼殊研究》286 页，上海人民出版社，1987 年。
② 参阅苏曼殊的《焚剑记》和徐天啸的《〈茜窗泪影〉序》。

五四作家的激烈批评。可男女双方互为守节的观念以及三角恋爱模式，毕竟为此后言情小说的发展奠定了根基。

四

清末民初言情小说与此前轻快欢畅的才子佳人小说相比，最大的区别莫过于其情节的"哀感顽艳"①。再也没有金榜题名皇上赐婚之类的美事了，有的只是生离死别！由"彩凤双飞"改为"断鸿零雁"，这一点从1906年《恨海》和《禽海石》出版时，就已经基本定型了。此后清末民初的众多言情小说中，罕有一对青年男女的爱情婚姻是美满的。即便偶尔如吴趼人的《劫余灰》添上个光明的尾巴，也仍然改变不了整部小说灰暗的色调。小说家们为其作品分类贴标签，有"苦情""哀情"，也有"惨情""怨情"，可就没有"欢情"，似乎爱情只有眼泪而没有欢笑。而所谓"苦情""惨情"云云，十有八九是要死人的。死一个一般还不够，经常是恋爱的双方、三方全都死光。如果主人公只是情场失意因而自我放逐或削发为尼，那已经得感谢作家心慈手软格外开恩了。才子佳人小说的套路，过去是先分后合，苦尽甘来；如今全倒过来，变成甘尽苦来，再好的恋人最后也得生离死别悬崖撒手。徐枕亚甚至连这点"短暂的欢娱"也不给，以为既是"哀情小说"，不该"上半篇虚张疑阵"为"由乐入哀之预备"，而应该"从头至尾一路直哭到底"，这样方才"酣畅淋漓"（《余之妻》第五章）。借用当时的套语，在小说是"一字一泪，一句一血"；在作家则是"呕

---

① 此乃邱炜萲对林译《茶花女遗事》的评价（见1901年刊本《挥麈拾遗》中《〈茶花女遗事〉》）。此外，高旭称曼殊诗"其哀在心，其艳在骨"，也可移用于此。

心作字，濡血成篇"。既然"操情天生杀之权"的小说家，为了其"哀感缠绵"的好文章[1]，非拆散鸳鸯且置其于死地不可，这就难怪情场上一时间尸横遍野，唯一高悬的是佛寺的青灯。

"可怜一卷《茶花女》，断尽支那荡子肠"（严复《甲辰出都呈同里诸公》）。说不清是《茶花女》引发了中国人的感伤情调，还是容易感伤的中国人选择了《茶花女》；抑或二者兼而有之。晚清小说不管什么类型，几乎都是"有字皆泪，有泪皆血"，以至人称"小说家言，半皆怨史"[2]。当时的中国，内忧外患，悲凉之雾，遍被华林，作家和读者都特别能欣赏悲苦的故事。可倘若将"言情之中，尤以哀情最受社会欢迎"这一创作倾向[3]，仅仅归结于"时代黑暗"，起码无法解释何以同是"怨史"，政治小说趋于"悲壮"，谴责小说趋于"忧愤"，而言情小说则选择了"哀艳"。

新小说家之所以对小说中的"死亡"和"眼泪"格外感兴趣，除了刘鹗所慨叹的"棋局已残，吾人将老，欲不哭泣也得乎"外[4]，更包含着一个潜在的因素，即清末民初中国小说传统的嬗变。由于小说界革命将小说提高为最上乘的文学形式，中国小说在由文学结构的边缘向中心移动的过程中，大量吸收诗文等文学形式的精华，因而变得日益"书面化"和"文人化"[5]。正如刘鹗在《老残游记·自序》中所表现的，作家自觉地将自己的创作置于屈原、庄子、司马迁、杜甫、李煜、王实甫、曹雪芹等"哭泣"

---

[1] 徐枕亚：《〈茜窗泪影〉序》，《二十世纪中国小说理论资料（第一卷）》466页。

[2] 参阅漱石生的《〈苦社会〉序》和海绮楼主人的《〈贾玉怨〉序》，《二十世纪中国小说理论资料（第一卷）》136、479页。

[3] 鬈红女史：《〈鸳湖潮〉评语》，《二十世纪中国小说理论资料（第一卷）》477—478页。

[4] 刘鹗：《〈老残游记〉自叙》，《二十世纪中国小说理论资料（第一卷）》202页。

[5] 参阅陈平原《中国小说叙事模式的转变》第五章，上海人民出版社，1988年。

的文学传统中。在中国文人文学传统中，感伤情调历来浓厚。诗词固然长于诉离愁别恨，明清两代文人器重的小说戏曲（如《儒林外史》《红梦楼》《桃花扇》《长生殿》等），也都笼罩着一种感伤情调。若从这个角度考察，梁启超所说的"中国文学，大率最富于厌世思想"[①]，不无道理。新小说家认同这一文学传统，借诗人之思才子之笔撰写小说，自然更多地感受到那"遍被华林"的"悲凉之雾"。

然而，中国文学并非都"感伤"与"厌世"，敏感的文人或许喜欢伤春悲秋，粗豪的民众则更希望吉祥如意，起码小说戏曲中的大团圆结局便洋溢着乐天色彩。新小说家正是从否定"大团圆"角度出发，重新评价和选择中国小说传统。梁启超特别赞赏足以作为中国厌世思想代表的《桃花扇》，就因其"极凄惨、极哀艳"，而且"以极闲静、极空旷结"。[②] 王国维所见略同："吾国之文学中，其具厌世解脱之精神者，仅有《桃花扇》与《红楼梦》耳"；而后者更是"悲剧中之悲剧也"。[③] 选择中国小说戏曲中悲剧气息浓厚者作为认同对象，本身就意味着对大团圆结局的扬弃。新小说论文中颇多对明清文人妄作续书，把死人救活，让破镜重圆之类的拙劣作法表示愤慨者，如黄人以是赞扬《西厢记》与《桃花扇》"非千篇一律之英雄封拜、儿女团圆者所能梦见也"，俞明震则要求中国读者改变"喜合恶离，喜顺恶逆"的阅读趣味[④]。至于王国维由此而推论"吾国人之精神，世间的也，乐天的也"，以及蔡元培将"我国人之思想，事事必求其圆满"作为缺乏悲剧精神

---

① 《小说丛话》中饮冰语，《新小说》第 7 号，1903 年。

② 《小说丛话》中饮冰语，《新小说》第 7 号，1903 年。

③ 王国维：《红楼梦评论》第三章，《静庵文集》，1905 年刊本。

④ 参阅蛮《小说小话》（《小说林》第 1 期，1907 年）和觚庵《觚庵漫笔》（《小说林》第 5 期，1907 年）。

之表现[①]，更是直接开启了五四作家从国民性角度对"团圆主义"的批判。

或许是此前才子佳人的结局过于美满，清末民初的言情小说家清算起"大团圆"来分外彻底。说文人多情文人不幸，故小说多"缠绵凄苦之言"，此大半为托词。关键是其时哀情小说畅销，作家为迎合时尚故意拆散对对鸳鸯。徐枕亚为吴双热的《孽冤镜》作序，恭维其"能以至情发为妙文以赚人眼泪者也"；两年后吴双热为徐枕亚的《双鬟记》作序，也称"枕亚小说，惯以眼泪赚人者也"。[②]徐枕亚等人显然已经把握写作畅销书的诀窍，其"赚人眼泪"的策略也相当成功。当初吴趼人慨叹"作小说令人喜易，令人悲难；令人笑易，令人哭难"[③]，要不就是故弄玄虚隐藏真经，要不就是畅销书写作技术尚不到家。还是徐枕亚说得坦率：

> 欢娱之词难工，愁苦之音易好。诗文如是，小说亦然。[④]

民初的言情小说家之所以"必欲将痴男怨女一一驱而纳诸愁城恨海中"，一方面认定世间姻缘美满者往往"不能尽其爱情之分量"，若天下有情人皆成眷属，则"天地间之情种子且将自此而绝矣"[⑤]；另一方面哀情小说确实好写，泪眼模糊的读者根本没有心思和能力评判作品的优劣。

---

① 参阅王国维《红楼梦评论》和蔡元培《在北京通俗教育研究会演说词》（《东方杂志》第 14 卷第 4 号，1917 年）。

② 二文分别刊于 1914 年民权出版社版《孽冤镜》和 1916 年中国图书公司版《双鬟记》。

③ 吴趼人：《杂说》，《二十世纪中国小说理论资料（第一卷）》259 页。

④ 徐枕亚：《〈茜窗泪影〉序》，《二十世纪中国小说理论资料（第一卷）》466 页。

⑤ 参阅徐枕亚《雪鸿泪史》第六章及其评语，清华书局，1916 年。

生活本就酸甜苦辣五味俱全，儿女情更是阴晴不定，早识愁滋味的少男少女，多少欣赏感伤情调。但热衷于把千篇一律的"大团圆"改为同样千篇一律的"大离散"，未免有失公道，算不上"直面惨淡的人生"。对"大团圆"结局的扬弃，无疑是中国小说史上的一大突破。清末民初言情小说中浓厚的感伤情调，既有基于作家真实的人生体验与感情的，也有纯为赚取读者眼泪的，二者的价值自然不可同日而语。可历史从来不走单行道，正是这不大高雅且颇带商业意味的"眼泪"，改变了中国言情小说的基本格局。

五

清末民初的言情小说，既不可能往"性"和"家庭"方面发展，所谓"当时战局"又只是提供一种生活背景，势必只能在小儿女的"苦恋"上下功夫。或者是青梅竹马，或者是一见钟情，都因"别时容易见时难"，引发出一大堆感人肺腑的"长相思"。出于某种伦理上的考虑，作家大都不把注意力集中在动作性很强的三角恋爱或个人与社会的对立，而是退避三舍委曲求全，将天大的委屈化为"才子多情红颜薄命"的叹息。这一点，言情小说家确实不如政治小说家或谴责小说家，缺乏一种真正的抗争精神。可借战争烽火人天相隔来营造"长相思"的环境，或者在填海有心回天乏力的状态下凸现人物的内心矛盾，又使得言情小说叙事方式的革新，走在其他小说类型前面。

1903 年，麦仲华曾引西洋文学理论来批评中国小说：

> 英国大文豪佐治宾哈威云："小说之程度愈高，则写内面之事情愈多，写外面之生活愈少，故观其书中两者分量之

比例，而书之价值可得而定矣。"可谓知音，持此以料拣中国小说，则惟《红楼梦》得其一二耳，余皆不足语于是也。[①]

就像其时诸多杂抄西方文学概论的批评家一样，麦氏心中横着一个改革中国文学的先见，难得真正理解西学的精髓，可批评却并非无的放矢。自觉提倡中国小说应注重"内面之事情"者，在晚清寥如晨星；可依靠文人文学传统的复活以及西洋小说的诱导，晚清小说正逐渐摆脱对"情节"的过分依赖。

这种情节功能削弱以及非情节因素崛起的趋向，在梁启超等人的政治小说中已得到初步的体现。写小说不再是讲述曲折有趣的故事，而是"著者欲借以吐露其所怀抱之政治理想"[②]，这无疑是对传统小说以情节为中心的艺术趣味的大胆挑战。只是受制于"载道"的文学观念，政治小说家不曾选择人物心理或背景氛围，而是以枯燥的演说作为小说叙事结构的重心，因而这一文学尝试不能不归于流产。但这仍不失为一次"悲壮的失败"，因其毕竟昭示了晚清小说艺术突围的路径。

注重心理描写，着力发掘人物行动的内在动机，晚清小说中《老残游记》是成功的范例，以至论者称赞其采用了"意识流技巧"[③]。可《老残游记》中雪夜不羁的思绪，还有点多愁善感的骚人墨客借景抒情的味道，并没有真正融入故事过程。吴趼人的《恨海》则不一样，第三回至第五回情节很少发展，作家集中笔墨描述与未婚夫失散的棣华如何"一灯相对万念交萦"。用全书三分之

---

① 《小说丛话》中璱斋语，《二十世纪中国小说理论资料（第一卷）》67页。

② 《中国唯一之文学报〈新小说〉》，《二十世纪中国小说理论资料（第一卷）》44页。

③ 夏志清：《〈老残游记〉新论》，中译文见刘德隆、朱禧、刘德平编《刘鹗及〈老残游记〉资料》485页，成都：四川人民出版社，1985年。

一的篇幅来摹写棣华因思夫一惊一乍，忽梦忽醒，不可不谓别具匠心。至于棣华"因用被褥，而想到将来，心痒难挠"这种"痴念"的描写，更被时人断为"从来小说家所无"。[①]

实际上，清末民初的言情小说，为了表现"苦恋"，颇多撇开故事而直抒胸臆者，故小说的结构重心逐渐由"情节"移为"情绪"。最著名的例证当推苏曼殊的《断鸿零雁记》和徐枕亚的《玉梨魂》。前者采用第一人称叙事，着意表现方外之人的难言之恸，随时随地抒发感情与自我剖白；后者插入大量书信和诗词，打断故事的自然进程，逼使读者随着小说人物感受品味对方思绪的飘荡。尽管还有一个哀艳的爱情故事作为叙事框架，可作家和读者的兴趣已逐渐转到故事以外。这才能理解何以《玉梨魂》畅销后，徐枕亚将其改为日记体的《雪鸿泪史》，仍然能够大获好评。

从《禽海石》《断鸿零雁记》采用第一人称叙事，到《雪鸿泪史》的"拟日记"和包天笑《冥鸿》的"幻为与书之体"，清末民初言情小说在模仿西方小说叙事方式方面发展最为神速。与此同时，在小说文体上，言情小说家也颇多尝试。最令后人费解的是，其时居然掀起一个以骈文写作长篇小说的小热潮，出现了徐枕亚、吴双热、李定夷等名重一时的骈文小说家。以骈文作小说，唐代有张鷟的《游仙窟》、清代有陈球的《燕山外史》，但都是个别作家偶一为之，从未像民初那样形成一时的文学风尚。

骈文小说之大受欢迎，时人归之于"青年好绮语"。这未始没有一定道理，作者、读者多为青年男女，爱其情事之缠绵悱恻，更爱其文辞之香艳绮丽。《玉梨魂》第二章称《石头记》为"弄才

---

① 参阅寅半生《小说闲评》（刊 1906—1907 年《游戏世界》）中《写情小说〈恨海〉》一则。

之笔，谈情之书，写愁之作"，可说是骈文小说家的夫子自道。其中尤以"弄才之笔"最能概括这批作家的艺术追求。

在小说中淡化故事情节，突出笔墨情趣，这无疑是一种十分大胆的尝试。作为"最上乘之文学"，小说有权利讲究文辞之美。为了追求更加纯粹的文学性，徐枕亚们选择了注重辞藻音韵的骈体文。其中确有逞才使气卖弄笔墨的文人积习，可也必须考虑到清末民初文学体裁和小说文体的混乱以及互相渗透，使得一切想入非非的文学尝试都可能被接受。这是一个旧文学正在解体，新文学即将诞生的时代，并非一切尝试和创新都为后人所接纳，可这种努力本身自有其价值。清末民初小说辞赋化的倾向，没有比骈文小说走得更远的了。五四以后的小说家，拒绝了"骈文小说"这一形式；可在突出心理描写的同时，注重文学语言的表现力，甚至保留某种辞赋化倾向，则仍是言情小说的特色。

1993 年 11 月 8 日于东京白金台

（初刊《民族国家论述：从晚清、五四到日据时代台湾新文学》，台北："中研院"，1995年6月）

287

作为"北京文学地图"的张恨水小说

　　关于民国年间的章回小说大家张恨水，我没有做过专门研究。二十多年前，因谈论小说史的写作，以及如何看待通俗小说的三次崛起，而略有涉及。①不过，那属于举例说明，一笔带过。十几年前，因关注"北京记忆及北京想象"，我又撞上了这位通俗小说大家。这回算是花了点心思，但依旧称不上"研究"。

　　2001 年秋，我为北京大学中文系研究生开设"北京文化研究"专题课，"开场白"整理成《"五方杂处"说北京》。此文初刊《书城》2002 年 3 期及（台湾）《联合文学》2003 年 4 期，后收入我的《北京记忆与记忆北京》（北京：三联书店，2008 年）。所谓"五方"，是五个不同的视角，即作为旅游手册的北京、作为乡邦文献的北京、作为历史记忆的北京、作为文学想象的北京、作为研究方法的北京。谈及"文学想象"时，有这么一段话："十五世纪起，情况大为改观，诗文、笔记、史传，相关文字及实物资料都很丰富。从公安三袁的旅京诗文、刘侗等的《帝京景物略》，一直到二十世纪的《骆驼祥子》《春明外史》《北京人》《茶馆》等小说戏剧，以及周作人、萧乾、邓云乡关于北京的散文随笔，乃至1980 年代后重新崛起的京派文学，关于北京的文学表述几乎俯拾

---

　　① 参见陈平原《小说史：理论与实践》117—118、275—276 页，北京大学出版社，1993 年。

288

即是。"

此文提及"借用城市考古的眼光,谈论'文学北京',乃是基于沟通时间与空间、物质文化与精神文化、口头传说与书面记载、历史地理与文学想象,在某种程度上重现八百年古都风韵的设想",作为牛刀小试的《文学的北京:春夏秋冬》,收入我的《文学的周边》(北京:新世界出版社,2004年)以及《北京记忆与记忆北京》。此文提及张恨水的《春明外史》《金粉世家》《啼笑因缘》等,称"在张恨水的小说里,有大量关于北京日常生活场景的精细描写"。接下来这段话很关键,不无夸张地说,是我的"独得之秘"——"这是一个窍门,假如你想了解某地的风土人情,先锋派作家不行,反而是通俗小说家更合适些。前者关注叙述技巧,表现人物内心深处的挣扎,对当下社会的日常生活不太在意;后者着重讲故事,需要很多此时此地日常生活的细节,以便构拟一个具有真实感的小说世界。所以,单就小说而言,我们可以说张恨水之于北京,有很深的渊源(老舍也是这样);但我们很难说鲁迅之于绍兴也是这样。实验性太强的小说家,或者说关注人的灵魂的小说家,跟某个特定历史时空的关联度反而小。因此,假如从历史文化的角度、从城市生活的角度,通俗小说家很可能提供了更多精彩的细节。就像张恨水,他对当年北平的日常生活,是非常留意的。三十年代中期,马芷庠编了一本《北平旅游指南》,专门请张恨水审定。对于我们进入历史,这册'指南'提供了很多信息,除了名胜景点,小至火车票的价格,大至各家妓院的位置,甚至各大学的历史渊源、办学特色等,对于当年的游客以及今天的专家来说,都是很有用的。这是一本很有文化品味的旅游指南,当作一般文化读物欣赏,也都可以。"

作为文化古都的北京,当然有很多可说的,我只是挑了四篇文章——周作人的《北平的春天》、郁达夫的《故都的秋》、张恨水的《五月的北平》，以及邓云乡的《未名湖冰》，让大家欣赏文人笔下的春夏秋冬。这四个人，文化身份及趣味不太一样，张恨水是长篇小说家，郁达夫是短篇小说家，周作人是散文家，邓云乡则是学者。虽说"秦时明月汉时关"，永远的春夏秋冬，但20世纪中国作家用文字所构建起来的"北平的四季"，还是有其局限性的——既没有明清，也不涉及当代，基本上是1920—1940年代北平的日常生活。谈及张恨水撰于1948年的散文《五月的北平》，我特别强调其受风土志的影响，老怕落下什么，于是面面俱到，反而分散了笔墨。如此平面且静止的叙述，艺术感染力有限；不过，假如意识到作者对"旅行指南"的兴趣，这样的笔调不难理解。

1935年8月，北平经济新闻社刊行《北平旅行指南》，封面署编者马芷庠，审定张恨水。张在序言中提及自己"以年来参阅旅行图书所得，为马君画一轮廓，而马君虚怀若谷，不自以为足，每一章成，必挟稿以相商"。此书共七卷，后六卷介绍食住游览、旅行交通、工商物产、文化艺术等，只须调查与抄录；关键是占全书篇幅六成以上的卷一，除"概略"外，以简洁的语言，分中城、南城、东城、北城、西城、西郊、南郊、东郊、北郊九节，介绍北平两百多处"古迹名胜"。作为审定者，张恨

《北平旅行指南》

290

水在序言中称："愚旅居旧都凡十五年，久苦于无此类称意之书，今君辑此，是先得我心也，力鼓励其成。"其实，在此"旅行指南"刊行之前，张恨水以他三部描写北京的长篇小说，已经为读者勾勒出了这座千年古都的大致轮廓，尤其是值得推荐的"古迹名胜"。

谈论张恨水的小说创作，无论如何绕不开《春明外史》《金粉世家》《啼笑因

《春明外史》

缘》；而这三部代表作，恰好都以北平（北京）为背景。张恨水的《写作生涯回忆》、好友张友鸾的《章回小说大家张恨水》，有关于这三部小说的创作体会以及传播过程的详细描述，这里不赘。① 此处仅关注其对于北平名胜古迹的描写。

1924—1929 年连载于《世界晚报》的《春明外史》，总共八十六回，近百万言。小说第二十五回谈及陶然亭——车子走过一片芦苇地，拉到一个大土墩边，就停下了，车夫说这就是陶然亭的瑶台了。"杨杏园一团高兴，顿时冰消瓦解。心想：'我说瑶台这个好名，总是雕栏玉砌，一所很好的古迹，原来是个土堆，真是笑话。'但是既到了这里，不能不上去看看，便绕着土墩，踏着土坡走上去。走到台上面，左右两边，也有几棵秃树，正中

---

① 参见张恨水《写作生涯回忆》24—35、106—111 页，北京：人民文学出版社，1982 年。

一个歪木头架子，上面晾着一条蓝布破被，又挂了一个鸟笼子。木头架子下，摆着四张破桌子，几条东倒西歪的板凳。土墩的东边，有一排破篱笆，也晾着几件衣服。西边一列几间矮屋，窗户门壁，都变成了黑色，屋的犄角上，十几只鸡，在那里争食，满地都是鸡屎。"此时，走过来两三女子，聊得很开心，一个说："我们从小就听见人家说，北京的陶然亭，是最有名的一处名胜，原来却是这样一所地方，我真不懂，何以享这么大一个盛名？"另一个补充："若是秋天呢，远看城上的一段西山，近看一片芦苇，杂着几丛树，还有萧疏的风趣。"①

1927—1932 年连载于北京《世界日报》的《金粉世家》，除楔子与尾声，总共一百二十回，也是百万言的长篇。小说第一回——"却说北京西直门外的颐和园，为逊清一代留下来的胜迹。相传那个园子的建筑费，原是办理海军的款项。用办海军的款子，来盖一个园子，自然显得伟大了。在前清的时候，只是供皇帝、皇太后一两个人在那里快乐。到了现在，不过是刘石故宫，所谓亡国莺花。不但是大家可以去游玩，而且去游览的人，夕阳芳草，还少不得有一番凭吊呢。北地春迟，榆阳晚叶，到三月之尾，四月之初，百花方才盛开。那个时候，万寿山是重嶂叠翠，昆明湖是春水绿波，颐和园和临近的西山，便都入了黄金时代。北京人从来是讲究老三点儿的，所谓吃一点，喝一点，乐一点，像这种地方，岂能不去游览？所以到了三四月间，每值风和日丽，那西直门外，香山和八大处去的两条大路，真个车水马龙，说不尽的衣香鬓影。"就在这春光明媚中，主人公金燕西登场了，

---

① 参见张恨水《春明外史》402—403 页，北京：中国新闻出版社，1985 年。

与冷清秋初相遇在去颐和园的路上。①

1930 年在上海《新闻报》连载的《啼笑因缘》，篇幅较小，共二十二回，约二十四万字。小说开门见山："相传几百年下来的北京，而今改了北平，已失去'首善之区'四个字的尊称。但是这里留下许多伟大的建筑，和很久的文化成绩，依然值得留恋。……就在这个时候，有个很会游历的青年，他

《啼笑因缘》

由上海到北京游历来了。"依旧是初春时节，这个很会游历的青年樊家树，因"北京的名胜，我都玩遍了"，转而到下层人士常去的天桥游玩，于是发展出一段凄婉的爱情故事来。②在高雅的范围之外，引入了民众的娱乐场所，地点不同，游客有别，但同属京城里人气很旺的"名胜"。考虑到小说在上海报纸连载，作家更是有义务好好介绍京城风光。

第十四回樊家树与何丽娜逛北海，眼前风景很平常，何担心刚从西湖来的人不会欣赏，樊的回答很妙："不！西湖有西湖的好处，北海有北海的好处；像这样一道襟湖带山的槐树林子，西

---

① 参见张恨水《金粉世家》11 页，合肥：安徽文艺出版社，1985 年。

② 参见张恨水《啼笑因缘》1—2 页，合肥：安徽文艺出版社，1985 年。

湖就不会有。"说着将手向前一指道："你看北岸那红色的围墙，配合着琉璃瓦，在绿树之间，映着这海里落下去的日光，多么好看，简直是绝妙的着色图画。不但是西湖，全世界也只有北京有这样的好景致。"①

第十五回樊家树与关寿峰父女游什刹海，一段风景描写后，紧接着就是樊、关对话。家树道："天下事，都是这样闻名不如见面。北京的陶然亭，去过了，是城墙下苇塘子里一所破庙；什刹海现在又到了，是些野田。"寿峰称："这个你不能埋怨传说的错了。这是人事有变迁。陶然亭那地方，从前四处都是水，也有树林子；一百年前，那里还能撑船呢，而今水干了，树林子没有了，庙也就破了。再说到什刹海，那是我亲眼得见的，这儿全是一片汪洋的大湖；水浅的地方，也有些荷花；而且这里的水，就是玉泉山来的活水，一直通往三海。当年北京城里，先农坛，社稷坛，都是禁地，更别提三海和颐和园了。住在北京城里的阔人，整天花天酒地，闹得腻，要找清闲之地，换换口味，只有这儿和陶然亭了。"②

喜欢在小说中摆弄北京的名胜古迹，这很大程度缘于作者是长居京城的外地人，且新闻记者出身，写的长篇小说又在报纸上逐日刊载。出生于安徽潜山的张恨水，二十四岁那年（1919 年）进京，此后，除了抗战中流寓重庆那几年，一直到 1967 年去世，张恨水都是长居京城，以舞文弄墨为生。四十多年的居京生活，按理说是"老北京"了。可当初写小说时，张恨水对于古都北京还处在颇多了解但新鲜劲还没过去的节骨眼上。更何况，这位小说

---

① 参见张恨水《啼笑因缘》199 页。

② 参见张恨水《啼笑因缘》206—207 页。

家终身与报纸打交道，即便日后改行撰写连载小说，也还继续从事编辑活动，故自称"当新闻记者二十六年"。[①]更重要的是，在我看来，新闻记者的社会敏感与阅读趣味，始终影响着他的小说创作。曾智中等编《张恨水说北京》(成都：四川文艺出版社，2001 年)，兼及名胜古迹与风俗民情，分说四季、说社会、说平民、说胡同、说市声、说居室、说名胜、说花果、说节令、说娼妓、说吃喝、说娱乐、说戏剧、说曲艺等二十五类，分别摘自张恨水的小说与散文。两相比照，无论小说还是散文，张氏笔下的北京一以贯之，均带有某种风土志及旅游指南的意味。

同样是长篇小说家，写《春明外史》的张恨水与写《四世同堂》的老舍，由于自家处境以及拟想读者不同，呈现出两个不同视角的北京。说到张恨水与老舍的差异，十年前我指导一位韩国学生撰写博士论文，考虑到她的实际情况，让她先下死功夫，用地图的形式，还原这两个小说家笔下的北京城。因为，单凭阅读印象，我相信这两位小说家的"文学地图"会有很大差异。

果不其然，这位韩国学生发现："如果说老舍笔下的北京是只占整个北京的六分之一的西北角特写，张恨水笔下的北京就是整个北京的概念图。并且，和老舍对北京叙述时的'开门见山'，即没有敷衍说明直接介入场景的手法不同，张恨水有时候是借作品中的人物之口传达某个地方在北京的意义、历史、由来等知识。特别是，张恨水经常将故事安排在异乡人较集中的南城和东交民巷等繁华地区，那里是老舍涉笔不多的地方，但却是北京城市生活不容忽视的一个重要部分。"[②]

---

① 参见张恨水《写作生涯回忆》54—57、91 页。

② 参见李在珉博士学位论文《老舍与张恨水的北京叙述和想象》第二章，北京大学，2006 年，未刊。

《时事报图画旬报》中的"京城胜景"

　　约略与此同时，我正撰写《城阙、街景与风情——晚清画报中的帝京想象》，面对的也是大致相同的话题——为何上海画家与北京画家对待京城里的"风景名胜"，会有如此不同的视角？经过了甲午战败以及庚子惨祸，原先至高无上的皇权正日渐失去光芒；尤其是在民族主义思潮涌动的南方，辉煌依旧的皇家宫殿已不再是高不可及，于是，如上海的《时事报图画旬报》《图画日报》等，大量刊出了可供百姓赏玩的"京城胜景"。而同一时期刊行于北京的画报，则基本上不涉及皇家宫殿。站在远处观望的上海画师，正殚精竭虑地刻画皇城的威严；而生活在帝京的北京人，则对于皇城几乎是视而不见——不是不知道，而是普通人根本进不去，故"漠不关心"。

　　选择还是避开宫阙，代表着各自的政治立场与文化趣味；在这点上，注重风情的上海画家与深入街巷的北京画家各有其利弊。与上海画报对于北京的"遥想"不同，北京画家之描述帝京，好处是身在其中，很容易进入规定情境；缺点则是受制于朝廷高压，不可能畅所欲言。另一方面，上海画报中关于帝京景物的描摹固然精致，但混合着皇朝的自我塑造和外国人的鉴赏趣味；北京画家则撇开皇城等建筑，深入街巷，着眼局部，见证这座城市正在发生的剧烈变化——这样一来，画面或许不如前者讲究，甚至笔调稚拙，但有生气，更能显示北京这座城市的真实面貌，以及画家对于这座古城的款款深情。①

我曾经设想，若将张恨水诸多小说中关于北京名胜古迹以及代表性建筑的描写摘录出来（《张恨水说北京》中此类文字很少，编者关心的是风俗民情），不难拼合出其眼中的"北京文学地图"；若再将其与马芷庠编著、张恨水审定的《北平旅行指南》相对照，看文学家是如何建构"城市风景"的，必定会有精彩的发现。

谈及北京的文学形象，一般人想到的是老舍。这当然没错，可若把本地人老舍与外地人张恨水所绘制的"北京文学地图"相比照，可深入讨论以下话题——第一，新闻记者出身的张恨水与纯粹的小说家老舍，在呈现城市风貌上有何差异。第二，报纸连载小说与文学杂志发表的作品，在结构上如何分道扬镳。第三，作为小说家，关注城市轮廓还是注重局部深描，怎样影响其写作方向，前者喜欢游览公园及名胜，后者则深入小巷深处平常人家的日常生活。第四，注重局部深描的，必定侧重时间性（历史性）；希望勾勒整体轮廓的，强调的是空间感。而侧重那些"看得见的风景"，容易带有猎奇的意味——此乃张恨水小说在艺术上不及老舍的原因之一；但对于外地读者来说，如此描写具有某种特殊的吸引力。尤其是时过境迁，这些小说作为不可多得的"文化读本"，值得深究。

---

① 参见陈平原《城阙、街景与风情——晚清画报中的帝京想象》，《北京社会科学》2007年2期。

二十多年前，我撰写《千古人文侠客梦》时，曾谈及金庸的武侠小说可作为"中国文化及历史的入门书"来阅读；今天讨论张恨水的长篇小说（起码《春明外史》《金粉世家》《啼笑因缘》三书），引入"北京文学地图"的视角，则是希望有所警觉与发现。

2014 年 7 月 10 日初稿于京西圆明园花园，

8 月 10 日改定于香港中文大学客舍

（初刊《文史知识》2014 年 10 期）

20 世纪中国文学纪事（上篇）

小　引

　　吃惯了北京的豆浆油条，何不尝尝广州的早茶点心？这里不涉及生死攸关的"立场""观点"，也不属于产品的"更新换代"，只是换一种口味而已。选择"纪事"的体式来浏览20世纪中国文学，而不是归纳总结出十大（或十二大）特征，除了换口味以及适应报纸篇幅要求，更缘于对世纪末读者（专家）"居高临下"的阅读姿态的深刻怀疑。与其给出若干众所周知而又似是而非的"经验教训"，不如引导读者回到现场，亲手触摸那段刚刚逝去的历史。

　　至于以年系事，只是为了便于记忆与叙说，并无微言大义。

　　摆脱了制造"定论"的巨大诱惑，不等于就可以随口"戏说"。依旧是专家的立场，只不过透过万花筒，眼前的风景开始晃动起来，在一系列的跳跃、冲撞与融合中实现重构。如此"百年回眸"，少了些严谨与浑厚，却希望能多几分从容、洒脱甚至幽默。在搬弄众多陈芝麻烂谷子时，叙述多而评说少，既是天地狭小的缘故，也不无制造悬念以便勾起读者阅读兴趣的意思。

　　作为史家，能否如此腾挪趋避，以及如此立说是否属于"推卸责任"，只好见仁见智了。

1902 年，"新小说"的崛起

20 世纪初年，一场号称"小说界革命"的文学运动，揭开了中国文学史上崭新的一页。以"改良群治"为主旨，以"小说为文学之最上乘"为旗帜，以戊戌变法的失败为契机，"新小说"迅速崛起。1902 年 11 月，梁启超在日本横滨创办《新小说》杂志，为"新小说"的创作实践和理论探讨提供了重要阵地。此后，刊载和出版"新小说"的刊物和书局不断涌现，"新小说"于是风起云涌，蔚为奇观。这一代作家（甚至包括李伯元、吴趼人等）没有留下特别值得夸耀的艺术珍品，其主要贡献是继往开来、衔接古今。正是他们的点滴改良，正是他们前瞻后顾的探索，正是他们的徘徊歧路以至失足落水，真正体现了这一历史进程的复杂与艰难。

1909 年，文人结社之转型

1909 年 11 月 13 日，柳亚子、陈去病等在苏州虎丘举行第一次雅集，正式成立近代中国第一个民族革命旗帜下的文学社团——南社。南社前后维持二十七年，最为辉煌的表现是在辛亥革命前后。南社社友追慕"几复风流"，辑校抗清志士的著作，刊刻古色古香的《南社丛刻》，以及选择春秋佳日雅集，但仍非"明末遗老"的复活。南社文人的投笔从戎，以及同盟会员的横槊赋诗，使得清末民初的文学革命与政治革命紧紧勾连在一起。不同于五四以后纯粹的文学社团（如文学研究会和创造社），南社更多一份政治激情，以及直接介入实际政治运动的能力，比较接近的，其实是与之异代同调的"左联"。这就难怪鲁迅一反其时流行的将南社与鸳鸯蝴蝶派捆绑在一起讨伐的思路，在中国左翼作家联盟的成立大会上，提醒大家注意"开初大抵是很革命的"的南社文人。

1917 年，报刊与学校携手

1917 年 1 月 4 日，蔡元培到北京大学正式就任校长；九天后，教育部根据蔡校长的呈请，任命陈独秀为北大文科学长。陈独秀主持的《新青年》杂志社因而由上海迁北京，与北大诸同人精诚合作，共同致力于思想改造与文学革命。作为一代名刊，《新青年》与《申报》《东方杂志》的重要区别，首先在于其同人性质。不必付主编费用及作者稿酬，也不用考虑刊物的销路与利润，更不屑于直接间接地讨好读者与当局，《新青年》方才有可能旗帜鲜明地宣传自己的主张。

1921 年，文学研究会与创造社的竞争

五四时期两大文学社团同年成立，自然形成紧张的对峙与激烈的竞争；令今人大感兴趣之处，在于二者到底是齐头并进，还是互相拆台？ 1 月，周作人、郑振铎、沈雁冰、叶圣陶等十二人在北京发起成立"研究介绍世界文学，整理中国文学，创造新文学"的文学研究会；文研会因其相对注重文学的社会功利性，被看作"为人生而艺术"一派。6 月，郭沫若、郁达夫、成仿吾、田汉等在东京成立力主"为艺术而艺术"的创造社。作为挑战者，加上强调忠实于自己"内心的要求"，创造社在与文研会的争论中，时有过激的言辞，但总的来说，无伤大雅。值得庆幸的是，至今尚未发现任何一方有借助政治、军事力量来解决文学纷争的企图。五四时期社团林立，影响较大的，除了文研会和创造社，还有新月社、语丝社、浅草—沉钟社、湖畔诗社等。众多文学及文化观点大相径庭的社团，均以自我发挥为主；即便发生论战，也是"君子动口不动手"。如此百家争鸣、互相砥砺的局面，至今仍令人怀念不已。

1923 年，周氏兄弟的意义

周氏兄弟的离合，乃 20 世纪中国文学史上的一件大事。无论是五四前后的配合默契，还是 1930 年代的命若参商，鲁迅、周作人的一举一动，牵连着整个文坛。以至研究者之进入 20 世纪中国文学，往往以周氏兄弟作为导引和坐标。兄弟俩的性格志趣、思想倾向、政治立场之异同，早就是学界谈论的最佳话题。鲁迅在小说创作方面的巨大贡献，绝非乃弟之停留在"纸上谈兵"所能比拟；反过来，周作人文化视野之广阔以及生活趣味之精妙，也自有值得夸耀之处。还是各自均极为擅长，且被时人目为"双峰并峙"的文章，具有较大的可比性。周氏兄弟之所以成为现代中国散文最主要的两种体式"杂感"与"小品"的代表，除了政治理想和思维方式的差异，还与两人寻找的"内应"不同有关。鲁迅之追踪魏晋，以及周作人的心仪六朝，对其或追求"思想新

《呐喊》

《自己的园地》

颖""长于说理"，辛辣简练得能以寸铁杀人，或欣赏"通达人情物理"，希望"混合散文的朴实与骈文的华美"，均起了重要作用。至于为何将晚清便已登上文坛的周氏兄弟放在 1923 年论述，其一，这一年的 8 月，鲁迅出版了小说集《呐喊》，9 月，周作人的随笔集《自己的园地》问世，哥俩的文学风貌及基本成就已经奠定；其二，第二年起兄弟失和，从此分道扬镳，给后世留下了巨大的谜团与遗憾。

1926 年，旧派小说的新变

晚清"小说界革命"的大获成功，靠的是国民日益高涨的政治热情。辛亥革命后，阐发"政界之大势"与表彰"爱国之思"，不再成为小说的主要功能。"回雅向俗"的新小说家，为了满足已经变化的市场需求，转而追求娱乐性和趣味性。这一游戏文章、媚俗心态以及金钱主义，成为五四新文化运动扫荡的主要目标。经过一番自我选择和调整，由"小说界革命"发轫而来的"新小说"，演变成为以章回小说为外部特征（夹入不少西洋小说表现手法）、以适应市场要求为主旨的"通俗小说"潮流，与以五四文学革命为起点的"严肃小说"形成雅俗并存的局面。这一局面的形成，促使作家和读者进一步分化，有利于各自特长的发挥和各自表现形式的进一步完善，对 20 世纪中国小说的基本面貌和运动轨迹影响甚大。而本年度平江不肖生的《江湖奇侠传》和张恨水的《春明外史》的出版，代表着民国旧派小说已经从最初的致命打击中恢复回来，找到了自己的位置。

1928 年，新诗的自我调整

谈论中国新诗的成长，一般习惯于从胡适的《尝试集》（1920）

和郭沫若的《女神》（1921）入手。之所以将话题推后几年，乃是有感于学界对早期白话诗的评价过于热情奔放，颇有将"文学史意义"与"文学价值"混为一谈的偏向。胡适的"清楚明白"，郭沫若的"激情燃烧"，在我看来，并非新诗的最佳状态。经历过最初的精神亢奋与狂飙突进，诗人们开始冷静下来，思考新诗的出路。郭沫若、成仿吾等创造社诗人反省早期白话诗的过分理性化，重提"诗的本质专在抒情"；闻一多、徐志摩为代表的新月派则提出"理性节制情感"的美学原则，批评此前诗坛的感伤与滥情，并开始"新诗格律化"的尝试；再加上王独清之突出"感觉"，穆木天之主张"纯诗"，以及象征派诗人李金发、戴望舒的浮出海面，种种迹象表明，1920年代末，新诗开始找到了属于自己的"感觉"。至于为什么选择1928年，而不是同样有重要诗集出版的1927年或1929年？老实说，没有充足理由，只是执其两端取其中，这三年确实是中国新诗转变的紧要关头。

1930年，"左联"的话题

对于"左联"的评价，从来就不是一个轻松的话题。1929年底开始筹备并于1930年3月2日在上海正式成立的中国左翼作家联盟，不只直接影响了1930年代的一系列文学论争，并促成了文学创作的新潮流与新趋势。其精神遗产，起码笼罩了半个世纪的中国文坛。而且，很长时间里，"左联"的意义及其阐发，影响到整个思想文化界的建设。所谓1930年代文坛形成"左翼""京派""海派"三足鼎立之势，似乎所见者小。"左联"的活动横跨政治、文化、社会、文学诸领域，其介绍马克思主义文艺理论，提倡"社会主义现实主义"，推动文艺大众化运动，以及对自由主义文艺观展开激烈的批评等，都是在大转折时代谋求重建中国文化的努力。考虑到"左联"诸君是在国民党政治高压之下，以理想主义情怀从事艰险的探索，其功绩固然值得表彰，其缺失与遗憾，也"应具了解之同情"。

1932 年，小品文的生机与危机

1932 年 9 月，林语堂在上海创办《论语》半月刊，提倡闲适、性灵与幽默，由此引发了"小品文热"。左翼作家对此很不以为然，另办《太白》《芒种》与之对抗。鲁迅更发表《小品文的危机》，反对将小品文做成"小摆设"。1930 年代关于小品文的论争，可以看作"散文"的重新自我定位。一主"闲适"与"性灵"，一讲"挣扎"与"战斗"，表面上水火不相容。可论争的结果，双方互有妥协，即所谓"寄沉痛于悠闲"、所谓战斗之前的"愉快和休息"。就对"宇宙"与"苍蝇"的把握方式而言，杂感与小品始终无法协调；但强调自我，张扬"个人的笔调"，鄙视"赋得"的文章，以及文体上"不为格套所拘，不为章法所役"，又都是对于正统文章"载道"功能的消解。很不一样而又可以互相补充，这其

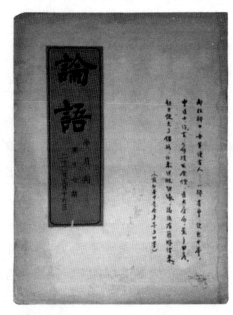

《论语》半月刊

实正是现代散文发达的奥秘。

1933 年，走向成熟的中、长篇小说

经由鲁迅、郁达夫、叶圣陶等人的努力，现代意义上的短篇小说，在 1920 年代已经取得令人瞩目的成就。至于中、长篇小说的成熟，则是 1930 年代的故事。就在 1933 年，几部极有分量的长篇小说几乎同时面世，给时人、也给后世的文学史家一个意外的惊喜。1 月，开明书店出版茅盾的《子夜》；5 月，开明书店又推出巴金的《激流》（即《家》）；8 月，良友图书公司发行老舍的《离婚》。这三部长篇小说题材、风格迥异，但都具有独立的审美价值，时至今日，仍被视为不可多得的珍品。沈从文呢？稍为慢了半拍，本年度出版的四部中、短篇小说集均非上乘之作。但很快地，沈便迎头赶上。第二年 10 月，生活书店出版了《边城》一书，证明了沈与上述三位一样，完全有资格跻身 20 世纪中国最好的小说家行列。

1935 年，话剧的"日出"与"回春"

作为一种舶来的艺术样式，话剧的发展道路显得格外崎岖。从 20 世纪初的"文明戏"，到 1920 年代的"爱美剧"和"小剧场运动"，再到 1930 年代的"职业剧团的建立，长期公演话剧的固定剧场的出现"，借用茅盾的话，此乃中国话剧"从幼稚期进入成熟期的标志"。话剧能否在中国站稳脚跟，并获得广大的受众，取决于话剧运动、舞台演出与剧本创作三者之间协调发展、良性互动的程度。在很长时间里，缺乏优秀剧本成了制约中国话剧发展的巨大障碍。正如洪深《中国新文学大系·戏剧集·导言》所说，话剧家的努力，必须是在其剧本创作不仅可供舞台演出，而且"也

可供人们当作小说诗歌一样捧在书房里诵读，而后戏剧在文学上的地位，才算是固定建立了"。1935 年春天，年仅二十五岁的曹禺继《雷雨》之后，创作了更具独创性的《日出》；而长期从事戏剧运动的田汉，也在这一年的 5 月出版了其代表作之一《回春之曲》。与此同时，原先主要从事电影工作的夏衍，完成了第一部多幕剧《赛金花》的写作。

1941 年，女性作家的独特视角

20 世纪的中国小说界，女作家的迅速崛起，绝对是个标志性事件。漫长的中国文学史上，诗词歌赋乃至弹词文章，均有历代才女驰骋笔墨。唯独日渐辉煌的小说界，基本上未见女作家的倩影。这一令人尴尬的局面，20 世纪初方才有所改变。五四文学革命尚未谢幕，冰心、庐隐、冯沅君、凌淑华等已经跃上文坛，初步展现女性从事小说创作的巨大潜能。进入 1940 年代，对于女小说家的创作，批评家们逐渐从不敢漠视，转为大力推崇，尤其对基于独特的人生体验、女性敏感以及鲜明的文体意识所营造的《呼兰河传》（萧红，1941 年）、《在医院中》（丁玲，1941 年）和《倾城之恋》（张爱玲，1943 年）等，更是拍案叫绝。

《呼兰河传》

1942 年，校园诗人引领风骚

在中国新诗发展史上，艾青无疑是至关重要的一页。从 1936 年《大堰河》集印行，到 1939 年自费出版第二本诗集《北方》，再到 1941 年《诗论》出版，艾青已经完成了其作为大诗人的三步跳。这里想说的是，就在艾青完成诗学大厦基本框架的第二年，冯至的《十四行集》和卞之琳的《十年诗草》由桂林明日社印行。除了这两部诗集的经典意义外，我更看重这两位诗坛前辈与新月派领袖闻一多，以及诗评家朱自清、李广田等的通力合作，在炮火连天的大西南，为年轻一代营造出充满灵气与悟性的精神家园。西南联大热情而敏感的青年学生（如穆旦等），追随前来任教的现代派诗人兼理论家威廉·燕卜逊深入艾略特、里尔克等人的世界，并因此促成了"思"与"诗"的真正融合。在这期间，冯至等师长的积极探索，既是示范，也是无言的鼓励。

1945 年，《讲话》的巨大回响

毛泽东的《在延安文艺座谈会上的讲话》是 1940 年代延安整风的产物，正式发表于 1943 年 10 月 19 日的《解放日报》。此后，无论在解放区时期，还是中华人民共和国建立之后，《讲话》均是中共中央制定文艺政策、指导文艺运动的根本方针。在 20 世纪后半叶的中国文坛上，《讲话》所发生的巨大作用有目共睹；其初露端倪，则不妨以本年度两部剧作的不同命运为例。属于民间口头创作的"白毛仙姑"传说，被赋予"旧社会把人变成鬼，新社会把鬼变成人"的全新主题，再加上融合西洋歌剧与民间戏曲，使得革命意识形态与民间审美趣味获得某种统一，因而得到政治家与老百姓的共同赞许。新歌剧《白毛女》的成功，只是体现了艺术创新的一种可能性（姑且不论其留下的巨大遗憾），并不具备普遍意

义；可惜的是，论者往往将其作为标准来裁断其他作品。同年出版的《芳草天涯》则没有这么幸运。从《上海屋檐下》到《法西斯细菌》再到《芳草天涯》，作为革命作家的夏衍，努力摆脱日渐僵化的文学模式，从单纯关注时代与政治，

《在延安文艺座谈会上的讲话》

转而注重道德与伦理，力图更好地展现大时代中国知识分子内心深处的苦恼与挣扎。这一大有潜力的艺术探索，在《新华日报》组织的座谈会上，因其"非政治倾向"而受到严厉批评。曾经写过不少优美的散文诗、后成为重要的文艺理论家的何其芳，更专门撰文教育夏衍等"已经倾向革命的知识分子"："最重要的问题是认识自己的思想还需要经过一番改造。"至于作为剧情主线的恋爱纠纷，在何先生看来，"究竟不过是一个小而又小的问题"，不值得大做文章。

1999 年 9 月 15 日于西三旗

（初刊1999年12月26日《南方日报》及

《当代作家评论》2000年1期）

附　记

　　除了"小引"所说的"引导读者回到现场，亲手触摸那段刚刚逝去的历史""制造悬念以便勾起读者阅读兴趣"等因素外，本文的写作策略，还系于报刊体例。文章乃应《南方日报》之邀而作，因早过了约定刊出的时间而迟迟不见踪影，知道报社方面碰到了困难，于是我把稿子转给了《当代作家评论》。没想到前者后来克服障碍，终于将文章刊出；感谢之余，因无意中制造了"一稿两投"局面，甚感歉意。至于文章只有"上篇"，那是因"下篇"乃洪子诚先生所撰，不好贪天功为己有。好在此文颇多转载，有心人不难觅得。

早期北大文学史讲义三种

1903 年颁布的《奏定大学堂章程》，在"文学科大学"里专设"中国文学门"，主要课程包括"文学研究法""《说文》学""音韵学""历代文章流别""古人论文要言""周秦至今文章名家""四库集部提要""西国文学史"等十六种。其中最值得注意的是，要求讲授"西国文学史"，以及提醒教员"历代文章源流"一课的讲授，应以日本的《中国文学史》为摹本。此后，"文学史"作为一种必修课程、一种著述体例以及一种知识体系，便在中国学界落地生根了。此举不仅改变了中国人传习"文学"的方式，甚至影响到日后的文学革新进程。

几年前，我曾撰写《新教育与新文学——从京师大学堂到北京大学》一文 [1]，从新式学堂的科目、课程、教材的变化，探讨新一代读书人的"文学常识"。从一代人"文学常识"的改变，到一次"文学革命"的诞生，其间有许多值得大书特书的曲折与艰难；但推倒第一块多米诺骨牌的，我以为是后人眼中平淡无奇的课程设计与课堂讲授。具体论述时，除了林传甲的《中国文学史》，我还讨论了民初代表桐城、选学两大文派的《春觉斋论文》（林纾）、

---

[1] 此文初刊《学人》第十四辑（南京：江苏文艺出版社，1998 年 12 月），后收入《北大精神及其他》（上海文艺出版社，2000 年）和《中国大学十讲》（上海：复旦大学出版社，2002 年）。

《文学研究法》(姚永朴)、《中国中古文学史》(刘师培)、《文心雕龙札记》(黄侃)，以及五四新文化时期的四种重要著述，即《欧洲文学史》(周作人)、《中国小说史略》(鲁迅)、《词余讲义》(吴梅)、《五十年来中国之文学》(胡适)。最后一种，虽非北大讲义，也与作者在北大的工作息息相关。

吴梅《中国文学史》讲义的发现，促使我反省另一个问题：上述九书，之所以体例迥异，是否跟大学里的课程设置有关？回头看 1918 年北大发布的《文科国文学门文学教授案》，其中明确规定："文科国文学门设有文学史及文学两科，其目的本截然不同，故教授方法不能不有所区别。"前者的目的是"使学者知各代文学之变迁及其派别"，后者的功用则为"使学者研寻作文之妙用，有以窥见作者之用心，俾增进其文学之技术"。[①] 一年半后，国文教授会再次讨论教材及教授法之改良，到会十五人，包括钱玄同、刘半农、吴梅、马幼渔、沈兼士、朱希祖等。为便于交流磋商，此次教授会甚至决定"教员会分五种"：文学史教员会、文学教员会、文字学教员会、文法教员会、预科国文教员会。[②] 新文化运动以前，虽无明确分工，可林传甲与姚永朴二书的巨大差异，同样蕴涵着"史的传授"与"文的练习"两种截然不同的课程设想。如果进一步划分，所谓的"文学史"讲义，其实包括通史、断代史、专题史以及专题研究四类，很难一言以蔽之。

随着学术史研究的兴起，作为中国人撰写并刊行的第一部文学史，林传甲在京师大学堂的国文讲义受到广泛的关注。可盛名之下，其实难副，于是，很多人转而指责该书见识迂腐、学问浅

---

① 《文科国文学门文学教授案》，《北京大学日刊》1918 年 5 月 2 日。

② 《国文教授会开会纪事》，《北京大学日刊》1919 年 10 月 17 日，见王学珍等主编《北京大学史料》第二卷 1709—1711 页，北京大学出版社，2000 年。

陋。《奏定大学堂章程》的提醒，以及林氏的自述，使得世人较多关注此书与其时已有中译本的《历朝文学史》（笹川种郎作）的关系。这自然没错，只是林著对于笹川"文学史"的借鉴，尤其是将其改造成为"一部中国古代散文史"[①]，并非一时心血来潮，而是大有来头。

林著共十六篇，对照《奏定大学堂章程》，不难发现，此十六章目，与"研究文学之要义"前十六款完全吻合。至于后二十五款，牵涉到古今名家论文之异同、文学与地理之关系、有学之文与无学之文的分别、泰西各国文法的特点等，与"文学史"确实有点疏远，不说也罢。对此写作策略，林著《中国文学史》的开篇部分有相当明晰的交代。

正因此，谈论林著之得失，与其从对于笹川著述的改造入手，不如更多关注作者是如何适应《奏定大学堂章程》的。比如，常见论者批评林著排斥小说戏曲，可那正是大学堂章程的特点，林君只是太循规蹈矩罢了。就在林书撰写的那年，京师大学堂发生了一件今天看来匪夷所思的事：学生班长瞿士勉"携《野叟曝言》一书，于自习室谈笑纵览，既经监学查出，犹自谓考社会之现象，为取学之方"。结果怎么样？总监督的告示称："似此饰词文过，应照章斥退；姑念初次犯规，从宽记大过一次，并将班长撤去。"[②]

朱希祖的《中国文学史要略》讲文，讲诗，讲词，讲南北曲，同样不涉及小说。那是因为，该讲义虽刊行于1920年，实际上早在1916年便已成稿，因此作者必须在《叙》中郑重声明：此

---

① 参见黄霖《近代文学批评史》783—785页，上海古籍出版社，1993年。

② 参见《大学堂总监督为学生瞿士勉购阅稗官小说记大过示惩事告示》，《京师大学堂档案选编》252页，北京大学出版社，2001年。

书"与余今日之主张，已大不相同"；"讲演时当别授新义也"。至于 1917 年秋天进入北大任教的吴梅，其编写文学史讲义，不能不受同事鼓吹新文化的影响，小说于是成了中国文学史上必不可少的重要文类。所有这些都说明，作为讲义的文学史不可能闭门造车，而是与政府决策及当代思潮紧密相连。

林、朱、吴三位学者各有其业绩，我关注的只是其在北大讲授的文学史课程。林传甲（1877—1922），字归云，号奎腾，福建闽侯人，任教北大时间最短，1904 年被聘为国文教习，1906 年已奉调黑龙江，做官去了。吴梅（1884—1939），字瞿安，号霜厓，江苏长洲人，1917 年 9 月应北京大学聘，讲授文学史及词曲，1922 年秋后应东南大学聘，举家南迁。朱希祖（1878—1944），字逷先，一作逖先，浙江海盐人，在北大工作时间最长，1913 年受聘于北京大学，先后担任过预科教授、文科教授、国文研究所主任、中国文学系主任、史学系主任，直到 1932 年方才离开。

林传甲撰写并印行于 1904 年的《中国文学史》历来备受关注，比如，郑振铎《插图本中国文学史》、容肇祖《中国文学史大纲》等，都将此书作为最早由中国人撰写的文学史来表彰。近年夏晓虹《作为教科书的文学史——读林传甲〈中国文学史〉》、戴燕《文学·文学史·中国文学史——论本世纪初"中国文学史"学的发轫》和陈国球《"错体"文学史——林传甲的"京师大学堂国文讲义"》，更对此书有专门的评述。① 学界之谈

---

① 参见夏晓虹《作为教科书的文学史——读林传甲〈中国文学史〉》，《文学史》第二辑，北京大学出版社，1995 年；戴燕《文学·文学史·中国文学史——论本世纪初"中国文学史"学的发轫》，《文学遗产》1996 年 6 期；陈国球《文学史书写形态与文化政治》（北京大学出版社，2004 年）第二章"'错体'文学史——林传甲的'京师大学堂国文讲义'"。

论朱希祖，更多肯定其史学方面的贡献；因而，其文学兴趣及《中国文学史要略》极少被史家提及。至于吴梅，世人对其任教北大，讲授词曲之学，多有褒奖之词，缺的只是刚刚发现的《中国文学史》[①]。

一般人心目中，朱希祖是著名史学家；这自然没错，其对北大历史系的贡献，至今仍被称道。可人们很少注意到，朱希祖初到北大那几年，教的是中国文学史。查看 1917 年 11 月 29 日《北京大学日刊》上的《文科本科现行课程》，不难发现，朱希祖给中国文学门一年级学生开"中国古代文学史（上古迄建安）"、给二年级学生开"中国古代文学史"，给英国文学门一、二年级学生开"中国文学史要略"，就是没在历史系开课。1919—1920 年度《国立北京大学学科课程一览》中，朱希祖所开课程包括："中国文学史要略"，2 学时；"中国文学史（一）"（欲专习中国文学者习之），2 学时；"中国诗文名著选"，4 学时；"史学史"，1 学时。[②] 只是在 1920 年出任史学系主任后，朱希祖所开课程，方才逐渐转移到史学方面。

新文化运动时期，早年曾留学日本早稻田大学的朱希祖，对文学革新表现出浓厚的兴趣，甚至参与发起了文学研究会。郑振铎编选《中国新文学大系·文学论争集》，还专门选录了朱希祖刊发于《新青年》6 卷 4 号的《非"折中派的文学"》和《白话文的价值》二文。前者称："要晓得旧思想不破坏，新事业断断不能发生的；两种相反对的主义，一时断不能并行的"；后者除再三辨正白话文的价值，更着重强调输入新词语的意义：

---

① 参见陈平原《不该被遗忘的"文学史"——关于法兰西学院汉学研究所藏吴梅〈中国文学史〉》，《北京大学学报》2005 年 1 期。

② 王学珍等编：《北京大学史料》第二卷 1081—1087 页。

"若打破古例，输入外来的新语，则文学的思想界，正如辟了救国的新疆土，又添了救国文学上的新朋友，岂不有趣?"[①] 这话由留日学生、且又是章太炎高徒、北大教授朱希祖说出来，自然很有分量。

虽同属新文化人，比起胡适或同门周作人、钱玄同来，朱希祖的文学观念受章太炎影响很深，显得比较传统。他在 1917 年 11 月 5 日的日记中写道：

> 近来北京大学文科教授主持文学者，大略分为三派：黄君季刚与仪征刘君申叔主骈文，而刘与黄不同者，刘好以古文饬今文，古训代今义，其文虽骈，佶屈聱牙，颇难诵读；黄则以音节为主，间饬古字，不若刘之甚，此一派也。桐城姚君仲实，闽侯陈君石遗主散文，世所谓桐城派者也。今姚、陈二君已辞职矣。余则主骈散不分，与汪先生中、李先生兆洛、谭先生献，及章先生（太炎）议论相同。此又一派也。[②]

可见新文化运动刚开始时，朱希祖仍在骈散之争那里打转。而到了 1919 年初发表《文学论》，则是另一种境界：

> 吾国之论文学者，往往以文字为准，骈散有争，文辞有争，皆不离乎此域；而文学之所以与他学科并立，具有独立之资格，极深之基础，与其巨大之作用，美妙之精神，则置

---

① 参见郑振铎编选《中国新文学大系·文学论争集》86—96 页，上海：良友图书印刷公司，1935 年。

② 转引自朱偰《五四运动前后的北京大学》，《文化史料丛刊》第五辑，北京：文史资料出版社，1983 年。

而不论。故文学之观念，往往浑而不析，偏而不全。[1]

这也才能理解，1920 年刊行《中国文学史要略》时，朱希祖必须澄清自己已经变化了的立场："盖此编所讲，乃广义之文学。今则主张狭义之文学矣，以为文学必须独立，与哲学、史学及其他科学，可以并立，所谓纯文学也。"[2]

很少采纳通用教材，而喜欢临时印发讲义，这是老北大的一个传统。这么做，成本较高，而且随意性强，校方曾试图纠正。1917 年 12 月 11 日的《北京大学日刊》上，刊发了《评议会致本校全体教员公函》，希望教员们向书店定购公开发行的教科书，或将自家讲义修订出版。当然，话没说绝："专门科学及其他高等学术，无适宜之教科书或参考书时，可由教员随时酌定印发讲义。"文科学长陈独秀的态度则更为强硬，要求自下学期起，预科采用教科书，本科则一律改用口授笔述：

> 鄙意大学印发讲义实非正当办法，文本科业已有数种学科，由教员口授，学生笔述，未发讲义，亦无十分困苦难行之处。[3]

但这个规定没能真正实行，1920 年鲁迅到北大讲中国小说史，照样是每周提前寄送讲义，以便工友缮写石印，上课前发给听讲的学生。1928 年至 1930 年在北大旁听的两位日本留学生、日后成

---

[1] 朱希祖：《文学论》，《北京大学月刊》1 卷 1 号，1919 年 1 月。

[2] 朱希祖：《〈中国文学史要略〉叙》，《中国文学史要略》，北京大学刊本，1920 年。

[3] 参见陈独秀《致文科全体教员诸君公函》，王学珍等编：《北京大学史料》第二卷 1179 页。

为著名汉学家的仓石武四郎（1897—1975）和吉川幸次郎（1904—1980），都曾在回忆录中饶有兴趣地介绍北大这一课前发讲义的制度。[①]

　　大学之所以需要印发教员编撰的讲义，有学术上的考量（如坊间没有合适的教科书，或学科发展很快，必须随时跟进），但还有一个很实际的原因，那就是教员方音严重，师生之间的交流颇多障碍。仓石武四郎和吉川幸次郎当年曾结伴在北大旁听，日后回想起朱希祖之讲授中国文学史和中国史学史，不约而同地都谈及其浓重的方音。在《中国语五十年》中，仓石武四郎是这样回忆的：

　　　　那时北京大学的老师，大多是江浙一带的人，如要学习浙江的方言，再没有比这更好的机会了，因为每天都有许多浙江方言充斥你的耳膜。不过，要想明白它的意思，可就不那么容易了。其中有一位名叫朱希祖的老师，听说他后来在战争中去世了，他的下巴上留着浓密的胡须，被人叫做朱大胡子。聊起这位老师时，我们就把手横着贴在胸前，表示胡子已经长到那里了。他教授文学史方面的课，但他说的话实在是太难听明白了。……不过我又想，中国的学生们怎么样呢？就问了问旁边的同学，他回答说完全听不懂。……几乎所有的老师都使用课堂资料，但这位朱希祖老师却不用，上来就讲，所以学生们都听不太懂。不过，"完全听不懂"却还如此镇定自若，我真是十分地惊讶。[②]

---

　　① 参见仓石武四郎著，荣新江等辑注《仓石武四郎中国留学记》210—212、233—236页，北京：中华书局，2002年；吉川幸次郎著，钱婉约译《我的留学记》48—51页，北京：光明日报出版社，1999年。

　　② 仓石武四郎著，荣新江等辑注：《仓石武四郎中国留学记》233—234页。

而在《我的留学记》中，吉川幸次郎也专门提到浙江海盐这地方语言之难懂："当我对旁边的同学说，我只听懂了1/3，旁边的同学说：朱大胡子所说的，我也听不懂。"接下来，吉川还绘声绘色地讲述了北大的"排朱运动"，起因正是"朱希祖先生马虎了事地经常拖延交出讲义，而其讲话又难于听懂"。[①] 早年的《中国文学史要略》，因"与余今日之主张，已大不相同"，不好意思再拿出来；而预告中的"新编文学史"，又一直没有完成。学术兴趣早已转向史学的朱希祖，对"中国文学史"这门课大概有些敷衍，这才会引起学生的不满。

用今天的眼光来看，林著固然蜻蜓点水，朱著也没多少独创性可言，至于吴著，连他自己都有意无意地遗忘了。说到底，这些都是普及知识的"讲义"，不是立一家之言的"著述"。之所以重刊这三种"过时"的讲义，不外是借此呈现早年北大的课堂，并凸显文学史作为一个学科的成长历程。对于一般读者来说，没必要细数这些陈谷子烂芝麻；至于专攻文学史或学术史的学者，此类藏本很少、搜寻不易的讲义，还是值得翻阅。

此次影印刊行，林传甲《中国文学史》选择的是1910年武林谋新室的校正本（1914年六版）；朱希祖《中国文学史要略》采用了北京大学一年级讲义本（铅印）；吴梅《中国文学史》用的则是为北大文科国文门三年级准备的石印讲义。需要说明的是，吴著原藏巴黎法兰西学院汉学研究所图书馆，书题《中国文学史（自唐迄清）》，实际上只写到了明代，而且三册中有一半是资料及作品选。这回影印的，只是其中的文学史论述部分。很可惜，石印讲义本

---

① 吉川幸次郎著，钱婉约译：《我的留学记》49—50页。

就效果不好，加上年代久远，有些字迹模糊不清。开始还想代为描摹，后来发现"越描越黑"，还不如干脆保持原状。这样一来，不太清晰之处，也就只能鼓励读者充分发挥辨析与想象力了。

2005 年 8 月 20 日于京西圆明园花园

（初刊《博览群书》2005 年第 10 期，作为序言收入《早期北大文学史讲义三种》，林传甲、朱希祖、吴梅著，陈平原辑，北京大学出版社，2005 年 /2020 年）

折戟沉沙铁未销

——新刊来裕恂撰《中国文学史》序

在中国，兼及学堂科目、著述体例、知识系统的"文学史"，肇始于1903年——这一点，因有1903年颁布的《奏定大学堂章程》为证，一般不会有什么异议。此前，中国人讲的是"文章流别"，此后，则积极投身"文学史"事业。一百年间，国人兢兢业业，多有撰述，如何评价，见仁见智。在我看来，1920年以前国人所撰"文学史"，今天仍值得与其认真对话的，大概只有王国维（1877—1927）的《宋元戏曲考》、刘师培（1884—1919）的《中国中古文学史》以及谢无量（1884—1964）的《中国妇女文学史》了。但如果换一个角度，着眼于"学术史"，则又是一番风景。这也是我热心谈论京师大学堂—北京大学教师林传甲（1877—1922）、朱希祖（1879—1944）、吴梅（1884—1939），以及东吴大学教习黄摩西（1866—1913）等人著述的缘故①。这些撰写并刊行于清末民初的"文学史"，作为曾被正式使用的大学教材，让我们得以进入并深入探究那个时代大学校园里的"文学教育"。

---

① 参见拙编《早期北大文学史讲义三种》（北京大学出版社，2005年）以及《近代中国的百科辞书》（北京大学出版社，2007年）之"晚清辞书与教科书视野中的'文学'——以黄人的编纂活动为中心"等。

约略与此同时，任教浙江海宁中学堂的浙江萧山人来裕恂
（字雨生，号匏园，1873—1962），也开始了编纂文学史的工作。
清末民初，不仅大学堂，中学堂也可开设文学史课程。1903 年
的《奏定中学堂章程》规定："中国文学"课程除讲授文义、文
法和作文外，"次讲中国古今文章流别、文风盛衰之要略，及文
章于政事身世关系处"①。既然同期颁布的《奏定大学堂章程》，
已在"历代文章流别"后面加一括号，注明"日本有《中国文学
史》，可仿其意自行编纂讲授"②，中学堂里的"中国文学"课，
自然也可讲成"文学史"。进入民国，这一趋势更加明显。1912
年 12 月，教育部公布中学校令施行规则，第一章"学科及程度"
规定："国文首宜授以近世文，渐及于近古文，并文字源流、文法
要略，及文学史之大概"；1913 年 3 月，教育部公布中学校课程
标准，国文一科第四学年的教学内容包括："讲读、作文、文法要
略、中国文学史。"③因应这一潮流，商务印书馆积极行动起来，
1914 年刊行为中学国文科编纂的《中国文学史》（王梦曾），1915 年
出版列为"师范学校新教科书"的《中国文学史》（张之纯）。至于
晚清，则未见同类著述。在这一意义上，眼下这部"新刊旧书"
《中国文学史》④，倒是提供了不可多得的样本。

近乎"出土文物"的《中国文学史》，是来裕恂撰于清末民

---

① 参见舒新城编《中国近代教育史资料》中册 503 页，北京：人民教育出版社，
1961 年。

② 《奏定大学堂章程》，参见舒新城编《中国近代教育史资料》中册 589 页。

③ 参见舒新城编《中国近代教育史资料》中册 522、530 页。

④ 来裕恂诸多著述，除《汉文典》外，大都是稿本。最近十年，由于长孙来新夏的积
极推动，原先只有家印本（1924 年）的《匏园诗集》，1996 年由天津古籍出版社刊行；《萧山
县志稿》1991 年由天津古籍出版社刊行；《杭州玉皇山志》有杭州图书馆石印本（1985 年）、
《中国文学史》有杭州市萧山区地方志办公室影印本（2005 年）。

初的中学教材。作者 1904 年自日本归国，第二年起任教海宁中学堂，因课程需要，开始编撰讲义。目前仍保存完好的稿本，前有《绪言》，署"宣统元年二月萧山来裕恂叙于海宁州中学堂"。书稿多有涂改处，其中"国朝"一律改为"清代"，当系民初所为。这些删改无伤大雅，全书的基本格局，仍属于晚清——具体说来，就是 1909 年的誊正本。而此前三年（光绪三十二年），作者在商务印书馆刊行了其生前唯一公开出版的著作《汉文典》。二书面貌迥异，但学术思路多有重叠处，将其对照阅读，大有可观。

既然是为中学堂编写的"文学史"，必定不同于学者的专门著述，不可能特立独行，也不允许艰深晦涩，而只能是"兼收并蓄"——说白点，就是更多地借鉴学界已有的研究成果。如此说来，与其从"学术性"角度，对其高标准、严要求，倒不如承认，此乃"通俗读物"，更多地体现一时代的学术风貌。于此入手，实可触摸那个时代读书人对于"文学史"的想象。

早期的文学史著述，有若干共同点，如厚古薄今、粗枝大叶、叙述多而分析少、"文学史"而兼"诗文选本"（如来著讲汉代韵文时抄录《古诗十九首》，讲汉魏文章时夹入曹操《短歌行》、曹植《洛神赋》、王粲《登楼赋》）等，那既体现了当年学界的水平，也是为了适合教学需要。比起大学堂来，中学堂里讲述的文学史，无疑更为简略。但所有这些，都不是"问题"；需要深入探究的，是作为晚清学人，来裕恂先生的学术立场以及编纂策略。

谈论来裕恂的学思历程，最好拉上近代中国著名学者、斗士兼思想家章太炎（1868—1936）。在《〈汉文典注释〉说明》中，来新夏提及《匏园诗集》卷十五之《为苏报案章炳麟、邹容下狱，乃酿以周之，延徐紫峰为被告律师翻译，赴会审公堂旁听，归而放歌》，目的是强调其先祖"同情革命"。其实，更值得关注的，是来裕恂与章太炎的"同门之谊"。

　　同入杭州诂经精舍，比章太炎小五岁的来裕恂，竟"捷足先登"俞樾门墙。若来新夏先生的记述无误，则章、来二君应有两年同窗的经历。所谓"少攻经史诸子，年十八，肄业于杭州西湖诂经精舍"，加上"光绪十八年，先祖方二十岁，就一面于杭州崇文、紫阳二书院以窗课博膏火资，一面还设帐授徒为稻粱之谋"①，意味着来裕恂确曾与章太炎同学。读《太炎先生自定年谱》《谢本师》等，我们确知，章太炎是在光绪十六年（1890）开始"肄业诂经精舍""事德清俞先生，言稽古之学"的。②至于日后二人都曾游学日本，则是擦肩而过。光绪二十九年（1903），来裕恂"因受新思潮影响，乃典衣举债，东渡扶桑，入弘文书院师范科，并考察日本各类学校的教育情况。次年应聘主横滨中华学校教务。同年归里"③。而此时，太炎先生正因《苏报》案身陷囹圄。等到1906年章氏出狱，前往东京，"提奖光复，未尝废学"④，来氏则已在海宁州中学堂任教。如此说来，二人虽系同门，很可能并没有多少深入的交往。

　　或许，深刻影响来裕恂学术思想形成的，反而是1904年之应聘主持横滨中华学校教务。所谓"宗国沉沦痛已深，侨民幸尚仰儒林；四千里外逢青眼，海上成连且学琴"（《郭外峰邀任横滨中华学堂

----

① 参见来新夏《〈汉文典注释〉说明》，载来裕恂著，高维国、张格注释《汉文典》，天津：南开大学出版社，1993年。

② 参见《太炎先生自定年谱》4页，香港：龙门书店，1965年；《谢本师》，《民报》第9号，1906年11月15日。

③ 参见来新夏《〈汉文典注释〉说明》。

④ 参见《太炎先生自定年谱》14页。

教务》），此举不仅让"具热心"的作者得以"贡微尘"①，更重要的是，也使其更多了解了梁启超的著述。在海外，日本横滨的华侨教育发达甚早，先有大同学校，1901 年后复有中华学校、华侨学校、志成中学；1923 年东京大地震后，数校合而为一，延续至今，便成了"百年老校"横滨中华学院②。同是华侨教育，来裕恂主持教务的中华学校与梁启超积极参与的大同学校，并非楚河汉界，不可能老死不相往来；更何况，梁在横滨主办的《新民丛报》《新小说》等，乃当年国人接受西学的重要途径。仔细辨析，来裕恂所撰《汉文典》及《中国文学史》中，也隐约可见梁启超的声影。

从 1905 年的《〈国粹学报〉叙》（黄节）、《古学复兴论》（邓实），到 1906 年的《东京留学生欢迎会演说辞》（章太炎），日后被命名为"国粹学派"的晚清诸学人，既有"同人痛国之不立，而学之日亡也"的现实刺激，又有通过复兴周秦学派来"扬祖国之耿光"的意图，更有将语言文字作为文明复兴根基的愿望："若是提倡小学，能够达到文学复古的时候，这爱国保种的力量，不由你不伟大的。"③由"文字"而"文章"而"文学"而"文明"，如此救国途径，在来裕恂那里，得到很好的呼应。最明显的，莫过于《汉文典》卷首的这段话：

---

① 《横滨中华学院百周年院庆纪念特刊》（横滨中华学院，2000 年）所收《来新夏来函》，附有"前横滨中华学堂教务主任来裕恂"诗十二首（207—208 页），包括上引之《郭外峰邀任横滨中华学堂教务》。

② 参见杜国辉《创立百周年纪念特刊发刊词》及《横滨中华学院沿革表》，见《横滨中华学院百周年院庆纪念特刊》10、63 页。

③ 参见黄节《〈国粹学报〉叙》，《国粹学报》1 期，1905 年 2 月；邓实《古学复兴论》，《国粹学报》9 期，1905 年 10 月；章太炎《东京留学生欢迎会演说辞》，《民报》6 号，1906 年 7 月。

爰不揣梼昧，以泰东西各国文典之体，详举中国四千年
来之文字，疆而正之，缕而晰之，示国民以程途，使通国无
不识字之人，无不读书之人。由此以保存国粹，倘亦古人之
所不予弃也。[①]

为了论证"有文斯有国，有国斯有文"的道理，在《汉文典》第
四卷"文论"中，有如下一段妙语：

地球各国学校，皆列国文一科。始也，借以启蒙普通
知识，继则进而为专门之学，果何为郑重若斯哉？以文之盛
衰，系乎国之存亡，故知保存其文，即能保存其国。[②]

而在《中国文学史》的"绪言"中，来裕恂亦指认："欲焕我国华，
保我国粹，是在文学。"在来先生看来，近代中国之所以落后，道
理很简单："则以泰西之政治，随学术而变迁，而中国之学术，随
政治为旋转故也。"因此，当务之急，是专心学术，而不是侈谈政
治。如果说来裕恂借国文保存国粹之观念，与同门章太炎高度契
合，其上述关于政治与学术之辨析，则明显得益于梁启超。[③]

既然像"远而希腊，近而欧美"那样，"皆能以学术之力转
移政治"，在中华文明史上，"仅先秦时一现光影"，这就难怪，作
者在《中国文学史》中，对于先秦学术给予极大关注。在第二篇

---

① 来裕恂：《〈汉文典〉序》，载来裕恂著，高维国、张格注释《汉文典》2 页。

② 参见来裕恂著，高维国、张格等注释《汉文典》374—375 页。

③ 梁启超《论中国学术思想变迁之大势》第四章"儒学统一时代"开篇就是："泰西
之政治，常随学术思想为转移；中国之学术思想，常随政治为转移，此不可谓非吾学界之一缺
点也。"参见梁启超撰、夏晓虹导读《论中国学术思想变迁之大势》51 页，上海古籍出版社，
2001 年。

第八章"先秦文学之评议"中，作者称："凡一国文学之昌明，恒视其国民思想之发达。中国国民之思想，于先秦时最优胜，故此时代之文学，大有可观。试述其优长者四端。"这四"优长"分别是："国家思想之发达""生计问题之昌明""世界主义之光大""家数之繁多"。至于先秦学术之缺陷，作者认为，"一在论理之学缺乏""二在物理学之不讲""三在门户之见太深""四在保守之念太重""五在家法之说太严"。不管是说"优长"还是辨"缺点"，都不是纯粹的史学研究，而是在呼应当世学人对于"古学复兴"的提倡。有趣的是，以上论述，并非来裕恂的创见，同样汲取自梁启超1902年在《新民丛报》上连载的《论中国学术思想变迁之大势》。①与今日著述之讲求"学术规范"不同，晚清学人喜欢"转引"与"抄录"。让学生们更多地了解学界的"最新成果"，属于教材的"题中应有之义"。因此，来著《中国文学史》之多有借鉴，实在是情有可原。

晚清的国粹学派，绝非一味守旧，相反，他们特别强调"中外交通"对于文化创新的重要性。所谓"古学复兴"，本身便是套用欧洲"文艺复兴"的思路。②如此趣味，使得来著《中国文学史》特别看重中外之间的文化交流。若第四篇第七章"南朝之儒学及梵学"，提及："南朝文学之盛，惟梁武之世。然梵学亦开于此时。要之，梵文之译，始于晋；而采用印度学术，则始于梁之韵学。六朝时代，为印度哲学输入之始。中国声韵之学，全仿梵文，究中国文字之学者，不可不知也。"第五篇第七章"唐之佛

---

① 在《论中国学术思想变迁之大势》第三章第四节之"（甲）与希腊学派比较"，梁启超列举先秦学派之所长与所短，比来裕恂所论多一长（"影响之广远"）一短（"无抵抗别择之风"）。参见梁启超撰、夏晓虹导读《论中国学术思想变迁之大势》42—50页。

② 参见拙著《中国现代学术之建立》332—342页，北京大学出版社，1998年。

学"，将玄奘所译《摩诃般若波罗蜜多心经》作为"佛教中之文学"，全文抄录，郑重推荐给读者。第七篇第七章"欧洲学术之输入"，谈论元代虽然"中国文学"不兴，但"欧洲学术"开始输入："蒙古为游牧之民，文学等于草昧，值东欧罗马之文明未淹、工艺正盛之时，故欧洲之学术，如天算等，有输入者。"至于第九篇第十一章"近今之文学"，从京师同文馆以及广东的广方言馆、天津的武备学堂、上海的江南制造局、福建的船政学堂说起，因其"皆以考究欧洲之科学为目的"，而中国文学将因此而"开前古未有之景象"。编撰"中国文学史"而引入"佛学"，在情理之中；至于谈论元朝时"欧洲学术之输入"，以及从京师同文馆等入手，来辨析近代文学之走向，均是别开生面。

作者关注"中外交通"对于"文学史"的贡献，但限于学识与体例，未能深入展开。除了第一篇谈及"诸子以前之文学"时，有"各国文学之通例，必先韵文而后散文"；其余部分，绝少显示作者的西学修养。在《中国文学史》的"绪言"中，作者提到了哥白尼之天文学、亚丹斯密之理财学、卢骚天赋人权之学说、伯伦知理之国家学、倍根之格物学、笛卡儿之穷理学、蒙德斯鸠之政法学、富兰克令之电学、瓦特之汽机学，以及约翰弥勒之论理学、达尔文之进化论、斯宾塞之群学、边沁之功利主义等，虽表明作者对刚刚传入的"新学"饶有兴趣，但都是一句带过。《匏园诗集》卷十八《赴沪为〈汉文典〉出版》有云："学希许郑文班马，法准欧苏义韩柳。"《汉文典》如此，《中国文学史》也不例外。作者到过日本，但进的是语言学校，属于那个时代十分流行的"游学"，而非正规的专业训练。故讲西学非其所长，只是增加了论说的时代感，同时带进一种比较的眼光。作者真正的学术功底，还是在诂经精舍打下的。

　　来裕恂撰《中国文学史》，其"绪言"称："盖文学者，国民特性之所在，而一国之政教风俗，胥视之为盛衰。"因为"文学"与整个社会风气，乃至语学、美术学、哲学、政治学等，"要有各种关系"，故"观于一代文学之趋势，即可知其社会之趋势焉"。这里有《文心雕龙·时序》"文变染乎世情，兴废系乎时序"的影子，但更重要的是，作者对"文学"一词的理解，并非直接对应西文的 literature。第一篇"中国文学之起源"中各章，如"黄帝之学术""尧舜之学术""殷之学术""周代学术"等，其中"学术"二字，作者后来全都涂改为"文学"。第二篇"诸子时代"各章，若"老子之道""孔子之道""墨子之道"等，也都改"道"为"文学"。换句话说，在作者心目中，"文学"与"学问""道术"之间，不说完全等同，起码也可互换。这样一来，谈"中国文学起源"时，设专章讨论"周代之学制"；辨析"晋代之文学"时，从"晋初，武帝承魏祚，立学校，大学生徒三千人"说起；或者考察"近今之文学"时，以京师同文馆等之崛起为标志，便都显得顺理成章。至于借助《宋元学案》《明儒学案》，来编写第六篇第三章"宋儒之学派"和第八篇第二章"明代道学派之纷争"，将文学史和哲学史混为一谈，也是基于上述思路。清末民初，国人所撰"文学史"，大都未在"文""学"之间作出严格区划，但像来裕恂这样强调"学制"、注重"学派"的，倒也不多见。随着五四新文化运动的兴起，学科边界日渐明晰，史家转而从审美角度来讨论"中国文学"，像来著那样"芜杂"的"文学史"，因此逐渐被淘汰出局。不过，完全套用西方"纯文学"思路，以今律古，同样不无流弊。所谓"经国之大业，不朽之盛事"，本就不是单纯的"审美"。谈论古代中国的诗文，如何在"文学史"与"学术史"之间，保持必要的张力，对于研究者来说，其实是一个不小的挑战。

清末民初刊行的文学史（除黄人所著外），大多以"文章"为中心，而极少关注不登大雅之堂的"小说"。这一点，在京师大学堂教材、林传甲撰《中国文学史》那里，表现得尤其明显。作者自称，此书之编撰，除依据《大学堂章程》外，"则传甲斯编，将仿日本笹川种郎《中国文学史》之意以成书焉"①。可在具体论述时，林氏又振振有辞地批评笹川书"识见污下"。为何先卑后倨，关键在于，笹川之表彰小说戏曲，让林教习很不以为然：

> 元之文格日卑，不足比隆唐宋者。更有故焉，讲学者即通用语录文体，而民间无学不识者，更演为说部文体，变乱陈寿《三国志》，几与正史相溷。依托元稹《会真记》，遂成淫亵之词。日本笹川氏撰《中国文学史》，以中国曾经禁毁之淫书，悉数录之，不知杂剧院本传奇之作，不足比于古之《虞初》，若载于风俗史犹可，笹川载于《中国文学史》，彼亦自乱其例耳。况其胪列小说戏曲，滥及明之汤若士、近世之金圣叹，可见其识见污下，与中国下等社会无异。而近日无识文人，乃译新小说以诲淫盗，有王者起，必将戮其人而火其书乎！②

林教习万万想不到的是，十几年后，他曾任教的这所"最高学府"，竟屈服于那些他深恶痛绝的小说戏曲，不仅没有"戮其人而火其书"，还开设专门课程，鼓励学生体味与研修。

---

① 林传甲：《中国文学史》书前"识语"，见《早期北大文学史讲义三种》29页。

② 林传甲：《中国文学史》第十四篇十六章，见《早期北大文学史讲义三种》210页。

比起林传甲之厉声训斥传统中国的小说戏曲诲淫诲盗，来裕恂撰《中国文学史》之轻描淡写，已经算相当客气。该书第七篇第六章"小说戏曲之发达"，区区两小段，谈及小说时，更只有寥寥数语：

> 元以前之小说，大都神仙怪异，或巷说街谈，始自周之稗官者流。至宋元而繁矣，《四库总目》分为三派，叙述杂事、记录异闻、缀辑琐语。至元代，则《水浒传》出自施耐庵。自此至明，小说益盛，有《西游记》、《后水浒》及《三国演义》等书。

至于第九篇第九章"国朝之小说戏曲"，更是简略得不能再简略，连声名显赫的《儒林外史》《红楼梦》等，都没有露脸的机会。这一点，与梁启超之提倡"新小说"，并非截然对立。为了说明这个问题，不妨引入来裕恂所撰《汉文典》，其中关于小说的论述，正可与《中国文学史》互相补正。

《汉文典》包括《文字典》和《文章典》两部分，后者包括"文法""文诀""文体""文论"等四卷。第四卷"文论"之第四篇"变迁"，实际上是一篇微型的"文学史"，因其从"伏羲唐虞"之"文学发生时代"，一直讲到"近今"之"文章改良时代"，划"中国文章之变迁"为十四期。[①] 定魏晋为"文章薄弱时代"、南北朝为"文章淫靡时代"，属于传统见解，无法与章太炎《国故论衡·论式》之"石破天惊"相提并论。[②] 但此书虽以论"文"为

---

① 参见来裕恂著，高维国、张格注释《汉文典》399—417 页。

② 参见拙文《现代中国的"魏晋风度"与"六朝散文"》，见《中国文化》15、16 期，1997 年 12 月，或《中国现代学术之建立》330—403 页。

主，偶涉小说戏曲，却有相当通达的见解。若第三卷第三篇第三章"文词类"之谈论"小说"，从"出于稗官"起笔，一直讲到汉魏笔记、唐人传奇，还有明清小说等。[①] 看得出来，作者对于小说戏曲的评价，是在传统的偏见与新学的提倡之间摇摆。一方面称"故章回、杂剧终为儒者之所鄙，此亦乌足以极文章之妙"，似乎是文类本身的缺陷；另一方面，又引入外国的眼光，好像是在批评国人之不觉悟：

> 要之，中国之小说，自昔之作，大约事杂鬼神，情钟男女者为多，故往往为世间之戏具，不流行于上层社会。而移风易俗之道，外国泰半得力于小说者，中国反以此而沮风气。推其原因，则由于读小说者，不知小说之功用，作小说者，不知小说之关系也。[②]

此等看似自相矛盾的论述，实际上深受梁启超《译印政治小说序》（1898）和《论小说与群治之关系》（1902）二文的影响。[③] 既批判"旧小说"之诲淫诲盗，又表彰"新小说"之觉世济民，此乃梁启超左右开弓的论述策略。基于此立场，谈论传统中国小说，不横加指责，就算是宽宏大量的了。到了第四卷第三篇第六章，作者方才给予"小说之文"比较正面的评价：

---

① 称"白话小说，则原于宋""逮至明代，作者亦好为之"，大体说得过去；但将《聊斋志异》说成是"演义体"，称"偶谈""杂记""丛录""琐语"等"要皆统于说部"，起码是不够妥帖。

② 参见来裕恂著，高维国、张格注释《汉文典》351—353 页。

③ 参见任公《译印政治小说序》、饮冰《论小说与群治之关系》，收入陈平原、夏晓虹编《二十世纪中国小说理论资料（第一卷）》21—22、33—37 页，北京大学出版社，1989 年。

　　小说之文，每演白话，所记多杂事琐语。其体则章回、
传奇，叙事之法，多本传记。惟词曲则注意于音节，辞采雕
琢，不遗余力。自屠爨贩卒，姁娃童稚，上至大人先生，文
人学士，无不为之歆动。其感人之深，有如此者，盖别具一
种笔墨者也。①

肯定"每演白话"的"小说之文"，称其"感人之深""别具一种
笔墨"，这在晚清的文学史著中，已经算是相当开明的了。

　　一百年前的著述，要挑毛病，那实在太容易了。相反，具
同情之了解，将其置于学术史上详加辨析，更为难得，也更有意
义。借用唐人杜牧诗句，即所谓"折戟沉沙铁未销，自将磨洗认
前朝"。至于我本人，更感兴趣的是，借此理解晚清波涛汹涌的西
学大潮，以及早已隐入历史深处的中学课堂。因而，不揣冒昧，
从国文与国粹、中学与西学、学术与文学、小说与文章等四个方
面，对即将"新刊"的来著《中国文学史》略作"推敲"。

2007 年 12 月 6 日于京西圆明园花园

（初刊《天津社会科学》2008 年 2 期；作为序言收入

《萧山来氏中国文学史稿》，长沙：岳麓书社，2008 年）

---

① 来裕恂著，高维国、张格注释：《汉文典》398 页。

"哲学"与"考据"视野中的"文学史"

——新版《罗根泽古典文学论文集》序

一

1933 年初，受顾颉刚委托，罗根泽（1900—1960）在北平编定《古史辨》第四册《诸子丛考》，并模仿顾编《古史辨》第一册，借长篇"自序"畅谈自家的学术经历及理想。此后四年，罗氏又续编《古史辨》第六册，由此彻底完成了从学历不太完整的农家子弟向前途无量的著名学者的转型。这中间，1927 年之考取清华学校研究院国学门，师从梁启超研究"诸子学"，以及随后考取燕京大学国学研究所，师从冯友兰研究"中国哲学"，极为关键。如此学术背景，加上两篇毕业论文《孟子评传》与《管子探源》，不久分别由商务、中华公开刊行，罗根泽的学术道路似乎很清晰；可形势比人强，辗转各大学教书，需要开设的课程，除诸子概要、中国学术史外，还有中国文学史、中国批评史等。于是，一半是个人兴趣，一半是工作需要，就在这春风得意的十年间，罗根泽时而文学，时而哲学，时而考据学，开始多面出击。

为何如此纵横驰骋，在《古史辨》第四册《诸子丛考》的"自序"中，罗根泽做了如下解释：

做考据吧，按不住自己的奔放的情感。做文学吧，理智又时来捣乱。做哲学吧，哲学要有己见；我呢，觉得凡是己见，都不是最终的真理，最终的真理在若干哲学家之己见的中间；我反对己见，当然不配研究哲学。可是哲学，文学，考据学，又都在被我爱好。那末怎么办呢？经了这一次的徬徨，最后体察出自己的短处和长处：自己没有己见，因之缺乏创造力，不能创造哲学，亦不能创造文学。但亦惟其没有己见，因亦没有偏见，最适合于做忠实的，客观的整理的工作。利用自己因爱好哲学而得到的组织力与分析力，因爱好文学而得到的文学技术与欣赏能力，因爱好考据而得到的多方求证与小心立说的习惯，来做整理中国文学和哲学的事业。①

那时的罗先生，年轻气盛，展望未来，前程似锦，谈起研究计划时，口气实在大得很：关于《中国文学史》，请读者参见他的《乐府文学史》；关于《中国学术思想史》，分为四个时期，在第一期即"诸子研究"中，罗根泽开列了五类研究计划：人的研究、书的研究、学说的研究、佚子的研究、历代人研究诸子的总成绩。就拿第三类"学说的研究"来说吧，可分成"侧重人"与"侧重学术"两种。前一种可分四类，每类罗先生都有拟想中或正在做的具体题目，而其中的第四类"比较的研究"，"细分又可析为四类"②。如此发散式思维，以及庞大无比的研究计划，决定了其工作目标永远无法实现——即便再活一百岁。而这还只是其众多规划中的一个。眼界开阔，志向远大，喜欢制订计划，擅长建立

---

① 罗根泽：《〈古史辨〉第四册〈诸子丛考〉自序》，见《罗根泽说诸子》1—2页，上海古籍出版社，2001年。

② 罗根泽：《〈古史辨〉第四册〈诸子丛考〉自序》，见《罗根泽说诸子》9—11页。

框架，论述时勇于下大结论并列表说明，如此做派，极像乃师梁启超。

谈论诸子学以及文学史，罗根泽多次引用"本师梁任公先生"的相关论述，明显看得出他很重视自己的师承。可以上"自序"，尤其分析自家性情与学问之关系时，模仿的却是另一位清华国学院导师王国维。

王国维在"三十自序"中，谈及学问"大都可爱者不可信，可信者不可爱"，这一困境使得他彷徨无地：

> 知其可信而不能爱，觉其可爱而不能信，此近二三年中最大之烦闷，而近日之嗜好所以渐由哲学而移于文学，而欲于其中求直接之慰藉者也。要之，余之性质，欲为哲学家则感情苦多，而知力苦寡；欲为诗人，则又苦感情寡而理性多。诗歌乎？哲学乎？他日以何者终吾身，所不敢知，抑在二者之间乎？①

那一代读书人，普遍有大志向，希望将生命与学问合一，而不仅仅是谋一职业。王国维之治学路径，由哲学而诗歌而戏曲而古史，几次成功转型，给中国现代学术留下了极具启示意义的探寻足迹。罗根泽显然从中获得启示，也在三十岁左右，借"自序"剖析自家的性情、志向、趣味与学力，最后确定"以毕生的精力，写一部忠实而详赡的《中国文学史》和一部《中国学术思想史》"②。

---

① 王国维：《自序二》，《静庵文集续编》21 页，见《王国维遗书》第五册，上海古籍书店，1983 年。

② 罗根泽：《〈古史辨〉第四册〈诸子丛考〉自序》，见《罗根泽说诸子》2 页。

此一早年制订的目标，既未彻底实现，也不至全然落空。这或许是所有美好愿望或工作计划的共同命运。"学术思想史"方面，除了编辑《古史辨》第四、第六册，自家论著主要集中在《诸子考索》（人民出版社，1958年）或《罗根泽说诸子》（上海古籍出版社，2001年）。二书互有重叠，也不无差异，可参照阅读。至于"文学史"研究，在罗根泽这里，日后展开为"批评史"与"文学史"两翼。1930年秋，在《乐府文学史·自序》中，罗根泽称准备分歌谣、乐府、词、戏曲、小说、诗、赋、骈散文八类，撰写"中国文学史类编"[①]。而1935年发表的《研究中国文学史的计划》，认定歌谣是诗词乐府的生母，且本身变化极少；"又以文学批评虽不一定也算创作，但确是创作的导师，在文学史上的地位极高"，因此，计划中的"中国文学史类编"，删去歌谣，添入批评，仍是八类[②]。

只不过随着学术发展以及本人兴趣转移，"批评史"逐渐自立门户，不再委托"文学史"代管。至于罗根泽本人，从《研究中国文学史的计划》之将"批评史"作为"中国文学史类编"之一，到《我怎样研究中国文学史》之主张"文学批评及文学史的参取"，再到《中国文学批评史》第一章"绪言"之专门讨论"文学史与文学批评史"，历陈"文学批评史虽与文学史有关，但文学批评史的去取褒贬，不能纯以文学史为标准"[③]，中间多有变化。其实，放长视线，称《中国文学批评史》也是一种"文学史"，一

---

① 罗根泽：《乐府文学史·自序》，《乐府文学史》，北平：文化学社，1931年。

② 罗根泽：《研究中国文学史的计划》，《罗根泽古典文学论文集》32页，上海古籍出版社，1985年。

③ 参见《罗根泽古典文学论文集》32、2527页，以及罗根泽《中国文学批评史》第一册1113页，上海古籍出版社，1984年。

点都不委屈，而且，更能体现郭绍虞、罗根泽等第一代批评史家的情怀。郭绍虞在《中国文学批评史·自序》中称自己"屡次想尝试编著一部中国文学史"，因规模过于庞大，没有勇气进行下去，"所以缩小范围，权且写这一部《中国文学批评史》"："我只想从文学批评史以印证文学史，以解决文学史上的许多问题。"①对于郭、罗这一代学者来说，在教学、研究及著述中兼及批评史与文学史，是再自然不过的了。

二

这里暂且从俗，尊重现有的学科分野，让"批评史"与"文学史"并驾齐驱。这么一来，罗根泽的业绩大致体现为诸子学、批评史、文学史三大块。这方面，周勋初有精彩的论述②。周先生是罗先生晚年在南京大学时的得意门生，对乃师学问的理解与论述相当精辟，其中的"盖棺论定"尤其值得关注：

> 总的看来，罗先生在诸子学的考辨工作中取得了不少成绩，有力地推动了这一学科的发展；他为中国文学批评史

---

① 郭绍虞：《中国文学批评史·自序》，《中国文学批评史》，上海：商务印书馆，1934年。另外，郭先生晚年在《建立具有中国民族特点的马克思主义文艺理论》中提及："五四时期，我就开始研究中国古代文学了。我当时的想法，是要写一部中国文学史。后来在收集材料的过程中，发现有许多文艺理论的材料没有引起大家的重视，我也就把注意力集中到这个方面而写起中国文学批评史来了。"（见《照隅室古典文学论集》下编530页，上海古籍出版社，1983年）

② 周勋初撰《罗根泽先生在学术领域中的多方开拓》，载张世林编《学林往事》中册，北京：朝华出版社，2000年；此文经作者修改后，改题《罗根泽在三大学术领域中的开拓》，收入陈平原编《中国文学研究现代化进程二编》150—176页，北京大学出版社，2002年。

的建设作出了不少贡献，特别是在材料的发掘与格局的定型上。他在文学史方面的开拓，则有逊于前二者，未能取得相应的成绩，这是有其原因的。[①]

所谓"原因"，指的是 1950 年代以后的罗先生，受时局影响，转而走"以论带史"道路，教训十分深刻。关于罗先生的学术业绩，到底是诸子学第一，还是批评史领先，可以讨论；但文学史只能叨陪末座，这点大概没有疑问。

按照时下的学科分类，罗根泽先生的文学史著述，主要是 1931 年文化学社印行的《乐府文学史》[②]、1955 年五十年代出版社所刊《中国古典文学论集》和 1985 年上海古籍出版社推出的《罗根泽古典文学论文集》[③]。下面就主要围绕这三书，讨论罗先生在文学史研究方面的贡献。

《乐府文学史》是罗根泽设想的《中国文学史类编》的第二编，分第一章"绪论"、第二章"两汉之乐府"、第三章"魏晋乐府"、第四章"南北朝乐府"、第五章"隋唐乐府"、第六章"结论"，共 290 页；加上 12 页"自序"，在草创时期，也算是一本很像样的专著了。因体制新颖，此书曾吸引众多目光，以至直到今天，谈论中国诗歌或魏晋南北朝文学的"研究史"时，一般都会提到它。

---

① 周勋初：《罗根泽在三大学术领域中的开拓》，见《中国文学研究现代化进程二编》172 页。

② 罗著《乐府文学史》，收入上海书店 1991 年版"民国丛书"时，据 1931 年版影印；收入东方出版社 1996 年版"民国学术经典文库"时，据 1931 年版编校刊行。

③ 此外，南京大学教务处 1957 年以内部交流名义印发薄薄一册罗根泽编《魏晋南北朝文学史》(97 页)；作家出版社 1957 年初刊、人民文学出版社日后多次重印的《先秦散文选注》，乃罗根泽编选并撰序，戚法仁注解。

作者之所以分类撰写"中国文学史"，理由是："我相信一种文学的变迁的原因，和并时的其他文学的影响，终不及和前代的同类文学的影响大。"也就是说，论及文学创作时，将文类内部的规制与承传，置于外部的时代风气之上。可最为关键的第二章至第五章，也仍然是以朝代为线索。如此"以类为经，以时为纬""以类为编，以时为章"，作者希望达成的目标是："指望读者一方面得到各类文学的竖的观念，一方面也得到全部文学的横的观念。"①

此一"文学史类编"研究设想，确有创新之处。不过，意识到的历史责任与承担者的实际能力之间，其实是存在差距的。作者称："我这本《乐府文学史》，采取他人说最多的，两汉则有先师梁任公先生的《美文史》里《两汉乐府》一章（未刻），唐代则有胡适之先生的《白话文学史》里《八世纪的新乐府》一章。"②可仔细阅读，你会发现，此书更像是一册课堂讲义，多为铺陈与综述，少见精彩的深入探讨。

这确实是一本大学教材，作者还没来得及撰写众多相关的专业论文，故线索清晰，但底子单薄。这一点，作者心里很明白。1934 年 10 月，罗根泽曾借《何谓乐府及乐府的起源》的"引言"，讲述其研究乐府的历程：

> 余于十八年秋，应河南大学之聘，以乐府教坊，讲授学子。十九年秋，移讲席河北大学，整理旧业，对原用讲义，大加修改，以乐府一部分，命名《乐府文学史》，交北平文

---

① 罗根泽：《乐府文学史·自序》2、8 页，《乐府文学史》，北平：文化学社，1931 年。

② 罗根泽：《乐府文学史·自序》11 页，《乐府文学史》。这里所说的《美文史》，即日后收入《饮冰室合集》的《中国之美文及其历史》。

化学社付印。出版后，续有新获，觉应当增删之处仍甚多。二十年秋，又移讲席北平，在燕京大学讲"乐府及乐府史"，除以已出版之《乐府文学史》作教本外，又成《乐府中的故事与作者》及此文两篇。[①]

若谈论罗根泽"乐府研究"的成绩，单凭《乐府文学史》远远不够，非将《何谓乐府及乐府的起源》《南朝乐府中的故事与作者》拉进来不可。换个角度，新刊《罗根泽古典文学论文集》，若能兼收 1930 年代公开出版的《乐府文学史》和 1950 年代内部印行的《魏晋南北朝文学史》(无论其学术水平高低)，当更能体现罗根泽的"文学史"业绩。这样，方可与《中国文学批评史》和《罗根泽说诸子》鼎足而三。

不过，在《乐府文学史·自序》中，罗根泽先声夺人，表达自己的学术志向："生平有一种怪脾气，不好吃不劳而获的'现成饭'，很迷信古文大家曾国藩的话：'凡菜蔬手植而手撷者，其味弥甘也。'《中国文学史》虽然已经有了许多的本子，但被逼于不吃'现成饭'的我，却不能不来尝尝'手植手撷''其味弥甘'的滋味。"[②]这种白手起家、发凡起例的大气魄，能不能做到是一回事，但确实是罗根泽著述的一大特点。

1955 年出版的《中国古典文学论集》，收文六篇，共 119 页，其"后记"称："文学的发生、发展是有客观规律的，伟大的古代作家是遵循着现实主义传统，表现了很高的人民性。"在作者看来，发掘"现实主义传统"与"人民性"，乃"祖国文学史工作的

① 罗根泽：《何谓乐府及乐府的起源》，《罗根泽古典文学论文集》99 页。

② 罗根泽：《乐府文学史·自序》1 页，《乐府文学史》。

不可免的重大任务"①。若《古奴隶社会的奴隶歌谣》《陶渊明诗的人民性和艺术性》《李白爱祖国爱人民的一面》等文，乃新中国成立后作者适应新环境，认真学习新理论的成果。可我以为，此书最值得欣赏的，还是考辨性质的《绝句三源》；此文撰于1944年，十年后增加"三点补充"②，没有引入任何时髦理论，反而显得质朴可爱。

这6篇文章全部进入1985年上海古籍出版社版《罗根泽古典文学论文集》。后者收文42篇，582页。算篇数，三分之二撰于新中国成立前，三分之一撰于新中国成立后；但若计算字数，则旗鼓相当。集中文章，最早的是1929年11月20日脱稿，刊于《河南大学文学院季刊》第1期的《五言诗起源说评录》，最晚的是刊于《文学评论》1959年第4期的《现实主义在中国古典文学及理论批评中的发生和发展》。这两篇长文，前后相隔三十年，论述风格迥异：一考据为主，一以论代史。与其说是作者学术兴趣的转移，还不如说十分形象地体现了时代风气的变化。

《五言诗起源说评录》引述十三家说法，从晋人挚虞《文章流别论》到近人徐中舒《五言诗发生时期的讨论》③，以"根泽案"的形式展开论辩。其中谈及"本师梁任公先生著有《美文史》一书"，称扬其"兼用考证的直觉的两种方法"。文章最后，得出如下结论：

---

① 罗根泽：《中国古典文学论集》119页，北京：五十年代出版社，1955年。

② 罗根泽：《绝句三源》，见《中国古典文学论集》28—53页、《罗根泽古典文学论文集》210—232页。

③ 徐中舒乃罗根泽清华研究院国学门的学长，但徐1926年毕业，罗1927年入校，二人应该没有真正同学过。只是关注类似问题，采用相同方法，可见其时清华学风。

公元前二、三十年（西汉成帝时），已有纯粹五言歌谣，为五言诗之原始时期。

公元七、八十年（东汉章和时），已有文人五言诗，为文人初作五言诗时期。

公元一百四、五十年（东汉桓灵时），已多优美之五言诗，为五言诗完成时期。

公元二百年后（汉、魏之交），五言诗笼罩一时诗坛，为五言诗全盛时期。①

周勋初先生对此文相当欣赏，称："这样的结论，因为是从大量的材料中客观地概括出来的，也就经得起推敲，可以信从。"②延续此等以大量资料考辨，解说某一文类起源的，还有《何谓乐府及乐府的起源》《七言诗之起源及其成熟》《绝句三源》等。

在《五言诗起源说评录》结尾，作者不满足于就事论事，而是希望有所提升。于是，有了如下的"曲终奏雅"：

今国内文学家无虑千百，而文学史家则无几，以故时至今日，尚无厘然有当于人心之文学史也。根泽窃为此惧，思竭绵薄，勉力于此。其工作计划，拟先将中国全部文学，分为若干类，如诗类、赋类、词曲类、小说类……再于每类中分为若干小问题以研究之，兹篇其嚆矢也。③

---

① 罗根泽：《五言诗起源说评录》，《罗根泽古典文学论文集》165页。
② 周勋初：《罗根泽三大学术领域中的开拓》，见《中国文学研究现代化进程二编》168页。
③ 罗根泽：《五言诗起源说评录》，《罗根泽古典文学论文集》165页。

这段话有两点值得注意：第一，罗根泽 1929 年已经形成分类撰写文学史的设想，而不必等待 1931 年《乐府文学史》的刊行；第二，作者原本也是主张先做专题论文，而后才写总体论述的专著。按此标准衡量，两年后之刊行《乐府文学史》，显得有点仓促。

至于三十年后发表的《现实主义在中国古典文学及理论批评中的发生和发展》，就述学文体而言，与小心求证的《五言诗起源说评录》风马牛不相及。表面上高屋建瓴，从恩格斯的"典型环境中的典型性格"以及高尔基关于现实主义的定义入手，转了大半天才"言归正传"。作者熟悉中国文学的相关史料，从远古神话一直数落到曾朴的《孽海花》，结论是：

> 综上所述，现实主义在中国古典文学和理论批评中的发生和发展，经过三个阶段：一、不自觉的"真实的描写"阶段，包括自远古的歌谣神话到《诗经》中的《国风》和《左传》以及其他书中所录存的人民讴谣，时间是远古到春秋时代——即到公元前五、六世纪。二、自觉的"真实的描写"阶段，包括自《左传》到元、白、韩、柳的诗文及理论批评，时间是春秋末至中唐——即公元前四、五世纪到公元九世纪初年。三、除了"真实的描写"，还"正确地表现出典型环境中的典型性格"阶段，包括自唐代传奇小说到晚清谴责小说，时间当公元八、九世纪到二十世纪初年。[①]

努力爬梳众多史料，只是为了印证"恩格斯、高尔基的正确指

---

① 罗根泽：《现实主义在中国古典文学及理论批评中的发生和发展》，《罗根泽古典文学论文集》87 页。

示",这一时代潮流,虽难以回避,实不敢恭维。生活在五十年代中国的文学史家,有冷眼旁观,有干脆搁笔,也有当时积极参与、日后自我调整的,可惜,罗根泽先生过早去世,没有这样的机会。以如此"宏文"收场,与作者当初"以毕生的精力写一部忠实而详赡的《中国文学史》"的志愿相去甚远,能不让人感叹唏嘘?

上海古籍版《罗根泽古典文学论文集》中,有些文章可作为《中国文学批评史》的补充。比如,《苏轼的文学思想》就延续了《中国文学批评史》第三册"两宋文学批评史"第六章"苏轼及其他议论派的述意达辞说"的思路,而又有较大的推进;至于《笔记文评杂录》(九则)和《笔记文评新录》(四则),提要钩玄各种宋人笔记中的文学观念,可与《中国文学批评史》第三册附录的《两宋诗话辑校叙录》对照阅读,进一步坐实了郭绍虞的评价:"他搜罗材料之勤,真是出人意外,诗词中的片言只语,笔记中的零楮碎札,无不仔细搜罗。"①

三

作为文学史家的罗根泽,喜欢"宏大叙事",若《中国文学起源的新探索》《中国诗歌之起源》《散文源流》等,还有《乐府文学史》《中国文学批评史》,开篇必是"绪言",义界与分期,从头说起。朱自清表彰罗著《中国文学批评史》"编制便渐渐匀称了,论断也渐渐公平了",但以下这句话,却蕴含着某种批评:"罗先

---

① 郭绍虞:《〈中国文学批评史〉序》,见罗根泽《中国文学批评史》第三册,上海古籍出版社,1984年。

生的书除绪言（第一册）似乎稍繁以外，只翻看目录，就教人耳目清新，就是因为他抓得住的原故。"[1]明显地，北大哲学门毕业的朱自清，并不喜欢罗著的"绪言"。可这总共 14 节、长达 30 页的"绪言"，是罗著的特色。从"文学界说"一直讲到"编著的体例"，确实是啰嗦了些，很多"常识"没必要如此大张旗鼓。可罗根泽肯定不这么看，会认为这是体现其"因爱好哲学而得到的组织力与分析力"的绝好机会。几乎每做一个课题，无论专著还是长篇论文，罗先生都想来一点总揽全局的"绪言"。其实，引述时髦理论，非其所长；讨论著作体例，属于操作层面。在同时代的人文学者中，罗根泽并不具备与外国新学说直接对话的机遇，也缺乏就文学或人生展开深入骨髓探究的能力。早年的"爱好哲学"，主要体现在思路清晰，擅长条分缕析上[2]。相对来说，我更看好其"因爱好考据而得到的多方求证与小心立说的习惯"，认定此乃其文学史著的最大特色。若能更加执着于自己这方面的擅长，加上对于文类的敏感，罗根泽先生在文学史研究方面，本可作出更大的成绩。

　　如此事后诸葛亮，很可能不为罗根泽先生所接受。原因是，罗先生有更加宏大的目标。在《我怎样研究中国文学史》中，有这么一段："中国文学的历史很长，文学及其他书籍真是浩如烟埃，一人的精力当然无法全读，更不用说细心研究。所以研究中国文学史的人，应当从大处着眼，但必需从小处入手。"因此，罗先生制订一"以论文为始、以通史为终的步骤表"：

---

① 朱自清：《诗文评的发展》，《朱自清全集》第三卷 25 页，南京：江苏教育出版社，1988 年。

② 早年的诸子学研究，使得罗根泽撰写《先秦散文发展概说》时得心应手，这在意料之中。

第一期：各种文学史论文

第二期：各类文学史、各代文学史

第三期：中国文学通史 [1]

只是人寿几何？哪经得起如何庞大且周密的研究计划。不过，这也是罗根泽先生可爱之处：只考虑学问之"可爱"与"可信"，而不考虑计划可行不可行。此文没有注明写作时间，但提及十几年前编著《乐府文学史》，据此推断，当撰于1940年代。大处着眼小处入手，这当然是做学问的正路，可研究者往往高估了自家的时间与精力（更不要说才华）。

"千古文章未尽才"，学者何尝不是如此？做学术史研究的，当有更多悲悯之情。茫茫学问路，除了规避外界的风刀霜剑，还得有把握机遇以及克制欲望的能力。在所有学者中，罗根泽的"人生规划"不见得是最为成功的，但像他那样坦诚，不断地自我表白，实不多见。在这个意义上，除了诸多精彩的专业论文，我推荐罗书中那些有点繁复、略带自恋的"自序""绪言"以及"研究计划"，因其让我们了解前辈学者的思考与探求、奋起与失落。

2009年8月20日于香港中文大学客舍

（初刊《学术研究》2009年10期及《中国社会科学文摘》2010年2期，作为序言收入《罗根泽古典文学论文集》，上海古籍出版社，2009年）

---

[1] 罗根泽：《我怎样研究中国文学史》，《罗根泽古典文学论文集》29页。

作为物质文化的"中国现代文学"^①

　　作为学者，在公开场合发表演讲有两种策略，一是"小题大做"，一是"大题小做"。这有点像写论文，必须先设定读者：面对公众发言，你得干脆利落，越简单明了越好，不能云山雾罩，把听众绕糊涂了。但如果是面对同行，则不能为追求畅快淋漓而简化论证的过程，要讲清楚问题的复杂性，相信听众有独立审视的能力。今天在座的，多具备文史方面的专业背景，因此，我可以放开来，谈我正在思考的问题。换句话说，今天的演讲属于"思想的草稿"，不够完美，寻求的是对话的空间以及突围的可能性。

　　阅读"中国现代文学"，可以有很多角度。从"物质文化"入手，在我看来，不仅合情合理，而且颇有新意。而所谓文学的"物质性"，不外乎作为文字载体的报刊、书籍，作为生产者的报社、出版社，以及作为流通环节的书店、图书馆等。今天的探讨，就从作为"物质文化"的书籍入手，希望这样迂回而且迂阔的论述，对人对己都有启发。

---

① 此乃根据作者 2007 年 12 月 29 日在新加坡南洋理工大学的演讲整理成文。

一、关于书籍及印刷史

中国大学里，开设有关"物质文化"课程的，主要是人类学系、历史系以及工艺美院。不过，谈论物质文化、日常叙事、城市生活、消费社会等，如今成了史学研究的新时尚。文学史家也不例外，逐渐关注历史上以及现实中与衣食住行相关的各种"物品"的生产、流通、消费；探究"物品"的材料、工艺、科技、风格；甚至考察隐藏在此"物品"背后的价值观、审美观、政治权力以及文化思想。当然，作为文学史家，最容易入手且最有成效的，莫过于考察书籍的历史。

不必专修图书馆学，凡念过文化史的，大都会关注作为物质文化的书籍，比如，翻翻刘国钧的《中国书史简编》或张秀民的《中国印刷史》等。这里想优先推荐钱存训的若干著作。著名科学史家李约瑟曾称，卡特的《中国印刷术的发明及其西传》和钱存训的《书于竹帛》乃书史研究的双璧。钱书1962年由芝加哥大学出版社初版，2004年增订再版；中译本改题《中国古代书史》，香港中文大学出版社1975年刊行，而修订版《书于竹帛：中国古代的文字记录》，2002年由上海书店出版社推出。钱先生还有以下几种谈论纸张、印刷和书籍的著述：《中国科学技术史：纸与印刷》《中国书籍、纸墨及印刷史论文集》《中国纸和印刷文化史》等。若想了解钱存训的学术经历及治学特点，建议阅读其连载于2007年《万象》杂志上的《留美杂忆》，还有同年11期《万象》上所刊许倬云的《温良正直，博厚高明——钱存训〈留美杂忆〉序言》。

走出中国书籍，放眼人类文明史，有三种繁简不一的"书史"值得推荐。法国人布拉塞勒（Bruno Blasselle）那本《满满的书页》图文并茂，可作为"开卷有益"的休闲读物；巴比耶（Frederic Barbier）

的《书籍的历史》复杂些，但仍属于知识积累与普及。费夫贺（Lucien Febvre）和马尔坦（Henri-Jean Martin）所著《印刷书的诞生》可就不一样了，那是法国年鉴学派的力作。我们知道，传统的版本目录学、书籍出版、藏书楼及图书馆研究，以实证为主，以资料见长，"博学"多于"深思"。而文学史或思想史研究，则大都擅长文本分析，注重阐释与发挥，对于书籍报刊的物质属性及其生产—阅读—传播等，缺少必要的关怀。关键在于，如何跨越"物质"与"精神"的鸿沟，建立起对于人类文明史的有效阐释。

《印刷书的诞生》前七章，因有书籍研究的长期积累，加上社会经济史的问题框架，从材料与技术、生产与流通、"地理学"与"生意经"入手，谈论书籍时，可谓得心应手。至于"书籍之文化作用及其影响"，本应是全书的亮点及关键所在，仅靠第八章"印刷书：变革的推手"显然不够。由于概念工具的缺乏，以及费夫贺的过早去世，感觉上，这书虽好，还缺最后一口气。即便如此，这书仍是我们今天展开讨论的重要基础。这里引费夫贺所撰序言及《印刷书的诞生》结尾的话，看此书的理论意识："我们试图厘清，印刷书所代表的，如何、为何不单只是技术上巧妙发明的胜利，还进一步成为西方文明最有力的推手。""书籍产业为牟取经济利益而鼓励书刊以民族语文出版，最后则助长了这些语文的茁壮，同时造成拉丁文的衰微。如此发展不仅决定了欧洲语文往后的命运，也确实标记着一种广大民众文化的滥觞；此一历程一旦触发，便会导致深远而难以逆料的影响。各种的方言，受惠于印刷机的力量而勃兴，终究瓦解了万流归宗的欧洲拉丁文化。"

相对来说，中国人已有的印刷及书籍研究著作，虽则精细，但缺乏此类大视野。当然，我们今天的研究，还是极大得益于前人此类书史著述。比如叶德辉的《书林清话》、陈登原的《古今典籍聚散考》、刘国钧的《中国书史简编》，以及潘吉星的《中国科学技术史：造纸与印刷》等。这方面的研究，集大成的是张秀民的《中国印刷史》，此书上海人民出版社 1989 年版，861 页，已是皇皇巨著了；浙江古籍出版社 2006 年刊行插图珍藏增订版，更是可观。此外，若果研究近代以降的书籍与报刊，最值得推荐的，是张静庐辑注、1950 年代陆续刊行的《中国近代出版史料》《中国现代出版史料》《中国出版史料补编》等；这套七编八册的大书，对研究者很有用，故几年前上海书店出版社以影印方式重版。近年刊行的宋原放主编的《中国出版史料》，含古代两卷，近代三卷，现代三卷，搜集史料甚丰。另外，周振鹤编《晚清营业书目》，也是不可多得的好书。

好，就说这些，大致了解前人所做的书籍史方面的工作，再继续往前走。

二、关于文学的"物质性"

一百年前，梁启超将报章作为"传播文明三利器"之一，予以大力提倡，此举确实很有见地。20 世纪的中国，其社会生活与文化形态之所以迥异于前，报章乃至广播、电视等大众传媒的迅速崛起，无疑是重要因素。从 1872 年发行不足千份的《申报》，到今日几乎无远弗届的卫星电视，大众传媒的勇猛扩张，让我们切实感受到什么叫"生活在大众传媒的时代"。

毫无疑问，现代人的生活方式、情感体验乃至思维与表达能力等，都与大众传媒发生极大纠葛。而大众传媒在建构"国民意识"、制造"时尚"与"潮流"的同时，也在创造"现代文学"。

一个简单的事实是，"现代文学"之不同于"古典文学"，除了众所周知的思想意识、审美趣味、语言工具等，还与其生产过程以及发表形式密切相关。

最近二十年，做文学史研究，多有从新闻及出版切入者。比如，借阅读报刊，得以返回历史现场；借考稽书局，从中辨析文学思潮；还有借报刊书局谈论"公共空间"或"文学场"的。在这方面，王瑶先生创建的北大中国现代文学学科，起了很大作用。将物质形态的书籍、报刊纳入考察的视野，关注出版史料、大众传媒与"现代文学"的历史联系，这是北大中文系的学术传统。记得有一年，我在哈佛大学演讲，说到北大有一门研究生必修课，叫"中国现代文学史料学"，要求每个学生都得亲手接触那些泛黄的旧报刊，做一个相关的小论文。那时仍在哈佛任教的李欧梵笑言，那是你们北大人的特权，守着那么多旧报刊，当然方便了。现在不一样了，大量晚清及民国的旧报刊，或影印重刊，或扫描上网，不再有人"专擅其美"。

而我呢，只不过在此轨道上，进一步思考纪实与虚构、思想与文学、文字与图像、运动与创作、潮流与个性、生产与传播等一系列问题，将如何建构意识形态这样的"宏大叙事"，落实到具体而微的媒体手段，消解世人心目中确定不移的远／近、大／小、虚／实等。

除了旧报刊，还有所谓的"新善本"，到底该如何保存与使用，同样值得深思。经由阿英、唐弢等老一辈学者的努力，新文学也有珍本、善本，这已经得到学界乃至市场的认同。如初版《域外小说集》等堂而皇之地进入拍卖场，已充分证明这一点。现在，从事现代文学研究的，逛旧书店或上"孔夫子旧书网"抢购"现代文学珍本"，已经成为一种小小的时尚。年长的，像北京的姜德明，中年的，像上海的陈子善，固然有让人歆羡的"宝贝"；年轻一辈，也多能从自家书柜里，掏出几册像模像样的"旧藏"。至于各图书馆，更是在传统的宋椠元刊外，另辟展室，专门收藏晚清及民国年间的"新善本"。

我对"中国现代文学珍本"之作为藏品并不担忧；我关注的是，这些"珍本"如何有效地服务于教学与研究。为了保护藏品，很多图书馆都采取这么一种策略，同一种书刊，只要有新的，就不借旧的；只要有缩微，就不让看原刊。可这些旧书，或曰"新善本"，之所以值得珍惜，除了版本学的意义，更因其中蕴涵历史气息。让大学生、研究生直接面对甚至亲手摩挲那些储存着丰富历史信息的旧书刊，是十分重要的教学环节。在沉潜把玩古旧书刊中，可以增长见识，提升品味，进而养成学问的兴趣。至于专家学者，更是希望通过解读具体的书刊，将"文学"的物质性与精神性合而为一。

三、在巴黎邂逅"中国现代文学"

这些年，出国开会或讲学时，我喜欢逛图书馆，希望能见识一些难得的"好书"。此类意外的惊喜，比如在哈佛大学找到梁启超的《读书法讲义》，在伦敦大学阅读同治十年（1871）羊城惠师礼堂刊本《天路历程土话》，在哥伦比亚大学见识1907年刊行于北京的《益森画报》、在海德堡大学使用众多晚清报刊等，都是在进入书库的情况下才可能做到。这一前提条件，在法国不具备。因为，按照规定，即便教授也无法自由进出本校图书馆的书库。查卡片借书与在书库里徜徉，二者的功效不可同日而语。在密密麻麻如森林般的书架中巡视，猛然间发现或曾耳闻、或根本没听说过的书刊，这样的经历，方才称得上"惊喜"。我对于法国"陈规陋习"的抨击，因朋友的热心传播，辗转到达法兰西学院汉学研究所所长魏丕信（Pierre Étienne Will）先生的耳朵里。于是，奇迹发生了——藏书丰富的汉学研究所，破例允许我入库读书。

1927 年由伯希和（Paul Pelliot）与葛兰言（Marcel Granet）创立的高等汉学研究所，1972 年起隶属于法兰西学院；其附设的图书馆，现在已是欧洲汉学藏书的重镇。尤其是 1951 年接收当时驻北京的巴黎大学汉学研究中心藏书，大大提升了其收藏质量。2002 年中华书局出版的《法兰西学院汉学研究所藏汉籍善本书目提要》以及魏丕信所撰序言，使我们对此图书馆的藏书特点及来龙去脉，有了相对的了解。其实，真正让我惊叹不已的，不是"汉籍善本"，而是一些根本不入藏书家眼的东西。比如老北大的讲义，对于他人无足轻重，对我来说却是如获至宝。此类当年发给学生的讲义，即便北大校史馆，也很少收藏。说来真是神了，远隔千山万水的法兰西学院，居然收藏着几十册早年北大的讲义，而且"养在深闺无人识"。法兰西学院所藏老北大讲义，数吴梅编撰的最多，三册《中国文学史》更是初次发现，值得认真钩稽。为此，我专门撰写了《在巴黎邂逅"老北大"》《不该被遗忘的"文学史"》，予以介绍。

可这法国图书馆的故事，还没讲完呢。远在异国他乡，不仅邂逅"老北大"，还巧会"新文学"。兴奋之余，每天背着书包上学堂，从我居住的大学城，赶往法兰西学院汉学研究所。故事是这样开始的：幽雅的阅读室里，几辆手推车上，整整齐齐地码了好几百册新文学书籍，说是临时停放，马上就要送到里昂那边的图书馆，原因是，这些书没有用处。我请求图书馆员，再等几天，让我好好看看。人家很奇怪，你不是北大教授吗，怎么会对这些中国旧书感兴趣？先是我对这批书"好奇"，展开地毯式搜索阅读；后是图书馆员对我的读书"好奇"，问到底在找什么。听我如此这般解释了一通，人家改变主意，书不送了，找个地方"珍藏"起来。

为什么这批书值得珍惜？因为，任何图书馆，都不会如此集中地展现一个特定年代的文学出版——1925年至1929年，六百多种文学图书，三分之二是毛边本。平日分散阅读，不太在意；如今集中在一起，突然发现，上世纪二三十年代的书籍装帧，竟是如此精美！讨论文学的，大都注重精神性，只做文本分析；但是，市场制约着出版，出版影响着写作，幕后还有一只"无形的手"，在发挥着作用。读者买书，固然认作者、看内容，可也不排除受书籍自身美感的诱惑。因此，书籍装帧作为文学生产的重要环节，不该忽视。

就凭这批"天降神兵"，我对1920年代中国的文学出版，有了全新的认识。这就好像庞贝古城，突然冻结在某一特殊时刻，后人得以借助考古发掘，讨论这一有趣的文化层。简单说来，那个年代的中国文学出版，有两座"书城"：上海与北京；八个书局：北新书局、未名社、创造社出版部、开明书店、新月书店、泰东书局、现代书局、光华书局；九位书籍装帧家：鲁迅、孙福熙、叶灵凤、陶元庆、钱君匋、倪贻德、闻一多、司徒乔、丰子恺。相形之下，大的出版机构如商务、中华，在文学书籍出版方面不占优势。另外，同是书籍装帧，最能发挥设计者才情的，是文学书籍，而不是自然科学或社会科学的图书。

我的关注与提议，改变了这批图书的命运。这批书到哪里去的问题，总算解决了；可它们从哪里来，为何而来，进入此图书馆后，到底是经常被人阅读，还是"一入侯门深似海"？这成了我关心的另一个问题。可供追踪的线索很少，没有早年的书号，1950 年代前，该馆没有这批书的记载。好多书上盖有"北新书局赠阅"等图章，估计不是采购，而是直接从出版社进入图书馆。另一条线索，则是追溯此机构与中国的渊源：法兰西学院汉学研究所—巴黎大学北京研究所—中法大学，可还是没能说清楚书是怎么来的。藏书中，鲁迅、周作人、郁达夫等人作品最多；另外，章衣萍似乎也很风行。那个时代中国的重要作家，绝大部分都在其中，唯独缺了胡适。后来发现，"作家胡适"已经转化成"学者胡适"，在图书馆里另有位子，不必为迁徙而担忧。

很奇怪，这么多装帧精美的好书，自从进入此图书馆，极少被阅读。为什么敢这么断言，因大部分是毛边本，至今没有裁开。这也是图书馆最初想转赠他人的缘故。为什么不看，不是书不好，而是因为，此图书馆以收藏"汉籍善本"著称，法国乃至欧洲关注新文学的研究者，极少前来光顾。

这"侦探故事"有头无尾，很可惜。不过，坐在静谧的阅读室里，拿着裁纸刀，翻阅那些装帧精美甚至配有插图的新文学书籍，有一种莫名的感动。

四、鲁迅与书籍装帧

说到毛边本，不能不提鲁迅。1935 年，鲁迅给曹聚仁写信："《集外集》付装订时，可否给我留十本不切边的，我是十年前的毛边党，至今脾气还没有改。"为什么喜欢毛边书，照鲁迅的说法，"光边的书像没有头发的人——和尚或尼姑"，而毛边本则有一种原始的美、朴素的美、残缺的美。当然，这属于"文人趣味"，大众一般不这么看。毛边书阅读不便，书店里排列参差，图书馆收藏更嫌麻烦。因此，今天中国所有的正式出版物，全都要求剃"光头"。至于毛边本，偶尔也做，但只能私下流通。前年在巴黎逛书店，不懂法文的我，竟买了本德里达的书，并非附庸风雅，而是看中其毛边本形式。

毛边书好不好看，那是见仁见智。相对来说，封面装帧所体现出来的"书籍之美"，更容易欣赏。单就封面而言，宋元精刊，那是另外一种情调，古拙的美；可只靠书签和扉页题签，毕竟有些单调。说到对书籍的鉴赏与把玩，开本、纸张、插图以及装帧设计，无疑是极为重要的环节。洋装书的兴起，以及对于封面装帧的重视，使得国人开始认真经营"书衣"。

所谓好的封面装帧，可具象，也可抽象；可朴素，也可绚烂；可古雅，也可现代；可与书籍内容相关，也可以是"绝无关系的装饰"。一句话，有个性，具美感，让你一看就喜欢，而且对阐释该书（内容或风格）略有帮助，那就值得称道与把玩。既不是纯艺术，也不是纯工艺，而是作为"物质文化"的"精神产品"。

钱君匋在《〈鲁迅与书籍装帧〉序》中，曾提及自己是如何在鲁迅的影响和指导下，从事封面设计的。这说法有点夸张。但确实，鲁迅对书籍装帧有浓厚的兴趣，而且一以贯之。记得鲁迅曾这样评价浙江老乡陶元庆为他的小说集所做的装帧："《彷徨》的书面实在非常有力，看了使人感动。"谈论鲁迅与书籍装帧，可参阅钱君匋《〈鲁迅与书籍装帧〉序》、郑振铎《鲁迅与中国古版画》以及《鲁迅与书籍装帧》和《鲁迅装帧系年》二书。

此外，鲁迅与郑振铎合编《北平笺谱》，重刊《十竹斋笺谱》，可见两人的文化趣味及审美眼光。在鲁迅看来，那些文人喜欢用的淡雅的诗笺，是中国古旧木版画的一个纪念碑，极盛之中已透露出严重的颓危，眼看着即将被锌版印的洋纸笺全部取代，有必要借编笺谱而予以保留。而这，跟他提倡新兴木刻运动，收集整理汉画像石，关注绣像小说等一样，都并非只是"好事"，而是因其事关文化断续。

记得蔡元培在《〈鲁迅全集〉序》中称，传统的金石学，未有注意于汉碑之图案者；而鲁迅不同，他的趣味更接近现代意义上的"美术"。1932 年，鲁迅在《"连环图画"辩护》中，肯定连环画的叙事以及宣传功能，且拆解上层与下层、精英与大众、宣传与艺术、雅与俗的对立。鲁迅的这些举措，既基于政治及文化立场，也体现其美术兴趣。从书籍装帧到连环图画，都可见其走出传统士大夫的视野。

依我的观察，中国书籍装帧的黄金时代，是上世纪二三十年代。那时候，诸多文雅之士，以手工的方式，介入新兴的书籍装帧事业。如鲁迅、孙福熙、叶灵凤、陶元庆、钱君匋、倪贻德、闻一多、司徒乔、丰子恺等，其封面以及整体设计虽各显神通，仍大致呈东西合璧趋势。抗战军兴，图书出版困难，装帧自是尽量从简。1980 年代以后，大量封面设计交由电脑制作，速度是快了，可机器味太浓了，不耐看。

五、阿英和唐弢的藏书

在近现代文学研究者中，有两个人格外关注出版。专注于晚清小说及鸳鸯蝴蝶派的魏绍昌，从 1960 年代至 1980 年代，陆续刊行《吴趼人研究资料》《李伯元研究资料》《老残游记资料》《孽海花资料》《鸳鸯蝴蝶派研究资料》等，还为上海书店主编《中国近代文学大系·史料·索引集》。在我看来，他的这些工作，比个人著述《我看鸳鸯蝴蝶派》更有学术意义。同样倾心于近代小说辑佚考辨的，还有日本学者樽本照雄；《新编增补清末民初小说目录》《清末民初小说年表》固然是资料集，其个人著述《清末小说闲谈》(1983)、《清末小说论集》(1992)、《清末小说探索》(1998)、《清末小说丛考》(2003)、《初期商务印书馆研究（增补版）》(2004)、《汉译天方夜谭论集》(2006)、《汉译福尔摩斯论集》(2006)，以及刚刚刊行的《商务印书馆研究论集》，也都以资料翔实见长。至于独立创办学术集刊《清末小说》，至今已编印 30 期，更是为中外学者所赞赏。

可要说关注近现代文学史料，开辟相关学术领域，起步早且贡献大的，还当推阿英和唐弢两位先生。阿英 (1900 – 1977) 原名钱德富，笔名阿英、钱杏邨，安徽芜湖人。青年时代参加过五四运动，1926 年加入中国共产党，1927 年与蒋光慈等人组织太阳社，1930 年加入"左联"，曾任常委。新中国成立后任天津市文化局长，全国文联副秘书长等职。一生著述，包括小说、戏剧、散文、诗歌、杂文、文评、古籍校点等，共有 160 余种。李一泯《〈阿英文集〉序》称他为文艺工作者提供另一个典范："就是在文艺范围内，既搞中国文学，也搞外国文学；既搞古典文学，也搞通俗文学；既搞戏剧，也搞小说；既搞文学史，也搞文艺批评；既搞木刻，也搞版本……一个个人的百花齐放。"看看去年安徽教育出版社推出的十二卷本、近六百万字的《阿英全集》，你就明白，李一泯的评价并不夸张。

可我更想强调的是，阿英很早就对晚清以降的文艺报刊抱有浓厚兴趣，并将其落实到学术研究中。这点很难得，有先见之明。说实话，我不欣赏作为批评家的钱杏邨，但喜欢作为读书人与文化人的阿英。关于学者阿英，一般关注其丰富的藏书，以及各种文学史料编纂，还有那部开风气的《晚清小说史》。其实，阿英的著述，还有《晚清戏曲小说目》《晚清文艺报刊述略》《小说四谈》等。此外《晚清文学丛钞》的小说卷、传奇杂剧卷、说唱文学卷、域外文学译文卷、俄罗斯文学译文卷、小说戏曲研究卷等，以及《鸦片战争文学集》《中法战争文学集》《甲午中日战争文学集》《庚子事变文学集》《反美华工禁约文学集》等，以及《中国新文学运动史资料》《中国新文学大系·史料·索引》，都值得表彰。可以说，阿英是中国近代文学这一学术领域最重要的开拓者。尤其是那部 1937 年初版、而后不断修订重刊的《晚清小说史》，在学术史上意义重大。该书第一章讨论晚清小说的繁荣时，专门提及新闻出版业的发达，以及"不仅新闻纸竞载小说，专刊小说的杂志，也就应运而生"。这是一个重要的学术判断，不仅将报刊作为文学及史学研究的"资料库"，而且将报刊及出版本身，作为文学史的研究对象。最近十几年的中国学界，普遍注重小说的生产过程及流通方式，并力图将其与政治的、文化的、审美的批评相融合，除接受美学、文学社会学、媒介研究等西方理论的启迪外，很大程度上也得益于阿英等前辈学者的努力——虽然学术思路不太一样。

1987 年暑假，我刚做完博士论文答辩，大热天南下访书，就因为看到了有关报道，芜湖利用阿英家属的捐赠，设立了"阿英藏书陈列室"。在那里，我看到了创刊于 1907 年的《中外小说林》。这杂志在晚清很重要，我看过中山大学所藏十六册，阿英也有十一册，除去重复的，有六册此前未见。尤其是第一册的发现，解决了好多问题。我在文章中早已做了介绍，可 2000 年香港影印刊行《中外小说林》，还是没收入芜湖阿英的藏书部分，很可惜。当初曾大发感慨，这一万多册专业性很强的图书，捐给了家乡小小图书馆，利用率不高，有点遗憾。最近，我又去芜湖访书，在烟雨墩的阿英藏书室里，依旧有新的发现，找到了鲁迅在北大的讲义本《中国小说史大略》。其实，阿英的收藏里，俗文学占很大比例，肯定还有不为人知晓的"奇书"，只可惜我没有时间仔细翻看。

另一个重要人物唐弢（1913—1992），笔名晦庵等，浙江镇海人，曾在上海邮局当邮政工人，从1930年代起开始从事散文、杂文写作，因而结识鲁迅。新中国成立后，先后任复旦大学教授、上海市文化局副局长，1959年调入中国社会科学院文学研究所。唐弢曾参加过1938年版《鲁迅全集》的编辑工作，还出版了《鲁迅全集补遗》《鲁迅全集补遗续编》等，在辑录考订鲁迅佚文方面功力深厚。而对于大学中文系的学生来说，唐弢首先是《中国现代文学史》的主编；当然，这教材现在很少人用了。其实，我更欣赏的，还是他的《晦庵书话》，因其开启了以"书话"形式，介绍新文学作品以及现代文学史上重要出版活动的先河。

唐弢既从事文学创作，又是新文学藏书大家，自1940年代起，更以《晦庵书话》的写作闻名于世。因此，书肆搜求，冷摊偶得，作者题赠，友人转馈，积之时日，自然藏有诸多初版本、毛边本、题赠本、签名本。称其为"新文学珍品的渊薮"，一点不过分。倡导创办中国现代文学馆的巴金曾说过："文学馆有了唐弢的藏书，文学馆就有了一半。"今天的中国现代文学馆，为收藏唐弢所捐赠的图书，专门设立了"唐弢文库"，包括平装书23000余册，线装书2000余册，近现代期刊1888种等。诸位如果太忙，无暇亲临其境，不妨上上网，查阅目录及部分藏品。

六、"新资料"如何带出"新问题"

陈寅恪在给陈垣的《敦煌劫余录》写序时，提及"时代学术之新潮流"。对新资料、新方法、新问题没有兴趣，或者说一点感觉都没有，那样的学者，只能说是"未入流"。考古学是这一百年来中国人文研究领域里成绩最大的，因为它彻底改变了我们对于整个中国上古史的想象。可我想补充的是，出土文献固然是"新资料"，此前不被学界关注、由于眼光变化而进入视野的，同样是"新资料"。像旧报纸、旧杂志、作家手稿、书信等，一旦有效地进入文学史家的视野，同样是值得珍惜的"新资料"。

2002年秋冬，我在台湾大学讲课，讲课的记录稿，后由麦田出版公司刊行，书名《晚清文学教室——从北大到台大》。在《报刊研究的方法与策略》一章中，我提及："晚清以降的文史研究，不能只读作家或学者的文集，必须同时关注报刊、档案等，这样才能扩大视野，以'新资料'研究'新问题'。"十几年前，北大图书馆开始制作近代人物资料光盘，价格很贵，我们根本买不起。现在好了，以旧期刊为例，国家图书馆"馆藏珍品"里的"民国期刊"，浙江大学图书馆的"高等学校中英文图书数字化国际合作计划"里的"民国期刊"，都有很多好东西。更不要说国内外各大图书馆收藏的大量数字化图书以及现刊了。可以这么明确无误地说，今天做学问，获取资料的途径跟前辈学者大不相同；因此，学术研究的思路与方法，也会有很大差异。但有一点，请大家记得，诸位翻查电子版《四库全书》《四部丛刊》等，固然很容易在"原文图像"和"文本页面"之间自由切换，但即便如此，不能只知道检索"主题词"，而忘了书籍的物质形态。

专业不同，对于此类数字化读物的依赖程度也不同。完全不用，属于陈寅恪所说的"不入流"；过于沉湎，在我看来，同样也是"不入流"。可以"检索"，但请记得，检索代替不了"读书"。我甚至戏言，有必要再次强调"亲自读书"的重要性。钱锺书的《石语》中，有这么一则记载：清末民初著名诗人和学者陈衍，曾讥讽唐文治文章有"纱帽气"。如今学界，除了"纱帽气"让人讨厌，还必须警惕文章的"机器味"。有经验的学者，一看引用，就知道你是读出来的，还是检索出来的。

除了资料的抄录、搜寻、归类、整理等，真正有价值的人文研究，从命题到主旨，从论证到精神，电脑帮不了多大忙，更不要说"代劳"了。即便有一天，人工智能化达到这样的地步：你出一个命题，电脑就能自动工作，生成一篇逻辑严密、文采斐然的文章，我也不觉得"亲自读书"是多余的。记得1958年，郭沫若给北大历史系师生写信："就如我们今天在钢铁生产方面，十五年内要超过英国一样，在史学研究方面，我们在不太长时间内，就在资料占有上，也要超过陈寅恪。"这可是大大的外行话，一个人读一百本书，和一百个人各读一本书，效果是不一样的。对于真正高深的学问，"人海战术"基本上不起作用——除非你只是编资料集。所以，我才会再三强调，生活在网络时代的人文学者，有必要利用一切机会，在自家书斋或图书馆里，亲手"触摸"那些物质形态的图书。

十年前，我和夏晓虹主编《触摸历史——五四人物与现代中国》。那书讲述五四新文化运动的历史与人物，用了很多老照片，而且起了个颇为煽情的名字。此后，很多人谈及历史与文化，也喜欢用"触摸"这个词。除了强调感性与温情，当初的本意，是指直接接触，而不是道听途说。具体到学术研究，所谓"触摸历史"，不外是借助细节，重建现场；借助文本，钩沉思想；借助个案，呈现进程。作为研究者，你可以往高处看，往大处看，也可以往细处看，往深处看，更可以二者兼而有之。"于文本中见历史，于细节处显精神"，这是我在另一本专业著述《触摸历史与进入五四》"导言"里的话。

有人喜欢史料钩沉，有人强调理论视野，常常争得死去活来。其实，这跟个人的性格、才情、志趣，乃至机遇、环境等有关系，勉强不得。其实，从事人文学研究，就好像写文章，忌讳空虚，也忌讳板滞。谈论"中国现代文学"，如能兼及"精神性"与"物质性"，学问可以做得更实在。作为读书人，你不一定当"藏书家"，但最好是"爱书家"，也就是叶圣陶说郑振铎的那个"喜欢得弗得了"。兼及藏书与读书，从把玩书刊走向研究文学者，大都对"书里书外"体会较深。将流行的"大理论"，与个人的"小感觉"相调适，这样做出来的文章，不僵硬，有温情，往往更为耐看。

你可能说，我这样谈书籍，有点"小资情调"。可走进鲁迅博物馆的展厅，你很容易感觉到鲁迅的艺术气质与文人情趣。我曾有幸进入鲁博的地库，观看鲁迅的钞书、补书、藏书，还有其辑校的古籍、编选的版画等，实在让人感慨万端：鲁迅确实是"读书人"。当然，同样是出版物，不同的物质形态，阅读的感觉就是不一样。版刻与石印、绘画与照相、线装书与平装书、报章与演说、杂志与书籍、讲义与著述、连环画与书籍装帧等，背后都隐藏着政治的、商业的、文化的、审美的等不同层面的问题。

从二十年前谈论"小说的书面化倾向与叙事模式的转变"，到2003 年的《现代中国文学的生产机制与传播方式》，再到近年编著的四书《触摸历史与进入五四》《大众传媒与现代文学》《教育：知识生产与文学传播》《近代中国的百科辞书》，我都是力图在传媒史、教育史、学术史以及文学史的交叉处，逐步展开深入的探究。而谈论作为"文化工程""启蒙生意"以及"文学趣味"的书籍，我的基本策略是：以物见史、以物见人、以物见文。

参考文献

叶德辉：《书林清话》，北京：中华书局，1957 年

陈登原：《古今典籍聚散考》，上海书店，1983 年

刘国钧：《中国书史简编》，北京：书目文献出版社，1982 年

钱存训：《中国古代书史》，香港中文大学出版社，1975、1981 年

钱存训：《书于竹帛：中国古代的文字记录》，上海书店出版社，2002 年、
　2006 年

钱存训著，刘祖慰译：《中国科学技术史：纸和印刷》，北京：科学出版
　社 / 上海古籍出版社，1990 年

钱存训：《中国书籍、纸墨及印刷史论文集》，香港中文大学出版社，1990 年

钱存训：《中国古代书籍纸墨及印刷术》（增订本），北京图书馆出版社，
　2002 年

钱存训：《中国纸和印刷文化史》（郑如斯编订），桂林：广西师范大学出
　版社，2004 年

费夫贺、马尔坦著，李鸿志译：《印刷书的诞生》，台北：猫头鹰出版社，
　2005 年

弗雷德里克·巴比耶著，刘阳等译：《书籍的历史》，桂林：广西师范大
　学出版社，2005 年

Bruno Blaselle 著，余中先译：《满满的书页》，上海书店出版社，2002 年

张秀民：《中国印刷史》，上海人民出版社，1989 年

张秀民：《中国印刷史》（插图珍藏增订版），杭州：浙江古籍出版社，
　2006 年

潘吉星：《中国科学技术史：造纸与印刷》，北京：科学出版社，1998 年

张静庐辑注：《中国近现代出版史料》，上海书店出版社，2003 年

宋原放主编：《中国出版史料》，武汉：湖北教育出版社 / 济南：山东教

育出版社，2004—2006年

周振鹤编：《晚清营业书目》，上海书店出版社，2005年

上海鲁迅纪念馆、中国美术家协会上海分会编：《鲁迅与书籍装帧》，上
　　海人民美术出版社，1981年

杨永德编著：《鲁迅装帧系年》，北京：人民美术出版社，2001年

阿英：《晚清小说史》，北京：人民文学出版社，1980年

阿英：《晚清文艺报刊述略》，上海：古典文学出版社，1958年

阿英：《阿英全集》（柯灵编），合肥：安徽教育出版社，2006年

唐弢：《晦庵书话》，北京：生活·读书·新知三联书店，1980年

钱锺书：《石语》，北京：中国社会科学出版社，1996年

陈平原：《中国小说叙事模式的转变》，上海人民出版社，1988年

陈平原主讲：《晚清文学教室——从北大到台大》（梅家玲编），台北：麦田
　　出版公司，2005年

陈平原、夏晓虹主编：《触摸历史——五四人物与现代中国》，广州出版
　　社，1999年

陈平原：《触摸历史与进入五四》，北京大学出版社，2005年

陈平原、山口守编：《大众传媒与现代文学》，北京：新世界出版社，2003年

陈平原、米列娜主编：《近代中国的百科辞书》，北京大学出版社，2007年

陈平原等：《教育：知识生产与文学传播》，合肥：安徽教育出版社，
　　2007年

蔡元培：《〈鲁迅全集〉序》，《鲁迅全集》第一卷卷首，上海复社，1938年

鲁迅：《"连环图画"辩护》，《鲁迅全集》第四卷，北京：人民文学出版社，
　　1981年

李一氓：《〈阿英文集〉序》，《阿英文集》，北京：生活·读书·新知三
　　联书店，1981年

钱君匋：《〈鲁迅与书籍装帧〉序》，《鲁迅与书籍装帧》，上海人民美术

出版社，1981 年

郑振铎：《鲁迅与中国古版画》，《郑振铎艺术考古文集》，北京：文物出
版社，1988 年

陈平原：《文学史家的报刊研究：以北大诸君的学术思路为中心》，《中华
读书报》2002 年 1 月 9 日

陈平原：《在巴黎邂逅"老北大"》，《读书》2005 年 3 期

陈平原：《不该被遗忘的"文学史"：关于法兰西学院汉学研究所藏吴梅〈中
国文学史〉》，《北京大学学报》2005 年 1 期

陈平原：《现代文学的生产机制及传播方式：以 1890 年代至 1930 年代的
报章为中心》，《书城》2004 年 2 期

（初刊《中国文化》2009 年春季号【5 月】；收入人
大报刊复印资料《中国现代、当代文学研究》2009 年 8
期及《文艺争鸣》之《2009 年中文文艺论文年度文摘》）